路远小说精选集

色的诱惑·草原

路远 著

远方出版社

图书在版编目 (CIP) 数据

色的诱惑 : 草原 / 路远著 . –– 呼和浩特 : 远方出版社 , 2018.3

ISBN 978-7-5555-1031-4

Ⅰ . ①色… Ⅱ . ①路… Ⅲ . ①中篇小说—小说集—中国—当代②短篇小说—小说集—中国—当代 Ⅳ . ① I247.7

中国版本图书馆 CIP 数据核字 (2018) 第 044651 号

色的诱惑 · 草原
SE DE YOUHUO CAOYUAN

作　　者	路 远
总 策 划	苏那嘎
绘　　画	王忠仁
责任编辑	董美鲜　张利君
责任校对	奥丽雅
封面设计	高月雅
版式设计	王改英
出版发行	远方出版社
社　　址	呼和浩特市乌兰察布东路 666 号　邮编 010010
电　　话	（0471）2236470 总编室　2236460 发行部
经　　销	新华书店
印　　刷	呼和浩特市圣堂彩印有限责任公司
开　　本	170mm×240mm　1/16
字　　数	285 千
印　　张	19.75
版　　次	2018 年 3 月第 1 版
印　　次	2018 年 3 月第 1 次印刷
印　　数	1—3000 册
标准书号	ISBN 978-7-5555-1031-4
定　　价	39.80 元

目录

白罂粟

原载《人民文学》

上　篇

那天，当我按照一位作家的叮嘱详细写下这个故事的时候，我的身高又长了大约两厘米。

我记住了那个野罂粟花飘香的下午。那时候我只有五岁孩子那么高，可我已经十八岁。我走进了罂粟谷时突然想撒尿。我把黄色的尿液喷在白罂粟花上时感觉十分舒畅。一只黑狗斜着眼睛瞟着我。一支马队横冲直闯踏坏了那片野罂粟。我被淹没在罂粟花里，我十分害怕，大声呼叫觉洛的名字。后来我就看见觉洛躺在一块草地上，他的马在一旁悠闲游荡。觉洛的头被打坏了，他的毛瑟枪丢在一旁，一只金黄色的小甲虫还在枪管上爬着。我想把觉洛扶起来，可是他简直像一座山。一条粉红色小溪在觉洛苍白的脸上流淌。罂粟花香十分刺鼻，让人想打喷嚏。斜眼儿黑狗站在离我三米远的地方盯着我。马蹄声断断续续，让人很不愉快。这时候我听到阿芭哈在圆毡房那边呼唤我，她的声音让我十分感动，想扑到她怀里好好哭一会儿。

故事的开始也许不是这样的，但我记住了那个罂粟花飘香的下午，还有那条总是不怀好意瞟着我的如黑狐狸般狡黠的狗。我敢发誓它是一条生过崽儿的母狗，因为不久后我就看见它撅起尾巴向公狗调情。罂粟花儿的味道十分刺鼻，许多年后我才弄清原来那味儿里掺进了人血和脑浆的味道，甜丝丝的，像河滩上腥味儿十足的黑色泥浆。

觉洛死得很奇怪，不知是被谁用枪打死的。本来觉洛是不应该被人打死的，他本人就是个神枪手，应该是他打死别人。实际上他曾经杀过许多人，有一次他用了七发子弹打烂了一个外地商人的脸。他是个挺不错的小伙子，头发总是打着卷儿，十分漂亮。阿芭哈拒绝了他完全是因为他太自信、太粗鲁、太没有耐心。他不会温存，只会干一件事情——怎样扒掉阿芭哈的袍子。在这方面麦尔根就比他聪明多了。尽管我不喜欢麦尔根，但我还是得承认，他是一条好汉。

麦尔根当然也会爱上阿芭哈的。实际上所有的男人几乎都会爱上她的，这毫不奇怪，阿芭哈太迷人了，棕色的头发和眼珠，肤色如罂粟花一样白净。她总爱到罂粟谷深处的小河里去洗澡。她洗澡时从不避我。我知道在她眼里我永远是个孩子。入秋后，小河上漂满了白色的罂粟花瓣。阳光温柔如缎。白色的花瓣静静地缓缓地移动。阿芭哈全裸着身子走进河水里。花瓣从她白皙的双腿间漂了过去。她慢慢向着河底沉去。我看到她的一对乳房如丰满的白鲢鱼在水面上轻盈地跳跃了一下没入水中。白色的罂粟花瓣络绎不绝，滑润无声地漂来，轻轻碰撞着她光洁的胸脯。我像个懂事的孩子为她看守着衣服。她把整个身子完全泡入水中后便无比舒畅地闭住了眼睛，褐色的睫毛在阳光下闪烁着珠玑般的光芒。我忽然意识到她只有十七岁，比我小一岁。我又被与生俱来的悲哀折磨得痛不欲生。就在那时，我突然一下子长高了三毫米。

我不承认我是一个小侏儒。我一直相信我能够长高。可是我在阿芭哈面前永远是个五岁的孩子。我的思路有时也像个孩子，跳跃，不连贯；即使当我按一位作家的吩咐写下这个故事的时候依然如此。

麦尔根有一副极好的牙齿。他曾当众咬断过十六根皮条，那些皮条十分坚韧，即使用最锋利的刀子也不易割断。麦尔根把咬断的皮条给我们看，断碴儿齐刷刷的如刀切一般。麦尔根不爱多说话，爱把茇茇草咬成一截截的，长短一样齐，先用舌尖吸进嘴里，然后"噗"的一声啐出去。那一截芨芨草便如出膛的子弹射向任何一个地方。麦尔根的枪法不及觉洛，但也十分精彩。关键是麦尔根有耐心，有毅力，这大概是阿芭哈喜欢他的缘故。

那天下午我第二个见到的人是桑塔老爹。桑塔老爹个头不高，因为他已经没有了双腿。桑塔老爹把自己放进一个竹筐里，在筐底垫上软和的柴草和羊毛。他双手撑着两个木头块带着筐子走路。有时他这样走路丝毫不比双腿走得慢。桑塔老爹将永远生活在竹筐里。他的双腿是他年轻时被另一个男人用马刀剁去的，那时因为一个女人他被赤条条地逮住了，这个女人的丈夫就剁了他的腿。我唯一自豪的是我站在桑塔老爹身边比他要略高一点。但是桑塔老爹很凶，他眼里射出的寒光时时令我不寒而栗。我跑到桑塔老爹的小马架房子里的时候，看见他脸上笼罩着一层不祥的神色。

一只很大的红蜘蛛在马架子的墙壁上匆匆爬行着。桑塔老爹敏捷地伸出手去，将它捏死。红蜘蛛鼓胀的肚子里喷出一股翠绿的水。桑塔老爹用阴沉的目光盯着我。接着桑塔老爹说出了一串令我毛骨悚然的怪事。他说今天早晨一匹公马忽然发出一串儿毛驴一样的嘶叫。他还看见一条花蛇正在和一只刺猬交配。他还听到八百里外的马蹄声像是踩在血泊里一般响亮。最后，桑塔老爹像个真正的预言家一样举起了手臂。他要我立即去找觉洛或麦尔根，让他们带十几个小伙子携上枪去守罂粟谷，把一切灾难都挡在山谷外面。

罂粟谷是最好的牧场，二十几个牧人骁勇异常枪法极准。桑塔老爹还不知道觉洛已经被人干掉了。我跑到这儿来其实正是为了告诉他这件事，可不知为什么我又不想说了。我应了一声跑出小马架房，刚跑几步听到身后传来轰然倒塌声。回头一看小马架房正缓缓坍塌成为一片废墟，而桑塔老爹却像只土拨鼠一样顽强地从废墟中钻了出来，那个破竹筐依旧托着他的整个身子。那时桑塔老爹一点也不滑稽可笑，却像一尊屹立在废墟之上的石雕。这时候我才听见了枪声。密集的枪声如炒豆子一般爆响。黑母狗瑟瑟发抖，像狐狸一样隐藏到草丛里。将空气撕碎的怪叫声在天空飞翔着。桑塔老爹脸色铁青双目紧闭。通红明亮的子弹头在他身边划出许多血管似的网络。白色的罂粟花瓣像雪片一样纷纷扬扬。

　　阿芭哈也会放枪而且勇敢，她手挥驳壳枪和小伙子们一起进行枪战。岩石被击碎，石屑纷飞如冰雹而落。阿芭哈躲在野罂粟地里神出鬼没，十七岁的身子十分灵活敏捷，扭动起来像条花蛇。麦尔根在她身前身后射击着。身穿米黄色衣服的骑手如蝗虫一样在草地上蹦跳着。我看见一个大胡子抽出马刀转眼间砍掉了一颗人头；我还看见那具尸体鲜血喷涌，状如莲花怒放于白色的罂粟花上。从此以后许多年，那片地方的罂粟花都是淡粉色的而且有股刺鼻的苦香。

　　关于白马队头领萨盖尔的故事并非是我杜撰，现在生活在我们这里的六十岁以上的老人都能绘声绘色地讲上一大段萨盖尔和白马队的故事。公正地说萨盖尔是一个很够味儿的男人，尽管他在战场上冷酷、嗜血、狂暴，这并不妨碍他成为一个优秀的男人。他的传奇色彩到了和平时期便消失殆尽。打仗时他是一个好杀手，和平时期他终于成为一个好丈夫，一位好父亲。

　　人们都说萨盖尔带着白马队驰骋纵横，聚敛了数不清的财富。这些财富从何而来，至今无人知晓内幕。

　　萨盖尔在这之前曾光顾过罂粟谷。那时正好是秋天。他光顾罂粟谷是为了搞点烟土，有时他喜欢吸几口这玩意儿提精神。桑塔老爹很会割烟。罂粟花凋谢后便凸现出一个圆圆的绿油油的烟疙瘩。老爹如跳兔一般行进在罂粟地里，用一片锋利的竹片将绿疙瘩割开许多小口子，顿时便有乳汁似的浆液流出，如血液般渐渐凝固。若干天后老爹再来一趟，将血痂似的土褐色的东西小心翼翼刮下来放在一个口袋里，然后再在上面划些小口。桑塔老爹把收集起来的干浆带回去放在一个锅里精心熬制，熬成一块块如胶皮状的东西才珍重地将它收藏起来。

　　萨盖尔来的那天在桑塔老爹的小马架房子外看见了阿芭哈。那时我正和黑母狗嬉戏。黑母狗多情的眼睛柔情似水，腰肢如狐狸一样柔软地扭动。它永远是一条会卖弄风情的母狗。

　　我看见骑在马背上的萨盖尔神情恍惚、目光迷离。阿芭哈在离他不远的地方脸颊微红低垂着头正在扫羊盘。阿芭哈在干活时整个身段都在扭动，因此楚楚动人。萨盖尔的一脸大胡子如荒草般微微拂动。后来桑塔老爹一跃从小马架房里跳了出来。他的头几乎撞在萨盖尔坐骑的前胸，惊得那匹有着洋马血统的大白马往后一退，几乎将萨盖尔掀下马背。桑塔老爹又往前跳了几下，目光阴沉，透出一股逼人的光束。萨盖尔弯下腰吃惊地观察着这个伏在地面上的老人，一句话没有说，抽了白马一鞭扬长而去。之后桑塔老爹开始做噩梦，总看见无数马蹄子践踏着血液似的罂粟地。

阻击战持续到黄昏时分。萨盖尔的白马队骁勇异常，终于攻进了罂粟谷。一朵朵白色的野罂粟变成了血红色。麦尔根和阿芭哈且战且退。枪声稀落。白马队的骑手到处搜寻幸存的人。

野罂粟花在傍晚发出的香味十分奇异，像酒一样浓郁。麦尔根和阿芭哈退到一座土房子里。土房子被一片绿荫掩着不易被人察觉。他们气喘吁吁奔进屋后立即顶死了门。麦尔根背靠着门注视着阿芭哈。一粒子弹穿透木门如一只蚊子呻吟着钻进对面的土墙里。许久再没有枪声。

远处有战马欢愉的嘶鸣。麦尔根把最后两粒子弹装进枪膛里。阿芭哈静静地望着他。麦尔根缓缓将枪举起，对准阿芭哈的胸口。阿芭哈露出神秘的微笑。那微笑如九月的枫叶一般灿烂。

麦尔根刚毅的面庞凝固着最后的从容和男人的冷静。麦尔根对阿芭哈说：他们不会放过你的，我不愿意让你受到一丝羞辱和玷污，让我们一同奔天国去吧！阿芭哈依然微笑，点点头说：无论你去哪儿，我都跟着你，下地狱或者是上天堂。麦尔根的手颤抖了一下。一群鸟飞在昏暗的天空上如一团疾驰而过的云彩。黑母狗这时走出了草丛正在撒尿。麦尔根在一瞬间觉得坚硬的心房被什么东西撞得粉碎。他突然把枪口对准自己的太阳穴仅仅说了一句快随我来。

灰色的野鸽子掠过布满鱼鳞般云絮的天空，撞进了夕阳的血泊里。成熟的野罂粟果爆裂开来，无数的籽散落到土地里。蜕了躯壳的蛾子飞向了不可知的苍穹。阿芭哈跪在麦尔根身旁将他的身体放平。黑狗在怯怯地吠叫。阿芭哈轻轻掰开麦尔根的手指头。她发现麦尔根的五指修长白皙美丽。她从他的手中取过枪，将枪口对准自己的心房。她说我就来麦尔根等着我……

我说过我是整个事件的目击者。我忽然觉得阿芭哈不应该死，她应该活下去。我一步窜上去抢过她手里的枪。她用美丽的眼睛愕然地看着我。这时门被一股可怕的力量撞开了。

　　萨盖尔带着手下人闯进了屋子里。地点是在房子后面的野罂粟地里。萨盖尔拎小鸡一样挟着阿芭哈走入了那一片白茫茫的野罂粟地里。暮霭如血。晚风掠来，罂粟花战栗不已。我听见那边传来阿芭哈的一声尖叫。阿芭哈自始至终十分驯服一点也没反抗。我像一条走投无路的野狗跑来跑去。我听见我喉咙里滚出一团团野兽似的号叫。白马队在打扫战场。桑塔老爹的小马架子仍在冒烟。七月的夜晚有许多美丽的星星缀在天空，还有浓烈的艾蒿味儿在飘散。我看见在石崖顶上黑母狗蹲踞着如石雕一般，它忽然引颈长嚎如苍狼一样。我接着看见桑塔老爹也出现在石崖上，他奇怪地将一只胳膊举起来再不放下。他依然坐在竹筐里宛如跪在圣垫上。这时我第一次注意到那片罂粟地十分辽阔，一片茫茫的白罂粟花如一层柔滑流动的霜雪。

　　那是一个很奇异的夜晚。那样的夜晚无论出现什么奇迹都是正常的。一瞬间月亮变黑了。月亮变成了一个可怕的黑洞，我觉得自己立刻要被那黑洞彻底吮吸进去。后来我才弄明白那不过是一次月全食。可是无法解释的是月全食之后月亮突然比平时格外明亮，无论是远方的山峦还是近处的树木都依稀可辨。我看见阿芭哈从白罂粟地里走出来。阿芭哈走出罂粟地的情景简直像一幅画。多少年来，我一次又一次看到她走出罂粟丛的画面就知道我这一辈子仅仅是为了那一个画面而活着，我现在记下这个故事的原因也正在于此。

　　阿芭哈走出白罂粟地时全身笼着奇异的红光。那时太阳已经沉落。白色的罂粟花在一瞬间变成了淡淡的红色。她从我身边走过却并不看我。她头发和身上沾满了罂粟花的花瓣。我轻轻唤了她的名字她似乎一点也没听见。花瓣被碾碎如泥浆粘在她的身上，散发着一股我从未闻到过的奇香。她走得很慢几乎看不到她的步子在移动。我跟着她穿过一片丛林翻过一道土岗。我们来到那条依然默默流淌的小河旁。阿芭哈一言不发脱下了袍子全裸着走进了河水里。她的白皙的大腿上流淌着一股黑色的液体。她用清凉的河水洗那液体。河水顿时变成了惨淡的紫色。从河上游漂泊来许多白色的罂粟花瓣。花瓣经过阿芭哈身旁时也变成了紫红色。从那时起，所有的罂粟花在我眼里都是红色，热辣辣地刺眼。

那夜山谷深处有一只狼在嚎，一直嚎到天亮，声音悲戚委婉，听着揪心。

再一次见到桑塔老爹是在一个清丽的早晨。桑塔老爹的头从罂粟丛中露出来。天气好得让人想哭。罂粟花在一夜之间全部凋零了。无数的灰绿色的烟疙瘩亭亭玉立。黑母狗如狐狸般轻捷地跃起来，在罂粟地上画了一道漂亮的弧线，落下去隐没在灰绿丛中。桑塔老爹极严肃极认真地用锋利的竹片将罂粟果割得千疮百孔。下午，他架起一口锅，开始熬制那些收集来的半凝固的浆液。整整一夜，他都守在火堆旁。忽明忽暗的火光在他干瘪枯瘦的脸上闪跳着。那一年秋天，桑塔老爹就是这样沉默着度过了许多日日夜夜。他守在火堆旁犹如一尊具有神灵之气的泥塑。而阿芭哈则总像个夜游神出入于那片凋败的野罂粟地中。

降雪的时候桑塔老爹修复了那座已经坍塌的小马架房子。阿芭哈捡了几垛干牛粪。我们三个人住在一块儿，如三个哑巴极少说话。每天傍晚桑塔老爹将土炉灶烧得通红。热流冲荡着我的身心。我知道春天就快来了。桑塔老爹在每天黄昏时用他忧郁的嗓子唱歌。那时候他的双目分外明亮，炯炯有神。他唱的是几支最古老的民歌，大都是关于爱情和复仇的内容。他唱歌时阿芭哈可以凝坐在那儿整整一夜一动不动。桑塔老爹的歌凶猛而固执地撞击着小马架房子使它摇摇欲坠。我甚至能听到那歌声肆无忌惮地在雪谷里奔驰着撕裂着挣扎着。那个寒冷的季节对我们来说仅仅意味着苦难与忧伤。

我注意到有许多天桑塔老爹与阿芭哈在低声谈着什么。他们的神色十分严峻，他们似乎被一件神圣的事业所激动，在交谈时总伴着长时间的缄默。终于有一天，桑塔老爹从一个鲜红的木匣子中取出他精心熬制的罂粟浆汁的结晶体——一粒粒乌黑油亮的药丸。老爹在制药时还放进了其他毒药，他是按一张秘方严格配制的。他把这些剧毒药丸放在阿芭哈面前，用冷峻的目光盯着阿芭哈。阿芭哈迟疑了许久，慢慢伸出手去，抓起了最小的那粒药丸。药丸最小的如同籽粒，最大的约同鸡蛋。毒性也由轻而重。她把最小的那粒药丸放在手心，端详片刻，用食指和拇指捏住，小心翼翼放在唇边。她用湿润的唇轻轻磨蹭着药丸。桑塔老爹用赞许的目光鼓励她。她反复地重复着这一个动作。后来她伸出舌尖去舔那药丸。她的舌尖如花蛇的舌芯子一般灵巧敏捷地舒卷自如。我知道毒汁正往她的舌头和双唇里渗透。春天到来的时候，阿芭哈已经舔完了五粒药丸。桑塔老爹又把更大的一粒交给了她。罂粟药发挥了它奇妙的作用。阿芭哈变得令人不可思议：她的皮肤粉白细腻，如用凝脂做成；她的双目具有勾魂摄魄的魅力，如两汪盈盈波动的春水；她的头发变成褐红色，如火焰一样燃烧。桑塔老爹被自己创造出的奇迹所陶醉，痴迷癫狂地围着她转，口中嘟囔着一种近似咒语的声音。我觉得那个春天充满了躁动与不安。

阿芭哈在那个春天复活了，但她浑身上下充满了毒气。她的美丽举世无双，但却是一种邪恶之美。她越来越年轻，浑身上下充满了一种不可思议的活力。有一天桑塔老爹牵来一只小羊羔。那羊羔白得如一团雪，眼睛蓝得像宝石。阿芭哈接过羊羔，轻轻对它吹了口气，须臾之间，可怜的小羊羔浑身痉挛，抽搐着死去了。桑塔老爹高兴得发狂。他开始了他的第二步工作——他在一个大木缸里灌满了泉水，然后从山谷的山崖下面捉回来十几条花蛇。我知道那都是些毒蛇，只要被它们咬一口，任何人都会在一顿饭的工夫里死去。桑塔老爹把花蛇扔在大木缸里让它们在泉水里游来游去，搅起一团团水花儿。十天后，饥饿的毒蛇们发出一串串"嗞嗞"的声音，开始互相撕咬。木缸里发出的响动让人心惊胆战。木缸是放在一块平展翠绿的草地上的，远远望去颇像是绿地毯上的祭台。

这时候发生了一件触目惊心的事情——我看见桑塔老爹帮着阿芭哈脱光了身上的衣服。阿芭哈全裸着慢慢向大木缸走去。我看见她身上的肌肤闪烁着太阳般柔和的光泽，她的红头发在早晨晴朗的天空上缓缓飘逸着，她浑身的曲线为清晨的太阳勾勒出一个美丽的轮廓。她走到大木缸前，双手扳住木缸的边沿，然后如幻似梦地跃入大木缸里。大木缸里发出疯狂的响动。一股股水花溅出木缸外。有两条花蛇如飞鱼般跃起来，身躯在空中扭了几道漂亮的弯弧，便候地沉了下去。阿芭哈将整个身子慢慢浸泡到木缸里，似乎木缸底部有一股奇异的吸力将她拽入缸里。最后，阿芭哈全部沉入到木缸里。在她的头没入缸的一瞬间，我看见她的脸上凝固着明亮的微笑。我听见大木缸里的骚动愈加剧烈。我浑身抖成一团，以为阿芭哈此刻肯定已被毒蛇撕咬得血肉模糊。在附近，桑塔老爹又像狼一样仰首长嚎。然后又像跳兔一样跳来蹦去。

阿芭哈在大木缸里一共泡了七天。当她若无其事地爬出木缸时我和桑塔老爹便疯一般地迎上去。她始终那样亲切温柔地微笑着，十分迷人。看见她，我心头感到一阵剧痛。她愈加妩媚娇柔，也愈加邪恶残酷。在那一瞬间我身体又往上长高了一点。我能觉出自己的骨骼和血肉在那时伸展开了，如橡胶一样柔韧。

桑塔老爹急切地用斧子凿破了大木缸。木缸破了很大的一个洞，泉水和花蛇一块儿流了出来。泉水依然那么清亮，而那十几条毒蛇却如松软的草绳一样瘫在草地上一动不动。我过去仔细一看，发现它们已没有一条活着。

阿芭哈向草地的一端走去。她走到一棵白桦树下。白桦树宛如她的身体一样修长美丽，树冠上刚刚复苏不久的嫩叶在阳光下舒展着，显示着生命的活力。她张开双臂将白桦树轻轻搂住。她与白桦树极完美地融合在一起。仅仅几秒钟，她离开了白桦树。我们一同站在白桦树下仰头望着树冠——须臾之间，那些嫩叶开始枯萎，纷纷飘落，树干变成铅黑色，如烧焦一般。

完成了！桑塔老爹像是激动地喃喃自语，又像在宣告：全完成了！你身上的毒素可以杀死任何一个和你亲近的人。去吧，我的孩子，去找你的仇人，让他死在你温柔的怀抱里……

我记得那年夏天的罂粟花儿格外鲜红，朵朵滴血。

下　篇

我说过我不是一个小侏儒，而是一个没有长高的孩子。当我活到一百岁时肯定能长到一米七〇的个头。我写下这个我曾经历过的故事完全是因为一位作家。

在那个夏天，我和阿芭哈离开了罂粟谷，奔波在辽阔的草原上。离开山谷时我们听见了桑塔老爹的歌声为我们送行。那苍老的忧郁的歌声似幽魂一样尾随着我们，永远摆脱不掉。复仇和爱情是古歌里永恒的内容，没有一个人不谙悉这些古歌的内容，它的曲式和那种深切的忧郁充满了异域的情调，它是在咏叹那些不死的灵魂。

我们赶着古老而笨重的牛车走了三天两夜，穿越了最荒芜的草原，到达了一座小镇。

那时候战争已经结束，小镇上洋溢着和平的气氛。人们都沉浸在安居乐业的梦幻里。在小镇的街上经常能看到一些醉鬼，他们卷曲的亚麻色头发里藏满了污垢。有时还能看见盛装的女人坐着马车招摇过市。她们脸上总是浮现着宽容而高贵的笑容，美丽的眼睛里流露出掩饰不住的淫荡的光芒。她们管每一个人甚至马和骡子都要生硬地喊一声"哈拉少！"镇上的人们也毕恭毕敬地称她们为"老大嫂"，马和骡子见了她们也格外温存。在这座小镇上盖起了一座漂亮的教堂，由一位不知来自何方的神甫主持做弥撒。有十二位天真可爱的小女孩自愿到教堂去唱赞美诗。总之，那时候人们都觉得格外幸福。

小镇上的人们最值得自豪的是他们有一位出色的镇长。镇长在战争中就已名声赫赫，他带着白马队纵横驰骋，功勋卓著。在人们的盛传中他越来越完美，成为众口皆碑的神话般的传奇人物。他的形象已成为所有男人所效仿的楷模。

我们的木轮车一驶进小镇就引起人们的注意。阿芭哈端坐在车上，头上罩着一块黑纱。她的美丽透过黑纱辐射四方，人们隐约看得见黑纱里朦胧而灿烂的微笑。几个正在给马打烙印的男人停下了手里的活儿，专注地盯着坐在车上的阿芭哈。阿芭哈挑衅似的掀开面纱向他们投去妩媚的眼波。我看见那几个男人触电似的呆住了，像被灿烂的太阳刺痛了眼睛满脸苍白。我们已经走得很远了，他们还在傻呵呵地张望。一个男人在张望时将手里灼热的烙铁打在另一个男人的屁股上。

几天后，阿芭哈在小镇的舞会上露面。那是镇长为了欢送几位即将远行的白俄"老大嫂"而举行的盛大舞会。阿芭哈的出现使舞会骤然骚动，正在跳舞的人们把目光齐刷刷集中在她身上。阿芭哈穿一件黑斗篷，颀长的脖子和脸庞被映衬得洁如寒雪，分外娇艳。阿芭哈旁若无人昂然而入，脱下斗篷交给我。她从从容容坐下，神态如公主般高贵。我则像跟随公主的侍从。一阵阵惊叹声从四周传来。这时，我看见了全镇上最重要的头面人物——萨盖尔镇长。他全然不是几年前当白马队头领时那威风凛凛的模样，身上的凶悍骁勇已经荡然无存。他穿着淡灰色的毛毕叽服装，留着背头，下面是马裤和马靴。他的神态宁静而慈祥。他依然那么英俊潇洒，风度翩翩。他身边有一位漂亮的女人，大约是他的夫人，典型的东方脸型。女人拉着一个约有五岁的长睫毛的小女孩，大约是他们的女儿。他与夫人一直在殷勤地招呼客人。当他看到阿芭哈时，浑身上下忽然僵硬，脸色苍白，目光迷离，魂不守舍。

整个舞会上阿芭哈一直端坐着不动，每一个跳舞的人都感到芒针在背。后来阿芭哈走到萨盖尔面前问：可以和你跳舞吗？萨盖尔望着她喋然无声。他的妻子在一旁用狐疑的目光盯着他们。阿芭哈轻蔑地笑了一下：你五年前的勇气呢？跳舞的人们都停了下来，望着他们。阿芭哈不再理睬萨盖尔镇长，独自一人走到舞场中间，随着快节奏的音乐独舞起来。她跳得很疯狂，有点儿像恰恰舞，又有点像吉卜赛舞，其实那是我们民族特有的舞蹈，里面跳的是"跑跳步"和"晃悠步"，还有粗犷奔放的"跺步"。阿芭哈的腰肢扭得像水波，每个手势每个眼神儿都有挑逗的意味。全场一片阒静，人人屏气敛声。我注意到萨盖尔依然陷在痴呆中，神情恍惚地盯着阿芭哈。我这时才猛然意识到一个悲剧性的结局要来临。

我们在小镇上住了十天。这十天足以让小镇上所有的男人神魂颠倒。阿芭哈在各种公开的场合抛头露面，她的公开身份是浪迹天涯的流浪艺人，但谁也不知道她身怀何等绝技。起码有十几个行为不轨的男人盯上了她。有一天晚上我们在回住处的路上被三个男人截住。阿芭哈并不反抗，依次搂着三个男人接吻。不一会儿，那三个男人就都瘫死在地上。第二天早晨，小镇街头出现的三具男尸引起了当地居民的恐慌，萨盖尔镇长亲自来到现场侦察，也未找到任何蛛丝马迹，最后只得不了了之。后来又陆陆续续有男人不明不白地死了，引起了小镇上人们的更大恐慌。镇上的女人们很自然地把这件事与阿芭哈联系起来，认定她是一个专门迷惑男人的女巫，男人的死亡肯定与她有关。有的人说他们甚至于看见那妖女在和男人们肆无忌惮地接吻。许多女人开始把丈夫锁在屋里。小镇上自发地掀起了一个"藏丈夫运动"。我们被愤怒的女人们驱赶出了小镇。

我和阿芭哈返回了罂粟谷。我们在穿越漫漫的荒原时赶上了雨季。绵绵细雨使荒原上遍地泥泞，十分难走，车子的木轮常常陷进烂泥里。驾车的白牛费了好大力气才将车子拉出来。我们回到山谷那天天空初霁，天空大地山岗都被雨水洗得干净明亮。桑塔老爹在山谷口迎接我们。黑母狗万分亲热地围着我们摇头摆尾。桑塔老爹用疑问的目光望着阿芭哈。她点点头自信地说：他肯定会来的。我们不再说话，一同向山谷里走去。我发现仅仅十天，那些野罂粟已经长高了，厚肥的叶片密密叠叠，一个个花蕾含苞待放。我知道这又是一个多事之夏。

在那个夏天我的身体内发生了许多奇异的变化。我已经过了二十三岁。我常常觉得有一种火焰似的东西在躯体里悄悄运动着。将我烧得焦躁不安，坐卧不宁。从遥远的山谷尽头荡来灼热的风也让我心烦意乱。我常常莫名其妙地期待着什么，但这种期待又将我投入一种不可名状的恐惧之中。我无法控制自己癫狂的状态，总是像狼一样在山谷里跑来跑去，喉咙里滚动着含糊不清的渴望的嘶叫。只有当看见阿芭哈我才能沉静下来。她常常把我揽在怀里温存地抚摸我。那时候我希望时间凝固，或者我与她一同死去。我委屈地想哭。我不再把阿芭哈当成一个小母亲而把她当成一个女人。我终于发现自己已是一个男人。

她赤裸着身子走进河水时，无数花瓣从她双腿间漂了过去。天空弥漫着野罂粟的奇香。她慢慢向河底沉去，一对乳房如肥硕的白鲢鱼在水面轻盈地跳跃了一下便没入水中。白色的罂粟花瓣络绎不绝，滑润无声地漂来……

阿芭哈的感觉是对的，没多久萨盖尔也赶到了罂粟谷。他带了一个随从，那是一个又高又壮的哑巴，我管他叫"哑巴巨人"。萨盖尔镇长与哑巴巨人骑着两匹马走进了罂粟谷。他们到来的第一天我就发现哑巴巨人力大无比。当时我正用斧子砍一根木头，费了很大劲儿也没有砍断。那是一根足有碗口粗的红松木。哑巴巨人走了过来，不由分说操起松木，用手轻轻一掰，松木断裂成三截。我惊得合不拢嘴巴。哑巴巨人朝我呵呵笑着，双手比比画画不知在说些什么。我注意到他的眼睛里蓄满了仁慈和善良。他与萨盖尔镇长住在一间残破不堪的土房子里。我还记得五年前麦尔根正是在那座房子里自杀身亡的。

从他们走进罂粟谷的第二天早晨开始，桑塔老爹选了一块十分合适的地方开始掘坑。他使用一把锋利的小铁铲，十分吃力地挖掘着，浑身上下弄满了土。但他干得十分愉快。我很快就弄明白他是在掘墓——大的是哑巴巨人的，小的是萨盖尔镇长的。不知为什么，我一想到哑巴巨人闭着眼睛躺在墓坑里就浑身不舒服。寂静的罂粟谷回荡着挖掘墓坑的声音，颇似一个魔鬼在啃噬着土地。

　　萨盖尔来找阿芭哈进行忏悔时我正和她在一块儿。我们在罂粟地里观看那些刚刚绽蕾的罂粟花。阿芭哈说她感到惊讶，因为那年夏天的罂粟花不仅硕大无比而且又全部变成了白色。这时萨盖尔来到我们面前。他的目光勇敢地迎着阿芭哈的目光。他们两人目光里那些复杂的意蕴我至今没有猜透。我不知道恨到极致或爱到极致会是一种什么样的结果。

　　两人对视足足有一顿饭的工夫。一层层罂粟在我们周围瑟瑟颤抖。我又看见黑母狗如轻捷的狐狸在罂粟地里跳来跃去。空气中隐隐震荡着桑塔老爹的掘土声。萨盖尔从腰间拔出一柄手枪，将子弹推上膛，递给阿芭哈。然后他跪在阿芭哈面前祈求惩罚。阿芭哈接过枪犹豫了片刻将枪抛出很远。手枪落地时走了火。一粒子弹呼啸着从我们头顶上飞过，消失在远方那片淡蓝色的氤氲里。黑母狗藏在草丛里瑟瑟发抖。掘土声停止了。萨盖尔抬起头望着阿芭哈，他喃喃着说了许多话。他忏悔自己的罪恶，诅咒那个曾经被扭曲了的灵魂。他说那天在小镇的舞会上看见阿芭哈的一刹那间他便意识到自己最深重的罪孽，他无法饶恕自己也不企望阿芭哈的饶恕，他将自己的生命交给她任意处置。我从他的忏悔中看不出任何一点虚伪，那种可信的真诚发自于他的心灵。阿芭哈忽然扭过头去。她离开了我们匆匆往回走。她紊乱的步子踩倒了许多野罂粟。

　　萨盖尔脸色灰白如一尊泥塑跪在那片罂粟花丛中。一片银白的花海里浮托出一颗虔诚的头颅。空旷的山谷保持着令人伤感的静谧。我相信萨盖尔真的爱上阿芭哈了，这也正是桑塔老爹所希望的结果。他要用爱把一个人送入坟墓。萨盖尔无论如何不会再活着走出罂粟谷了。我那时候已经看到了故事的结局。

　　一连几天，萨盖尔失魂落魄，徘徊在我们小马架房子周围。桑塔老爹依然默默地掘着墓坑。墓坑已深到使他很难爬出来的深度。桑塔老爹带着浑身土屑回到小马架房子，那个破竹筐里也落进不少黄土。他双手撑着木块比以往更为灵活而敏捷。竹筐往前移动时磨蹭着土地发出一阵阵怪响。桑塔老爹跳到阿芭哈面前冷峻地盯着她说：今天晚上。阿芭哈沉默不语。桑塔老爹满腹狐疑地望着她：怎么，心软了？阿芭哈默然不语却点点头。太阳沉没于山谷外的群山间。黑暗轻轻走近大地，一片朦胧。我听见了从草原最深层发出的沉重的呼吸。暮色最浓的时候阿芭哈走了出去。桑塔老爹用阴沉的目光望着她。萨盖尔的马靴踩在远处的草地上发出一阵阵痛苦的呻吟。

有一次我看见哑巴巨人在哭，哭得十分伤心。我拉住他的手问你哭什么呀，瞧多好的天气。黑母狗在附近探头探脑。它的肚子明显大起来，肯定是与外面的野狗偷情的结果。我总担心黑母狗有一天会发疯突然咬掉我的鼻子。哑巴巨人悲悲怨怨地说：它死了，是我害死了它。我看见了一只被踩死的绿色的大肚蝈蝈。蝈蝈的肚子已经瘪下去，乱糟糟的十分污秽。哑巴巨人从山谷里往回扛一块石头不小心踩死了它。他说他从来不愿意弄死任何一个生命。我帮他一起安葬了死蝈蝈。那的确是一个好天气。

阿芭哈回来的时候天已经快亮了。她走进小马架房子里什么话也没说，一副疲惫不堪的样子。桑塔老爹目光炯炯地盯着她：有结果了吗？阿芭哈摇摇头，突然将头埋在双臂里啜泣起来。我的心怦然一动。窗外夜风呜咽，桑塔老爹阴鸷的脸上显露出极度的失望和无可奈何，怏怏地走了出去。我听见外面那声苍老而郁闷的叹息。

第二天我再见到萨盖尔时，发现他的脸不再是苍白灰暗的，上面有了活力和光泽，似乎还有一种我不熟悉的东西——无法掩饰的欢悦或者是憧憬。我注意到萨盖尔的确很有男人的魅力。这个发现使我十分悲哀。

傍晚时分我听到了阿芭哈与桑塔老爹的对话：

……求求您了，我不能……我可以去杀死任何一个男人，唯独不能害他……

为什么？他是你的仇人！他把最深重的耻辱带到这条山谷！

可现在他不是……他爱我，真的爱我……

那么你呢？是不是也爱上了他？

我不知道！不，这是不可能的！我已经不能和任何人相爱了，我是一个被毒液浸透了的女人。

我已经让他尽快离开这里。在那遥远的小镇上有他的妻子和女儿，他有他的幸福……

她身上沾满了野罂粟洁白的花瓣。她在月光下看上去像一尊女神的雕像。河面上漂来了一层白雪。她浸泡在河水里清洗身上的污秽。飘逝的花瓣自白变粉，由粉而紫。一条狼在山谷深处哀号。

萨盖尔和哑巴巨人悄悄走了。桑塔老爹的墓坑已经掘好，堆在坑边沿的黄土像两座坟包。我知道萨盖尔能活着走出罂粟谷是他的幸运。夏天快要过去了，白罂粟又快成熟了。

我每天陪着阿芭哈，想为她做点儿什么。自萨盖尔走后，阿芭哈每天神情恍惚，恹恹无力。桑塔老爹警告她说：你必须不断地接触男人才能把身上的毒素彻底排泄掉，否则你不会活太久。我陪着阿芭哈到山谷外去寻找男人。凡是我们能遇到的男人无不贪求阿芭哈的美色，仅仅为了那销魂的一吻而送命的男人络绎不绝。起初，阿芭哈还狂热地与每一个前来求欢的男人接吻。谁也不知道她那娇艳无比的双唇和馨香如兰的舌苔里浸透了剧毒，谁也不知道那让人筋酥骨软的搂抱能致人死命。阿芭哈带着一种莫大的快意像个爱玩恶作剧的孩子与那些好色的男人们周旋。那时她精力充沛充满了青春的活力。但是她很快就厌倦了这一切，她开始可怜和厌烦那些愚蠢的男人。她带着我回到罂粟谷。有一天她看见了那两个墓坑之后神情颓丧，她独自来到墓坑旁用双手往坑里填土。桑塔老爹在远处观望着，目光十分阴沉。

夏末秋初时，当阿芭哈刚刚把第一个墓坑填平，她就彻底病倒了，再也没有爬起来。她整夜整夜说胡话，双唇不再娇艳，变成了铅黑色。小马架子里充满着一种瘟疫般的氛围。夜风在外面不停地号叫。有时狂暴的雷雨在夜半时分突然袭击罂粟谷，滚滚的炸雷不绝于耳似乎要将山谷彻底摧毁。密集的雨点铿铿锵锵地砸在山谷里似乎要把一切都砸得粉碎。这时躺在皮褥子上的阿芭哈会被雷雨突然惊醒，恐惧万分地瞪大眼睛，蠕动的双唇里发出一连串梦呓似的胡言乱语。她念叨最多的是魔鬼和萨盖尔两个词。桑塔老爹忧心忡忡地望着她说她恐怕过不了这个秋天了。

谁也没有想到，当阿芭哈奄奄一息的时候，山谷里传来了马蹄子声。阿芭哈睁开眼微笑地说：他来了！我知道他会来的……之后便又合住眼皮。马蹄声急匆匆奔来，萨盖尔冲进了小马架子里，呼唤着阿芭哈的名字。桑塔老爹心事重重摇摇头，拖带着破竹筐跳了出去。屋子里很静。跑累的两匹马在外面呼哧呼哧喘息着喷着响鼻。哑巴巨人正从马背上往下卸东西。萨盖尔伏下身子凝视着阿芭哈。阿芭哈呼吸均匀如熟睡一般。萨盖尔动情地久久凝视着她喃喃着：我不会再走了，从今往后我就留在这山谷里，和你在一起，永远……我已经不是什么镇长了，我什么都不要了——我只要你，阿芭哈……

阿芭哈再一次睁开眼睛，明媚灿烂的目光望着萨盖尔。她无力地微笑了一下说：不要靠近我！我已经和你说过我浑身上下都是毒素，快离开我。萨盖尔说我都知道，但是我已经不能控制自己，我只想在你的长吻中愉快地死去。阿芭哈说那也正是我的愿望，我真不愿意一个人走把你丢下，你不论活着还是死了，都应该属于我……瞧，我有多自私。

这时候我又听到了掘土声。桑塔老爹又开始重新挖掘被阿芭哈填平的墓坑。阿芭哈听到这声音浑身一颤，紧紧搂住了萨盖尔。她急促地对他说：快，也许还来得及……萨盖尔望着她那张苍白美丽的面孔，慢慢将嘴唇贴了过去。

我记得那是一个没有雾的早晨，空气湿润，山谷里弥漫着紫花苜蓿的香味。那时候一轮太阳尚未升起，山谷的天空上泛着耀眼夺目的金黄色，阿芭哈的双唇与萨盖尔的双唇紧紧吮吸在一起，似乎世界上没有一种力量能把它们分开。我知道这是他们最后的时刻。在那一瞬间我听见了我身体内骨骼生长的吱吱咯咯的声音。

她走出罂粟地时白色的袍裙缓缓飘起来，头发火红如火焰一样在燃烧。她面容平静如水，步履轻盈如梦。黑色的月亮在她头顶上哭泣。

那天晚上桑塔老爹带着我摸进那间破土屋里，哑巴巨人正在酣睡。黑暗中我看见桑塔老爹的眼睛闪着幽绿的光芒。我们站在地上刚比土炕高一点儿。桑塔老爹将一根绳套套在哑巴巨人的脖子上，绳子的另一端通向门外，紧紧系在一头黑牝牛身上。我按老爹的吩咐摸到门外，听到老爹的咳嗽声我就用尖刀狠狠刺黑牝牛的屁股。黑牝牛吼了一声狂奔起来，绳子后面拖着可怜的哑巴。黑牤牛拖着哑巴巨人在山谷里跑了一个来回，最后鬼使神差般地停在了桑塔老爹挖掘的墓坑旁。

哑巴巨人死了，脸上却凝固着宽容且憨厚的微笑。他的尸体被草汁染绿，沾满了草叶花屑。我们把他放在那个大墓坑里，发现尸体的长度与墓坑的长度不差分毫。我暗暗钦佩桑塔老爹。我们用坑旁的黄土掩埋了哑巴巨人。填完最后一锹土时我恍若听到哑巴巨人在三尺厚的黄土下翻了一个身，嘟哝着说他感到挺憋闷。

使桑塔老爹感到大惑不解的是阿芭哈和萨盖尔都奇迹般地活过来了。经过那晚的一夜缠绵，阿芭哈身上的毒素消失殆尽，又成为一个正常的女人。她每日都与萨盖尔在荒野上徘徊很久。回到小马架子里她总是沉默着。我看得出她内心矛盾重重，充满了难以排遣的痛苦。在复仇与爱情之间她选择了后者，实际上当她从癫狂痴迷的状态中清醒过来时她又犹豫不定了。她每天夜里都看见麦尔根的亡灵向她走来。她时而无比绝望时而又沉浸在希望之中。

终于有一天，桑塔老爹将留给萨盖尔的那个墓坑里的黄土全部掏了出来。阿芭哈知道最后的期限已经到了。

那天早晨我们在萨盖尔的墓坑里发现了阿芭哈的尸体。她的面色像活着的时候一样充满了魅力。她在那天晚上偷偷吞吃了桑塔老爹几年来积攒下的全部的烟膏。接着我们在墓坑边上发现了萨盖尔——一颗子弹从他的心房穿了过去。他僵硬地跪在墓坑边像一个虔诚的忏悔者。一把手枪扔在离他很远的地方。

萨盖尔终究也没得到一个墓坑，桑塔老爹把他的尸体剁成许多截，喂了一大群秃鹫。整整一个秋天，那群秃鹫总在罂粟谷上空盘旋着不肯离去，如一片不祥的阴云飘忽不定。

三天后桑塔老爹死在小马架房子里，一把尖刀割断了他的喉管。如果罂粟谷里再也找不到其他的人，那么这件事肯定是我干的。

在同一天，我被那条居心叵测的黑母狗咬掉了鼻子。

那年秋末，山谷里的罂粟果结得很大，个个浑圆油绿，然而却无人收割它们。它们像许多小精灵在秋风中摇头晃脑歌咏着寂寞。寂静的秋夜，罂粟果一个接一个地爆裂开来，砰然炸响，将生命的种子喷吐到土地上。那种声音使我恐惧，彻夜难眠，因为我在想到新生的同时，又意识到这其实就是死亡。

许多许多年来没人知道这个故事。这种千篇一律的古老内容很难再引起人们的注意。我不知道那个作家让我记下这个故事的真正用意，但是我相信当我写下这一切的时候，我又能长高大约两厘米。

在草原或山谷里，我永远是个长不高的孩子。

黑森林

原载《上海文学》

相传——

萨达特草原曾举行了一次独特的葬礼。当死者随着树冠一同被深深埋入地下之后，无数马蹄子纷纭而至，狂吻墓地的黄土，似乎要将骑手的思念铭刻在这片土地上。潮湿而新鲜的土块顷刻间在马蹄下化为齑粉。

成千上万匹马儿从墓地上飞驰而过。马鬃和马尾在肃杀的秋风里扬起一面面旌旄。深埋在地下树壳里的死者一定被这亢奋的声音所撼动，在另一个世界开始了他的马背之梦……马群潮水似的退去之后，墓地就和任何一片草地一样平坦，看不出任何死亡的痕迹。

接着是血的祭奠。

几个萨达特人牵来九峰小驼羔。这些男人们袒露着上身，每一块坚实饱满的肌肉里都凝聚着力量，手中的牛角尖刀滑动着柔和的白光，刀刃上跳动着落日的金辉。小骆驼呆呆伫立在没有绿草的黄土上，用哀怜呆滞的目光凝望苍天，等待着短暂生命的最后终结。它们静静聆听，似乎从广漠的原野上寻觅母驼的呼唤，晶莹剔透的眸子里凝结着两块烧熟的落日。一切都将成为幻影——

绿茸茸的草地，快乐流淌的小河，还有母亲香甜的乳汁……

然而，一条汉子庄严地举起手臂。男人们都举起手臂。牛角刀在他们头顶上熠熠生辉。耀眼的金光在空中倏地划过，蛇一样迅速地钻到驼羔的皮毛里。一股紫黑色的激流宛如憋闷已久的山泉飞泻而下，汩汩地淌到那片被马蹄耘平了的黄土地上。

驼血浇灌着松软的墓地。九峰驼羔无声无息地倒下去，最后贪婪地望着苍穹，将世界的影像凝固在亮晶晶的瞳子里。它们最终没有听见母驼的声音。

第二年春天，这片墓地长出了一片黑森林，莽莽苍苍，漫无边际，每一片叶子都像一个小小的精灵在不停地颤抖着、叹息着……而当行人走到近处时，黑森林却倏地消失，眼前依旧是一片茫茫的长满了肥硕牧草的草原……

松　岱

松岱躺在热烘烘的皮褥子似的草地上，将两只手枕在脑壳下，眯着眼，把压在头顶上的云朵瞄透。腻了，便合住眼皮，昏昏欲睡。阳光的利箭穿透眼睑，他看见了自己红艳艳的血怎样在透明的网络似的血管里不停地骚动……

天气无疑是不错的，柔软的日光和湿漉漉的云絮，还有在绿草地上像幽灵似的游荡的马群……然而，松岱心烦。这样的好天气千篇一律地消磨着他的日日月月，使他觉得自己被装进了忧伤的皮口袋里，怎么使劲也挣不出来。松岱究竟是谁的儿子呢？他把这个问题想了又想，百思不得其解。

松岱有三个哥哥，他们当然不必为这个问题伤脑筋，因为他们都是安巴在世时出生的。松岱就不同了，他在安巴升天的第三年才降临人世，这就非同小可而且意味深长了。当然，额吉一直忠贞不渝地守着寡。她守寡二十三年，再爱挑剔的牧人从她身上也找不到一个微小的污点。她的贞洁像十五的满月一样令整个草原上的牧人仰慕不已。然而，她却在安巴死后的第三年生下小松岱。

于是在伊利勒特草原上，在牧人的毡房里，便有了一个神秘的故事——

一个万籁俱寂的夜晚……

一道白色的天光钻进了套脑……

额吉那时梦见一条比奶浆还白的哈达冉冉飘来，轻轻地落在她的肚子上，恍似一只软软的白狗在蠕动。她伸手去摸，那哈达却倏地不见了……

真是这样吗？所有的人都深信不疑。松岱常为自己的疑惑而羞愧，以为自己亵渎了什么最洁净的宝物。他实际上不想为这件事伤脑筋，很想忘得干干净净。

太阳的热力终于使他意识到已经是中午时分了。找个毡包喝午茶吧？他毫无情绪地坐起来，揉揉发痛的眼。太阳的强光在草地上跳跃。马群在山坡下扎成堆，马头聚在一起，屁股一律朝外，像开什么重要会议。找个蒙古包去！他下决心地甩了下手。如果能碰上一个殷勤好客的女主人，那还算运气不坏！可是……

松岱觉得很不对劲，因为他分明看见山坡下有一条黑色的狼(或者是狗)姗姗而来。狼的肚皮下浮着一团朦胧的雾。

黑狼仰起头长嚎了一声，似乎在召唤他……松岱不由自主站起，他觉得步子轻松，慢慢向那狼走去。他不知道自己为什么要去惹那狼。他觉出一种危险的诱惑……他甚至清晰地瞧见狼的长脸上凝固着一种古怪的微笑。他伸手去抚狼的皮毛，那皮毛皱皱巴巴，十分粗糙。这时候他才惊诧地发现：他抚摸的原来是一株古树。他蓦地记起：这山坡下是有一棵孤零零的榆树，而且极为茂盛，昨天还看见它生机盎然，粗壮的树干支撑着一个巨大的绿冠，今天为什么会突然干枯了呢？他的目光在枯树上仔细察寻，终于发现了一道道烧焦的黑痕。这些长条纹的黑痕颇像鞭子抽出的伤痕，血流出来，又凝固，于是便形成了一条条血痂。这一定是雷电轰击的结果！

昨晚降过一场暴雨，半夜，松岱曾被隆隆的炸雷震醒，那时候，毡房的乌尼杆上满是蛇一样乱窜的银色电光。老榆树一定是那时候被雷电击毁的！然而那股神秘的雷电该有多么可怕的力量呀！松岱渐渐悟出这似乎是什么预兆。预兆什么呢？他很迷惘。

一辆勒勒车终于出现在松岱的视野里。挽车的骆驼可笑地扭动着干瘦的屁股，鸵鸟似的踽踽而行。车上卧着一座老式毡棚，毡子很新很白，在边缘镶绣着黑色的花纹图案。松岱发现那些图案花边原来是用无数个大大小小的"万"字组合而成的。一位长髯老者坐在车辕上，眼睛半睁半闭，眼缝里透出一道诡谲的蓝光。老者的脸上满是一块块树瘤子似的疙瘩。车棚壁上挂着一把古旧的浑拨斯琴，琴一晃悠，便嗡嗡有声。松岱认定这位老者应该叫胡尔沁。一切都似曾相识，无论是那瘦骨伶仃的骆驼，还是那漂亮的车厢，还是不动声色的老者，似乎多次见到过，也许是在梦幻里，也许是在现实中。他隐隐约约觉得，这些年他苦苦希冀的正是这辆勒勒车的飘然而来。

"去黑森林吗？"松岱问。他的问询里带着某种祈求。

"黑森林！"老人肯定地说，眼里的蓝光一闪一闪。

"走吧，胡尔沁安巴，我们走吧……"松岱十分兴奋。他忽地省悟到自己的魂儿已经牢牢系在这辆木轮车上了，无论勒勒车走到哪儿，他都得跟着。

瘦驼的脖子极有韵律地前伸后缩，颈下的铜铃便有节奏地叮咚脆响。那声音有一股魔力，恍若来自遥远的天边……

杜　玛

傍晚，日头落下去的时候，整个草原忽然变得肃穆深沉了。墨绿的草地上格外空寂，只有归牧的母牛在亢奋地呼唤自己的爱子。山脊拱起一条条曲线，上面浮着一块块红的和黄的云团。看不见的黑暗正努力挣扎着从山坳里脱颖而出，以显示自己的存在。

杜玛给最后一头黑白花乳牛挤完奶，急急向毡房走去。把奶子倒在艾里根缸里后，黑暗已经沉重地砸下来，毡房里到处都是黏涩的赶不走的幽暗。杜玛用坚韧的牛皮条将破旧的小木门牢牢拴住，便呆呆坐在一块黑羊皮褥子上，忐忑不安地等待着什么。他会来的，准会来的！

她深信那黑汉子还会像以往一样，用那双硬牛皮底儿马靴狠命地踹门。昨晚他走时丢下一句话：非把门踢烂不可！那汉子的蛮劲儿怕人，一脚下去，整个毡房摇摇欲坠。那扇破木门已经经不住他几脚端啦。他昨天就可以把门破开，但恰在那时，巴鲁斯回来了。巴鲁斯大约咬痛了那汉子，它的牙齿比刀子还锋利。那黑汉子怪叫着上马走了。他走时丢下话——总要占了你的身子，毛呼很！迟早要破了这门，给你戴上那顶三角小黄帽，不依着不行！你是属于我的！你的母亲和奶奶，你的祖祖辈辈，都是属于我的！我可以把你许配给任何一个男人，我有初夜权……

黑汉子嘎嘎笑着走了，今天还来。杜玛无计可施，只能一筹莫展地等待。她从未见过这个黑汉子，她猜想他准像黑熊一样，在门外摇摇晃晃，把草地踩得乱七八糟。似乎是在她很小的时候，这黑汉就来破过门。她依稀记得：那时，额吉把她紧紧搂在怀里，额吉的脸凉得像块冰，紧贴她的颊。额吉惊恐万状地对她说："是那个人，是那人……"

那人就是那样凶残地端着门，像熊一样在外面吼。她吓得狠狠咬住了额吉的奶头……

杜玛伤心地把头埋在臂膀里。她的头发乱糟糟的，像一堆藏污纳垢的羊毛。干枯灰暗的脸上没有一丝娇媚动人的地方。然而她只有十六岁。她不知道自己隐藏在袍子里的身子长成了什么模样，也不清楚紧绷绷的前胸上究竟出现了什么奇迹，会把袍子顶得那么高。但她已经知道一个草地女人的命运是什么样啦。有一天，她遇到一个赶马的汉子，那风尘仆仆的汉子十分健壮，头上扎着白绸带。她求那汉子带上她，远远离开这里。那汉子用狐疑的目光打量她，像打量一匹闯进马群里的小母马，然后冷冷地摇摇头，什么话没说便去了。以后，在这块草地上，她再也没见到一个年轻的男人。

马蹄声沉重地从远方滚过来，越来越响亮，像一串串沉闷的雷声。听见这声音，杜玛抑制不住，浑身瑟瑟乱抖，牙齿碰撞得"咯咯"响。是那汉子，他到底来啦！好像不止他一人，听，天啊，他领来一支马队，足有上百匹马呢！他们真的要抢亲？夜风在毡包顶上凶狠地吼，仔细去听，像许多母狼在干号。破毡片被狂风刮开，拼命抽打毡房，似有无数皮鞭子在乱抽。她听见马蹄声宛如风暴猛烈地扫荡着大地。蹄声骤然哑了，那汉子似乎从马背上跳下来，像一座山砸在草地上。毡房猛烈地摇晃。风在泣，断断续续，凄凄切切。上百匹马示威似的嘶叫起来，小小的破毡房在这巨大的声浪中颠簸着。

杜玛蜷缩到爷爷留下的又大又厚实的皮袍子里，一遍又一遍向上天祈祷："别毁了我啊，千万别……"但脚步声在移近。厚笨的皮靴底踩在积着雨水的泥洼里，像宽大的板子拍击在肉体上的声响。马靴终于踩出一阵阵嘶哑的狞笑——这是命！认了吧，认了吧……杜玛使劲往袍子里钻，把头捂得严严实实。可那尖利的笑声像刀子般扎破皮袍了，猛刺她的耳膜……

她绝望地咬住了又膻又咸的羊毛，浑身的每一块肉都痛苦地痉挛，他又踢门哪！巴鲁斯，我的巴鲁斯呵，你又野到哪儿去啦，为啥还不快些回来啊……可是巴鲁斯，你千万不要回来，他们会像打死一条狼一样打死你……

杜玛倏地觉得心尖上被狠狠扎了一刀。她从皮袍子里钻出，一股困兽犹斗的恶气陡然喷发，身躯由于狂怒而抖成一团——拼了吧！反正豁出去了！这个黑魔鬼，这个哈日蟒古斯，想毁了我，我让你毁毁看，毁吧！不过我也会像巴鲁斯那样咬上几口！

她发疯似的扑到门口，用尖利的宰羊刀割断皮条，猛地把门打开——

杜玛以为自己真的疯了；如果不是疯了，这一切怎么可能、怎么释解？毡房外一片空寂，什么都没有！只有巴鲁斯呆呆立在门外，茫然困惑地望着她。灰暗的天上，半弯残月被黑云撕碎，投下极微弱惨淡的光。只有风吼是真实的，远远近近都荡着夜风伤心绝望的哀吟。仔细聆听，那哀吟似乎又是一首她熟悉的古老的歌谣。什么都没有，黑汉子、抢亲的马队，一瞬间消失得无影无踪，让人怀疑他们是否存在过。她疑虑重重地盯着木门，木门果然被踢烂，有几块木板悲惨地瘫在地上，还有新鲜的木碴和碎片，还有门外那一片被杂乱的马蹄子踩得不成样子的泥泞……

难道他们也欺软怕硬，怕她拼命？或者，那黑汉果真有无边的法力，故意玩弄她、折磨她？她猛地发现门外的拴马桩上挑着一团朦胧的黄——三角黄帽？他留下的？

杜玛突然害怕起来，巨大的恐惧碾轧着她。恍若从黑黝黝的群山那边、从幽不可测的黑云里面传来几声得意的冷笑。杜玛瘫了一般跪下去，紧紧搂住巴鲁斯，抖得像打摆子一样。

她把脸埋在牧犬那光滑的皮毛里，又黏又咸的泪弄湿了它的皮毛。巴鲁斯懂事地望着主人，用舌头轻轻舔她的手背。它的舌头长满倒刺，毛刷子似的。忠诚的牧犬在安慰她，希望能给她一些什么帮助。

杜玛渐渐停止了啜泣，抬头望那笼着黑暗的草原。蓦地，她似乎听到了一种神奇的呼唤。那呼唤充满了野性的魅力。一时，横亘在远方的伊利特勒山脉回声四起，将那呼唤回荡传递，立刻与天空上的气流合成一体，从山涧、从牧场、从河湾、从灌木丛的梢头、从勒勒东的毡棚旁、从立在毡房外的套马杆的皮套子里……淙淙不绝地流过去，如湍湍急流在荒芜的土地上奔涌着，呼啸着，向另一个陌生的崭新世界流去。

走吧！她听到那声音在说。

走吧，离开这块噩梦般的土地！一个蒙古女人的命运，应该是另一种样子。

杜玛不再犹豫不决了。她匆忙收拾了一下，带了些肉干和炒米，大步向荒野走去。忠诚勇敢的巴鲁斯跟在她身后，兴奋地喘息着。她一口气爬上了一座山岗，嗅着扑面而来的纯净而奇冷的山风，污浊不堪的胸口似乎立刻清爽了许多。她回望那座住了十六年的破毡房，竟无一丝留恋之情。

那黑沉沉的圆包如一个不祥之物，沉默地蹲在静静的山洼里，给人的心窝堵满了晦涩和沉闷。

这时候，杜玛回头向东方望了一眼，顿时惊呆了——

淡青色的天宇上，正缓缓扯起一幅瑰丽的奇景：在苍白的伊利特勒山顶上，一派耀眼的金黄挟裹着千万缕玫瑰色的彩丝，正在把天幕重新编织。忽而，无数的圣火在熊熊燃烧，满世界全是金灿灿、红通通的火焰。被这黎明之火燃烧了的缕缕云絮竟如一汪透明的液体，波动着浩瀚无际的层层彩浪……就在这明丽的背景的衬托下，她望见山脊顶上一峰瘦驼和斜立的勒勒车的黑色剪影，还看见一缕乳雾似的烟柱正缓缓地悠然地袅袅升腾……

松岱和杜玛

黑森林在哪里？

没有人知道，没有！

让我寻找吧，

沿着逆时针的辙迹，

用寻觅梦幻的真诚。

哦，我看见它啦，

真的，那一片黑色的波涛，

女人乌发的瀑布，

还嵌着灰色的眼睛。

啊，我的孛尔支金！

孛尔支金……

松岱奇怪自己居然能编出几句诗，他过去根本不懂得什么叫诗。他用一种古怪的符号把这首诗写在一块沙滩上，竟发现它很工整、很美。他为自己创造的原始艺术而陶醉。胡尔沁安巴走过来，望着沙滩上那千奇百怪的符号若有所思，然后微微笑了。

"你写的是畏兀儿文……"老头点着头肯定地说。松岱用手将那些不知所云的符号全部抹掉。

我什么时候学畏兀儿文了？见鬼！他狠狠地把手里的沙子扬到空中。黄灿灿的沙子像雾一样抖开，如薄薄的缎子，倏地随风儿去了。一切都不能按常理来解释！胡尔沁安巴说：也许根本就没有什么黑森林，但我们应该相信它的存在，在我们的意念中，应该有一片蓬蓬勃勃的黑森林，这才是最要紧的！

松岱向伊利特勒山顶上走去。黎明的曙色最先降落到山巅。这是一天当中光线最柔和的时候。他踩着岩石和荒草向上爬。慢慢地爬，并不觉着怎么吃力。太阳正从远方的大海里往出浮呢。太阳每天都要在海水里洗浴得干干净净，第二天升起时不沾一点灰尘。天光？白色的天光究竟是怎么回事？是日光还是月光？

一条白色的哈达从天而降……

哈达像天狗一样倏地消失……

然而女人究竟是怎么回事儿？她们为什么能生下男人也能生下女人？生命的奇迹都蕴藏在她们的肚子里，她们本身就是一个巨大的问号，一个难解的谜……

还有那从茫茫无际大湖里游来的苍狼呢？还有那从博尔罕山脚下奔驰到斡难河岸旁的白鹿呢？

哦，巴塔赤罕！巴塔赤罕……

我们生在这片草原上，死在这片草原上。我们一代又一代繁衍，一代又一代厮杀。我们血流成河，我们建功立业，我们用鲜红鲜红的血书写了一部辉煌的历史，可是我为什么找不到那片黑森林？甚至不知道关于女人的秘密！

松岱苦笑了一下：妈的，我快成哲学家了，然而女人……他朦胧地发现了心底正在滋生的渴望。他感到真正的危险来自于心底的诱惑。

他爬上山顶。勒勒车的两根车辕像两根长长的炮筒斜指苍天。白色的棚毡映着朝霞的红光。瘦驼伫立，眺望东方天际，显得异常凝重。它的嘴巴默默地动，发出低沉而古怪的轰轰隆隆的声音，像在为这古老的大地做着极虔诚的祈祷。一缕细细的白烟从一堆将要熄灭了的牛粪火上冉冉飘起。一切都过分的恬静、过分的安谧了，让人觉得有什么不同寻常的事儿就要发生。

果然，当他转过身的时候发现了奇迹。他首先看见了从岩石后面冒出来的两只毛茸茸的尖耳朵。接着，耳朵升起，又露出一颗狗的(或者是狼的)脑袋。一瞬间，它似乎往上腾跃了一下，于是整个身躯便全部暴露在岩石上。它静静地蹲下去，用一对明亮的聪明绝顶的眼睛望着松岱，那眼神分明是遇见故人的喜悦。

松岱一怔，握住刀柄的手僵住了。

它只是沉着地望着他，满身的黑毛被浓艳的霞光烤得乌亮。这时候，他看见一个少女攀上岩石。晨风把她褴褛的袍子抖开，哗哗地响。她蓬散的头发也在哗哗地响。她干瘦的脸上布满乌黑的痕迹，而眼珠却折射着璀璨之光。她用自己瘦小的身躯迎着正在赫然升起的朝阳，迎着这个陌生青年的火焰似的目光。她伫立着一动不动，笼在一片肃穆的红光之中，像一个从草原深处赶来迎接太阳的使者。

松岱怔怔盯着这个突兀出现的不可思议的女人，以为她是大山的女儿，或者是荒原的宠妃。

她和那条狗并列在一起，在那样褐红色的岩石上，在那样浓郁的晨光里，便显出一种奇特的魅力。

"你是来找我的？"

"是！"

"我等了你很久！"

"我也一样！"

"你会带给我幸福吗？"

"不，是不幸！"

"让我们一起来甩掉这讨厌的不幸吧！"

"一起……"

他们只是默默相对，什么话都没说，他们在用整个心灵互相感应。他们一起向太阳升起的地方望去——在那里，经过海水洗浴过的太阳十分明净，正在蓬蓬勃勃地脱颖而出。无数山峦全被染红了，白雾从一道道山坳里溢出来，虚虚渺渺地托着一片群山，山峦成了浮在雾海中的岛屿。很快，炽热的阳光把那厚厚的雾障搅碎了，草原缓缓展现出来，广阔，翠绿，诱人，像一幅铺展到天边的画卷。星星点点的羊或者马如诗行一样点缀在那一抹绿上。那是一种古朴而肃穆的美，凝聚着蛮荒深奥的哲理……

"黑森林！"松岱凝视远方，庄重地默念。

"黑森林！"杜玛轻轻地重复。她似乎一下觉出这句话的分量。

胡尔沁安巴跪在山顶的最高点，向着永恒的天宇张开自己的双臂，似乎要去拥抱那轮崭新的永远躁动不安的红日。

三角黄帽

不知道过了多少日月……

胡尔沁安巴赶着勒勒车走进了萨达特草原。浩特里的人都出来迎接他们，并且热情洋溢地嘟噜着他们听不懂的语言。

一种近似奇迹的嬗变正在杜玛身上出现——她那蓬草似的乱发经过日日月月的栉风沐雨，现在已经异常黑亮光滑，黑瀑布般倾泻而下；脸上的皮肤依然黑，但经过山泉溪水的洗浴，却也丰腴细腻起来；她的身体已经完全发育成熟了，把袍子饱满地撑起来。她身上似乎跃动着一种青春的活力，无论在日光下还是在月光下端详她，总是一团朦胧，让人觉得可望而不可即。

萨达特的汉子们痴痴地盯着这个黑美人看，毫无顾忌地将内心的饥渴展现在目光和面孔上。萨达特的汉子们个个如狼似虎，眼睛里有风有火有雷有电……杜玛瞟见一个猥亵不堪的汉子正在朝她咧嘴笑。那汉子的紫鼻子烂糟糟的，几乎到了不可收拾的地步，脸上的笑容阴险而又踌躇满志。杜玛被他的笑弄得心惊肉跳，低着头，尽量将诱人的身子藏在松岱宽阔的背后。

他们骤然听到了铜号的声音。

他们都被那声音所撼动——先是沉寂的草地上滚过笨重而威严的木轮子，碾轧着青草、野花、河溪，最后浩浩荡荡涌上山峦，消失在群山那边。接着，一个又一个巨大的闷雷在空中震颤着、跳跃着、碰撞着，山呼海啸般推了过去。又是片刻令人悚然的沉默，之后，更雄壮更威严的飓风一路低吼，一路咆哮，席卷了整个萨达特草原。不知从什么地方，那些黯淡霉旧的黄铜或紫铜的管子里荡出这巨大的阴森森的声浪，让听到的人一阵阵颤抖，一阵阵惶惑，一阵阵畏惧……

于是所有的人都向同一个地方奔去。杜玛和松岱也身不由己随人流而去。他们来到一个辉煌的去处——但见那里雕梁画栋，青瓦飞檐，俨然一座庞大而森严的宫殿。在青石台阶上，一排人头戴三角黄帽，泥塑般肃立。几个秃头胖子憋紫脸，吹着硕大无比的铜号。还有几个一脸杀气的汉子披着绛紫色的袈裟在击鼓。各种喧嚣骤停，一位远道而来的大师飘然而至，极神秘地将手掌放在胸前。所有的萨达特人都诚惶诚恐地跪下去，黑压压一片。杜玛恍若听见了那个叫她害怕的声音：

"戴上黄帽子吧！你们都不属于自己！你们都属于同一个主宰，那是大恩大德大慈大悲功德无量的……"

杜玛看见所有的人都将三角黄帽戴在头上。那些人立刻变得木木呆呆，一个个走火入魔，机械地执行着来自冥冥之中的指令。

"你们当中应该有人为我哭……"

便有人哭得死去活来。

"你们当中应该有人为我受苦。"

便有人变牛变马。

"你们当中应该有人为我而死……"

有的当场拔出刀子，赫然剖腹，鲜血突突乱流，肚肠登时委地……

杜玛毛骨悚然。她突然发现：那些戴三角黄帽的人渐渐被那声音掏成了空躯壳，肚子里空空荡荡，什么都没有……杜玛拔脚而逃，想躲开那声音的纠缠。然而那声音紧紧追逐着她，叽叽嘎嘎地在她身上跳跃着、粘黏着，似乎也欲将她掏空。

"我不会放过你的，你这个叛逆的女人！你是属于我的，和那些人一样，戴上黄帽子吧！跑是没用的，我会跟你到天涯海角，哈哈哈……黑美人，你会受到惩罚的，哈哈哈……"

杜玛听见身后的脚步声越来越急，一阵阵砸在心坎上。她双腿愈加酥软无力，迈不开步子。

那人追上来，扯住她，唤她的名字。她好不容易听出是松岱的声音，一下子无力地瘫倒在他的怀里。

松岱用狐疑的目光盯住她。杜玛的脸上罩着一片苍白，惊魂未定地望着他。

"是谁？那家伙是谁？"松岱怒不可遏。他用目光搜寻着那个使杜玛害怕的家伙。然而他什么也没有看到，附近只有一片凄凉的荒漠。

"说呀，那家伙在哪儿？"松岱摇着吓呆了的杜玛。

"我不知道……他总跟着我……"

他们在沉默中又听到低沉的铜号声在隐隐回荡。

"我们离开这里，阿哈……"杜玛仿佛看见一片浑浊不堪的魔障子在草原上空徘徊。

他们回到勒勒车那里。胡尔沁安巴正把一小罐马血涂在柳枝上，然后向空中奇怪地舞来舞去。

"一切都会过去的！"胡尔沁安巴低低地说，"会过去的……然而黑森林是永恒的……"

铜号声消失了。萨达特人的聚落里静得叫人不安。杜玛望着被暮霭低低压住的萨达特草原，觉得它十分缥缈，十分虚幻。也许，那本来就是一片不存在的海市蜃楼。

夜又来了。当黑夜从遥远的山谷里气喘吁吁蹒跚而来时，草原便在一派无可奈何的寂静中渐渐消匿隐去。夜风像一个心力交瘁的老头发出的叹息，有时也会絮絮叨叨地说些什么，也许是在讲一个古老得令人窒息的故事，也许是在抱怨暮年的孤独。这时候，黑乎乎的群山和隐约泛着白光的河流都进入了睡眠状态，而在潮湿的坡洼里便有一点牛粪火忽明忽暗地亮起，于是在那条洼地里就荡开一股子牛粪燃过的令人亲切的气味儿。

胡尔沁安巴在车棚里弹奏起具有诱惑力的音律——翕动的鼻翼里发出的香甜的呼噜，竟像一支小夜曲在缓缓回旋。巴鲁斯趴在离牛粪火很近的地方，用敌意的目光盯着那缕忸怩作态的白烟，红红的火苗在它瞳孔里闪闪烁烁。稍远些的地方，两个年轻人坐在一起，久久沉默不语。

松岱知道心底危险的诱惑正在强烈地往上拱，像一只牛犊用热乎乎的嘴巴倔强地拱着母亲的乳房。他竭力想压下内心深处奇异的骚动。

杜玛期待地望着他。夜晚闪跳不定的火光会给一个女人增添许多魅力，使她们面上有色、目中带火，愈加端庄而神秘。她的眼睛呼唤着松岱。

他听到了那呼唤，也读懂那呼唤的真实含意。他感到了从未有过的满足——男人们原来是渴望女性的呼唤，因为那时候他们会发现自己的强壮有力，发现自己的价值所在，意识到自己的责任和义务。

草原给了他们一个温柔之夜。无论是牧羊犬伤感的狺狺低吠，还是河蛙求偶的窃窃私语，还是野鼠迅跑追逐时使牧草发出的一阵阵骚动声，都在以各种不同的声色汇集组合成一支关于大自然之夜的优美乐曲。幽蓝的夜空尽管布满了群星，还是让人觉得过于空旷了，需要用想象来填补一个浩大的空白。

"阿哈！"杜玛依偎在松岱怀里，犹如一团燎人的火。

"阿哈……要我吧……你能保护我……"

"我能！"松岱觉着自己坚硬的骨节在"咔咔"作响。是时候了——他想。我立刻就能解开那个很长时间叫我困惑不解的迷了。牛粪火的烟味很好闻。是时候了，他又想。胡尔沁安巴的呼噜现在变得十分遥远，恍若来自另一个世界。

然而黑森林呢？松岱浑身颤动了一下。只有找到它，才能在那里扎一顶毡包，和我所爱的女人安居乐业，繁衍子孙……

"杜玛……"他紧紧搂着她，反复念叨着她的名字，"杜玛，我要保护你……杜玛，我能保护你，不让任何人给你一点伤害……等我们找到黑森林，我一定娶你……"

杜玛第一次睡得那么香甜，那么安宁。她睁开眼时，黎明的红光正在满天燃烧，一轮充满激情的太阳正向她脉脉传情。

杜玛轻轻离开了松岱的怀抱，生怕惊醒他。他的怀抱好温暖好舒适啊，她真愿意一辈子睡在那里不醒来。杜玛踩着沾满露珠的青草，向小河边走去。一只洁白无瑕的水鸭子扑扇着翅膀飞起来。空气中揉进了腐草味和河腥味儿。杜玛畅快淋漓地把凉爽的河水泼到脸颊上。黝黑透红的双颊挂满了亮晶晶的水珠。

洗完脸，杜玛不想立刻回去，沿着小河漫步。她体味着昨晚的一切……原来做一个女人是这样幸福！现在，一切噩梦都结束了，那个黑色的蟒古斯再也不会像一团阴影紧紧追逐她了！她品尝着喜悦的欢欣。

几株亭亭玉立的芦苇在河岸边摇曳。杜玛走过去。刹那间，她像被雷电轰击了一下，呆住了——

芦苇上挂着一顶黄色三角帽。

狞笑从黄帽里荡来……

蟒古斯！她并没有摆脱那恶魔的跟踪！

杜玛大惊失色，掉身往回跑。她跑得很快，然而那狞笑却甩不掉。她想喊巴鲁斯，可才发现那畜生根本没跟来……

"我说过，跑也没用……我给你许配了一个很不错的丈夫，哈哈哈……"

杜玛猛地收了脚步，四下张望——

她立在一片极空旷的荒漠上，望不见勒勒车，找不到回路。荒漠上，只有她孤独的影子拉得又细又长，魔影似的扭动。她怕得要命，扯着嗓子喊：

"松岱——"

声音被荒漠吮吸得干干净净，全无一点回音。仓皇间，她忽地望见不远处有一片森林……

黑森林？真的是黑森林，莽莽苍苍，如一片黑色的波涛。杜玛向那儿跑去。

黑色的树干，黑色的叶子，黑色的枝条，还有黑色的郁金香似的花朵，散着奇异的芳香……

杜玛有点神迷心荡，不能自已。

风从树林顶上掠过。于是巨大的林涛声像千军万马在呼啸，在奔腾……一时，整个森林摇晃起来，掀起喧闹不息的声浪。风儿骤然过去，于是万籁俱寂，黑森林里没有一丝声响，静得像一座深埋在地下千万年的古墓穴……

杜玛听到自己的心脏在响亮地跳荡。那是马蹄声凶猛地砸在草地上的回音。

一队人马从密林深处扑出来。杜玛看见领头那汉子踌躇满志地笑着，鼻子乱糟糟的不可收拾，闪烁着紫褐的光斑，小眼睛色迷迷地裂开一条缝，透出贼亮的光。她忽地想起：在什么地方见过这个龌龊不堪的汉子？

她只来得及绝望地呻吟了一下，便被狂飙似的马队掠去了……

胡尔沁安巴

太阳和月亮交替着沉浮了三十三次。

松岱骑着白马几乎跑遍了萨达特草原。他的马蹄声和他的心一样暴怒。他把腰刀紧紧攥在手心里，随时准备和谁拼杀一场。

杜玛，我的杜玛啊！他在心底不知呼唤了多少遍。松岱为了惩罚自己的无能，用腰刀剁掉一根指头，把自己的血洒到萨达特河里。他要让这条河作证：松岱一定要夺回属于自己的女人，一定！他的血与浑浊的河水融在一起，流遍了萨达特草原……

"没用，找回来又能怎么样呢？"胡尔沁安巴摇着头无动于衷地说。这样的事儿他一定见得多了。他的脸上总是挂着一副悲天悯人的神情。"女人，谁抢去，就属于谁，你也可以去抢个萨达特女人回来……"

松岱惊愕地望着老人。他的话总是让人不可思议！松岱现在有点讨厌这个老家伙了——总那么故作高深，不阴不阳。"我为什么要抢一个萨达特女人呢？我只想夺回属于我的杜玛，她爱我……"松岱狂怒地喊。

"爱你？"老头撩起蛇皮似的眼睑瞄着松岱，"当年你额吉也爱过一个男人，可后来另一个男人抢去了她，她就为那个男人生下四个孩子，就是这样！"

松岱用不相信的憎恶的目光盯着胡尔沁安巴。安巴依然不动声色。

第三十二天傍晚，累垮了的松岱沮丧地依着勒勒车的木轮坐着，眼睛里充满了焦灼的痛苦和对人生的厌倦。巴鲁斯也累垮了，仰起头伸长脖子，发出哀烈的长嚎。胡尔沁安巴叹口气："还是让我来帮帮你吧，可怜的东西！为了黑森林，我应该帮帮你啦。"

安巴把一块羊胛骨扔到火堆里烧。后来他把羊胛骨从火灰里取出，冷却后，仔细查看骨头上烧裂的神秘的纹路。

"按车辕所指的方向，你一直骑马跑下去，看见一块白石头，往右拐，就会找到那不幸的女人……"

第三十三天，松岱按老头指示的方向，纵马跑了一天。天快黑时，果然看见一块白石头。他绕过白石头向右拐去。巴鲁斯紧随着他。不一会儿，看见几顶毡房兀立在苍茫的夜色中。

松岱在蒙古包外下了马，蹑手蹑脚走到一座毡包前。包里荡出一阵阵淫笑。他一脚踹开门，瞥见了面色苍白的杜玛躺在皮褥子上，浑身裸露，发放着惨白的光。一根红得要滴血的烂鼻子在她的胸乳上晃动……

松岱粗野地骂了一句，闪身跳到一旁。片刻，烂鼻子的萨达特人跳将出来，赤裸着上身，持着一把宰牛尖刀。松岱只瞄那刀尖，见它倏地一闪，急忙躲过。这时，他已将腰刀拔出鞘。当那刀尖的寒光再次逼来时，他瞥见巴鲁斯勇猛地窜上去，猛地咬住了那汉子的胳膊。这是不可多得的机会，他沉稳地挥刀。腰刀带着一股风掠过。萨达特汉子惨叫一声。松岱看见一只肮脏的手和宰牛刀一同飞射出去。那只手在草滩上可笑地抓挠了几下，黑血染脏了一片青草。

萨达特汉子扭身想跑。巴鲁斯一跃而起，叼住了他宽大的裤腿。松岱狠狠揪住那人的头发，第二次挥起腰刀，于是一个乱糟糟的鼻子便从那张可憎的脸上永远消失了……

杜玛跑出毡房，用破碎的袍襟掩着袒露的前胸。松岱将那满身血污的汉子丢在一旁，任他在草滩上像只垂死的兔子不停地抽搐。他一言不发走到杜玛身旁。杜玛惶惶地望着他，手无力垂下，袍襟的碎片散落下来。松岱无动于衷地用铁钳子似的双手卡住她丰腴的腰，将她扔上马背。

松岱又钻进毡包。出来时，手里擎着一支燃烧的火把。他把萨特达人住的毡房全部点燃后，跨上座骑，驮着杜玛不慌不忙向远方而去。

走出很远，他们听见萨达特人的一片哭喊，还嗅到了浓臭的烟味。于是松岱的嘴角露出歹毒而又满足的笑意……

回到宿营地时，胡尔沁安巴正在一张皱皱巴巴的干牛皮上用狼血画地图。他反复困惑地嘟囔着一句话：

"在这儿，我敢打赌，一定在这儿……"

胡尔沁安巴沮丧极了。根据他准确的卜测，黑森林肯定就在这一带的草原上。可是自从进入萨达特草原以来，他们像陀螺似的转悠了许多天，一直没见到黑森林的影子。老头愈来愈焦灼。他知道他的日子不多了，他一生都在寻找这片黑森林。难道，他一辈子苦苦寻觅的东西真是虚无的、不存在的？

他被这叛逆心灵生发出的疑问弄得烦躁不安。

他日日夜夜向长天祈祷。他甚至连身边那对男女之间所发生的恩恩怨怨都没有留意。

有一天，他净过手，又翻开那本厚厚的被虫子蛀坏边沿的古书，以无比虔诚的心情趴在书上细细寻找。骄阳将他烤得汗流浃背，老头出神入化地翻阅着。忽然，他狂颠地叫了一声，用手狠拍自己的额头。

这时候，日月失色，天地无光，老头已经到了另一个世界。"我怎么就没想到呢！"老头把额头拍得"咚咚"响，听起来像一截空心树发出的声音。

"母骆驼，只有寻找母骆驼！"

胡尔沁安巴在昏厥中度过了最后一个夜晚。第二天早晨，他还是昏迷不醒，直说胡话。松岱和杜玛守护在他身旁。

熬过了几个漫长的世纪，安巴终于略微清醒了些，他呆呆望着灰色的苍天，望着那轮给了他一辈子光明的太阳，神情顿时无比庄重。安巴挣扎着爬起来，端庄地跪下，给太阳做了一个长长的顶礼膜拜，默默念道：

"那拉，在我去了之后也不要熄灭，随我到另一个世界……"喘息了片刻，又对松岱说："母驼群，一定要找到，跟上……黑森林……"

胡尔沁安巴看见一道祥光从草原上升起，在天空架了一座彩桥。他似乎还看见一只白鹿从彩桥上走过去……茫茫苍苍的大湖里，一只勇敢的苍狼在汹涌的波涛里翻腾、游弋，乌亮的皮毛闪烁着油黑的光斑，时而隐没在浪谷里，时而跃到波峰上……

"一切都会终结，唯有黑森林……"胡尔沁安巴不甘心地望着苍天。他忽然发现自己端坐在彩云上，弹奏着浑拨斯。一串串珠玑似的音符在日光下粲然闪烁，音韵悠然，编织着一篇古老而伟大的史诗。渐渐，他觉得自己化成一只鹰鹫，鼓动着巨大的翅翼，向浩渺无际的天宇间飞去……白云下掩映着绿草地、浩特、黑乎乎的蒙古包、星罗棋布的牛羊……

母驼群

他们又走，仿佛他们的命运便是永远不停地迁徙。

现在他们是两个人了。勒勒车的木轮子顽强地旋转着，越过了茫茫蒙古高原的大地。他们无法摆脱勒勒车，在没有找到黑森林之前，他们就不能终止奔波。

杜玛从车棚里向外望去，松岱宽厚的脊背堵在棚子口，像一堵坚实的墙。她知道那堵墙将会移去，不再属于她了。一想到这里，她忍不住一阵阵剧烈的战栗。这几天她愈来愈不舒服，恶心、无力，有时猛地从胸腔里泛上一阵想呕吐的欲望。起初，她不明白是怎么回事。她还不懂得女人身体的奥秘。然而很快她就懂了，知道身子最深处发生了奇迹，一定是的！这个发现弄得她心慌意乱，不知所措。她不知道自己该喜还是该忧。

"谁的？"松岱只是冷漠地往她肚子那儿瞟了一眼，并不掩饰满腹狐疑。

"我不知道……"她可怜地摇着头，乌发在脸颊上柳丝般拂动。

松岱不再说话。他对她的冷漠与日俱增。但他毕竟没抛弃她。他的心被内疚所刺痛。

杜玛悲哀地低下头，却听见毡棚顶上荡着一阵粗嘎的笑："那是我的种，我的……"

杜玛惊恐万状："松岱，你听见了吗？你听，它又来了……"

"什么？"松岱转过身子，"谁？"

"它……它……"杜玛痉挛着缩成一团。

松岱向勒勒车后和上空搜寻着。那里除了一片空旷的天和坦荡的草原之外，没有任何东西。

"我完啦，松岱，我完啦……"杜玛又伤心已极地啜泣起来。

松岱不说话，猛抽骆驼跑。对于女人的啜泣，他已经由厌烦到习惯了。杜玛莫名其妙的癫狂和歇斯底里的突然发作叫他很失望。把她娶过来也许会好些？……突然间，他勒住了疯跑的骆驼，喜出望外地喊起来：

"母驼群！"

果真是一群骆驼，约有十几峰，正在旷野上急切切地寻觅着什么。那些母驼哀伤地嘶叫着，一个个老态龙钟，步履蹒跚。驼群一字拉开，从一道山岗上鱼贯而过。山岗上空卧着的血红的太阳便嵌在了驼峰之间。驼峰像一座座移动的山滑过去，阳光忽而被遮住，忽而又将一道道刺眼的金光缠绕在驼峰上。那些五颜六色的光束在变幻莫测地旋转、抻长、收缩、弯曲、交叉，让人眼乱目眩。

松岱异常激动地眯眼眺望。巴鲁斯发出恶狠狠的吠叫，不怀好意地盯着驼群。驼峰间驮着一堆蓬勃的日光，蠕动着向远方走去。松岱黝黑的面孔闪着紫光。他吆喝着瘦驼，紧紧尾随着驼群。

母驼们迈着坚韧的四蹄，依然在亘古不变的荒原上寻觅着，哀鸣着。

荒原无止境地往前铺展、延伸。色调愈来愈肃穆，愈来愈神秘。倏地，驼群一起停住了，在一片广阔而平坦的绿草地上围了个大圆圈，然而一律头朝里尾朝外，一律将长脖子弓一样弯下，认真地嗅着绿草地，然后又一起悲壮地将头昂起，将宽厚的嘴巴对准蓝天，不约而同地从喉咙里滚出一声长长的闷雷般的吼叫。那叫声直冲云霄，腾云驾雾，虬龙般滚动跳跃，从一个云头跳到另一个云头，从一个山峦跃到另一个山峦。母驼嘴头上喷吐着啤酒似的白沫子。它们的声音里分明有一种痛苦而庄严的召唤，凝聚着我们人类所不能理解的挚爱。它们嗅到了驼羔的血腥味。尽管岁月早已将那片墓地和驼羔的残骸、血迹抹拭得不留一点痕迹，但母驼凭着特异的天性和深沉的母爱，竟能嗅出久已消逝的小驼羔的血味，并且清晰地听见了驼羔被屠时发出的微弱的呻吟……

松岱身上的每根血管都在骤然变粗、膨胀，全身荡漾着一种神圣的冲动。他和杜玛久久木然眺望，盯着驼类们举行的盛大祭典。

那是一片渗透了热血的土地！

土地下埋葬着一根粗重坚硬的树木。

树木的空蕊里安眠着一位有着辉煌历史的先人！

从遥远的大湖游到斡难河的苍狼……

美丽的白鹿在奔驰，呦呦而鸣……

巴塔赤罕，巴塔赤罕！

我们是从哪里来？我们要到哪里去？我们男人们的血为什么这样浓、这样黏？像烈性酒一样在发酵、在沸腾？像江河一样宽容地容纳了凶猛、强悍、嗜血……及一切一切；我们女人们的血为什么那么淡，那么香，总是任劳任怨地静静流淌？在漫长的流逝中载走了几多忧郁、几多哀伤、几多欢乐？我们——我们是谁？我们的神话我们的传说我们的战戟我们浸透了男人汗腥味和血腥味儿的鞍具和浸透了女人乳味酸味儿的皮革头饰奶酪……都在哪里都在哪里？

辉煌的天光从萨达特山脉那弯柔的背脊上冲天而起，宇宙的一切隐秘都在这神奇的光照下袒露无遗。大自然和人已融为一体。一同进入了一个崭新的境界。所有的生命共同感应着这灿烂而庄严的时刻。松岱心中燃烧着永恒的快乐。他将杜玛紧搂在怀里，火热的唇在她冰冷的青丝上滑动。杜玛的泪珠里凝聚着极乐的光芒，浑身饱满的肉体在愉悦地抽搐，渴望地颤动。

他们冰雕雪塑般地屹立不动，将无限的惊奇与希望投向那片辽远而平展的草原——

犹如一层白雾渐渐隐去，黑森林慢慢显现出来。那是一片没有极限的黑海洋，层层巨涛迭涌，层层黑礁林立，缓缓托起一个古老的梦幻……

红马鞍

原载《青年文学》
选载《小说月报》

1

有一年，我带着一支庞大的骆驼队走进了西伯哈夏草原。我是第一次到这片据说是神秘而又诱人的草原来做买卖，每峰高耸的驼峰间都驮着鼓鼓囊囊的衣物、茶砖、盐巴、铜壶或嵌着银柄的蒙古刀之类的货物。我幻想着当我从西伯哈夏草原走出来的时候，驼背上的每条口袋里都装满了喷香而温柔的钞票，如果运气好，兴许还能驮回一个如花似玉的西伯哈夏女人……

那时我还年轻，满脑子都是奇妙的幻想。

西伯哈夏草原可能是小兴安岭的一条支脉，在绵绵无垠的沙丘上，密集着一簇簇红柳或者弯弯曲曲的老态龙钟的榆树。虚虚渺渺的热流在远方的沙峦上不停地颤动，于是整个西伯哈夏草原就更加虚幻、更加令人神往了。我牵着骆驼向那个绿色和金色相间的世界走去。如果从高处拍摄一张彩色照片，我们驼队爬进西伯哈夏的场面肯定充满了寂寥而悠远的诗情画意。

驼铃的脆响给西伯哈夏草原增添了许多生气。头顶上，恍若有一只鸟在凄凉地歌唱；它的歌喉让人忽然感到十分惆怅。我抬起头去寻找这只鸟儿，奇怪，淡灰色的天空上并没有任何飞鸟的踪影。也许那只鸟儿盘旋在我视力所不及的白云之上？它的鸣叫也很奇特，一串串的"啾嘞……格格……啾嘞……格格……"让人听起来以为它在向你发出呼唤：走嘞……哥哥……走嘞……哥哥……

一连几天，我没有见到一个浩特，更没有见到一个牧人，陪伴我的只有那看不见的鸟儿发出的如泣如诉、若有若无的啼鸣。漫长的旅途塞给我的只有寂寞。我的心绪在那干涩的沙漠里飘荡。

第二天早晨，我怀着急切、期待的心情又上路了。我有一种预感：今天，我准会遇到些什么的，也许是人，也许是狼。也许是一条河、一片碧波荡漾的淖尔……

天空总是布着一层灰不灰、蓝不蓝的颜色，而早晨的空气却是湿润的，连驼铃的响声里似乎都有了湿漉漉的水分。

翻过了几座沙梁，蓦然间，一架蓝莹莹的大山赫然撞入我的眼帘——那的确是一座石山，而不是沙峦的幻影，也不是经常望见的海市蜃楼。于是我牵着骆驼赶到山脚下，抛了驼队，便拼命向山顶上爬去。

快爬到山顶上时，我这才发现山巅上伫立着一个人影。在一派浓烈的血红色霞光里，那黑色的人影肃然而立，有如一尊森严的敖包，正接受着太阳和荒野的朝拜……

就在这时，我听到了歌声。那歌声是从山下的旷野里飘来的，断断续续，哀哀怨怨，摄人魂魄。这是一个女人在唱，竟和我这几天听到的奇怪的鸟儿的鸣唱有异曲同工之妙。我向山坡下望去，看见一支鲜艳的队伍从远方不紧不慢驰来，马队稀稀拉拉拖了足有一里多长。

后来，我才知道那支民歌叫《宝勒干陶亥》：

> 栖身草丛是雏鸟的本性，
> 远嫁他乡是姑娘的遭逢；
> 离开马群哟是马驹的不幸，
> 走了，哥哥！

远离家乡是姑娘的命运。

心急骑瘦了可怜的灰马，

赶路磨破了三合油大毡；

登上北山哟想起了你呀——

走了，哥哥！

我已把心儿挂在了你的马鞍……

我终于爬到了山顶。那个黑幽灵原来是个形容憔悴的小伙子。他抚着一块白色的马鞍形石头，百感交集地望着山下，亮晶晶的东西在眼眶里闪动。我走到他身旁，他竟没有发觉。我听见他在反复念叨着一个女人的名字："乌罕娜……乌罕娜……"

后来我和小伙子攀谈起来。我拿出面包、香肠请他吃，并递给他一听白云牌啤酒。小伙子显然饿了，狼吞虎咽。吃过东西之后，他显得平静了许多，便和我攀谈起来。他的汉语很好。

他的蒙名叫瓦金达拉，还有个汉名叫包玉柱。当他得知我是到西伯哈夏去经商的之后，就很快把我当成了知己。

我听着瓦金达拉讲述一个关于红马鞍的故事……

2

一切都结束了！或许是开始……你说。

你出生在西伯哈夏草原温都尔玛尼图浩特一个普普通通的牧人家里。你吮着额吉的乳头后来又吃着乳牛的奶浆渐渐长大。你长得很坚实，二十一岁的时候，牧人们说你壮得像一匹儿马，你为此而感到自豪。

其实你一点也不知道关于自己生世的秘密，你以为你是纯血统的西伯哈夏人。你和其他小伙子一样，练就了一身马背上的硬功夫。然而你的聪颖无人敢比，你明亮的双目里总是闪着诡谲的智慧之光。从湖水的倒映中你发现自己很英俊，于是你注意到赛利姆湖边的老羊倌阿尔达希迪的女儿乌罕娜经常用一种奇异的目光偷偷注视着你。那时候你感到心儿跳得张狂，你故意装成无所谓的样子骑着马从她身边经过，潇洒地打着口哨，让马头几乎撞在她的身上，你才故作惊讶地望着她："你为什么要拦住我的马呀？"乌罕娜的脸红得像晚霞，她鼓胀的前胸一起一伏。你注意到她此时此刻愈加楚楚动人。她低着头从你身边走过。你望着她远去的倩影，想入非非……

你的血管里似乎有一种狂欢不羁的血浆，很容易被野性之火点燃。你和那妙龄少女来往过密，感情益笃。终于在一个恬静的傍晚，你发了疯似的撕掉了乌罕娜的袍子。当那饱满而白皙的青春的躯体把你的眼睛刺疼之后，你便不顾一切地占有了它。你的手脚太笨拙了，你的鲁莽使她感到委屈。对你，对她，那都是第一次。

狂飙平息之后，乌罕娜伏在你那袒露多毛的胸脯上，嘤嘤啜泣起来。她的泪润湿了你火炭似的胸膛，你这才意识到自己干了一件蠢事儿。你后悔莫及，抚着她湿漉漉的头发，想给她一点安慰和爱抚。

"以后怎么办？我怕……"乌罕娜抬起一双泪水模糊的眼睛，不信任地注视着你。你被那少女委屈的目光所震动，一股保护弱者的男子气忽地涌上心头。

"我娶你！乌罕娜。"

"真的吗？"

"我发誓……我要出去挣一笔钱。等有了钱，我就去向你阿爸求婚！"

"你去吧，瓦金达拉哥哥，我等你……"

你骑着马离开了温都尔玛尼图。你走向了另一个世界。那里有各种各样的商品，有雪花般飘飞的钞票。你在那里混了一年多。你天生的聪颖这时得到了充分的发挥，你发现自己原来有着一副十足的经济头脑。又过了半年，你骑着崭新的日本进口摩托车回到了温都尔玛尼图。你的西服革履、翩翩风度，叫全浩特的牧人惊叹不已，仿佛你是一位凯旋的英雄。

然而你错了！当你带着许多珍贵的礼物走进老羊倌阿尔达希迪的毡房时，当你郑重其事地向老羊倌求婚时，你看见阿尔达希迪脸都气歪了，苍老干枯的腮在可怕地抽搐：

"什么？你想娶走乌罕娜？难道你不知道西伯哈夏人有条规矩：不许把自己的女儿嫁给做生意的商人么？即使我的女儿是瞎子聋子哑巴，也绝不会嫁给你！你给我滚开……"

你感觉你头顶上炸了一个响雷，顿时天晕地旋："为什么？我为什么不知道有这条规矩？"

"你？"阿尔达希迪鄙夷地望着你，"你根本不是我们西伯哈夏人……"

一阵可怕的怒火冲上脑门，你狠狠地揪住了老家伙的衣领，把他摇晃得像一株断了根儿的老树："喂，不许侮辱人，把话说清楚！"

老羊倌有些害怕了，他含糊不清地嘟哝着："放开我！想知道你出生的秘密，那就回去问你的阿爸和额吉去，他们会讲给你听！"

你丢开了阿尔达希迪，转身向门外走去。在毡包门外，你瞥见了面孔苍白的乌罕娜。可怜的姑娘用一双泪汪汪的眼睛望着你，像一个落水的人儿等着你的救援。这时你听见毡包里的老东西送出来一句话：

"哼，旅蒙商的私生子，还想打我女儿的主意……"

旅蒙商的私生子？你感到脚下的草原在强烈地颤抖，天上的太阳立刻就要坠入人间将一切烧成灰烬！旅蒙商的私生子？不不，这怎么可能！你踉踉跄跄爬到摩托车上，好半天才把车发动着，然后开着车凶猛地冲向草原深处。

你回到了家。你脸上的阴云使额吉和阿爸吃了一惊。他们互相看了一眼，一言不发。你几乎丧失了理智，狂暴地叫喊着："告诉我！把一切都告诉我！我究竟是谁的儿子？你们为什么要瞒我？一直瞒了二十六年……"

老人们并不说话。额吉挪过来细心地抚着你宽阔的脊背。母性的爱抚使你内心的风暴渐渐平息。你终于哭了，男子汉的泪水如江河般不可遏制，冲刷着心灵上太多太重的负荷。额吉捧住你的面颊，在你的额头深深吻了一口。额吉的吻是无比庄严神圣的，额吉的吻使你浑身为之一振。你抬起头注视额吉。额吉的脸上纵横交错着一条条一缕缕刀刻似的皱纹，那纹折里隐着人间的风风雨雨，也隐匿着许多世人难以理喻的哲理。额吉的眼睛是明亮的，犹如十五的满月，犹如深不可测的淖尔。

额吉的嘴唇微微蠕动了一下……

3

炎热的正午，沙漠似乎燃烧起来。然而驼铃如叮咚的泉水滋润着那灼热的沙峦和空气……

绵亘无际的沙丘上，几峰骆驼踽踽而行。它们用坚韧的蹄子雕刻着自己的道路。于是在平滑柔软的沙漠表层上，便多了一行伸向天边的蹄印。

这支旅蒙商的驼队终于爬进了温都尔玛尼图浩特。但浩特的人都已迁到冬营地去了，只有一个年轻的姑娘为哥哥看守营地，还没有走。

姑娘听到驼铃，走出毡房。领头的骆驼刚刚卧下，骑在驼峰间年轻的旅蒙商由于劳累过度，又饥又渴，已昏厥过去，一头从驼背上栽下来……姑娘急忙将年轻的旅蒙商拖到了毡包里，给他灌了一大碗清凉的酸奶汤。那青年醒了……

此后所发生的一切无人知晓。半个月后，年轻的旅蒙商恢复了健康，整理好驼队，向姑娘告别。

那是一个秋风萧瑟的日子，西伯哈夏草原的天空上浮着许多阴霾。姑娘依依地随着驼队走出很远。那青年不忍心让姑娘再送，但又不好拒绝她的感情。恰在这时，一辆勒勒车忽然散了架。青年商人抽出那根用梨木做的车辕，对姑娘说："回吧，是上天安排我们遇在一起的！你给我的温存，我铭心刻骨，永不忘怀！"姑娘呆呆地望着他，许久，才低低地问："你啥时候再来？"青年将那梨木车辕栽到草地上，指天发誓说："明年春天，青草泛绿、羊羔儿落地的时候，你到车辕这儿来等我。那时候，我一定来，把你娶走……"

旅蒙商的驼队终于消失在天边。而那痴情的姑娘还在眺望，一串串泪珠滚到了腮边……

那个夜晚，对你来说，笼罩着一层异常神秘的色彩。

你知道了自己的身世。额吉把一切都告诉了你。你这才知道自己原来不是一个纯血统的西伯哈夏人，竟是旅蒙商的私生子！你被耻辱之火焚烧得无法忍耐，于是就借烈性酒来洗刷耻辱。

你摇摇晃晃走出毡包，歪骑在马上漫无目的闲荡。你知道娶乌罕娜已经成为不可能的幻想。你在心底千万遍呼唤着她的名字。你走过一片草地，望见一个硕大无比的草垛，想起了和乌罕娜在草垛里的幽会，想起了那千般恩爱、万种柔情，你的心房在一阵阵战栗……

赛利姆湖旁有一顶小小的毡房。你很奇怪，因为昨天你从这里经过时，并没有看见这座毡房，这里只是一片空空落落的草滩。你对这座又黑又旧又小的毡房产生了疑问。于是你在毡包前下马，打着浓浓的酒嗝闯进了那顶神秘的毡房。

老人坐在暗影里，用明亮的眼睛注视着你。你大口大口喝着老人递给你的黑茶，觉得十分痛快舒畅。

"你遇上了不幸，我看得出来！"老人的声音是沙哑的，空灵的。

你望着老人，发现他的胡须是银白色的，前额是深褐色的，十分宽阔，那里面大概贮存了无穷的智慧。

"想知道关于红马鞍的故事吗？"老人又问。

你点点头。

"去找红马鞍吧！如果能找到红马鞍，便能把你所爱的女人驮走……红马鞍是件神物！谁能得到它，谁就有权力用它驮走任何一个女人……这也是西伯哈夏人的规矩！"

"真的？"你感到这一切简直太不可思议。

"当然……可是从此你就不能再去做买卖啦！说实在的，孩子，你为啥要去当商人呢，当商人可是西伯哈夏人的耻辱啊！"

你低头不语。红马鞍的诱惑对你太大了，你无法抗拒。你坚定地抬起头问：

"红马鞍在什么地方？"

"我不知道。这世界上只有一个人知道，你可以找他去。据我所知，早年，红马鞍被西伯哈夏人尊为苏勒德供奉在达嘎萨之林的一座缝有红布图案的蒙古包里，用哈达绸子包着，每年人们都来祭祀。可是后来，没人敢再去祭祀苏勒德啦，红马鞍也就不知下落。有一个人，早年看管过神祇的寨仓，他大概还活着，只有他知道达嘎萨之林的苏勒德……"

"我找他去！"

"那要受许多磨难的，孩子……"

"我不怕！"

你站起来，走了出去。

你骑上摩托车，开始了漫长的寻觅，你决心问遍西伯哈夏草原上所有的老人……

5

终于盼来了春天。

痴情的姑娘德丽格尔玛按捺不住喜悦的激情，背着哥哥和大嫂，悄悄来到草滩上，寻找那根梨木车辕。

草滩上到处洋溢着盈盈春意。马兰花给草原点缀上星星点点的湛蓝。空中有一只鸟儿的歌声十分婉转。她始终没看见鸟儿的影子，但那啼声却一直跟着她：

"走嘞……哥哥……走嘞……哥哥……"

德丽格尔玛没费什么事儿就找到了那根梨木车辕。那片草地早已绿了，这儿的草似乎也比别的地方长得旺盛茂密。她站在车辕旁，注意地凝视着南方——那里只是一片空旷的沙漠瀚海。

天快黑了，她没有望见旅蒙商的骆驼队。她沮丧地回去。一连十几天，她都准时来到梨木车辕旁，一站就是整整一天。最后，连大雁都不再往北飞的时候，她依然没有等来那年轻的旅蒙商。德丽格尔玛不相信他会失约，总以为他会突然出现在她面前。

有一天，她终于望见一支驼队从沙漠深处逶迤而来。她喜出望外地迎了上去。但是她很快失望了——几个年轻的旅蒙商里没有她要等的人。她向他们询问他的下落。有一个旅蒙商说："唔，那个人么？听说去年秋天他从这儿回去后发了财，在家娶了一房漂亮的媳妇，现在大概正在家里的热炕头上享福呢……"

驼队的铃声摇曳着远去了。德丽格尔玛没有走，她傻呆呆地依着梨木车辕站着，直到暮色四合，她才猛地哭出了声。她的哭声悲伤极了，让听到的人不由得一阵心酸。她紧紧搂着那梨木车辕，忽然感到肚子里一阵奇异的躁动——那是另一个生命第一次用他的力量来显示自己的存在……她感到浑身无力，慢慢躺下了……

她再睁开眼睛，满天的朝霞正向她投来奇异的光束。她想扶着梨木车辕站立起来，目光刚射向那根粗壮的车辕，不由惊得目瞪口呆——

梨木车辕复苏了，高高地挑着一树蓬蓬勃勃的白花，像雪、像冰、像云，散着浓郁的奇香，在绿草地上展示着自己皎洁无瑕的素雅风采……

6

在一个朋友家里，你用摩托车换了一匹马。你知道再好的摩托车也越不过沙漠。达嘎萨之林的诱惑使你决心孤注一掷。为了乌罕娜，为了你的未来，也为了得到西伯哈夏草原对你的尊重，你决心要找到那尊圣物——红马鞍。

你骑着马在草原上走了许多天，凡是七十岁以上的老人你都不放过。你相信那位当过寨仓的老人依然隐居在西伯哈夏。当你绕过塔本陶勒盖山的时候，你看见山坡上坐着一个看马的老人。老人洒脱的长髯和他那双见过世面的眼睛使你产生了想和他攀谈的欲望。你下了马，向老人问安。

"天气不坏呀，小伙子！这样的好天气怕没几天了！"老人只顾从一件肮脏的皮衣袄里寻找虱子，没有抬头。

你望着老人，思考着他会不会当过那种颇有点小权势的官吏——寨仓？

"昨天有一只狼窜到马群里来了！那坏东西以为能占点什么便宜，可黑儿马用它的蹄子狠狠教训了它一顿……有什么事儿吗，小伙子？"老头抬起头。他原来只有一只眼睛。

"您听说达嘎萨之林吗？"

"达嘎萨之林？是盗马贼出没的地方吧？"老头颇感兴趣地盯着你问，那独眼闪着蓝幽幽的亮光。

"和盗马贼没关系，是关于苏勒德神祇的事儿……"

"那我不知道啦！我对神灵祭典什么的不感兴趣。"独眼老人撇了破皮袄，从旁边取出一个酒壶，香甜地呷了一口，便把酒壶递给你。你嗅着酒壶里散发出的奇香，忍不住大大喝了一口。

"哈哈，喝了我的酒，就别想轻易溜走啦，我有许多故事想讲给你听呢……"独眼老头用喋喋不休的话缠住了你。"我年轻的时候，干过盗马贼。

不要吃惊，小伙子，我没当过盗马贼的头领，那是危险的……我只是个小喽啰。干那勾当可真过瘾，只要你把一条命驮在马鞍子上，别的啥也别去想，活得可真逍遥自在！有一次我们一下子赶走了上千匹马，马群搅起的尘土遮了半个天，哈哈！只要你一甩鞭子，你就是草原上的一股风，谁也追不上你。晚上，找个毯包一钻，有酒，有女人，快活得简直像天仙……

"有一次，我们太胆大了，竟去偷王爷的马群，结果还没动手就被抓了起来。王爷的兵好不讲理，硬说看我们的模样就不是好东西，就把我们送到了旗衙门。那时衙门里没监牢。王爷来了，围着我们几个转了一圈，把手一摆——用天刑！我们的骨头一下子都酥了！小伙子，你年轻，还不懂天刑是怎么回事，就是走沙嘎！那是最重的刑法，是专门对付盗马贼用的。让我来告诉你什么叫走沙嘎巴——把三股马绊子撑开，一头插上箭，另一头插上剑，另一头插上哈特刀，箭头刀尖一律朝上。然后他们就让你跪下向佛爷发誓，还念什么法律条文。都做完了，就该让你把长袍的四襟提起来，踩在架空的马绊子上走来走去。他们说：你如果有罪，就会摔倒；走两圈摔不倒，便没罪。那都是鬼话，关键要看你运气如何了！

"我们的头领第一个上了沙嘎，我看见他的冷汗像下雨似的往外冒，就知道他完啦！可不，没走两步，他就摔倒了，箭头嗖地一下穿进他的脖子里，他像被宰的羊那样蹬了几下腿儿，就他妈完啦。第二个上去的是我的一个不错的伙伴。他的运气更糟糕，刚一上去，就摔了下来，剑刃从他的胸口穿了过去，一股子红血喷得有二尺多高……

"我是最后一个上沙嘎的。我早横下一条心——生死都在佛爷手里攥着呢，我怕个啥！再说，在当盗马贼以前，我专门练过走沙嘎。我给自己壮了胆子，可踩到马绊子上，腿还是抖。脚底下就是头领和伙伴血淋淋的尸体，谁他妈不怕！我一闭眼：走吧，该死该活都在这一下子了！我踩着颤悠悠的皮条，利利索索漂漂亮亮地走了两圈，嘿，身子连晃都没晃……观看的人们一起给我叫好！我从沙嘎上跳下来，王爷走过来拍着我的肩膀说：'赛(好)，你是个好小伙子，没罪！以后就给我放马吧！'放就放，没出三天，我就把王爷一百匹大洋马都他妈赶跑了，听说王爷气得趴了整整三天……"

老头爆出一阵得意且嘶哑的笑。

你客客气气地向独眼老头道别。你对他说：一边在明媚的阳光下抓虱子，一边回忆自己辉煌的历史，这绝不是每个人都能享受到的幸福。老头对你的恭维表示感谢。你骑到马上，狠狠地抽了马儿一鞭，向草原的另一块陌生的角落奔去……

7

"走嘞……格格……走嘞……哥哥……"

西伯哈夏的牧人几乎都听到过那神奇的"布哈少布"鸟儿的啼鸣，却没有一个人见到过这种鸟儿。

布哈少布鸟儿是另一个世界折射来的回声，它的啼鸣，是一种神秘的预言。只有德丽格尔玛一个人听懂了布哈少布鸟儿的语言。她一心一意地干着自己的事情——她挺着高高隆起的肚子，来到那株死而复生的梨树下，笨拙地用斧子一下下砍着树干。每砍一下，她就觉得肚子里的小东西在狠狠地蹬她一脚，五脏六腑都疼，每砍一下，便能听到布哈少布鸟儿哀怨的呼叫："走嘞……哥哥……"

哦，你这来无踪去无影的小精灵，难道非要把人的心啼碎才肯罢休么！

德丽格尔玛砍倒了那棵梨树。她开始做另一种更精细更复杂也更困难的工作。她手里的斧头起起落落，斧刃闪着日光，闪着月光，日光和月光交替着送走黄昏和黎明……

终于有一天，她停止了工作，出现在她面前的是一架漂亮的梨木马鞍。凝视着自己的杰作，她的面颊泛出喜悦的红晕。

她又给梨木马鞍配上了黑牛皮的鞍鞯和银制的镂花鞍条……

当梨木马鞍第一次放到骏马的背上时，所有的牧人都惊呆了——天底下所有的能工巧匠也不会做出那么漂亮的马鞍！而这手艺出自一个女人之手，更令人不可思议！

他们还不知道梨木马鞍更大的魔力……

8

漫长的寻觅磨炼着你的意志。你在马背上颠簸，像个流浪汉四处飘荡。秋天去了，冬天正用它的酷寒猛烈地摇撼着草原。你顶着刺骨的白毛风又走了许多路，依然一无所获。红马鞍、苏勒德、达嘎萨之林……仿佛它们根本没在世界上存在过。

你被失望的痛苦折磨着。你知道乌罕娜正在苦苦地等待着你，你也知道老羊倌阿尔达希迪正凶猛地逼着女儿出嫁。红马鞍是你唯一的希望，然而这希望又是那样虚幻和渺茫……

黑夜又用它污浊的浓墨在侵蚀一切。当黑暗完全占据了草原的时候，拥挤的星星便倾下一派寒冷的银光。草原上的雪隐约波动着昏暗和灰白。你终于在雪原上找到一顶蒙古包。你欣喜若狂，翻身下马，将马儿绊好，松了肚带，去了铁嚼口，向蒙古包走去。

一缕昏黄的光线从蒙古包木门上的小方窗口投到门前的雪地上。你惊讶地发现蒙古包的门槛边堆放着三堆白雪，上面撒着金灿灿的小米。你这才恍然大悟，知道今晚是除夕夜，那撒上小米的雪堆是为初一早晨迎接马吉格巴拉丹拉哈木佛的光临而准备的。你隐约记起，你还很小的时候，爷爷在除夕之夜曾庄严地垒过三个这样的雪堆。

蒙古包里只有一位老人和一个姑娘，那长者对你这位不速之客的贸然造访并没有感到意外，而是表现出极大的热情，他说除夕夜能走进这座毡房的客人一定是贵人！那老人鹤发童颜，一脸福相，浮现着高贵而宽容的微笑。姑娘怕见生人，怯生生地躲在油灯照不到的阴影里。在她给你倒茶时你瞟了他一眼，觉得她竟有点像乌罕娜。

你开始和老人举杯对饮。你们喝的是牛奶酒，清爽可口。蒙古包正中的火炉子烧得正旺，暖烘烘的让人觉得十分舒坦。外面是寒冷的望不到边的雪原，时而有狼嚎似的风吼匆匆掠过。

你解开皮得勒的扣子，敞开怀，陶醉在这温馨的让人留恋的气氛中。你想象着自己正处在一个迷人的童话里——雪野、老人、炉火、姑娘和奶酒……

几杯酒下肚，老人的话开始多了起来。他不无夸耀之意地说起了自己的身世——他是贵族出身，他的祖先在崇德六年招授札萨克多罗卓里克图郡王，此后子孙世袭札萨克台吉爵位，他也曾世袭过几天台吉，那是他一生中最辉煌的时刻……

你漫不经心地听着他的讲述，你不相信这个章京遗老讲得会是实情。你甚至厌烦他在讲述中流露的那种怀旧的情绪。你耐着性子听他絮叨是因为你关心着另一个问题：

"您听说过达嘎萨之林的苏勒德吗？"

"你是说那圣徽？见到过的！当年每当十月初三举行大朝圣时，我们带着熟食去祭典。苏勒德放在一个小篷车里，用哈达绸子包着……"

"苏勒德究竟是什么呢？红马鞍吗？"

"不，不是红马鞍，那是九条漂亮的貂尾。"

"貂尾。"

"一点不错！"

"那么您知道当年看管神祇的寨仓或哈旺现在还活着吗？"

"寨仓、哈旺？哦，他们都是平民出身的小官，我和他们一般不来往。不过，前两年我好像见过有个寨仓，就住在黑水潭附近。你从这里往北走，爬上乌兰迪勒山，然后就能找到黑水潭了……不过最好夏天去，布哈少布鸟儿会把你一直引到那里……"

你蓦地发现那姑娘正在暗中用幽幽的目光盯着你，你的心为之怦然一动。

9

梨木马鞍起初没有红颜色，白得像一块洁白无瑕的玉石。

无论是谁，只要骑到这梨木马鞍上，便会像着了魔似的打马儿疯跑。马儿跑得越快，骑在鞍子上的人越觉得舒服，浑身流动着一种奇特的快感，那无法言传的快意如行云流水沐浴着骑手的全身。那时，骑在马背上的人就会觉得自己是世界的主宰，胯下的鞍子便是他权力的宝座，他似乎被紧紧吸在了鞍子上，永远不想下来，直到把马儿累垮、累死才算了事。

梨木马鞍的魔力叫所有的牧人惊叹不已！

德丽格尔玛知道这马鞍会把她送到她要去的地方，她要当着他的面把孩子生下来，离分娩的日期只有几天了。她收拾着行装，从马群里挑了一匹最好的骏马，开始给马儿备鞍。

嫂子来劝她，泪水润湿了衣襟。她摇摇头继续备鞍子。

大哥来骂她，让她忘了那个十恶不赦的薄情郎。她咬咬牙跨上马背。

全浩特的牧人都来送她。他们看见德丽格尔玛纵马向那轮浑圆惨淡的太阳奔去，无数彩环紧紧缠绕着她和马儿的黑色倩影，梨木马鞍像水晶石一样灿然生辉……

10

你——瓦金达拉，旅蒙商的私生子，两种血统的混血儿，尽管你是在草原长大的牧人之子，可你偏偏又走了你父亲的老路。不错，你的命运简直就是父亲命运的重演！为了不让乌罕娜再遭到额吉那种不幸的遭遇，你必须要找到红马鞍，来改变命运的不公平。

冬去春来，你仍在马背上颠簸。你的胡须蓬蓬勃勃生长，两颊消瘦，满面污垢，几乎变成一个野人。

你觉得自己越来越成熟了。荒野上风雨和冰雪把你重新雕铸，你已经成为一个刚毅的汉子！

瓦金达拉……

瓦金达拉……

你恍若听见荒野上不停地回荡着一种神圣的呼唤。你渐渐忘掉了自己的不幸。和荒原的坦荡与辽阔相比，你的痛苦和不幸是多么小，多么微不足道！你意识到自己的寻觅是一种历史的责任。为了让西伯哈夏草原尽快摆脱马鞍的羁绊，你必须得找到那神奇的红马鞍。

额吉！我那可怜而伟大的额吉呀……你在心底千万遍叹息。

就在你踟蹰不前，不知所去的时候，你忽然听到了布哈少布鸟儿的啼鸣："走嘞……哥哥……走嘞……哥哥……"

你想起了台吉老人的嘱咐，就跟着布哈少布鸟儿的啼鸣往前走。

你也看了布哈少布鸟儿的模样，但头顶上只有几朵云和一只鹰在孤独地盘旋。你被那啼鸣牵引着，一直爬上了乌兰迪勒山的顶巅，于是看见了一片冬天不结冰、夏天不流动的黑色湖泊。在湖畔，你终于找到了一座低矮的马架子小房。在阴暗的马架子里，你找到了房的主人。那老头有九十多岁，嘴唇已经干瘪进去，满脸的皮肤像榆树皮一样皱皱巴巴。他正端坐在地毯上，目帘低垂，用一只手转着弥陀，口中念念有词。

你找了块地方坐下，等老头念完了一段经文，才上前问好请安。

老头耳聋，不知你在说什么，只是怔怔地看你。你索性开门见山，说明来意："我是来找达嘎萨之林的！你曾当过看管神祇的寨仓吗？"

你把嘴贴近老人的耳朵，高声嚷着。老头似乎听明白了，点着头："我知道总有一天要有人来找我……红马鞍可是无价之宝啊，只有我一个人知道它放在什么地方！去找吧，孩子，按着我告诉你的方向，准会找到的……不错，孩子，我当过寨仓，和我一块看守神祇的哈旺已经死了好多年啦，只有我们两个人知道……苏勒德，人们都把苏勒德忘啦，再也不来朝圣啦，唉，现在的人呀……孩子，你没忘苏勒德，还记着达嘎萨之林，这是草原的福分呀……

"听我讲，早年，我在札拉庙当过喇嘛。那时候，年轻人都愿意出家当喇嘛。当了喇嘛有吃有穿，能学文化，地位也高，每家的老人都愿意把孩子往庙里送。这么一来，草原上的男人都快走光了，有的人家绝了嗣……后来从塔尔寺请来了毛伦葛根。毛伦葛根因为擅自请了汉人先生到庙里来，被衙门给抓了。擅自建汉校，那还了得！庙里的喇嘛越来越多，札拉庙已经有一千多喇嘛了，后来政府就做出规定：独子不能当喇嘛。蒙古人不能因为当喇嘛而绝了后呀。当了喇嘛的，要考藏经。考不合格的都得还俗。我就是在那时还了俗，去当了寨仓……

"寨仓虽然官不大，可在大朝圣时最有权力。每次大朝圣祭奠，都是我亲自主持仪式，念苏德勒祭文。朝拜后，我给人们分配供品羊肉，从王爷到平民，都不能用盘子去接，得用手接，明白吗？屠宰供品羊的时候也不能让羊挨地，得由四个男子抬着宰杀；肉下锅也不能用火剪子、勺子之类的东西翻，得用削尖的木棍去扎肉，要不，神灵会嫌不干净的。祭祀完了，每人喝三碗祭酒，就该喝'圣人的瘦肉汤'了。知道什么叫'圣人的瘦肉汤'吗？"

你听到老头介绍他的历史时，早已思绪纷飞，急不可耐。你打断了寨仓老人的絮絮叨叨，问："我只想知道红马鞍现在放在什么地方？"

寨仓老人感慨万千："许多年了，我也没有去看过苏勒德！老啦，腿脚硬啰，那么远的地方，我是再也走不到啦！你去吧，孩子，我告诉你……从乌兰迪勒山下去之后，你就往西边的戈壁里走，什么时候看见一座冒蓝烟的山头，那就是达嘎萨之林……"

11

许多天，德丽格尔玛的大哥和嫂子只要一听到蒙古包外响起马蹄声，就急忙钻出毡包查看。

然而德丽格尔玛始终没有消息。布哈少布鸟再也没有啼叫。不祥的阴影在温都尔玛尼图浩特徘徊。

一个金黄色的黄昏，正在毡包喝茶的大哥大嫂忽听见一串泉水似的啼鸣从蒙古包的天窗口倾泻进来：

"走嘞⋯⋯哥哥⋯⋯"

他们急忙奔出门外。残阳已经完全沉落到群山后面。金灿灿的夕辉把天空涂抹得无比辉煌。在倾斜的山坡上，一匹马儿正庄严而缓慢地向蒙古包走来。

马儿快走到毡包前时，他们恍若听见了一连串的婴儿啼哭。那哭声毫无顾忌，充满了生命的活力。渐渐，婴儿的啼哭与无数道金辉交织在一起。

他们惊呆了！他们已经看见了马鞍上蠕动着的小生命。两端翘起的鞍鞯颇似一个驮在马背上的摇篮。马儿又走近些，他们已清晰地看见了婴儿脑袋上稀稀疏疏的金色的头发⋯⋯

他们谁也不敢动一下。这场面有一种震撼人心的威慑力——他们认出了那梨木马鞍。那洁白的梨木早被母亲的鲜血渗透，通红透亮⋯⋯黑皮子的鞍骉上，血糊糊的胎盘轻松自如地晃悠着，晃悠着⋯⋯

梨木马鞍从此成为红马鞍。

红马鞍成为神物，被人们放入达嘎萨之林的缝有红布图案的蒙古包里，被当作苏勒德而供奉着。

人们再也没见到可怜的德丽格尔玛，只有布哈少布鸟的声音像幽灵回荡在西伯哈夏草原⋯⋯

12

瓦金达拉忽然沉默了。他开始抽烟，大团大团的烟雾从他的鼻孔里喷出来。也许，这浓烟能带走他心中的郁悒？

山顶上，风吹得正野。裸露的岩石似不同的色彩和姿态来展示着各自的个性。蒙古高原苍凉坦荡的原野正在我们脚下沉默着。远方的沙漠又浮起一层层颤动的热流，渐渐幻化出奇形怪状的海市蜃楼。那马队，那哀戚的歌声已经完全消失在寂寥的天际间。《宝勒干陶亥》的音韵，似乎仍在旷野上回旋。

我细细打量着瓦金达拉，他那棱角分明的脸膛和深邃的眼睛里，凝聚着北方硬汉子的刚毅与坚忍不拔。

"那么，红马鞍最后找到了吗？"我忍不住问。

瓦金达拉慢慢地点点头，又摇摇头："找到或找不到，对我来说都无所谓了。"

"为什么？"

"你看到刚才的马队了吗？那是迎亲马队……她今天出嫁了！"

"谁？乌罕娜吗？"我惊骇地问。

瓦金达拉表情异常严肃地点点头："她的阿爸阿尔达希迪把她嫁到了乌日图塔拉，你知道吗，那地方很远很远……"他忽然激动地难以自制，狠狠地摇晃着我的肩膀，声音骤然变得无比亢奋、悲怆：

"可是她已经怀上了我的孩子！我的孩子！她嫁给了一个她不认识的男人！你明白吗？不，你什么也不会明白……乌罕娜，我的乌罕娜啊……"

我的心已经变得和高山一样沉重。我无法给他任何安慰，只能让他的痛苦尽情地发泄出来，在这高山上凝固，变成一块块坚硬的岩石。我知道经历了这场痛苦之后，他还会重新振作起来，也许，我们有一天会走到一起，为草原做一点自己力所能及的事情。

"那么，红马鞍呢？"我不甘心，又问了一句。

瓦金达拉指着身边一块白色的马鞍石对我说："它已经和大山凝成一体，谁也不会把它搬走了！"

我这才发现，瓦金达拉身边那块白石头的确像一架马鞍，宛如用质地良好的梨木雕刻出的，只是表面上有些粗糙，恐怕是风雨侵蚀所致。落日的红光渐渐将那石鞍浸透，于是，我看见了一个出神入化、晶莹剔透的红马鞍，凝重而古老，像一个神奇的幻影……

我听说：一切都有可能变为化石。

甚至，连布哈少布鸟的啼叫……

"走嘞……哥哥……"

蓝月亮

原载《天津文学》
选载《新华文摘》
原名《马蹄耕耘的土地》

1

　　整整一天，鄂伦淖尔草原都恬静得如同一首古老的歌谣，只有黄昏时分，杂乱而庞大的畜群才带来一阵归牧的骚乱。

　　我喜欢在这时候爬上鄂伦河南岸的沙丘上，眺望牧场晚景。

　　低洼处的林带牧场正在幽暗下来，一切都浸透在一层黑绿而朦胧的色彩中。只有北面那道高高的沙梁的坝脊上，还残留着落霞涂抹的一片余晖，使沙坝在一瞬间变得竟如少女丰腴的肌肤那般细腻、白净。马群这时候从沙坝那边涌了过来，在坝顶上一字排开，远远望去，俨然是一尊尊凝固的雕像。然后，马群开始下坝，一匹跟着一匹。由于距离太远，我看不清马腿在动，觉得它们像坐着滑梯滑了下来。当它们的影子到低凹的牧场上时，便好像被那暗绿的色彩给融化了，什么也看不见了。

　　我开始观察身边的景物：一株快要枯萎的沙榆树露出几条粗糙的、深褐色的根须，宛如几条痛苦扭曲的蟒蛇，把身子的其余部分钻入到沙土地里；两棵孤独的牛蒡在晚风的轻轻吹拂下不停地摇曳着，似乎在为不幸的命运而战栗；被风儿梳平了的沙丘上，又印满凌乱不堪的牲畜蹄印，有经验的牧人能准确地指出哪儿是牛蹄印，哪儿是骆驼蹄印，哪儿是马蹄印。

天空上，碎银片一样散开的云絮也渐渐黯淡了，夜色正在征服一切。一切都平静了。

那时便有一轮蓝月亮浮现出来。

一阵秋夜的寒意袭来，我只好依依地走下沙岗，穿过一片茂密的榆树林子，借着朦胧的星光向浩特(牧村)走去。

当走到鄂伦河边时，我看见一座蒙古包旁的草地上有几个牧人围着一堆篝火，一张张脸膛和坦露的膀子被火光映得黑红油亮。一个留着小胡子的青年正拉着四胡在唱一首挺忧郁好像又挺古老的歌谣。他每唱完一句，其他人一边喝酒，一边把末句再重复一遍：

> 凹陷的马背哟，
> 是我们的摇篮。（我们的摇篮）
> 永远流不完的鄂伦河哟，
> 是额吉母亲的乳汁。（额吉的乳汁）

小伙子沉默片刻，呷了口酒，又用粗嘎厚实的嗓门唱起来，胸膛一胀一鼓，感情十分真挚：

> 心爱的姑娘哟，
> 你为什么要离去？（为什么离去）
> 我孤单的马儿哟，
> 该到何处把你寻觅？（把你寻觅）

不知为什么，这歌声使我感到又亲切又悲凉，某种使我感动的情绪充溢胸中。我走了过去。他们把我打量了一下，默默地让出一块条毡请我入座。当他们得知我是城里来的客人时，互相交换了一个会意的眼神，留小胡子的青年忽然问：

"哈吉德玛怎么样，她幸福吗？"

"什么哈吉德玛？"我如坠入烟雾之中。

"你难道不是城里人吗？怎么会不知道哈吉德玛的事儿呢！"另一个胖乎乎的青年不客气地责问道，好像我不晓得哈吉德玛是一种莫大的罪过。

我费了好一番口舌才使他们相信：并不是每一个城里人都互相认识，我的确不知道什么哈吉德玛。

"那么，苏嘎尔呢？他是巴克西(老师)，一个真正的城里人。"小胡子又满怀希望地望着我。

我很抱歉地摇摇头。

于是，大家又沉默了，仿佛在共同思索着一件什么重大的事情。

这时候，附近的林子里响起一阵"嗒嗒"的马蹄声。一个歪骑在马上的汉子从我们旁边摇摇晃晃走过。他垂着头，好像浑身已耗尽了最后一丝力气。大家都望着他。他的马匹缓缓停住了。蓦地，从他喉咙里迸出一声喑哑悲怆的呼唤：

"哈吉德玛——"

沉寂的河谷似乎被吓了一跳，立刻回音四起："哈……吉……德……玛……"

"……德……玛"

这痛苦的呼唤里分明含有种种复杂的感情：绝望、茫然、悔恨……过了很久，当那踽踽独行的醉汉早沿着鄂伦河远去的时候，我觉得幽寂的林子里似乎还回荡着那一声声撕人心肺的呼唤。

"唉，恩和森也够可怜的啦，再这样下去，迟早会要了他的命！"胖小伙感慨地叹道。

"那只能怪他自己！"小胡子愤愤地呷了口酒。

"这个人是怎么回事？"我大惑不解地问。

几个牧人又互相看了看，小胡子用目光征得大家的同意之后，才缓缓讲述起来……

　　2

　　恩和森从城里请了一位家庭教师，在一年前是一件差点上报纸的新闻。

　　那是暮春的一个下午，一辆单套的胶轮马车驶进了鄂伦淖尔草原。一路上总是想偷懒的花白骟马，这时似乎由于闻到了故乡的气息而愉快起来，用轻捷的蹄子踩着柔嫩的草芽，跑得又快又稳。几个正在赶马的牧人望见是巴嘎(村委会)的前任书记从城里回来了，都笑着和他打招呼：

　　"好啊，恩达勒嘎（官）！"
　　"这位是您的亲戚吗？"

　　车上坐着一位年轻人，穿着一件破旧的单衣，面色苍白、憔悴，黯然失神的目光淡漠地眺望着远方正在升腾的白色蛰气，蓬乱的头发上覆着一层黄褐色的尘土。

　　"他吗？他叫苏嘎尔，是我从城里请来的巴克西。"精神很好的恩和森舞动着鞭子，用神气的、教训的口气嚷嚷着，唾沫星子溅得到处都是，"我说你们这些人呐！要看远点嘛，现在有了钱，甭都拿去换酒喝，干点正经事儿吧，要为孩子们想想。咱们的后代可不能没有文化呵！"

　　一声清脆的鞭响，花白骟马急切切地向前奔去，把目瞪口呆的牧人甩在后面。

　　"瞧，林子那边的大片草场是咱的。看到那群牛了吗？在那儿——黑白花，大老黄，对，那个叫温都尔，它旁边的是介日。咦，夏日胡那杂种怎么这么早就卧着去了？"恩和森兴高采烈地指点着，黑紫色的脸膛露出掩抑不住的幸福感，只顾滔滔不绝地讲下去：

　　"咱这万元户可不是骑着马从路边捡来的，整整苦干了三年呐！妈的，要富，就富得像个样子……哎，你怎么不说话？噢，甭担心，咱不是早讲好了么，按城里的规矩，每个月给你开工资，一个月五百块，满意吧？说真的，你在城里当待业青年，几个月也挣不到这么多钱。只要你把小巴根和乌兰花教好，我还可以发奖金！小伙子，好好干吧！"

马车驶进了一大片一簇紧挨一簇的红柳林，坚韧的鹅黄色的柳条杂乱地伸到路上，从马头和马鬃上面柔软地滑过，簌簌响着。几片刚刚舒展开的柳芽落在马背上，像鲜绿欲滴的翡翠。

空气很清爽，依然保留着春天泥土返潮时的那种腐草的气息。阳光正慈爱地抚摸着万物。苏嘎尔随手扯了几片柳叶，放在鼻下嗅了嗅，阴郁的面色和缓了一些。

在两座蒙古包前，马车停住了。恩和森开始卸马。花白骟马身上热气腾腾，很兴奋地昂起头长嘶了一声。从蒙古包里闻声跑出两个孩子。前面的是个七八岁的男孩，全身赤条条的，像个紫铜色的马驹子；后面是个十岁左右很漂亮的小姑娘。他们看见阿爸身旁有个陌生人，便怯生生地躲到了一旁。

"过来，兔崽子们，这就是你们的巴克西，往后可有人管你们了！巴根那，你要是再淘气，我就让苏巴克西把你的脑袋拧下来！"恩和森把马放到草地上之后又挪着笨重的身子走到另一座毡包门口，用马鞭敲敲小红木门，以一家之主威风凛凛的口气吆喝着：

"喂，哈吉德玛，没听见我回来了！"

"来了来了……"一个女人的声音如晶莹透亮的泉水从篱笆棚圈后面淙淙流了过来。苏嘎尔顿觉耳目清爽，似乎整个草原都在笑，天空和大地都充满了令人愉快的色彩。苏嘎尔扭头望去，依稀看见篱笆缝隙间晃动着一团粉红色。蓦然，一位体态轻盈的少妇闪了出来。苏嘎尔吃了一惊，他没想到在这偏僻荒凉的地方竟会有如此富有风韵的女人。

"喊什么，像头蠢牛似的。瞧瞧都什么时候了，牛群马上就回来了，我还能待在包里么！"好听的声音里有亲昵，也有不满，还有女人们在男人面前惯用的撒娇的腔调，"哟，这就是巴克西？和我想的可不一样呵。"

似乎漫不经心的目光从苏嘎尔身上扫过，很有点戏谑和失望的味道。苏嘎尔认定她是个很爱挑剔的女人。这个发现使他不舒服起来。

他扭过头去，注视着远处苍茫的天际，淡淡的云絮下面有一只孤单单的鹰在久久盘旋着。他心中一阵酸楚。后来，他努力让自己忘掉心中的一切不快，宽慰着自己："不管怎么说，一种新的生活已经开始了……"

3

哈吉德玛其实不是恩和森的妻子。

两天后，苏嘎尔才从哈吉德玛口中了解到这个家庭复杂的内幕。

第一堂课简直糟透了，两个孩子几乎没有学会一个蒙文字母。小巴根一刻也不肯安静，不是悄悄去拉姐姐的小辫，就是嚷饿，到处找奶豆腐吃。一听到包外黑狗在叫，便一阵风地跑了出去。苏嘎尔无可奈何地叹口气，懒散地走出毡房。

哈吉德玛在附近的草坪上剪羊毛。那只羯羊很肥，也很有劲儿，她一个人简直按不住它。看到苏嘎尔，她犹豫了一下，还是把他给招呼过来了："帮帮忙吧，快把我累死了！"

夏日的炎热正在逼近，已经能感觉得到从草絮下面蒸腾起来的巨大热量。自从前几天下过一场透雨，牧草疯了一般往上猛长，圆滚滚的沙蓬草像一团团绿毛球，狗尾巴草吐出毛茸茸的穗子。草原上的一切生命都进入了旺盛时期。

苏嘎尔按着那只总想逃脱的大羯羊，注视着哈吉德玛。她剪羊毛的姿势很美，一条腿跪在地上，柔软而富有弹性的腰肢时而像细柳一样弯下去，时而又像小白杨一样直起来，与双手配合得优美和谐。剪子"嚓嚓"响着，一团团羊毛如一团团白雪从羊身上滚下来，簇拥成一堆。她鼓鼓的前胸起伏着，几粒亮晶晶的汗珠从额头滚下来，落进白皙的脖颈里。哦，那比羊毛还白嫩的女人的颈项……

苏嘎尔急忙收回了目光，心儿一阵莫名的骚乱。他在心里恶狠狠骂了自己一句。

"恩和森呢，他为什么不来帮忙？好像从昨天就没见到他了。"他问。

"他总是这样，整天在外面游荡，把心思都放在他的马群、牛群和烧酒上了，好像我们女人天生就是男人的奴隶。"她用冷漠的声调说，停下剪子，瞥了苏嘎尔一眼。苏嘎尔已经从这腔调中听出了某些怨恨和不满。

"不过，你的丈夫还是很能干的。"

"丈夫？"她惊讶地挑了下弯眉，随后快活而开心地笑起来，"天呐，原来你以为他是我的丈夫！"

"你们难道不是……"苏嘎尔迷惑了。

"小伙子，我的丈夫是外乡人，那可怜的醉鬼在两年前一个夜里，因为烧酒灌晕了头，骑着马掉进白音淖尔里，再也没回来。"

一个女人用这样无所谓的腔调谈论死去的丈夫，这使苏嘎尔很吃惊，也很不舒服，"瞧吧，别看她外貌迷人，心里冷着呢！"他告诫自己说。

"别用这种眼光看我，小伙子，你什么都不懂！"她的眸子突然变得深沉起来，竟如坦荡博大的草原那样深不可测，富有内涵，甚至飘过几片来自心灵深处的哀怨的荫翳。她呆呆地望着远处的山影，望了很久，"他从来没有真正喜欢过我，我呢，也不爱他，就是这样。"

林子里传来一个牧羊人粗嘎的歌声，断断续续，如一个破碎的梦。羊群挤卧在树荫下，咀嚼声如割草一般响亮。热烘烘的风送来了牲畜粪便的臊味。天空呆呆地停着一朵孤寂的云，茫然不知所去。

"两年前，那醉鬼死后，他哥哥仗着是苏木的达勒嘎，硬逼我嫁给他另一个远房表弟。我不干，在他们抢亲那天逃了出来。那是个大雪天，我走呵走呵，整整走了五天五夜，好不容易望见一个浩特，可已经没有一点力气爬到那儿了……

"后来，我听见一阵马蹄声。我扶着一棵老枯树摇摇晃晃站起来，看见一个骑马的汉子正奇怪地望着我，那样子真像在瞧一个怪物。以后的事情就不太清楚了。在醒来的时候，已经躺在一座热烘烘的蒙古包里了，身边围着一男一女两个孩子。不一会儿，我在雪地上见到的那个骑马的汉子走了进来，又用那种奇怪的眼神看着我，过了半晌，才说：'真怪，你竟会躺在那个地方，起初，我真以为小巴根那的额吉呢。去年的今天，她就野葬在那棵老枯树下，记得三天后我去看她，枯树上落着黑压压的秃鹰，它们已经把她带到了天堂。可我总觉得她会永远躺在那儿，总想去看看她。今天是她的周年，我骑马去看她，果然看见树下躺着个女人……'

"那汉子就是恩和森。说句心里话，在男人里面，他算得上是个好人。对于我，他啥话也没问，就要我住下了，还从浩特里请了一位勒勒根(大嫂)来和我做伴，十天杀了三只羊。多亏那三只羊，我的身体很快恢复了。那天，我要走，他套了马车送我。车出了浩特，上了山坡，他问：'往哪儿走？'我愣住了，泪一下子流了出来——是呀，我该投靠谁呢？茫茫荒野，举目无亲，哪儿才是一个弱小女人的安身之地呢？恩和森瞧瞧我，好像什么都明白，赶着车返回了浩特。一下午的功夫，他扎起一座新蒙古包，对我说：'如果你愿意，这儿就算你的家了。'后来我才知道：他是把心爱的大黑马卖了，才给我买了这顶新蒙古包呵！"

"我欠他的，欠得太多了！为了报答他，我已经答应嫁给他了……"

"嫁给他？"

"是呵，人不能没有良心。我只能给他一个女人所特有的报答……"

不知为什么，两个人都沉默下来。过了许久，苏嘎尔才轻轻叹息了一声。他想起自己的过去，很想痛痛快快讲出来，却终于没讲。

哈吉德玛把羊毛拢在一起，身上沾满白乎乎的毛絮。她很快恢复了活泼的常态："小伙子，知道你是谁请来的吗？"

"是恩和森……"

"那头蠢牛会想到给孩子请巴克西，你把他看得太聪明了。告诉你吧，是我的主意。开始他还死不同意，说是白花钱，我就每天开导他，让乌兰花和巴根那去磨他，他才勉强同意了。"

哈吉德玛骄傲地讲着，好像自己干了一件十分了不起的大事。苏嘎尔认真地看她一眼，觉得她并不是草原上那种简单型的女人，要看透她的心是很不容易的。

　　"苏巴克西，这些天我比谁都急着盼望你来，知道为什么吗？我想……"她慌乱忸怩起来，忽又变得像个单纯而诚实的孩子，"我想让你也教我认字呢！你能把草原外面的事情和知识都讲给我听吗？就是说，肯收我做个学生吗？"

　　苏嘎尔庄重地点点头："行！"

　　"你要替我保密呀。"

　　"一定！"

　　这一年的夏天，恩和森的家庭里充满了一种宁静愉快而又和谐的气氛。哈吉德玛比以往更加勤快地忙碌着各种家务活儿。两个孩子在苏嘎尔的耐心启发下对学习有了兴趣，已经能拼写一些生词了。苏嘎尔的心情也渐渐好转起来，除了给孩子们上课外，还经常帮哈吉德玛干些男人们干的活儿。恩和森很满意，作为一家之主，他希望家庭的每个成员都像驯服的臣民一样，在他的统治下和睦相处，安居乐业。他甚至计划明年再雇两个牧工，让已经残破的家族重新兴盛起来。

　　然而，他却没有看到在生活的表层下面，有一股不可遏制的潜流在悄悄萌动。

　　为了今年的牛能卖个好价钱，他在打草的季节赶着几头牛走了。他听说公路那边的牛价很好。留在家里的哈吉德玛和乌兰花磨好钐镰，套上牛车，到草场里打草。傍晚，用牛车把晒干的草拉回来。苏嘎尔每天无事可干，也和她们一同去了草场。

早晨的露水很重，牛车笨重粗糙的木轮子缓缓滚过草地，很快湿透了。有的地方草很深很密，车轮辗上去就像辗在一个有生命的绿色怪物上，发出单调痛苦的呻吟。白晃晃的蘑菇和肥大的"马粪包"（一种菌类）点缀在牧草间，鲜美诱人。哈吉德玛坐在车辕上，一边哼着一支轻快的曲子，一边用柳枝抽打着悠闲地摇晃着尾巴的黄犍牛。为了干活儿利索，她今天特意把腰带束得很紧。显得愈加苗条健美，面颊上罩上一层少女般娇美的红晕。

这情景使苏嘎尔感到陶醉，沉浸在一种安逸的幸福感之中。他第一次发现：草原深处竟有这么多美好的东西。

远方的沙岗上，一位牧人正伫立在那儿扯着嗓门吆喝他的马群。他的声音经过早晨空气的净化，经过河谷、林梢间的跌宕回旋，听起来像一首美妙的长调民歌，特别是那长长曲折的尾音，那么动人，让人想落泪。

"——嗨嗨咿——"

"——呀嗨嗨——"

哈吉德玛浑身震颤了一下，似乎这动听的声音触到她心灵某个隐秘的角落。她迅速回过头瞥了苏嘎尔一眼，装作漫不经心地问：

"会唱长调么？"

"会一点儿。"

"我喜欢听。"

苏嘎尔把头扭到一旁，没有唱，他在努力克制着什么，这使哈吉德玛有些生气，一路上，两人再没说一句话。

打草的时候，苏嘎尔总管不住自己的目光——哈吉德玛脱去蒙古袍，只穿一件猩红色的紧身内衣，袖口高高挽起，头上扎块翠绿色纱巾。她轻捷自如地抡着钐镰，腰肢随着两臂的摆动而扭曲着，像在跳一种热烈奔放的舞蹈，全身的每一条曲线都像水纹般起伏波动起来。这种美，只有女性在劳动时才能体现出来，是健康的躯体所蕴藏的巨大活动力在一瞬间的释放。牧草在她面前一行行倒下去。"嚓嚓嚓嚓……"伴着欢快稳定的节奏，每一声里都显示着对某种追求的自信。

苏嘎尔的心底也激起了一种对劳动的渴望。他从乌兰花手中接过大镰，学着哈吉德玛的样子打起草来。他的动作很笨拙，胳膊双脚似乎也不听使唤，钐刀不是掠着草尖滑到一边，便是重重地扎到土里，把带泥土的草皮剐起一块。他的狼狈样使哈吉德玛和小乌兰花很开心，望着他"咯咯"笑起来。

"一瞧就不是我们草原上的人哟！"哈吉德玛笑弯了腰。

"城里人干活儿就是不行。"乌兰花也大胆地帮腔道。

苏嘎尔狠狠咬住下唇，固执地抢着钐镰向前走去。过了一会，他气喘吁吁，脸上渗出大粒的汗珠。

哈吉德玛吃惊地望着他，有些不安了。

"嚓嚓嚓……"苏嘎尔的身子摇晃起来。

"喂，小伙子，别逞强，你会受不住的。"哈吉德玛跑了过去。苏嘎尔仿佛没听见，仍然狠命地抢着钐刀。

"我们休息啦！"她大声嚷嚷着去拉他，但被他粗鲁地推开了。她生气地跑回到自己原来的地方：

"好，随你的便，累垮了看谁照顾你！"

八月底的阳光还有很强的热力，从林间那边吹来的风也是热乎乎的。野蝇和各种小飞虫又活跃起来，在人的头顶上嗡嗡叫着，像单调乏味的催眠曲。

哈吉德玛忽听见一声疼痛难忍的呻吟，随即看见苏嘎尔扔掉了手中的大镰，颓然跌坐在草地上。她慌忙跑过去。

"怎么啦，是钐刀扎了腿吗？你这家伙，真拿你没办法。来，让我瞧瞧！"她不由分说，便将他的靴子和裤子脱下来。

伤口很深，赤褐色的血正往外渗涌。

"你这是为什么？为什么呀……"哈吉德玛几乎哭出来，急忙在附近的草地上采了一个已干透的"马粪包"弄碎，给他涂在伤口上。

血果然止住了。

他黯然神伤地坐着，苦笑着摇摇头："我这个人就是这样，认准了自己想干的事，谁也拦不住，结果总是自讨苦吃……小时候，我有个梦想，长大了一定要当一名老师。我有个舅舅搞了一辈子教育工作，他对我的影响太深了。可是，高中毕业后，我却成了待业青年。后来，阿爸托门子，跑关系，送了上百元的礼，总算给我弄到个工作——在一个很不错的单位里当秘书。我这个傻瓜却说什么也不去报到，明确向全家宣布：我的理想是当教师。这一来，把全家人都惹火了，他们联合起来把我赶出了家门。他们以为我在外面会生活不下去的，过不了几天就会回去向他们屈服。可我，离开家到今天已经整整两年了，一次也没回去过。我像个流浪汉，到处跑，当临时工，在石头山上打石头，在草山打草，在肉食加工厂当屠夫，啥活都干过，但那个梦想始终没有破灭，到处托人打听什么地方需要老师。有人告诉我：有个牧民要招聘一名家庭教师，你干不干？我二话没说，收拾了一下就来了……"

哈吉德玛久久望着他。在这之前，她从没有这么久、这么专注、这么认真地注视过任何一个男子汉。她的眼睛像晚秋的太阳，明净、深远，又充满了热情……

傍晚归去的时候，含情脉脉的月亮已经升到天空，草原在幽静中进入了梦乡。装满干草的牛车温悠悠走着，像个缓缓移动的庞然大物。小乌兰花耐不住一天的劳累，躺在车上的草垛顶上睡着了。不知过了多久，她被一阵奇异的声音惊醒了，睁开惺忪的睡眼望去，只见在牛车前边，在迷蒙的雾一般轻柔的月光下，晃动着两个颀长的人影。粗犷激越的蒙古长调飘扬着，向幽静的原野荡去，哦，那是苏嘎尔在唱，在用整个生命歌唱。他像在歌唱这片古老的土地，歌唱天上多情的月亮和星星，又像是抒发着对生活真诚的赞美……

一个十岁的小女孩还不能完全听懂和领会乐曲中包容的无尽含意，但她觉得一切都这样美好，无论是人，还是草原、高山、河流、月夜……她渐渐分不清究竟是醒着还是在梦中了。又合住沉重的眼皮，饱吸着八月干草的芳香，脸上浮现出甜甜的笑靥……

5

鳏夫恩和森在落第一场雪的时候才回到鄂伦淖尔草原。

他很走运，在公路那边，他耐心等了许多天，终于遇到几个南方来的牛贩子，经过一番讨价还价，那几头牛卖了个极好的价钱。回来的路上，又遇到下来检查工作的旗委书记华林嘎提及恩和森请家庭教师这件事，华书记大为赞赏："干得不错，恩和森，八十年代的牧民嘛，思想就是解放，有眼光呵！这说明富起来的牧民已经不满足于物质文明，而开始追求精神文明了嘛，好，好！我已经把你的事迹报上去了，盟报社可能要派记者来采访你呢……"

就像喝了一碗醇香的美酒，恩和森觉得浑身舒服透了，一路上都美滋滋的。他虽然不懂什么"物质文明、精神文明"这些新名词，但他知道能上报纸那可不得了。他一向把荣誉看得重于一切。看来请家庭教师这步棋算走对了。嘿，那小娘们，还真行！

想起哈吉德玛，恩和森禁不住又回身去瞧放在马车上那个鼓鼓囊囊的大包袱，那里装着崭新的绸缎被面和几件漂亮绣花的女式蒙古袍，顿时，胸中泛起一股股甜蜜的期待。

再过一个月，他就能名正言顺地把哈吉德玛娶过来啦，婚礼一定要办得像个样子。他掐指算了一下，这次卖牛的钱除去给过冬的畜群买饲料和交全年的牧业税、草场税，还能剩将近五千元，哈，这五千元足可以办一个轰动鄂伦淖尔草原的婚礼啦！

对于哈吉德玛终究要成为他妻子这件事，恩和森早已深信不疑。他忘不了那一夜，哈吉德玛对他许下的诺言——

那是个大雨瓢泼的黑夜，哈吉德玛突然病倒，浑身烧得像一团火。恩和森打着马跑了七十多里夜路，到苏木卫生院给她取药，回来的途中由于泥泞路滑，坐骑失蹄将他闪下马背。当他瘸着一条腿回到蒙古包时，浑身上下滚得像个泥人儿。他清楚记得，当他亲自把药喂给哈吉德玛时，她眼里忽地溢出晶莹的泪花，无力地倒在他怀中，哽咽着说：

"好人……你是个好人……娶我吧，恩和森，我知道你一直在等这句话，我会做个贤妻良母，帮你操持家务……我什么都没有，只能用身子来报答你的恩德……"

一切疲劳和痛苦倏地消失了，他像个听话的孩子，听任哈德玛给他脱去被泥浆浸透的袍子，用毛巾擦拭着那肌肉饱满的身躯，心中荡起了无限的温情，并感到了无比的舒适和满足……

是的，他喜欢哈吉德玛，从他救她那一天起，他就觉得自己正需要这样一个女人。一个家庭可以没有畜群，没有烧酒，但不能没有女人。巴根那和乌兰花也需要个善良的额吉，大概从那一天起，他就把哈吉德玛视为理所当然的妻子，开始对她发号施令，并施以笨拙的温存……

花白骟马跑得十分平稳，马蹄后扬起一片雾蒙蒙的雪烟。恩和森仰头望望天色，夕阳早已被一块厚重的阴云所吞没，一阵阵凛冽的寒风擦着沙柳的枝梢横蛮地奔驰着。他狠狠抽着马，一阵风驰进了浩特。

篱笆棚圈那儿，几个牧人正往里拢羊群，看见恩和森，都停止了手中的工作，互相交换了一个眼神，和他搭着话：

"回来了，恩达勒嘎。"

"走的时间可不短哟，发大财了吧？"

"快请我们喝喜酒了吧？"

"喜酒当然没问题，但新郎可保不准是谁呢。"一个斜眼牧人不怀好意地笑道。

"这话……什么意思？"恩和森勒住马，他已觉出四周嘲笑的目光了。

"没啥意思，"斜眼牧人意味深长地叹了口气，"如果我是你呀，可不会去当那傻瓜，弄个小伙子放到老婆的毡房里去……"

恩和森的心一下沉落下去："胡说，我要用鞭子抽肿你的嘴！"

"我胡说？嘿嘿，你的巴克西每天和哈吉德玛一块去打草，半夜才回来，谁知道他们干什么好事……"

像有一座威严高耸的雪峰在一瞬间崩溃了，倾泻下愤怒的冰雪瀑布，将一颗男子汉的心重重压在万丈冰雪之下，那颗心顿时被压成一块又冷又硬的岩石……

一团团雪花戏谑地扑到他僵硬的身上。

6

雪后初晴的一个早晨，远山近峦全都裹在皑皑白雪中，一层淡淡的幽蓝又罩在了上面，愈显得深邃、清冷……

一支喜洋洋的迎亲马队奔驰而来，搅起一团团腾飞的雪雾。小伙子和姑娘们在马背上嬉笑着，打闹着，把一串串笑声丢在田野。他们穿戴打扮娇艳、漂亮，使灰白单调的雪原立刻笼上了喜庆的色彩。

然而，新娘哈吉德玛的脸上却没有丝毫欢乐的表情。恩和森在返回家的第二天突然决定要立刻举行婚礼，并坚持要严格按照古老的仪式举行，这使哈吉德玛深感意外。她从恩和森阴冷的神色上看出了他内心的暴怒和猜忌，感到一阵的不安："不是定好了，要等到查干萨日（蒙古族的节日）才举行婚礼吗？"

"你大概是不想嫁给我了吧？"恩和森逼视着她，"我问你，你和苏嘎尔是怎么回事？"

哈吉德玛这才明白，原来恩和森怀疑她和苏巴克西。霎时，她的脸变得像奶皮子那样灰白："我可以向苍天发誓，我和苏嘎尔是清白的……"

"只有立刻和我举行婚礼，才能证明你是清白的！"恩和森大步走出毡包，皮靴踢在门框上，毡包震颤了一下。

哈吉德玛弄清楚了她目前的处境：立刻履行自己许下的诺言，和恩和森成亲，此外已别无他路可走。自从苏嘎尔到来之后，她越来越希望与恩和森的婚礼能往后推迟，并懊悔自己的心肠太软，轻率地以身相许。几个月来，她跟着苏嘎尔学文化，渐渐从他嘴里了解了草原外面那个诱人的世界，她真不敢相信在这片荒原之外还有那么美好的东西。她完全听入了迷，觉得生活忽然开始充实起来，丰富起来。"只要有了文化，总有一天，我们草原也能过上那样美妙的生活呢！"她反复念叨着苏嘎尔对她说过的这句话，心里充满了甜蜜的憧憬。她愈来愈愿意和苏嘎尔在一起了，喜欢听他娓娓动听的谈吐，喜欢看他那对被知识和智慧燃亮的熠熠双目……

可现在，她必须得嫁给恩和森，这是多么令人痛苦的现实呵！

她含泪找到苏嘎尔，将这消息告诉他。他沉默了很久。她看见他紧攥的拳头在发抖。

"你爱他吗？说心里话。"他问。

"我……说不清楚，"她痛苦地摇摇头，"也许……不，不是爱，那只是感激……"

"既然不爱他，就不应该嫁给他！"苏嘎尔果断地说。

"可是我……"哈吉德玛低下头。

苏嘎尔注视着她，感到一阵无法克制的冲动，猛地抓住她的双手，明亮的目光充满了期待："跟我走吧，哈吉德玛！也许，我能给你幸福！"

"不……"哈吉德玛像被火烫了一下，慌忙挣开手，绝望伤心地喊道，"你不明白，什么也不明白，我……我早已是他的人了……"

迎亲马队开始爬山坡。人们愈是喜乐，哈吉德玛愈是感到心儿一阵阵绞痛。唉，草原上的女人，难道永远也没有权力决定自己的命运么？她悲哀地想着。

马队爬上了山顶。向前望去，银光波动的雪原十分辽阔，晶莹剔透。哈吉德玛勒住缰绳，用迷惘而伤感的目光眺望着远方。忽然，她发现在十分遥远的雪原上蠕动着一小黑点。再仔细看，可以辨出那是一个人影，正在雪地上艰难地跋涉着，似乎还背着沉重的行装。

"那是谁？"哈吉德玛紧紧盯视着那人影，一种不祥之感袭上心头。

"哼，"恩和森露出一丝得意之色，"反正不是我们草原的人，管他呢！"

"是苏嘎尔！"哈吉德玛尖叫道，"你把他撵跑了？"

"我把他辞退了。马子不称心，随时可以换一匹嘛，只要我有钱……"

"你……"哈吉德玛狠狠盯着恩和森，"我要你立刻把他请回来，向他道歉！"

恩和森几乎气昏了头，冷笑道："你要弄清楚，我和他谁是你的丈夫！"

哈吉德玛最后鄙视地望了恩和森一眼，然后果断地扭过头，抽马一鞭，向那遥远处的黑影奔去。

"给我回来，你这贱货！"恩和森如一股狂怒的旋风追上她，一挥手，扬起手中的皮鞭。几乎在一瞬间，哈吉德玛像一片轻飘飘的落叶坠下马背。

恩和森也被自己粗暴的举动惊呆了。他看见哈吉德玛像一只受伤的白天鹅在雪地上顽强地向前爬去，爬去……

血，如同火红的小野菊花，一滴，两滴，三滴……在洁白的雪地上盛开着……

7

篝火闪跳了一下，渐渐要熄灭了。但没有人去管它。大家都静静地坐着。有个牧人在抽烟，烟头的红火一闪一闪，像一颗幽暗的小星星。

"后来呢？"我问。

"那天，恩和森把受伤的哈吉德玛背回家，来参加婚礼的人都不欢而散了。哈吉德玛整整一个月没和恩和森说话。两个孩子每天吵着要巴克西。"小胡子接着说，"后来哈吉德玛提出再给孩子请个巴克西，恩和森一听就火，认为她还没忘苏嘎尔，两人为了这事没少吵架。有一天，小乌兰花悄悄跑出去找苏巴克西，迷了路，差点冻成残废，现在还躺着不能动呢。哈吉德玛守着乌兰花哭了一夜，第二天就不见了。恩和森和我们整整找了两天两夜，奇怪的是在雪地上连个脚印也没找到。谁也不知道她去了哪儿。大家都说她找苏嘎尔去了。"

"巴根那现在快成野孩子啦，整天不回家，谁也管不了他。"

"你也瞧见了，恩和森从此成了个不可救药的醉鬼，每晚都这样。他的家里不能没有哈吉德玛呀。"另几个牧人补充说。

过了一会儿，留小胡子的青年摇着头自言自语道："我想，哈吉德玛如果能找到苏嘎尔，无论他们在哪儿，也一定非常幸福！"

几个牧人都严肃地点点头，好像这正是他们的心里话。

离开了牧人，我的心沉甸甸的，胸中激荡着一种异样的难以言传的感情，是为恩和森的不幸而伤感，是为下落不明的苏嘎尔和哈吉德玛抱不平，还是对生活有了新的认识和思索？

沉默的鄂伦淖尔在我脚下渐渐宽阔起来，平坦起来，展示出她坦荡深邃的一面。远方的浩特里还亮着几点灯火，忽明忽灭，摇曳不定，宛如漂泊在海湾里的桅灯。几个夜行的骑手赶着庞大的马群从林间的草地上奔涌出来，蹄声如凌乱的冰雹敲打着秋夜的草地，后来渐渐消融在愈来愈浓的夜色里。天上的一轮蓝色的月亮被乌云给遮住了，那么明天，它还会出现吗，还会是蓝色的吗？

哦，草原，一块永远被马蹄耕耘的土地……

灰眼珠

原载《长城》

——在值得信任和尊敬的人们中间，流传着一则关于契亚惕人的过去、现在和未来的故事。

引子：飞行员S的自述

很久以来，我就有一个颇为狂妄的念头：写一部流传后世的史诗。

我研究了《荷马史诗》，还研究了蒙古族的英雄史诗，如《勇士谷诺干》《江格尔》《格斯尔传》等。但岁月匆匆，我总像一只候鸟儿在蓝天上飞来飞去，终没能写出一行可与史诗相媲美的文字。为这事儿，我苦恼了许久，并去请教一位名声赫赫的诗人。诗人对我的问题完全是一副不屑一顾的神气：

"简单之极，因为我们并不生活在一个史诗的时代，如此而已……"

还有一些诸如主体意识及其意象如何表现等问题的高论。我生性愚拙，傻呵呵地听了半天，终也没弄明白。

于是我丢弃了那个狂妄的念头。飞行训练日益紧张，我的心完全系在了战鹰上。当我独自驾驶着"小白鸽"（S28新型飞机）穿过云层，在海拔几千米的上空飞行时，当我望着机翼下闪过的极渺小的河流、山峦、草原和村舍时，胸中便有一股子激情在澎湃——那大概就是"史诗性"的激情在作祟吧？

我为自己生不逢时、不能写出甚至一行史诗而悲哀！

然而有一次……

那是一个天气阴晦、能见度很低的早晨，我驾驶着"小白鸽"去完成一项普通的训练任务。飞越这条对我毫不陌生的航线完全是轻车熟路。北方广漠的高原大地被淡而稀疏的云层掩映着，那褐色的土地和黛色的山峦时而从云絮里露出斑驳零碎的一片，让人觉得古朴而又神秘。当飞机穿越过横亘在蒙古高原上的布尔罕山脉之后，我发现云层在逐渐加厚、变浓，骤然间，机翼下铺展开浩瀚无际的滚滚烟云。那些乳白晶莹的簇簇云团如雪浪奔涌，如冰山峙立，又宛似大海里翻腾的狂涛怒浪……

我拉着控制柄，让飞机滑翔着冲进云层。飞行高度在骤然跌落。飞机的引擎声如一个巨人由于愤怒而不停地呻吟。现在什么也看不清了，窗弦外只有浓浓的黏稠的云雾。我瞟了仪表盘一眼：一切正常。片刻，飞机摆脱乱云的纠缠，开始进入低空飞行。白色的云在头顶上连织成一片，透着迷蒙的光色。

就在这时，一件意想不到的事情出现了。

我看见了一条黑森森的山谷！

这似乎是不可能的！我曾多次沿着这条航线飞越布尔罕草原，为什么没有发现这条庞大的山谷？我急忙查找地图——不错，我没有偏离航线，地图上也根本没有这条山谷的任何标记！

我让飞机顺着山谷走向飞行。这山谷果然很长，在开阔的地方有河流、湖泊和森林，还有淡绿色的牧地和缭绕的炊烟……

不祥的预感像阴晦的雾侵蚀着我的心田。正当我困惑不解、准备返航的时候，眼前忽地闪了一片红光，接着传来一声爆裂的巨响。顿时，我感到两侧的机翼剧烈地颤抖起来，好像是"小鸽子"因疼痛而产生的抽悸或震颤。我扫了仪表盘一眼，红色的指示针陡然跌向零字———一切仪器全部失灵了！唯有那台电子计时钟仍在飞速闪现着红色数码。我在一瞬间注意到那表示时间的数字是逆行闪现的：7、6、5、4、3、2、1……12、11、10……记年记月的数字也在飞速变动，须臾之间，竟倒退到公元1000年×月×日……

"小鸽子"正被那山谷的魔口吮吸而坠落！我忽然清晰地意识到这一点。出于本能，我按动了一个红色摁钮。即刻，我被一股强大的力量弹射出机舱。

瞬间，降落伞张开了，像一朵巨大的白蘑菇徐徐飘落。

又一声震耳欲聋的巨响。我看见可怜的"小鸽子"变成一团刺眼的火球……

葬礼上，突然落下一只银色巨鸟

鄂尔古涅坤山谷，是一个完全与世隔绝的神秘世界。

由于没有充足的史料，我们无法了解山谷里的契亚惕部族是怎样生存繁衍的，也无法考证这个部族历史及发祥地的来龙去脉。

所以一切都得从这一天开始……

一支沉默的队伍在山谷里慢慢地蠕动。没有哀乐，没有啜泣，只有山谷里的风在瑟瑟呜咽着。契亚惕部族所有的人们都来参加这隆重的葬礼。几面白色的鹰旗在劲风中猎猎飘动。队伍前面，是一辆由九头黑牛拉套的巨大勒勒车，笨重的木轮滚动时发出了一阵阵沉闷的轰鸣声。车上安放着一根粗大的楠木，木芯是掏空的，恰好放进一具尸体。然后用皮条将上下两块楠木缠紧，涂上浓稠的树脂。灵柩如此简单，再没有任何装饰。人与自然万物重归一体。

契亚惕部族的又一名王罕猝然归天了。年仅三十岁的布珠是不慎从马背上摔下来之后不幸亡命的。伦杰额吉和她的另外三个儿子走在灵车两侧。伦杰额吉的表情十分庄重肃穆，没有流露过多的悲痛。她相信一切都是天意，布珠没有当王罕的福分，他不该在两年前赶走帕拉穆……她在心底呼唤着那个名字。她同时注意到另外三个儿子——那木嘎尔、达希和塔布神色各异。达希和塔布年龄尚幼，但那木嘎尔早就窥伺罕位……她心里十分清楚这一点。

只有博·萨黑亚一个人与众不同：浑身上下挂满了彩色的布条，将乌黑肮脏的手臂伸向苍天，似乎向冥冥上苍祈求着什么……

墓地到了。墓坑挖得极深。几个汉子把九头牛从车套里卸下来。再过片刻，它们的血和肉将作为祭品永远留在这里。博·萨黑亚照例击着一面羊皮鼓且歌且舞，树棺在他的咒语中顺利地放到了墓坑里。一个圆满的葬礼即将结束。

当第一铲土落到墓坑里的时候，萨黑亚超乎常人的耳朵忽然微微一动，耳膜捕捉到一阵奇异的声浪。他立刻判断出这声音来自苍天，而且会愈来愈大。他灵机一动，一跃跳到牛车上，庄严地举起手臂：

"作为神的代言人，我向你们宣布：奇迹就要出现在我们头顶的这片天空上……"

送葬的人们仰头眺望天空。在他们的头顶上，除了一团团白色的云絮之外，并没有任何奇迹将现的征兆。

然而奇特的轰鸣从云层里缓缓荡来，愈来愈强烈。突然间，一只银色的巨鸟带着那呼啸冲出了浓密的云层，低低地从人们的头顶上掠了过去。空气在剧烈地颤抖……过了片刻，那巨鸟又踅来，闪着刺眼的光亮。

"啊啊——万能的长生天啊，庇佑我们这些可怜的生灵吧——"博·萨黑亚呼喊着，第一个向那震耳欲聋的巨鸟跪下了。于是所有的送葬人都跪了下去。

"在巨鸟降落的方向，我们将会找到新的王罕！这是长生天的旨意……"萨黑亚又一次大声预言。

银色的巨鸟突然像负了伤一样战栗起来，一瞬间，它拖着一道黑烟向山谷东侧的针杉林栽去。随即，一片耀眼的火光刺痛了人们的眼睛，接着是一声惊天动地的爆炸……过了片刻，人们从惊恐中醒来时，发现天空上冉冉晃悠着一朵巨大的白蘑菇。

伦杰额吉将右手捂住胸口，呆望着苍穹，忽然用冷静且清晰的声音说："它向针杉林落去……帕拉穆住在那里……萨黑亚，我们该把新的王罕帕拉穆接回来啦，是这样吧？"

博·萨黑亚一怔，见伦杰额吉明亮刺人的目光紧盯着他，急忙以首伏地："是这样的……额吉……"

离群索居，他过着野人般的生活

天刚亮，帕拉穆骑着病快快的青白色秃尾马，离开了他住了两年的小草棚，离开了那片茂密的针杉林，向山坳里开阔的牧地走去。

帕拉穆的面颊黧黑而消瘦，胡须很长，在高高的眉骨和浓密的眉毛的掩映下，一对发亮的黑色眸子透出智慧的光泽，棱角分明的下颌显示出一种坚韧不拔的力量。他身上的袍子由于长年风雨侵蚀，已变成条条缕缕的碎片，风一吹，那些碎片瑟瑟抖动着飘飞起来，露出了古铜色的肌肤，青白秃尾马艰难地喘息着。一阵蒙蒙的雾正从山坳底下向上涌动。风儿强劲时，那片茂密的针杉林便滚荡出千军万马似的呼啸，让人的精神为之一振。

哦，鄂乐古涅坤山谷呀，我的鄂乐古涅坤！

一股热浪在帕拉穆胸中涌动起来——

从何年何月开始，这山谷就像摇篮一样哺育着契亚惕人的祖先。那时，我们的祖先还是裹在襁褓中的婴儿呢，在这温馨的摇篮里，做过多少金色的梦啊！后来，婴儿渐渐长大了，长成了一条结结实实的汉子，这山谷依然送给他无限的爱抚与温存。战争、洪水、暴风雪，或者山崩地裂……一切灾祸都挡在了山谷外面，契亚惕人躲在这广阔的山谷里，一代又一代地放牧、劳作、繁衍子孙，并创造着自己辉煌的文明历史……

帕拉穆觉得有几滴冰凉的东西沿着鼻梁往下坠落。

青白秃尾马转过一个山口，眼前豁然开朗起来。这是一条铺满鹅卵石的河谷。山坡上的雪水消融后，便聚集到这里，汇成一条浅浅的明净的小溪，急匆匆地向前奔去。青白秃尾马喷着响鼻把嘴巴探到凉飕飕的溪水里。河谷里的风是湿漉漉的。

帕拉穆让马儿尽情地饮着水，又一次感到了饥肠辘辘的滋味儿。从昨天早晨到现在，他已经一口食物没吃到了。那两只海青猎鹰没有像以往那样准时飞来，给他丢下一只野鸭子、野兔子或小羚羊一类的猎物。难道部落里出了什么事？或者是阿娜尔生了病？他可以忍受饥饿的折磨，却不能忍受对阿娜尔昂嘎的思恋和担忧。

两年前，他和四个兄弟和睦相处地生活在契亚惕部落里，正像谚语常说的那样：像五根箭捆在一起，就是莽古斯来了也不能折断！然而有一天，作为契亚惕王罕的阿爸突然去世了。在升天之前，老王罕单独召见了帕拉穆。阿爸用回光返照的熠熠目光盯着他说："我的诚实而聪慧的孩子帕拉穆哟，我去了以后，你要承担起保护部族的责任，只有你才配做契亚惕的王罕……"很显然，阿爸是把王罕的权力交给了他。但是，在长兄布珠的挑唆下，四个兄弟联合起来背叛了他。布珠和那木嘎尔都有着十分强烈的权力欲，不能忍受平辈人的指使和命令。四个兄弟煞有介事地请来了具有无上威望的博·萨黑亚。这位通身都散发着神灵之气的博·萨黑亚用诡谲的目光望着帕拉穆，缓缓开言：

"这个故事是神昨晚上告诉我的，谁若怀疑它的真实性，就是对神灵的亵渎。二十年前的一天，你阿爸猎到一只鹿，归来的途中，遇到一个饿得快死的妇人，那妇人带着一个未满周岁的婴儿。你阿爸见她可怜，便把鹿肉全部送给了她，用鹿皮裹走了婴儿。后来，用那鹿肉换来的孩子成了你们五个兄弟当中的一个。你们互相看一看，谁没有我们契亚惕人高贵而圣洁的灰眼珠……"

四个兄弟把目光集中在帕拉穆身上。

那木嘎尔用胜利者的眼神瞟着他："没有花斑皮的老虎，怎敢在山中称王？没有契亚惕血统的人，怎配当我们的王罕！"

帕拉穆悄悄地离开了契亚惕部落。他没有去问伦杰额吉：萨黑亚讲的故事是不是真的，况且他的眼珠的确不是灰色的，他从小就对自己的黑眼珠产生过疑问和苦恼。他宁肯出走，也不愿意为了权力之争而兄弟相残。他骑着瘦小的脊背上长了疮的青白秃尾马，走向了远离部落的针杉林……

他走的那天，只有阿娜尔一人知道。少女的泪弄湿了他的袍襟。在那一刻，他才注意到她悲哀的神态竟是那么美丽、那么楚楚动人。她的愁容比她的欢笑更富有奇特的魅力。她那一对淡灰色的眼珠竟像深不可测的淖尔，清净、透明，却又蕴藏着无限的温柔与情愫。他简直不敢相信这灰眼珠会是一个凡人所具有的。他动情地搂住了她。她那软绵绵的娇小的身子在他怀中散发出一股麝香味儿。他贪婪地嗅着这奇香，觉得自己搂抱的不是异性的肉体，而是一团温柔的云，一片有声有色的雾……

"那木嘎尔总像公狗一样来纠缠我……"

"那个混蛋！"他用愤愤的目光盯着远方笼在烟雾里的古列延。

"我真怕哟，帕拉穆哥哥……你一个人，住到深山野林里，猛兽会伤害你的……"

"放心吧，阿娜尔昂嘎，我有锋利无比的刀剑，还有一个契亚惕人的勇敢！"

"可是你该怎么生活呢？"

"会有办法的！"

"让我帮助你吧，帕拉穆哥哥……"

帕拉穆在针杉林里搭了一间小草棚，靠狩猎来填饱肚子。他渐渐适应了孤独，适应了饥饿，适应了野人般的生活。有一天，两只巨大的海青猎鹰突然光顾了他的草棚。他看见鹰爪下携带着什么东西。他很快认出了这两只海青——它们是阿娜尔从小养大的两只猎鹰。它们失去母亲时，是阿娜尔把它们抱回了家，用牛奶和羊肉喂养它们。它们经过少女的调教显示出令人惊异的灵性，能捕获小羚羊和狡猾的红狐狸，还会运送东西。帕拉穆向那两只海青走去。猎鹰扇动着庞大的翅翼飞回去了。他从海青送来的皮口袋里找到了鲜美的奶食和牛肉。还有一封"信"——一张鲜嫩的白桦树皮上，用野草莓的汁液画了一颗心，又用波恩达娃花的叶子画了一对淡灰色的忧郁的眼睛……

两年，海青成了他们传递食物的工具和表达爱情的信使。帕拉穆不再觉得孤独寂寞，盼海青的到来成了他每天最为重要的时刻。

春雪刚刚消融不久，山谷里的风带着泥土气息和潮湿的腐质味儿。多么幽静！这种沉寂使他感到一种莫名其妙的恐惧——部落里肯定出了什么事儿，否则，海青不会不来的！无论如何。他要赶回古列延去看一看。他意识到自己的责任——阿爸临终时的嘱托。即使我果真没有契亚惕血统，我也是伦杰额吉的儿子，是她的乳汁把我抚养大的。我爱伦杰额吉，我爱阿娜尔昂嘎，我更爱宽容地养育了我的契亚惕部族。至于别的一切——耻辱、贫寒、饥饿、轻蔑或者受苦受罪，那又算得了什么呢？！

青白秃尾马又转过一道山湾。帕拉穆蓦地看见足有上百头牛星罗棋布在河谷里。那些牛有的半跪，有的半卧，有的僵立，以各种不同的姿态凝立在彩色的鹅卵石上，向人们展示着死亡所创造的丰功伟绩。它们静静伫立着一动不动，似乎等待着上苍赐给它们新的生命，在这万物复苏的春天里得到一次伟大的复活……

帕拉穆被眼前壮观的场面所震惊、所激动。他知道去年冬天一个极寒冷的夜里，一场大雪吞噬了河谷，一百多头牛没来得及从河谷赶出去，全部被活埋在河谷里。然而他没想到：当冰消雪融后，这些失去生命的东西竟然还能以生前的各种姿态伫立在这里，没有一倾倒下。这是冰雪的杰作，还是生命向死神所表现出的宁死不屈？

他小心翼翼地走进了死尸的俑像群里，走进了死亡堆铸的世界。浓浓的腐臭几乎使他窒息。一绺绺金黄色的乌黑色的牛毛在空中飘飞，落在他身上。他忽然发现这些没有生命的骨肉是一组组无与伦比的群雕，是大自然绝妙的力作——一头黑牤牛，前腿低伏，脖颈和脊背弯成一个坚韧的弧，两只利角狠狠向前抵，似乎要穿透什么东西，又像和谁准备着拼命厮杀。而另一头半跪的黄母牛则用忧郁的亮晶晶的眼睛望着远方，似乎在思念遥远的故乡。附近，三头灰白相间的牛用后腿直立着站起来，搭成一个稳固的三脚架；它们的前腿纵横交错地编织在一起，嘴巴都向天张开，似乎在呼唤着冥冥之中的神灵；也许，它们是被冰雪埋没后感到窒息难忍，用这种方法让嘴巴露在雪堆外，进行最后的呼吸……

帕拉穆默默穿行在这一组组令人惊骇的雕塑里，似乎突然成熟了许多。这死亡的壮观场景使他在一瞬间经历了一次飞跃性的蜕变。鄂尔古涅坤山谷啊，你是摇篮，又是囚笼；你是天堂，又是地狱；你慷慨地恩赐万物以生机勃勃，又如此悭吝地扼杀着生命……我们祖祖辈辈厮守在这山谷里，该爱你，还是该恨你？该给你竖一块丰碑，还是送给你深切的咒语？让我想想，让我想想，让我仔细地想想这一切……

就在这进，那来自苍穹的轰鸣猝不及防地席卷过来。刹那间，帕拉穆觉得高山、大地、森林都发出共鸣、发出怒吼，宣泄着郁积已久的愤怒。他惊骇地抬头望去，仅仅来得及看见一只巨鹰似的东西从头顶一掠而过，即刻爆出一团刺眼夺目的光辉……

巨响过后，一股股强劲的气流如汹涌的波涛掀起一道道狂澜。在这狂涛怒浪的冲击下，那一片牛群的偶像猝然溃塌，有如一尊尊酥软的泥塑被洪水冲垮，在山谷里荡起一阵久久不肯消失的沉闷回声，那是没有生命的躯体最后一次留给世界的声音……

少女看见了天外来客

阿娜尔没有去参加布珠的葬礼。

她没有去参加葬礼，是因为她终于找到了一个不被众人注意的好机会，她要去悄悄看望帕拉穆。她喂养的两只海青突然失踪了，帕拉穆哥哥此刻正在针杉林里，忍受着饥饿和孤独的熬煎。只有她去，才能为他减轻痛苦。

她背着装满肉食和奶酪的皮囊，在莽莽苍苍的森林里走了一天一夜。

鄂尔古涅坤山谷的森林异常茂密，每一棵杨树、桦树或松柏都在努力与别的树争夺着生存空间。厚厚的落叶与腐草犹如一块松软而富有弹性的垫子，踩上去身子颤悠悠的。阿娜尔十分喜欢在这样的林隙间行走。头顶上是虬龙般杂乱盘曲的枝叶，密密的，望不见一块巴掌大的天。她走得很匆忙，也很艰难，有时她不得不停下来喘口气，辨别一下方向然后再走。她的心早已经飞到那片针杉林里了！

哦，针杉林，即使在梦中，她也经常能见到那片让她梦魂萦绕的针杉林呵……帕拉穆哥哥，多想见见你啊！你可知道，那木嘎尔那坏蛋总来纠缠！昨天，他又动手动脚，我狠狠唾了他一口……帕拉穆哥哥，当那家伙像狗一样溜走以后，我真是畅快极了！我在为你坚守贞洁呢！这是我心底的秘密，等到那天再告诉你……

契亚惕部落里有许多英俊魁梧的男子汉，可是没有一个能比得上帕拉穆哥哥，他不仅具有别人所没有的雄才大略，而且还有肝胆照人坦荡赤诚的胸襟。她知道契亚惕部落有不少年轻貌美的姑娘都梦想做他的新娘，可他从那花团锦簇的女人群里偏偏爱上了她……呵呵，感谢神的恩德，把多少女人梦寐以求的幸福赐给了她，赐给了一个十八岁的天真烂漫的少女。为了这幸福，她悄悄哭过不知多少次了。她认定自己之所以来到这个世界上，就是为他而生，为他而死，为他而受苦，为他而欢乐……

漫长的两年，被思念的泪水浸透了的两年啊，她是数着夜空上的繁星度过的。每一颗星星都被她的泪水洗浴过，所以才那么温柔、那么朦胧，充满了痴情和哀怨，和她的灰眼珠一样！每一颗星星，就是一颗淡灰色的眼珠，替我凝视着在远方受苦受难的哥哥……她相信分离是暂时的，总有一天，帕拉穆哥哥还会返回契亚惕部落，昨晚她做了一梦：一只美丽的小梅花鹿欣欣然向她跑来，嘴里衔着一根碧绿的松枝……也许那就是吉祥的预兆，帕拉穆哥哥就要回来了。

整整一天一夜的跋涉，她已经累垮了，淋漓的汗水将袍子浸得湿漉漉，紧紧贴在婀娜的身子上。她艰难地迈着步子。现在每走一步，她都得强忍住骨节和肌肉的酸疼，牙齿咬得咯咯响。肩头的皮囊愈来愈沉重，仿佛压着一座山。她几次想扔掉皮囊，但一想到帕拉穆在挨饿，便打消了扔皮囊的念头。帕拉穆哥哥哟，即使是一座山，我也要给你驮去……

傍晚时分，她跟跟跄跄走出了桦树林。眼里突然闪过一道亮光，心房在剧烈地跳荡——她望见了那片黑森森的针杉林。就要见到他啦，帕拉穆哥哥！你能猜到我来么？看见我你会怎样吃惊呢？

不久她又看见了那座草棚。呼吸紧迫起来，恍恍惚惚，一头扑进他的怀抱……哦，他的怀抱好宽阔好迷人哪！她在那男子汉的怀抱中蜷缩成一团，倾听着他心房的铿铿锵锵的奏鸣，像一团白雪慢慢消融，渐渐将自己融化在他的躯体里……

她几乎是爬进了那座草棚，用最后的一点力气卸下了沉重的皮囊。

"帕拉穆哥哥！"她微弱地呻吟道。

被暮霭填满的草屋里没有一丝动静。

阿娜尔吃惊地四下张望。她的眼睛好半天才适应草棚里的光线——帕拉穆不在？！

失望和懊恼像蛇一样咬住了她的心尖，她像只受了委屈的小鹿伤心地啜泣起来——她走了多么漫长而艰难的路，满怀希望来看他，他却不在！他不在！他为什么不知道她会来呢？他为什么不在这里等她呢？他去了哪里，会不会遇上意外？林子里有许多猛兽，由于无法忍受饥饿，他可能会去和那些猛兽搏斗……她不敢再想下去了，稍稍休息片刻，喝了些水，又匆忙走出草棚。

森林的黄昏是温柔的，美丽的。树冠的缝隙间筛下了斑驳的红光和紫光。密密匝匝的鸟儿落下来，栖息在枝梢间，叽叽喳喳，奏鸣着一支森林小夜曲。林木稀疏的地方布满淡绿的藓苔和毛茸茸的小草，又被一片夕辉映亮，与那郁郁葱葱的黑乎乎的森林背景形成强烈的反差对照，颇像舞台上的布景。一出悲剧刚刚拉开了帷幕！

阿娜尔就像悲剧里的女主人公，拖着哀伤的影子穿过那片空阔的林间草地。一头野牛在密林深处发出一声声亢奋的吼叫。接着，林子里的枝叶婆婆娑娑摇晃起来。她疲惫不堪地倚住一棵杉树，灰眼睛里蒙着绝望和哀怨的泪水织成的荫翳。

帕拉穆哥哥，你在哪里？

她突然浑身一颤——在离她不到半伯勒的空中，两只海青在一株树顶上不停地盘旋。它们鼓撑开的翅翼上驮着紫铜似的夕辉，不时闪烁出一片粲然的紫光。它们在暮色中沉默而固执地飞旋着，犹如两只眷恋巢窠的精灵，那色彩变幻的翅羽散发着神秘的信息……

那是她的海青，她和帕拉穆忠实的信使！它们为什么会在这里？

阿娜尔的四肢忽地注入了顽强狂热的力量，几乎没喘一口气，她已经跑到那株古杉树下。

她呆呆望着那巨大繁茂的古杉，不知所措。

眼前的场面如此令人惊诧、令人惶惑，使她全身发出一阵神秘的战栗——

一团巨大的白丝绸似的东西悬挂在古杉树浓密而坚韧的枝梢上。从树枝的缝隙间恰好漏下一个人来，被许多细绳子吊在半空中。那是人吗？穿着一件鹿皮色的衣服，戴一顶奇形怪状的帽子；皮肤是那么白净，手腕上有个亮晶晶的东西在闪光……殷红的血大滴大滴地顺着他的皮靴流下来，然后像一粒粒紫黑色的野葡萄飞速向下坠落，与气流摩擦产生一股极弱的呼啸。当它沉重地砸在草地上时，竟如山泉从高崖上跌落下来，在岩上弹奏出一个沉闷而刚劲的音韵……

阿娜尔惊恐地呆望了许久。她发现那人渐渐睁开了眼睛。

"你是谁？"

"我是从天上掉下来的飞行员。"

"你是大仙吗？"

"大仙？也许是吧……"

少女的灰眼睛突然闪出亮光，极虔诚极敬畏地向那天外来客跪了下去：

"哦，神奇的法力无边的大仙呀，您能永远庇佑我们契亚惕人吗？您能保佑帕拉穆哥哥平安无事吗？"

"姑娘……我受了伤，现在……你得……想办法……把我从树上……弄下来……"飞行员S吃力地说。

"大仙也会受伤吗？是蟒古斯伤了你吗？"少女抬起头望着他，疑惑不解。

"等我下来……再告诉你……"

他们虽然在用语言交谈，但彼此丝毫听不懂对方的语言。他和她都觉得对方的语言是一个永远无法进入的神奇的王国。然而奇怪的是他们彼此似乎都领会了对方所说的意思。于是少女站起来，思考着怎样把"大仙"救下来。他悬挂在足有三根套马杆那么高的地方，把他从那么高的地方救下来简直不可想象。怎么办呢？正当她无计可施的时刻，她的两只海青一左一右落在身边，她顿时喜形于色。

她从腰间抽出一把防身用的哈特刀，把它叼在嘴里，然后让两只海青飞起来。当海青飞到她头顶上时，她毫不犹豫地抓住了它们钢铁般坚硬的腿。于是她立刻觉得双脚离开了地面，身子轻飘飘地向上升腾。强劲的风从鹰翅下鼓荡来，将少女长长的秀发吹拂开，犹如黑色的波浪在舞动。她全神贯注盯着上空。当她看清那些乱七八糟的细绳子近在咫尺时，她腾出一只手，取下哈特刀，迅速将那些绳子割断……

"大仙"沉重地坠落到松软的草地上。

刹那间他只来得及向上望了一眼，只见那少女悬在空中，一手握鹰腿，一手攥着哈特刀，乌发如黑瀑布在飞舞，一双淡灰色的眼珠宛如嵌在夜空的明星，释放出永恒的明璨的冷光……

额吉训子，置乳于膝上

帕拉穆走进伦杰额吉的大毡房的时候，三个兄弟和三位别契已经在麋鹿皮上坐定。博·萨黑亚坐在正中的一侧，照例是满身的光怪陆离。伦杰额吉坐在另一侧，她今天着意修饰打扮了一番，庄严的仪表更显得无比雍容华贵，威严的目光里流露出慈祥的母爱。

看见高大的帕拉穆走进毡房，伦杰额吉似乎摇晃了一下，双目闪出两道银灰色的亮光。帕拉穆沉默地走到额吉面前，慢慢地跪了下去。他跪在额吉面前，像一座稳稳而立的山包，额吉听到了他的心房在亢奋地跳荡，有如一面战鼓坚定地敲击着征服者的音韵。两年了，他一个人在荒山老林里生活了两年，皮肤更粗糙了，更黝黑了，毛发更浓密更坚韧了，身骨更坚硬更粗壮了，目光更成熟更自信了！

——帕拉穆哟，我的孩子，这两年的每个日日夜夜，额吉都在为你祈祷啊！你受苦了，瞧，痛苦把你磨炼成一个真正的男子汉啦！

——额吉呀，我也在想你啊！两年的每个春夏秋冬，我都在回忆你高山般厚重、湖水般深沉的母爱啊！我忘不了你香甜乳汁的哺育，就好像忘不了鄂尔古涅坤山谷上的日月星辰一样……

伦杰额吉颤抖地伸出手去，五个指头像五根圣洁的乌也赤罕草被寒风吹拂着瑟瑟抖动。帕拉穆嗅到了额吉指尖上的麝香味儿。当那冰凉的五指触到他那滚烫的面颊上时，他再也无法抑制外表的冷静，几乎将头伏在额吉怀里。额吉用双手捧住他的面颊，然后在他的额头正中深深地吻了一下。额吉的吻宛如五月轻拂的和煦暖风。宛如黎明时滚下花瓣的甘露，宛如荡涤旅人尘垢的清净的山泉……帕拉穆的心弦又一次被深深震颤了。他幸福地闭住眼，让世界上最庄严的仪式在沉默中进行。他将永远铭记住这一圣洁的时刻。

在三个兄弟当中，达希和塔布年龄尚幼，不谙世事。但那木嘎尔的眼里分明燃起熊熊妒火。他不能忍受额吉对帕拉穆胜似母子般的亲热，更无法抗拒权力的诱惑。他决心从帕拉穆手中夺回属于自己的东西。

那木嘎尔将手中的酒碗狠狠地摔在地上。碗里的残酒溅了帕拉穆一身。帕拉穆惊讶地望着这个已经成熟的兄弟，立刻意识到一些严峻的东西。

"额吉，帕拉穆在两年前背叛了我们契亚惕，对这样一个叛逆，您打算怎么办？关入囚笼还是委以重任？"

伦杰额吉用责备的眼神注视着他："我们的长生天在昨天的葬礼上已经明确示意我们：只有巨鸟落到的地方才有我们新的王罕，帕拉穆具备了你们兄弟几个所不及的才略，是天神选中他为王罕。是这样吧，萨黑亚？"她转过头去问身边的博·萨黑亚勉强点点头。他后悔昨天的预告太急了些，因而铸成大错。让帕拉穆继承罕位是他最不愿意的，现在他宁愿缄默，冷眼旁观。

那木嘎尔的眼睛被愤怒烧得通红："可是他的眼睛是黑的，他的血和我们契亚惕人的血不是一种颜色，我们就是死，也不愿在他的刀剑下苟活……"说罢，他向两个兄弟丢了个眼色，那年幼不晓事的兄弟俩也一起狂呼乱喊：

"额吉，我们才是你的亲儿子啊！"

"不把这个外来的野种赶走，我们就走……"

"胡说！"伦杰额吉狠狠地瞪着他们，又是恼怒，又是爱怜，"帕拉穆虽不是我亲生的儿子，但他的父母也是契亚惕人，你们可以向这三位长辈询问。他出生的那天，天空降了一场乳白色的雨，整个山谷像是用乳汁洗浴过一样……"

三位别契捻着长长的白髯，郑重道：

"是啊，当时我们都看见了那场罕见的白雨！"

"老人们都说：要有贵人降临啦！"

"恰好就在那时，一个可怜的契亚惕女人在草地上分娩了，生下一个男孩，手里握着血块，那血块是苏鲁锭的形状……"

"那手握苏鲁锭降临人世的男孩就是帕拉穆。"伦杰额吉神色愈加庄重。"至于帕拉穆的眼珠为什么是黑颜色的，那只有长生天知道，你们不该对此有什么怀疑……"

那木嘎尔显然恼羞成怒，"唰"地抽出了腰刀："额吉，不管怎么说，我们决不会拥戴帕拉穆当我们的王罕。您如果执意如此，我就立刻死在您的面前！"

达希和塔布受到感染，也一同拔刀抽剑。毡房里顿时充满了紧张气氛。

帕拉穆把头缓缓转向额吉："额吉，为了兄弟和睦，部落平安，您还是改变主意吧！您的恩德我永远铭记在心，但我不能胜任您给的重任，我明天就回针杉林里去……"

"站住！"伦杰额吉满脸正气。她转过头示意了一下，博·萨黑亚和三位长者走出了毡房。当毡房里只剩下她和儿子们的时候，她才长叹一声，双目顿时黯淡：

"我的孩子们哟，你们的胸襟像石缝一样狭窄，你们的目光像山雀一样短浅！昨天晚上，神赐给我一个不祥的梦。在梦里我见到一条五头蛇，天气十分寒冷，大地上到处是冰雪，五头蛇在危难中找到一个可以避寒的洞穴，可是啊，五个头都想抢先爬进去取暖，结果五个头你争我抢，谁也钻不进去，最后都被冻僵在洞穴外面……"

帕拉穆的身子震颤了一下。伦杰额吉的故事触动了他的心灵。达希和塔布也在沉思。

"用不着我来告诉你们五头蛇为什么会被冻死的道理！在很久以前，我们的祖先为了躲避战乱逃到鄂尔古涅坤山谷。我们在这山谷里不知过了多少辈，以仅有的几个人，繁衍到现在的千万人，以一无所有到牲畜成群。你们出去看看，今天的鄂尔古涅坤山谷里，毡包多得像天上的星星，牛羊多得铺满了草地，喜鹊在牛犄角上落脚，鸿雁在马尾上搭窝……可是，在这繁荣景象的后面隐藏着什么呢？孩子们，你们谁能回答这个问题？"

那木嘎尔和另两个兄弟面面相觑，不能对答。伦杰额吉将目光转向帕拉穆。

"是混乱，是纠纷，是灾祸，是可怕的瘟疫……"帕拉穆低沉地说。

"不错！这几天牧人们不断来告诉我：有的地方为了争夺草场发生了厮杀和流血；有的地方由于无人管辖而各自占山为王；尤其可怕的是今年春天在有的地方已经出现了瘟疫，如果瘟疫一旦在山谷里流传开来，我们整个契亚惕部族便要遭受灭顶之灾。天空不能没有太阳，人群里不能没有首领！帕拉穆继承罕位是神的旨意，你们兄弟三个只能拥戴，不能有任何非分之想。"

"可是……"那木嘎尔还想分辩什么。

伦杰额吉斩钉截铁地打断了他："不要再说了！"她面色严峻地望着儿子们，慢慢解开衣扣，将一对饱满而低垂的乳房袒露出来，然后将那对垂钟似的双乳放在膝盖上。

四个儿子一同屏住呼吸，陡然感到了一种不可名状的敬畏与恐惧。

额吉将一把锋利无比的尖刀握在手里，告诫道："好好看一看吧，这对山峦一样的乳房曾经哺育过你们，你们哪个没吃过我的奶水？没含过这乳头？帕拉穆和你们一样，也是含这乳头长大的，所以你们都是我的儿子，不能分尊卑贵贱！长生天在上，今后你们谁若不把他当成亲兄弟，我就割掉被那逆子含过的奶头，永远不认他是我的儿子……"

那木嘎尔和达希、塔布慌忙匍匐在地，叩头不止："额吉息怒，我们听您的……"

伦吉额吉将尖刀撇在一旁，无力地挥了挥手，三个儿子一个个退了出去。毡房里只剩下伦杰额吉和帕拉穆。

"孩子，你打算怎么样来治理契亚惕部落呢？"额吉用明亮的目光注视着他。

帕拉穆沉吟片刻，抬头道："我想，当务之急需办两件事——第一，召集别契长老和博·萨黑亚，共同制定札撒大典；有了札撒，便可依法治理，安定民心。第二件……我想听听您的意见……"

"说，孩子！"

"我想了很久，鄂尔古涅坤山谷虽然富饶，虽然像额吉一样哺育过我们，可是，我们的部族已经十分强大了，正如您说得那样：地域狭小而人畜猛增，生灵日繁，这样下去，结果必然是灾祸，还有更可怕的瘟疫……我们应该走出山谷，去寻找新的牧场，去开辟更广阔的生存地域……"

伦杰额吉犹如喝下一大碗烈性烧酒，满面红光，目光炯炯，浑身抑制不住地战栗起来："帕拉穆我的儿哟，你说出了我整整想了十年的心事儿呀！开始我以为这想法是叛逆祖先的不可饶恕的罪孽，可后来，这念头咋也灭不了，越来越折磨我。老人们常说：只会走一条道儿的马子是最蠢笨的马子，死守家门的男人是最没出息的男人！我们不能世世代代永远生活在这狭小的山谷里，我们应该尽快找到一条出路，到山谷外面的草原上去……我多想知道山外面的世界是个什么样子哟！"

"额吉，您会看到的！"帕拉穆紧紧握住伦杰额吉的双手。从这时开始，他的关于部族大迁徙的想法越来越明确，越来越坚定了。

可是外面的世界究竟是什么样子呢？如果那里是战乱，是灾荒，是洪水泛滥猛兽横行……想到这个问题，他又感到十分茫然和犹豫。他十分渴望能找到一个了解山谷外面的人。于是他把他的详细计划和忧虑全部告诉了伦杰额吉。

母子俩开始商议大迁徙的每个步骤、每个细节。那晚，大毡包里的羊油灯整整亮了一夜，远远望去，宛如一颗昏暗的孤星在不停地闪烁，摇曳……

草棚里，一个少女和两个男人

帕拉穆几乎问遍了契亚惕部落的每个牧人，找遍了每一座古列延的每一个角落，但谁也不知道阿娜尔的下落。人们都说，从布珠葬礼那天以后，就再没见到她的影子。

他骑着青白秃尾马在密林里寻找了三天，然而森林里除了猛兽和飞禽以外，他没有发现一丝和她有关的踪迹。帕拉穆绝望地向着苍天呼号——我的爱人哟，我把你想了两年，可当我回来的时候，你却不在了！难道，我们今生今世注定不能相见、不能结合吗？

第四天早晨，他备好鞍子，准备返回古列延。当他正欲跨上鞍轿时，发现鞍子竟从马背上垂落下来。他很惊诧——明明系紧了肚带，鞍子怎会自己垂落下来呢？他重新备好鞍子向苍天长叹一声："天神呵，如果这是你在显灵，那么请你告诉我：阿娜尔是死还是活着？她现在在什么地方？"

森林的树叶一阵波涛激荡般的喧哗。几缕褐色的阳光从林隙间漏下来，使黑暗冷峻的林子里多了几片柔情。帕拉穆无比伤心绝望地跨上了马背，青白秃尾马却又一次嘶叫起来。没等他勒住缰绳，马儿便亢奋地奔驰而去。他只觉得风在耳边呼啸。过了片刻，秃尾马猛地停住，昂头眺望天际，于是他看见了在森林上空盘旋着的两只海青猎鹰……噢，是她的海青猎鹰啊！他的心在激奋地狂呼。她一定在那里，海青会把我带到她那里的，一定会……

帕拉穆追着海青飞翔的路线，让秃尾马用最快的速度飞奔起来。稠密的林木向他扑来，又惶惶然向两侧闪退。帕拉穆的心一刻不停地呼唤着阿娜尔的名字——阿娜尔，阿娜尔，我要找到你，把你带出鄂尔古涅坤山谷，不能把你一个人留在这里！你那对让人梦魂牵绕的灰眼珠啊……

秃尾马不知跑了多少伯勒的路程。当它气喘吁吁停下来的时候，帕拉穆发现他们原来回到了自己的旧居——那片茂密的针杉林里。他觉出蹊跷，便向自己的草棚走去。他看见草棚顶上缭绕着一缕淡淡的炊烟。

走到草棚门外时，听到屋里荡出一阵阵少女的欢笑。是阿娜尔，不错，是她！帕拉穆不顾一切地冲了进去，立刻像一株粗壮的杉树僵立在门口——一个陌生男人躺在他的用树枝搭起的床上，用异样的防范的目光望着他。他注意到那男人的眼珠也是黑颜色的。阿娜尔坐在那男人身旁，正把一碗稀饭送到那人唇边。看见帕拉穆，她的笑容顿时僵住了，只是呆呆地望着他。

呵呵，在这荒僻的森林里，在这阴暗的草棚里，一个少女和一个男人……还用得着去问么？还用得着去想么？原来她……怨恨和怒火陡然在胸中膨胀，帕拉穆失去理智，从马靴中"嗖"地拔出猎刀，一步步向前逼去。

阿娜尔的灰眼珠里闪烁着委屈的泪花和惊骇的神色："帕拉穆，你要干什么？"

飞行员S挣扎着爬起来，慌乱地在身上摸寻着他的手枪。

"听我说，帕拉穆……"

"滚开，你这不知羞耻的女人！谁夺去了我的心上人，我就让他用血来洗刷我的耻辱！"

阿娜尔用娇小的身子紧紧护住飞行员S，在一瞬间变得无比勇敢坚定："不许你伤害他，帕拉穆，你什么都没弄明白！这两年的荒野生活难道把你变成一只野兽了吗！"

帕拉穆被最后一句话所刺痛，扬起的手臂僵住了，猎刀在头顶上闪着寒光。

"如果你认为我和一个男人在一起就会使你蒙受耻辱，那么，就用我的血来洗刷你的耻辱好了！"

阿娜尔高挺的胸脯向着他。

帕拉穆的手臂渐渐软下来，高傲的猎刀颓丧地垂了下去。理智正在他身上苏醒。阿娜尔轻轻走过去，从他手中取出猎刀，然后深情地握住了他那只麻木的手。她的手像一只柔软活泼的小白兔，在他宽厚的手掌里轻轻蠕动，手指传导着一股奇异的电流似的东西，于是他竟从这手与手的交流中感应到她那深沉的爱恋和两年铭心刻骨的思念。被愤怒和怨怼而硬化了的心田开始复苏，帕拉穆久久望着少女那对纯洁无瑕的灰眼珠，从那里看到了无限的真诚、坦率和只奉献给他一个人的纯洁的性爱。他立刻相信了她，就像相信了一朵从来没有被玷污的花儿一样。他悔恨自己刚才的鲁莽和野性的冲动，动情地张开双臂，搂住了娇小的少女。于是就像他多次梦见过的那样———只海青衔来了月亮，一只海青驮来了太阳，他将月亮和太阳紧紧搂在怀中。他感受着月亮的无限温柔，倾听着太阳熊熊燃烧的轰响，惊讶地发现自己正用强壮的血肉拥抱整个世界。在拥抱中他正在愉快而欣悦地消融着，与太阳、与世界、与这美丽的少女熔化在一起……

世界是为恋人而存在的！

飞行员S轻松地微笑了。眼前这对男女火一样的爱情感染了他，他竟意外地吟出一句近乎史诗的诗句。但仅仅是一句，他很遗憾！

"他是谁？"帕拉穆松开了臂膀，问阿娜尔。

"他是一个神秘的天外来客！起初我还以为他是个法力无边的大仙，可后来发现：他原来和我们一样，也有着血肉之身……他吊在树上，流了好多血，差点死掉，是我救了他！"阿娜尔骄傲地说。

"天外来客？"帕拉穆觉得此事令人不可思议，他忽然想到那天看到的那只银色的巨鸟和爆炸，似乎有些明白过来。

阿娜尔详细叙述了那天营救飞行员S的经过。帕拉穆终于弄明白这个天外来客其实是来自山谷外的一个普通人，他坐着一只契亚惕人想象不出的金属巨鸟，在飞越鄂尔古涅坤山谷时巨鸟出了故障而爆炸，飞行员靠着一个巨大的布伞落到了森林里……

帕拉穆觉得这个人简直是天神专门为他送来的。正当他渴望了解山谷外面的世界的时候，竟奇迹般地落下这样一个外族人。这个人对于契亚惕部族大迁徙无疑是件好事。他试图和飞行员S交谈，然而语言的障碍使他们的谈话十分困难。飞行员S早年曾研究过阿尔泰语系，他从阿娜尔和帕拉穆的语言中寻到了一些规律性的东西，发现他们的语言是阿尔泰语系里最古老的一个语种。他试着用那语种和他们交谈，竟然偶尔也能说通一两句。后来飞行员S想出一个很好的办法，他掏出笔和纸，书写了一行阿拉美字母，天性聪颖的帕拉穆竟一看就懂。于是飞行员S就靠一支笔把帕拉穆想了解的一切都告诉了他。

对于飞行员S所讲述的一切，帕拉穆简直不敢相信——怎么，这是神话，还是梦想？那是天国，还是幻景？山谷外的世界竟是那样绚丽多姿，那样令人不可思议？

人类在那里创造了高度的物质文明和精神文明？那里正在经历着神奇的电子时代……

帕拉穆无法理解这一切，然而却崇拜这一切；正如人们无法理解宗教却又狂热地崇拜宗教一样。

飞行员S从背囊里取出一个电子显示器，他说这样的显示器可以直接接收卫星传来的图像信号。他接通了电源，摁了一个开关，于是在那仅有巴掌大的小屏幕上，出现了另一个世界的彩色图像。

瘟疫和阴谋同时扩散

炎热的日子到来了。

从河谷里掠来的热风，挟裹着一股股尸体腐烂的恶臭，那是去年冬天冻死的牲畜开始腐烂。这浓浓的臭味从一个古列延荡到另一个古列延，从一个牧场扩散到另一个牧场。仅仅几天时间，恶魔一样的瘟疫窜进了畜群，窜进了牧人的毡房。可怕的疾病像风沙一样传播起来，先是一片片畜群死掉，然后传染到人，每天都有许多人在昏热和战栗中死掉。

灾祸来得比预计的还要快。帕拉穆与伦杰额吉和德高望重的别契们进行了商议，决定把大迁徙的日期提前——三天后开始迁移。号令一发出，每个古列延都骚动起来，每一座毡房里都忙乱紧张起来。牧人们夜以继日地修理着鞍具和牛车，准备着充足的食物，用熊熊灶火烤制着肉干。每天夜里，山谷里都弥漫着烟火和肉香的气味儿。森林里的野兽被这气味儿引出来，望着古列延里星罗棋布的火光，垂涎三尺，却又不敢接近。

与此同时，为了消泯灾患，博·萨黑亚带着另一些人准备着祭天祭山的隆重仪式。

大祭的前一天傍晚，古列延上空升起了一面面白色鹰旗。在三座白帐前，牧人们在萨黑亚的指挥下，掘土为灶，升起篝火。按礼俗，人们将九匹白骟马的乳汁酿成奶酒，灌到九个罐子里，并用九只肥美的纯白羊做了九盘胙肉，还有金帛玉绢三匹为祭品。当一切准备齐当，东方已经露出熹微，黎明的一片朦胧的苍白降落到鄂尔古涅坤山谷里。

那时，远远近近的牧人都赶着勒勒车来参加盛大的祭典，上千辆牛车布满了平坦狭长的牧场。博·萨黑亚作为主祭人，身上挂满了神奇的花布条，布条上闪烁着让人眼花的磷光。他将两只乌黑的手伸向苍天，用唱歌似的腔调大声念着祭词。然后，他指挥牧人把一块块牛羊肉投到火堆中，把一罐罐马奶酒泼洒到草地上。酒香和肉味一时弥漫不散。博·萨黑亚又挥了下手，人们看见祖胸露臂的那木嘎尔牵来一匹白马。那木嘎尔从身边一个牧人手里接过一碗酒一饮而尽，又将一碗酒泼到火堆里。火焰"扑"地蹿起来，火花四溅。几乎在一瞬间，那木嘎尔飞快地挥起大刀，人们只看见大刀在白光像闪电一样从空中掠过，那匹白马的头颅便猝然落地，一股紫黑色的血从脖腔里亢奋地冲溅而出，向苍天抛出一道喇叭花状的喷泉……

一时万籁俱寂。博·萨黑亚忽然尖叫一声，身子轻飘飘地离开了祭台，向苍茫的荒野深山走去。人们无比惊愕地望着他，只见他身上的彩色布条在一缕缕地坠落、飘飞。须臾，人们的视野内只有一个赤身裸体的模糊不清的影子，渐渐消失在山谷的密林里……

那木嘎尔第一个朝着博·萨黑亚消失的方向跪下。所有来参加祭典的牧人都跪了下去。他们相信是长生天把博召唤去了，向他面授天机或者是降伏恶魔的咒语。

过了很久，牧人们在那木嘎尔的惊呼下抬起头来，向东方望去——

给万物以恩泽的太阳正从波峰浪谷间拱起一团耀眼的金色火球，那火球渐渐扩展开，将云天烧成浓艳的赤色。然而阳光很快柔和起来，迷蒙地编织着一道道彩环。在那无数个彩环的长链里，慢慢浮现出一个黑色的人影。那人影像是踩着彩色的光环飘然而至，赤裸的身体镀满了金色的光斑。犹如一片片熠熠生辉的金箔嵌在鳌黑的皮肤里……

博·萨黑亚在众人愕然钦佩的注目下走上祭台，举起瘦长的右臂："刚才，长生天把我召去了，他让我告诉你们：一切灾祸的根源，都来自于一个外族的从空中飞来的妖孽！这个妖孽现在就隐藏在帕拉穆的毡房里。天神说：鄂尔古涅坤山谷是他恩赐给我们的风水宝地，谁若想离开它，就是对上天的背叛。你们的罕·帕拉穆是受了外族妖孽的蛊惑才敢胆大妄为，要离开祖宗留下的土地！所以他不配继承罕位，你们的王罕应该是那木嘎尔……灭顶之灾就要来了，仁慈的天神告诫你们：只有除掉妖孽，灭掉魔障，固守故土，一切灾患才会离去，平安和幸福才会重新回到你们身边……"

那木嘎尔激奋地挥臂高呼："我们立刻找帕拉穆去，让他交出妖孽！我们还要告诉他，我们决不离开神圣的鄂尔古涅坤山谷！"

"走啊！"

"找帕拉穆去！"

"杀了妖孽，以血祭天！"

顿时，群情激奋，人的狂呼和马的嘶叫打破了山谷清晨特有的静谧。人们在那木嘎尔的带领下，抽刀拔剑，用笨重的马靴践踏着草地，乱纷纷地跨到鞍子上。顷刻间，狂乱的马蹄声掀起了暴风骤雨的声浪……

平息骚乱便免不了流血

由于过于激动，帕拉穆几乎一夜未眠。

他和飞行员经过几天的长谈，已经对山谷外的世界有了一个大体的了解。尽管有些事情仍弄不清楚，但他愈加相信走出山谷是一项史无前例的伟大事业。他和飞行员S详细地讨论了迁徙路线和途中可能发生的一切困难。以及人员的如何组织和管理等繁杂的问题。一切都有了头绪的时候，已经是午夜时分。

帕拉穆走出毡房，一天星斗正在粲然闪烁，附近的森林隐约传来大海涨潮似的呼啸声，像是一种亢奋的呼唤。帕拉穆忽然觉得应该去看一看那些峡谷里的森林了。三天后他们将离开这里，再也没有时间去和森林告别了！他对山谷里的每一片丛林都怀有一种虔诚而崇敬的感情。于是他向那片黑森林走去。

森林是一个永远也不甘寂寞的充满了活力的世界，那枝叶的喧哗和窃窃私语，表现出一种古老而忧郁的叹息。帕拉穆很喜欢这种声音，这种神秘的叹息也许正是森林和山谷内在的情绪，是一种静默力量的顽强表现，是一种生命的现实。千百年来，它们扎根在这峡谷里，栉风沐雨，忍受着寒冷冰雪的侵袭和雷电烈火的轰击，它们却只是固执地默默地等待着，等待着上苍赐给它们的最繁荣、最灿烂的时刻……然而它们等来的却是末日——或者被人斫伐，或者被森林大火所吞没，或者老死病死在腐叶厚积的草地上，宛如一具具尸骨暴弃荒野，唉，伟大而又可怜的森林哟……

他一时思绪万千，百感交集，边走边轻轻抚摸着每一棵大树。当他走到一株古老巨大的被称为"森林之父"的老树面前时，他默默伫立了好一会儿，然后用自己的双臂去拥抱老树。与老树相比他的身躯渺小之极，他的双臂十分细柔，像两根藤蔓缠绕在老树上。他在粗糙的树皮上深情地吻了一口，犹如儿子同慈父吻别。离开老树的时候，他疲惫的身子突然充满了活力，充满了沸腾的激情。难道是在吻别中，老树把它最后的生命力全部倾注到他的身上了吗？

走出黑森林时，黎明之光已经撩去了夜幕的黑纱。他望见沉浸在晨雾里的古列延隐约露出毡房的圆顶和高高飘扬的白色鹰旗。又往前走了一段路，从他身后投射来的金光将晨雾条条缕缕地撕碎。这时候他听到古列延里沸沸扬扬，一片人喊马嘶。难道部族里发生了骚乱？他忽地感到一阵少有的紧张和恐惧。

帕拉穆望着那骚动的古列延，忽见一匹白马跃出用勒勒车围起的"古列延围墙"，向他急驰而来，马背上闪动着一团火焰似的红光，将暗绿的草地映得格外鲜亮。

"阿娜尔！"他高声呼唤。

阿娜尔在他面前勒住缰绳。坐骑嘶叫了一声，前蹄悬起。娇小的阿娜尔像一团轻盈的霞锦飘下马背，冲到他的怀里：

"快，帕拉穆哥哥，快回去……"

"出了什么事，阿娜尔？"

"他们……那木嘎尔带着人，抓起了飞行员，说他是妖孽……要处死他……还要把你……赶下罕位……部落里乱得就像恶狼闯进了羊群……"

帕拉穆立刻意识到问题的严重性。他急忙从阿娜尔手中接过缰绳，翻身上马，向古列延急驰而去。

当他纵马冲进古列延时，混乱已发展成为有组织的仪式——黑压压的牧人们聚集在草坪上。在一根枯死的被用来当作拴马桩的树干上，飞行员S被五花大绑着，坚韧的皮条深深勒进肉里。树干两侧，站着两个持刀的凶汉子。那木嘎尔正把一盆野猪的黑血往飞行员S身上泼去。飞行员S绝望地闭上眼睛。

"你们好好看看这个妖孽吧？就是他迷惑了你们的罕·帕拉穆，让你们离开神圣的山谷，你们好好看看这个妖孽吧……"博·萨黑亚的声音尖利刺耳，像阴风擦着树梢在清晨的草地上飞跃着。

帕拉穆没让白马停下来，一直奔到飞行员S面前，用皮鞭抽掉了那木嘎尔手中的污血盆。

"放开他！"他的声音沉闷而坚定，像是铁锤砸在岩石上一样铿锵作响。

那木嘎尔用野性的不驯服的目光瞟着帕拉穆："放开他？你问问天神会不会答应，你问问众乡亲会不会答应？"

帕拉穆"唰"地抽出腰刀："我再说一遍，放开他！没有我的许可，谁也无权抓人！"

那木嘎尔警惕地拔出剑，露出狞笑："你靠妖孽的帮助得到了罕位，可现在，契亚愓的王罕是我，是我！你明白吗？天神已经明确地告诉了博·萨黑亚……"

帕拉穆把犀利的目光射向萨黑亚。博低垂目睑，沉稳地念着什么咒语。一股强烈的怒火从帕拉穆心底猛蹿上来，他挥起刀，将飞行员S身上的皮条砍断。他的刀迅猛地落在树干上，木屑纷飞。那木嘎尔嚎了一声，挥剑冲来。帕拉穆用腰刀一挡，将剑打飞。这时，那木嘎尔的人马呈弧形包抄过来。危机时分，帕拉穆的卫兵在阿娜尔的带领下赶到。帕拉穆在愤怒中忽然感到一阵嗜血的渴望……于是，清晨的宁静被刀剑的碰撞和杀喊声击得粉碎，绿色如茵的草地被鲜血和马靴所玷污。一时刀光剑影、血肉横飞，和平与宁静退缩到古列延以外，而嗜血的极乐与拼杀的狂欢在人们的血管里激昂地奔腾……

哦哦，两年的含辱忍耐，两年的野人生涯，终没能避免一场手足相残、血溅荒原的悲剧。也许，在我们历史车轮的旋转中，注定要有一些血来作为润滑剂，来滋润那干涩的车轴和笨重的车轮？如果不这样，这辆负荷太重的巨车便不能向前行进？

混乱的人群突然听到山谷里荡漾开一声苍老遒劲的怒喝。这声音比千军万马更有力量，更能震慑人心。刚刚抡起的刀剑僵在空中，人们将敬畏之情凝聚在目光里——伦杰额吉骑着一峰巨大的骟驼徐徐走来，金色的阳光庄严地笼罩着她。她捧着一本厚重的用羊皮纸钉成的书，书面烫着金字。那是契亚惕人的札撒大典。

"将你们手中的武器，全都扔到草地上去！"伦杰额吉用威严的目光扫视着众人。帕拉穆第一个将腰刀丢掉。接着泛起了一片兵器落地的"噗噗"响声，犹如一阵短暂而猛烈的冰雹，乱纷纷地砸在地上。

伦杰额吉将凝重而威严的目光落在博·萨黑亚身上："萨黑亚，你作为神的代言人，不好好辅佐王罕，却与那木嘎尔勾结，谎造天神旨意，该当何罪？"

萨黑亚惊慌地抬起头："我没有……我的确见了天神……"

"胡说，昨晚你和那木嘎尔兄弟们密谋了什么？"

"没……没有……"

"达希，过来！还有你，塔布！"

达希和塔布神情紧张地走到母亲身旁。昨天晚上，那木嘎尔和萨黑亚秘密召见了他们兄弟俩，泄露了将在祭典上进行的阴谋，并让他们兄弟俩配合响应，一举推翻帕拉穆。达希思来想去，愈想愈怕，一夜未眠。清晨时他终于鼓起勇气，拉着塔布一道去见额吉，将那木嘎尔和萨黑亚的阴谋全部告诉了她……

那木嘎尔情知阴谋败露，"扑通"跪在母亲面前，痛哭流涕："母亲哟，饶恕你的儿子吧！都是听了萨黑亚的挑唆，才有了豺狼之心，才有了毒蛇之念……儿子听候你的惩罚！"

伦杰额吉庄严地翻开札撒大典："按札撒条例，萨黑亚唆使兄弟相争，挑起事端，实属叛逆！现在，让他到天神那里去认罪吧……"

早有两个大力士走上前去，抬起了萨黑亚。在这位神的代言人最后一声懊悔而恐惧的惨叫声中，拧断了他的颈骨和椎骨……为了表示对天神的尊重，萨黑亚的尸体被安放在一座新毡房里。

那木嘎尔面如土色，汗流不止。

帕拉穆走到额吉身边，低声道："像天一样宽厚、像湖一样仁慈的额吉哟，不肖的逆子虽然有罪，可他毕竟是含着您的乳头长大的。看在骨肉之亲、兄弟之谊的份上，再饶恕他一次吧，额吉！"

伦杰额吉的眼睛里交织着痛苦、怨怒和爱怜的光芒。她把那一声带血的长叹咽回到肚子里，目光渐渐严厉而冷峻。

"那木嘎尔，还记得我的誓言吗？"

"孩儿记得！"那木嘎尔全身战栗。

伦杰额吉"唰"地扯开衣襟，将一只垂钟似的乳房袒露出来。众人不敢仰视，齐刷刷跪在她脚下。

"这个奶头曾被那木嘎尔这个逆子含过，我为此而感到羞耻……"

帕拉穆忽然悟出某种危险和异常，正想站起身劝阻额吉，却见额吉早已持刀在手，向那袒露的乳房砍去……

"额吉！"帕拉穆立在骆驼下，高声惊叫。然而额吉的血正像喷泉一样从乳房涌出，滴落在他身上和脸上。他从额吉的血里又嗅到那奇异的麝香味儿。

"那木嘎尔……你走吧！从今以后你再不是我的儿子，永远……你不再是……契亚惕人啦……"伦杰额吉在驼峰间摇摇欲坠，面色苍白。一瞬间，鄂尔古涅坤山谷阒然无声，到处都是凝固了的庄严和静穆。

在那失去了奶头的乳房上，显出了一个红色的血洞，额吉的血正在愈来愈汹涌地奔腾而出，像江，像海……

只有母亲的血才会这样浓，这么多，像她无私地奉献给儿子的乳汁一样，永远也流不完、消不尽！

帕拉穆抬着头，忽然看见伦杰额吉和金色的太阳重叠在一起，熔铸在一起……

大迁徙，走向另一个世界

庞大而混乱的队伍像一股汹涌的杂色洪流，顺着山谷向前流去……

无数的载着辎重的牛车，无数的潮水般的畜群，无数的神情肃穆的男人和女人，老翁和孩童……

契亚惕人当时还不知道他们的迁徙有何等重要的意义，他们的这一壮举是何等的伟大，他们开辟新的生存空间的勇气是何等令人崇敬，然而他们已经意识到大迁徙的严峻和重要——契亚惕部族的生存或灭亡、壮大或衰败，关键就在于这次大迁徙的结果。

一百多名身强力壮的契亚惕男人在队伍前面开辟着道路。为了让庞大的队伍能顺利走出山谷，他们需要砍掉茂密扎人的棘藜和灌木丛，或者锯倒一棵又一棵高而粗的大树，或者搬掉挡住去路的一块块嶙峋而坚固的岩石。当大树被伐倒轰然倒下时，当庞大的马群由于激奋而齐声嘶鸣时，山谷里就席卷起一阵阵声音的飓风。那飓风雄壮而经久不息，使山峦失色，日月无光，仿佛是契亚惕人向鄂尔古涅坤发出的最后的宣言。是他们所向披靡的力量的展示。于是山谷和森林被震动了，在渐渐强劲起来的野风的奏鸣下，山谷和森林一同欢呼起来，有如成千上万的精灵举起黑压压的手臂，似告别，似饯行，似庆贺，似眷恋，似挽留……

帕拉穆浑身的热血被点燃了，一种开拓者的豪情使他陡然力量倍增，胸襟开阔，对迁徙的结果深信不疑。他脱去衣袍，袒露着一块块发达的黑亮的肌肉，投入了开路者的行列……

飞行员S作为他们的引路者，正在用罗盘核对着方向。他经过查对地图得出确切结论：只要按这个方向一直走下去，就能走出山谷，到达布尔罕草原。现在，他发现电子手表又开始按顺时针走向计时了，但数字闪跳得飞快，他感觉只是一分钟的时间，手表却闪过了二十四小时的数字……

阿娜尔坐在一辆载着毡包的大牛车上，两只海青蹲踞在毡包顶上。这辆车用了十九头牛来挽拉。她坐在毡包里，守在伦杰额吉身边，面容满是不安和忧戚。老人躺在黑亮的豹皮褥子上，面色比腊月的霜雪还要洁白，时而昏迷不醒，时而发出一阵阵痛苦的呻吟。她的受伤的乳房用白色绸巾包扎着，黄色的浓血从白色绸巾的缝隙间渗出，洇湿了绸巾。额吉流血过多，伤口感染严重，可她一直瞒着，不让阿娜尔告诉任何人。她怕帕拉穆知道后分心，影响了迁徙的进程。他的时间比任何人的都要宝贵，她不想去打扰他。然而阿娜尔经过几天守护已经看出额吉伤势在加重，有致命危险……她一筹莫展地望着伦杰额吉，将额吉的手紧紧搂在怀中，一滴滴晶莹的泪珠坠落到貂皮上，竟像一粒粒珍珠在黑色的皮毛上凝结、闪光。

"额吉，你怎么啦？"在剧烈的颠簸中，伦杰额吉又一次昏厥过去。阿娜尔焦急地摇晃着她，希望她能很快醒来。但这一次额吉昏迷的时间格外长。阿娜尔伏下身去，将耳朵紧贴在额吉的前胸上。她听到额吉的心跳声十分低弱、十分遥远，好像森林深处有一只苍老的啄木鸟用无力的长嘴缓慢地叩击着一节空心枯树，发出一阵阵黯然而没有生气的"咚咚"声。

阿娜尔慌忙站起走出毡包。她望见庞大的队伍仍在坚韧不拔地向前蠕动。她叫住了一个骑马的男人，让她飞速去把帕拉穆找回来。

大约过了一个时辰，帕拉穆满身汗水，乘马冲来，跌跌撞撞爬上牛车，闯进毡房里。

然而他来晚了一步，等待他的是一个伟大的终结，是一首英雄乐章最后一个永恒的休止符，是天国之灵丢弃下的一具空躯壳……他注视着额吉安详从容的面庞，知道她走时无牵无挂，从容而宁静……哦，母亲哟，你是山峦，你是大地，你是草原，你是森林！愿您高尚的灵魂得到永恒的安息！每个契亚惕人都会在自己的心中为您立一座巍峨不朽的丰碑！

帕拉穆沉重地跪在伦杰额吉身旁，伏下身，在额吉冰凉的额头上轻轻吻了一下。他把儿子神圣而庄严的吻印在了母亲的额头上。他似乎看见了冥冥之中，那英灵在慈祥地微笑着，然后像一团洁白的云絮，向遥远的不可知的天国飘去……

伦杰额吉哟，我是您的亲生儿子，我的血管里流淌的正是您的鲜血！我永远为您祝福！

"……在咽最后一口气时她老人家说：不要把她的死讯宣布出去，要秘不发丧，否则，会动摇大家走出山谷的信心……"阿娜尔断断续续的声音飘进帕拉穆的耳朵里。

罕·帕拉穆遵照伦杰额吉最后的遗嘱，没有把她的死讯告诉任何人。他和阿娜尔强忍悲恸，尽量装出若无其事的样子。到了傍晚，他们找了几个可靠的契亚惕人，悄悄给伦杰额吉入了殓，将灵柩安放在鄂尔古涅坤山谷的一个隐秘的山洞里。

帕拉穆和阿娜尔最后离开岩洞，他们用巨大的石块将洞口堵死。他们默默地走了一会儿，走到山脚下时，一起停住回头眺望——黑魆魆的大山默默卧在那里，它已经沉默了千年万年，还将要千万年地沉默下去。伦杰额吉就留在这里，永远与鄂尔古涅坤山脉融为一体！这巍峨高耸的金字塔似的山峰便是她的墓葬，也是上苍为她竖立的一座不朽的丰碑！

第二天拂晓，大迁徙的队伍又缓缓向前移动。帕拉穆脸上的泪痕已经消失，谁也看不出他刚刚经历了一场沉重的打击。他刚毅的面庞更加成熟而坚定。他默默地迈着步子，走在契亚惕汉子们的最前面。

阿娜尔怕抑制不住自己的悲恸而当众哭出来，整整一天躲在牛车的毡包里没有露面。

黄昏时，队伍突然停住了。

绝路！他们原来是在死谷里！

一面巨大的石壁严严实实堵塞着去路，泛着冷峻的青光和紫光。也许这里过去曾是山口，是通向外界的通道，或山石崩塌，或地岩崛起，总之，经过几千几万年的风雨变迁，这山谷的出口被严严实实地堵死了！

黑压压的契亚惕人默然而立，仰望石壁，这意外的情况使每个人的心里都陡然笼上一层不祥的荫翳。难道这果真是天意？是天神降下这障碍，不许他们离开这神圣的山谷？

帕拉穆感到自己的血正在冷却，一股深切的悲哀和绝望正在以万钧之力挤压着他，要把他碾压成齑粉。他无可奈何地昂起头仰望那紫青色的石壁，发现它是一种十分坚硬的矿石，也许是铁，也许是铜。在这巨大的铜墙铁壁面前，他是多么渺小，多么卑微，犹如大山下的一粒沙砾，犹如匍匐在巨峰下的一个蝼蚁……

天哟，赐给我们那拔山撼岳的神力吧！赐给我们打开幸福之门的咒语吧！

灰暗的苍穹降下的却是一片冷酷的缄默……

化铁熔山，石壁显现赤色的鹿影

火，荒野之神，曾给多少民族驱逐黑暗、严寒和愚昧，带来了进化与文明！

火，契亚惕人为之顶礼膜拜的圣物，每到除夕，他们便将铁块烧红，锻打成条，以感激火神米荣扎解放他们的恩情。这种世袭家风，一直延续至今。

当契亚惕人大迁徙的队伍被高耸的石岩挡住去路，当无数疲惫的迁徙者陷入绝望的困境时，飞行员S来到帕拉穆身旁。望着一筹莫展的帕拉穆，轻轻拍拍他的肩膀：

"我的朋友罕·帕拉穆哟，我已经把自己的命运同你们部族联系在一起。面对这石壁，我也和你一样苦思冥想了很久，终于想出一个办法。

帕拉穆抬起头，用绝处逢生的目光望着他。

"我发现附近有许多黑色的岩石，在山谷外面，人们管它叫煤；附近还有足够燃烧一个冬天的木材。如果我们能找到鼓风工具的话，也许靠这个办法能打开一条通道。"

帕拉穆的双目熠熠闪亮："呵，我也正在想这种办法……"他用指头在地上写了一个阿拉美字母，然后盯着飞行员S。飞行员S认出这个字母是表示"火"的意思，紧紧攥住了帕拉穆的手，为他们的不谋而合而激动。然而帕拉穆的目光转瞬又黯淡了。

"你又想到了什么难题，我的朋友？"

"鼓风工具不难解决，我们可以在一天之内用牛皮、马皮、骆驼皮制造出鼓风箱。我只是担心——这挡路的石壁究竟是什么矿石？它这样坚硬，甚至连锋利无比的刀剑都不能砍出一个白印，只怕火也不能把它化开！"

飞行员S宽慰地笑道："这你放心好了，我已经通过一种可靠的方法化验了岩石的成分，发现这石壁主要由铁矿石构成，只要火焰能达到一定的温度，铁是可以被熔化的，这一点你不必怀疑……"

罕·帕拉穆重新振作起来。他站到一辆勒勒车上，向契亚惕部族宣布了化铁熔山的决定。

沉寂的山谷又一次沸腾起来。契亚惕的男人、妇女和孩子们忙碌着，为完成千户长、百户长交派给他们的任务而不停地工作着。男人们屠宰了九十九头牛、九十九匹马和九十九峰骆驼，紧张地制作着巨大的鼓风箱。女人和孩子们帮着运煤块、劈木材，将小山似的煤和木头堆放在石崖下。为了部族的命运，没有一个人懈怠偷懒，更没有一个人袖手旁观。

他们凭着自己的力量，凭着烈日下淌出的汩汩的汗水，凭着部族的齐心合力，正在创造着属于他们自己的奇迹。那时他们还不知道这平凡无奇的劳动将同修筑长城、开凿运河、修造金字塔一样伟大而辉煌，甚至比其更有深远的历史意义。

他们不知道，一点儿也不知道！他们只知道这一切是为了走出封闭的山谷，因为外面的世界对于他们具有无限的诱惑力。当他们以巨大的热情和干劲儿干着这一切的时候，心里只有洋溢着劳动者的快乐和欢悦，沉浸在一种忘我的愉快的境界之中……

三天以后，一切准备就绪。

点火仪式——

成千上万的契亚惕人漫山遍野铺开，面向那紫青色的石壁，齐刷刷举起了森林般的手臂似乎是向上苍的祈祷，又像是对群山的宣誓。山谷里的黄昏到处波动着褐色的光斑。空气里荡着一股小森林里飘来的树脂的奇香。帕拉穆面对这些来自深山野林的耿直忠厚的牧人，胸中又一次滚荡起难以遏制的激情。他庄严地举起了一根被野猪油浸透了的松枝，仰起头向苍天向山谷默念了一句祈祷的咒语，然后徐徐转过身来，跪在一位九十高龄的别契老人面前。别契的长髯像无数根透明的银丝，反射辉映着晚霞的七色光斑。

老人的脸膛像森林的树皮一样古老，每一道皱折里都饱含着历史深远的意蕴。别契老人用两只颤巍巍的手敲击着两块白色的火镰石。火石经过碰撞飞出一串串暗红色的火星。第三次火石碰撞之后，一串更猛烈的火星喷向浸着野猪油的松枝上，于是松枝忽地一下被点燃了，冒起熊熊的火焰。

帕拉穆坚定地站起来，向那高山一样的柴堆走去。他将火把放在架空的柴堆底部，须臾，火舌贪婪而猛烈地向上窜去，浓烟如一条巨龙扭曲着，紧贴石壁升向高空。

上千名异常剽悍的男人同时挤压着鼓风箱，于是九百九十九个用兽皮制成的鼓风箱发出一阵惊天动地的轰隆声，狂猛的风无畏地扑向火焰。火堆里爆出了清脆而欢悦的响声。

火舌愈来愈长，渐渐地，青烟冲入云端，热力可达九天。站在附近的鼓风手们感到了逼人的灼热，他们的脸像绸缎般闪光，臂膀油脂般发亮，一双双瞳孔里跳动着红色的火苗。他们没有一个后退的，更加拼力挤压着风箱……火势一旦弱下来，便有祖露上身的汉子们冲上去，用惊人的力量将一块块煤或木块准确地投到火堆里。上身闪烁着黑紫光泽的鼓风手们情绪愈加高涨，把兽皮风箱鼓荡得天昏地暗，飞沙走石。

火光，让山谷的黄昏变得庄严而神圣，热烈而迷人！

火光，烧透了重重夜幕，烧红了一个又一个黎明，直烧得太阳失去了灿烂的光泽，月亮变成了橘红的铜盘……

化铁熔山，一个伟大的神话，一个不朽的传说！

烈火烧到第三天头上，便有金属的液体从石壁上一层层流下来。第五天，铁矿却突然停止了熔化，再猛的火焰对它也无济于事。太阳将坠落的时候，一件奇异的事情发生了——

在那灼热的铁青色的石崖上，渐渐幻化出模模糊糊的暗红色的图案，犹如一幅古老而神秘的岩画在缓缓展现。那柔软弯曲的赤红色的线条渐渐明晰起来，乍看，像画着一只腾空而跃的苍狼；再细看，更像一只娴静伫立的小鹿……

别契老人突然全身战栗起来，似乎看见了天神显灵，向那赤色的岩画扑通跪倒，嗫嚅低语。

"这究竟是怎么回事？"帕拉穆大惑不解。

又有几位老人神色庄严地跪下了。

飞行员S恍然醒悟，悄悄对帕拉穆说："这便是契亚惕部族过去所信奉的图腾。任何一个民族都曾有过关于祖先起源的伟大而神秘的想象……"

别契老人颤巍巍地站起来，转向帕拉穆，神情极为肃穆："可敬的罕·帕拉穆哟，那是我们祖先的英魂在提醒我们：当我们将要离开我们的摇篮鄂尔古涅坤山谷的时候，切莫忘记了他们……"

"哦？"帕拉穆的心为之怦然而动，"我们怎么样才能把他们带走呢？"

别契老人沉思着，缓缓开言："在我爷爷所处的李尔帖赤那的英雄时代，有一位了不起的预言家，他临终的时候曾说：千百年之后，雏鹰将长成巨鹰，飞离鄂尔古涅坤山谷，那时，一块岩石将挡住它的去路，那是一只赤色的鹿影显现……"

"怎样才能取下鹿影呢？"阿娜尔不知何时出现在帕拉穆身边，和所有的契亚惕人一样，目光里流露出深深的忧戚。

"只有一个办法——用一张完整无缺的花鹿皮，把它贴在石壁的鹿影上，那时，赤色的鹿影才会归附故皮，阻挡我们去路的石崖才会最后熔化……"

"鹿皮？"阿娜尔急忙跑回到勒勒车上的毡包里，片刻又跑来，手里捧着一张美丽轻柔的花鹿皮。

罕·帕拉穆并不看鹿皮一眼，无可奈何地摇摇头，仍眺望石壁："即使在平时，我们谁也没办法爬到那么高耸的石壁上，更何况现在崖石正像火炭一样烫人……"

"除非有人能插翅飞上去，否则，这一切简直不可想象！"飞行员S也悲哀地叹道。

又一个令人忧郁的黄昏，山谷里凝固着死一般的阒静。鼓风的轰隆声、火焰冲天的呼啸声、木柴煤块爆裂的脆响声及大迁徙队伍的人喊马嘶、喧哗、骚乱……一切一切声音，突然全部消失殆尽！

鹿影啊，那神奇魔幻的鹿影，谁能像苍鹰那样振翼飞上天空，把你撷取下来？

难道，这艰苦卓绝的大迁徙注定要失败，一切努力和苦干都将就此而前功尽弃？

口衔鹿皮，少女和海青飞向石壁

山谷的夜，是神秘和恐惧凝固的组合，是魔幻与现实不停的交替……

阿娜尔徜徉在一片稀疏的桦木林里，尽管夜的寒气像针一样侵袭着她的皮肤，但她却感到浑身燥热，十八岁的心儿第一次这样癫狂迷乱地跳荡，十八岁的充满了青春魅力的肌肤第一次在燥热中泛起了深切的渴望。她一次又一次思考着自己的计划，把每一个细节都推敲几遍，直到她对自己的成功深信不疑的时候，她才向白桦林外走去。

帕拉穆哥哥哟。莫要愁眉紧锁，莫要忧心似焚，你的阿娜尔昂嘎要帮助你呢！她虽然身躯娇小，手无缚鸡之力，但她愿为你上天入地，取下鹿影，让你率领大家走出鄂尔古涅坤山谷……你不会想到吧，帕拉穆哥哥，当你的阿娜尔昂嘎飞向石崖时，你会惊愕地合不拢嘴呢，还是心疼地流下泪呢？

她欣慰地笑了。一个少女在一生中能为她思慕的男人做一件重要的事儿，内心就会充满无限的幸福。阿娜尔此刻只觉得自己是最最幸福的人儿。

白桦林里夜色浓重。那一根根修长笔直的桦树恍若许多条从夜空垂落下来的灰白黯淡的光束，将夜幕一条条一缕缕地切割开。走在这样的丛林里，似乎进入了一个光怪陆离的世界，使人的想象力陡然活跃，时而和精灵低低絮语，时而和幽魂悄悄对话。

阿娜尔眷恋地和每株亭亭玉立的小白桦告别。她走到白桦林的边缘时，望见一个男人的身影伫立在灰色的桦树间。那男子熟悉的身姿使她深情地凝视了许久。她轻轻走过去，走到那男子身边，把一双小手搭在他宽厚的肩头上。他陡然从沉思中惊醒，忽地转过身子，紧紧抱住她。

"阿娜尔昂嘎！"帕拉穆轻柔的声调里充满了忧患，"你来得正好！正当我非常孤独的时候，你能来到我的身边……唉，在这个世界上，只有你才使我不会觉得孤单！"

"帕拉穆哥哥，是不是因为那神奇的鹿影挡住了我们的去路，你才这么消沉、这么悲哀？如果你真是因为这个而灰心丧气，那么我心上的帕拉穆哥哥哟，把你胸中的一切忧愁和烦恼全赶跑吧，像你纵马赶跑一群野羚羊一样！因为你的阿娜尔昂嘎就要替你做出一件惊人的事儿来！"

"你？"帕拉穆惊讶地望着娇小玲珑的阿娜尔，"像小鹿一样温柔可爱的昂嘎哟，你是在安慰我的痛苦呢，还是说真的？"

"当然是真的！"

"那么，这双比花儿还娇嫩的小手能为我做些什么呢？"帕拉穆把少女的小手握在他宽厚的坚硬的手掌里，轻轻抚摩着。

"不告诉你……等到黎明时，你就会看到的。"

白桦林里荡起一阵倏忽而来的夜风，于是树叶轻柔的絮语便涌过一片令人神往的波涛。午夜的宁静又悄悄占据了树林，到处都荡漾着蒙蒙的睡意……

"帕拉穆哥哥，也许，这是我最后一次和你在一起了……"

"为什么说这话？"

"真的，哥哥……从三年前我爱上你那一天开始，我就一直有个秘密藏在心里。现在要告诉你……"

帕拉穆感到她那热烘烘的身躯在他怀里不停地蠕动着；她那白皙而修长的手臂温柔地缠绕在他的脖子上；她那成熟而鼓胀的胸乳在渴望地颤抖；她那徐徐呼出的气息有一股子苜蓿花儿的香味儿，令人心旷神怡……他感到自己的魂魄正在被她那对纯真而灿烂的灰眼珠摄取进去，他飘入了那个神奇而陌生的淡灰色的世界……

"我要把我的一切……全部奉献给你……给你……哥哥，这身子是干净的，没有被任何一个男人弄脏过，现在……它属于……你……"

男性强有力的征服欲望又一次从心底顽强地复苏了。帕拉穆这才惊异地发现：这种已成为他血液中主要成分的征服欲望，不仅仅是渴望着征服森林、山谷、猛兽和敌人，而且也渴望着征服那娇弱的女人。这种欲望一旦萌生便不可遏制，如飓风冲出山谷，如洪水冲破堤坝，要将这一切彻底冲垮吞没。

白桦林静静地矗立于荒野。群星庄严地闪烁着永恒的光芒。黑色的山峦在幽蓝的天际间勾勒出一条波浪般起伏跌宕的曲线。一切似乎都是静止的、凝固的；然而这静止和凝固却分明显示着一种萌动、一种活力、一种机械而自然的原始撞击。天空和森林在为人间的爱举行着圣洁而不可亵渎的古老仪式……

仅仅一瞬间，是开始，也是结束；是灵魂的重新熔铸，也是肉体的永远分离。白桦林用她的温柔和耐心将他送入恬静香甜的梦境里。他躺在温湿的草地上，安宁地睡着，不知道她是什么时候离开的，也不知道睡了有多久。

阿娜尔离开他的时候，跪在他身边，将面颊紧贴着他袒露的前胸上，倾听着他的心脏发出铿锵有力的奏鸣。她的泪把他前胸弄湿了一片。

她终于默默站起来，吃力而艰难地迈着步子，离开了他。走出几步远时，她又一次回头向他诀别，看见了他铺展开的身躯庞大而安稳，恍似一截横卧的古杉木。

——帕拉穆哥哥哟，记着我！记着我！如果我再也回不来的话，你能把我的这双灰眼珠镌刻到你心上么？

——不要为我流泪，只要能记住今晚，你就永远不会感到孤独了！

将近黎明时分，帕拉穆醒了。

昨夜的一切，恍若一梦。他茫然四顾，白桦林里荡漾着淡淡的熹光和雾气，附近的草絮有一片被身体碾压过的痕迹。是梦非梦？他十分困惑。如果是梦，为什么那一切情景历历在目，像一幅幅永远不能够抹去的画？如果非梦，为什么阿娜尔不在身边？为什么她要独自悄然离去？

帕拉穆带着这困惑离开了白桦林，向迁徙队伍露宿的石崖下走去。

他从露宿荒野的人群间穿行而过。看到妇孺老人横七竖八躺在荒地上，他心底不由发出阵阵感叹："唉，简直像一支逃难的队伍！难道真是天绝人路吗？"

他来到崖壁下。筋疲力尽的汉子们仍在鼓着风箱，不断地把煤块和木头投到火堆里去。火焰无力地扑向石壁。然而黑沉沉的石壁稳然而立，崖壁上的赤色鹿影仍然十分清晰。

帕拉穆知道这样下去终不是办法，下令停止了鼓风和填煤。累垮了的壮汉们无力地瘫坐在空旷的草地上，风箱似的喘息着，望着石壁发呆。

石崖下，红透了的煤块像一片火山喷发出的岩浆，摊开一片赤红的湖泊，送来灼人的热浪。

伦杰额吉啊，您的英灵为什么不显世，帮一帮您的儿子呢？

帕拉穆想对着苍天痛哭一场，用男子汉珍贵的泪水感化苍天大地。

然而，这时候，他听到了一种奇怪的声音。

那是一种庞然大物拍击空气而产生的气流的呼啸，如一股凶猛的旋风从头顶上席卷而过。

他立刻感到了气流的冲击。

他听到人群发出的一片惊愕的骚乱。

他抬头望天——

恍似一位仙女，随海青向那鹿影飘然而去。

一瞬间，帕拉穆看见了她那对灰眼珠送来的深情的眼波。

一瞬间，帕拉穆看见了她嘴角浮现出的欢乐的微笑。

他恍然明白了昨夜她为什么会说出那话，做出那举动！

两只海青带着少女贴近了石崖。

她飞快地取下衔在口中的鹿皮，贴在闪着鹿影红光的岩壁上。

在透明的热流的颤抖中，帕拉穆看见了这一切，紧张得几乎窒息。他想大声呼喊，他想让手臂突然变得无比长，他想拽来一片白云，去安抚她，接住她。

海青带着少女离开了崖壁。石壁上的鹿影果然不见了。然而猎鹰渐渐支持不住了，虽然奋力扇动翅膀，但由于爪下涌起的强烈的热流，它们的羽毛已经焦煳，冒出白烟，一只海青摇摇晃晃，一头栽下去，坠落到岩浆似的火堆里。火堆喷起一团浓烟。

另一只海青无法载动爪下的负荷，也开始向下坠落。

"阿娜尔！"帕拉穆疯狂地向前跑去。

"阿娜尔！"所有的契亚惕人一同呼喊。

阿娜尔用最后的力气将鹿皮抛了出去。

鹿皮宛如一片轻柔的彩云冉冉飞落。帕拉穆准确地接住了它。

这时候，帕拉穆清晰地看见阿娜尔和海青一同沉没在火海里……

顷刻间，烈焰喷吐万丈火舌。

山崖隆隆作响，猛烈摇撼……

帕拉穆双手捧着鹿皮，向火堆跪下。

所有的契亚惕人都跪下去。

震耳欲聋的巨响。

坚固的岩壁像一堆被雨水泡酥软的土墙，在巨响中轰然倒塌——鄂尔古涅坤山谷敞露出一条宽阔的通道。

契亚惕人抬头向通道外望去——

山谷外面，是一片苍茫坦荡、广阔无垠的碧绿草原……

尾声：关于鹿皮鹿影变为花鹿的传说

契亚惕人带着自信和开拓者的勇气，走进了辽阔而富庶的布尔罕草原。

今后，在漫长的岁月中，他们将在这里定居、放牧和繁衍子孙后代。那狭窄的鄂尔古涅坤山谷，已经成为他们的历史和让人回忆的故居。

飞行员S随他们走向布尔罕草原的深处。他又看看腕上的电子手表——公元1987年×月×日。他知道自己已经从古老的神话中走了出来。

他们几乎同时停住脚步，向前望去——

那是一个完全现代化的畜牧场——一架架风力发电机的叶片在浩特上空欢快地旋转；太阳能网围栏的金属网络反射着太阳明丽的光泽，分割出一块块整齐的草地；自动喷水的药浴池里，水雾蒙蒙，幻现出一道五彩缤纷的彩虹；平坦的草原公路中不时有一辆辆摩托车飞驰而过；在那湛蓝无瑕的天宇上，隐隐回荡着仙乐般的电子音乐……

帕拉穆紧紧握住飞行员S的手，百感交集的泪花在眼眶中闪烁——

过去的一切都已经结束！

未来的一切正将要开始！

我们走出了那古老的山谷，我们把一切恩怨、一切争斗、一切掠夺和父辈的坟茔和祖先的血汗……统统留在那里，而我们却把一切梦幻、一切希望、一切憧憬和一切美好的东西带了出来。尽管我们此时此刻一贫如洗，我们的财富是那么可怜而微不足道，但是，我们有人——男人和女人，还有一片广阔的生存空间，这就够了！只要有旺盛而蓬勃的生命，就可以在这片土地上创造我们新的神话和历史！

飞行员S同样激动不已，用深沉的目光凝视着患难之交的挚友帕拉穆，凝视着一个个刚毅而骁勇的契亚惕人——男人、女人和孩子们，缓缓地说："我要写一部史诗，真的要写！是关于你们的……"

"我诚挚的朋友哟，"帕拉穆握着飞行员S的手，"我还没有向你表达心中的谢意呢！我们契亚惕人会永远感激你的！在我们将分手的时候，我要赠送你一件礼物……"

"珍珠和金银我都不要，只想要那张花鹿皮作为纪念……它太珍贵了！"

"是啊，是很珍贵！我会满足你的要求的！"

他们向另一片草地走去。他们的勒勒车停在那里，鹿皮放在草地上。

当他们走到勒勒车前时，却触电似的呆住了——

绿茵茵的草地上，那张拓印着赤色鹿影的花鹿皮竟慢慢蠕动起来，渐渐隐没在一团朦胧的云雾里，顷刻，云雾散去，他们看见一只美丽可爱的花斑鹿亭亭玉立在那里，一对淡灰色的眸子宛似两颗星星粲然闪光，深情地凝视着帕拉穆……

哦，阿娜尔昂嘎哟！

哦，伦杰额吉哟！

哦，鄂尔古涅坤山谷哟……

帕拉穆的心在战栗，在呼唤……

然而那花斑鹿仿佛突然听见了来自遥远的神奇的呼唤，迈动轻捷的四蹄，奔向苍茫无际的草原深处，越来越远。终于，它从视野里消失得无影无踪。

"它走了！一定是回到了鄂尔古涅坤山谷！"帕拉穆若有所思，"你觉得奇怪吗？简直像一个童话！"

"不，我不这样认为！"飞行员S神情肃穆地说，"这正是我所设想的史诗的结尾。"

于是他们转过身，向附近那个充满了现代化色彩的牧场走去……

银鹭谷

原载《芳草》
原名《鹰祭》

一位学者型的作家对我说：

无论哪一种古老的祭祀仪式，

都源于人类对大自然的敬畏和对自身的恐惧。

——谨以此语作为这篇小说的题记。

沿着银鹭谷一直默默地往深处走，他愈来愈相信自己又听见了那声音。

许多年前那声音曾跟踪过他，后来有很长一段时间没再出现。他一直无法准确地把握那声音，既非金属的碰击声也不是大自然的音响，更不是音乐声。然而他能捕捉那声音的色彩与形状稍纵即逝。一瞬间的辉煌，仿佛是最远古的洪荒地貌在无限的幽暗中被强光照亮，一刹那的曝光之后又沉浸在茫茫不可知的黑暗中，而那黑暗则是永恒的。

唯一使他能感受到的是那声音的节奏——那是一种宛如庞大的心房的奏鸣，十分均匀有力，从远方缓缓逼近直到轰响如雷鸣。这时，他觉得自己的心房在膨胀、炸裂、飞出体内。这声音使他恐慌并不停地困扰着他。在什么地方曾听到过这声音呢，也许是耳聋前必然出现的幻觉，是耳朵在欺骗他？等待他的难道真的是一个没有一丝色彩一点光亮一缕声音的世界吗？

银鹭谷起初十分狭窄，越往里走越宽阔。有时候他简直不觉得是在山谷里行走而以为进入了一片平坦空旷的草原上。山谷两侧的石崖退到遥远的地方，呈淡青和褐紫的混合色。他加快了步子。无论如何，他要在黄昏降临之前赶到乱石岗，一定得在鹫群没赶回来之前干完那件事儿。

他背着一杆很新的双筒猎枪，带着锋利的刀子和一根细长的尼龙绳，还有几管炸药。当然，如果顺利他是不准备用炸药的，他确信自己有能力征服那家伙，尽管九年前他最要好的同伴惨死在它的利爪之下。

它披一身银铠甲，浑身银光闪闪，高傲地屹立在宝座之上，凶残的双目，锐利的尖钩嘴，铁锚般的利爪。它冷酷地望着白色的石坡。曾经是神圣天葬场的地方，血肉横飞，毛发乱舞，贪婪的嘶叫此起彼伏。乌云般的黑浪在滚动翻腾，搅起一团团污浊不堪的氤氲……

只有这个画面残留在脑海里，如一场噩梦久不消散。细细想来，山谷里所经历的一切都不可思议地遗忘了，甚至童年少年的任何一件事儿都不能。

如果没有脸上那道长长的可怕的伤疤，他几乎可以不承认自己在九年前到过银鹫谷。而那条伤疤分明给他刻下了一道永远抹不掉的历史标志。

是一段什么样的经历呢？

最后的结果是肯定的——伙伴惨死在白色乱石岗的天葬场上；他死里逃生，却被锋利无比的鹫爪凿刻了一道耻辱的标记。九年后他走遍各大城市的各大医院，却没有一家医院的整容手术能除去那条紫褐色的条纹疤痕。那条疤从额头正中向下穿过左眉及眼睑然后横扫半个脸颊通向左耳，左耳被撕开一条缝隙。左眼没有失明是他的万幸。然而九年后的更大不幸却阴险地隐伏在那道伤痕里并把最沉重的惩罚预支给他。

还能记起的是，死去的伙伴名叫猞狸，一个挺惹人喜欢的名字。而那时的他被人叫作"小犴子"又称"犴子"。他厌恶这个名字。

天很清爽，只有几堆浮云在极高的地方慢慢移动。停住脚步凝望秋天高远的蓝天，始终没有找到一只鹫的影子，唯有云絮间掠过一队南归的雁阵，带着几声苍凉几声萧瑟。脚下的草地远望尚绿近观则已苍黄，成熟的草籽儿和衰败的野花儿都沉甸甸地垂下头去。他在行走时能感觉到它们哀怜地抽打着他的裤角儿。有时较高的牧草还能碰到他的手，扯把下来，他用手里的草驱赶着盘旋在头顶上的马蝇。

眼前的景物熟悉而又陌生。九年前与猞猁走的是这条道吗？他们曾一起爬越过的悬崖是在山谷深处吗？抱怨？对，他一路上总是抱怨不休，他走路很困难，一条腿有些跛……

一匹马赶了上来。骑手是个红脸膛的中年汉子。他勒住缰绳，放慢步子，用蒙古话问候：

"打黄羊还不到季节呀，兄弟。"

"打几只野兔子，随便玩玩。"

"你是城里人吗？是达勒嘎？"

"我管几座工厂，是乡镇企业。"

"哇呀，是老总啊！"

"叫我老包好了，或者叫包头儿，工人都这么叫我。去年，我搞了一个伤残人福利基金会，募捐了二十万。他们又管我叫包会长。"他的神态慈祥宁静，的确有种首长的风度在里面。

"那你是个暴发户！"蒙古人用了一个贬义词来恭维他，笑得友好起来。

"算是那么回事儿吧！"包头儿也笑了一下。笑时，伤疤曲折地窜动，似条活物骚动。

蒙古男人离开时嘱咐他："别往天葬场去，鹫王快回来了，离它远点儿。"

当那匹黑色的蒙古马一路小跑着消失在前方的荒原里，他若有所思地抽搐了一下嘴角。

你害怕鹫吗？——猞猁在山崖下烤着火神秘地问。

不就是老鹰吗？啥可怕的哩！——他不解地答。

我怕！我可怕哩，这些吃死人的家伙总在你头顶上飞来飞去，琢磨着咋啄你的眼咋叼你的肉咋剥你的皮！——猞猁吸着冷气说。

它们不啄人。——他摇着头固执地说。

银鹫谷的鹫才不论死人活人哩，鹫王神灵着呢，让鹫群袭击谁，它们就拼死袭击谁，直到把他啄死。——猞狸装神弄鬼，满脸恐怖。

我不信它见人就啄咬。——他望着半山腰上盘旋的几只鹫，发现它们越趄越高。

那当然，它们只进攻那些有罪的人。鹫王知道谁有罪，谁没罪，它只惩罚那些闯进银鹫谷的坏家伙，即使不啄瞎他们，也要给他们的身子上留下印记。

真的那么灵吗？

谁知道呢，也许你该去试试！拦路抢劫之类的事儿你干过没？或者强奸幼女？

滚你妈的猞狸，你才强奸幼女呢！

好好，我们停战，快干活儿吧！——猞狸直起腰麻利地将麻绳缠在腰上准备攀崖。

狼血石在哪儿？

在刚才银鹫飞过的地方。

说着，猞狸已灵巧地爬了上去有三米多高。

小心别掉下来！——他颤颤地喊。

想发财就得玩儿命，哥们儿！不想冒险回家给女人洗脚去吧。——猞狸像一只大蜘蛛吊在半空中晃晃悠悠。

他闭住眼睛在心里说：如果拐个弯儿再睁眼就要见到那片黑乎乎的怪玩意儿了。果然,当他闭眼往左迈了八步再睁眼时，一下子就看见了那地方——一个个兀立的黑影各具形态，似巨人排列成的不可思议的行列。一轮将坠的夕阳如一颗熟透欲落的橙子。这些巨大的黑影儿是从地下冒起的石笋。它们默然静立了几百年几千年甚至几万年，并准备继续这样静立下去。

他更加确信他来过这地方，甚至确信曾在这黑魆魆的石笋林里听到过一个女人的呼喊，那呼声凄凄婉婉，令人回肠九转……

等等，他们管那女人叫什么？

一道黑色的闪电……

黑亮的皮肤性感十足，乳沟中有一片美丽的令人眩晕的光芒……

闪电被一道顽固的障碍切割断了。石笋林间的草很深很密，踩上去吱吱作响，富有弹性。他如梦游般走过去，心底泛起一股少有的温情。这种温情是都市生活所没有的。

在热闹的都市他体味够了孤独的滋味儿，尽管他十分富有，终于跻身于那个城市里体面人物的行列，但内心却被巨大的孤独落寞紧紧包裹:我真的是一个体面人吗？我是一个被人们所称道的正人君子吗？我的历史呢？那个叫犴子的流浪汉他都干了些什么？难道从不曾有过什么不可告人的罪孽吗？重返银鹫谷不正是为了寻找回那个曾经失落了的流浪汉犴子么？

穿过石笋林，草原开始变得荒凉起来，一种苍凉衰败的色彩随意涂抹着。他忽地停住了脚步，怔怔地望着前方——是一座白色乱石堆成的山岗，顶端孤零零仵立着一株早已枯死了的巨大的榆树，几根孤独的树杈像瘦骨嶙峋的手指弯曲着伸向苍天，颇似一副白骨架子。而石缝间则胡乱抛撒着一根根白骨，是人的和动物的，还有些皮毛布屑之类的东西。沉坠的太阳恰似挑在了枯枝上，白石上隐隐泛起一片淡淡的紫光。

没有一只鹫落在乱石岗上。再过片刻，鹫群就会从山谷深处飞回来休憩过夜。这里是它们的巢穴。大群鹫回来之前，鹫王大犴和王后福晋先飞回来，稳稳落在那株枯木顶端——那儿是它的国王的宝座。它与王后雄踞其上统治着这个森严的王国。所以他必须争分夺秒，用最快的速度做完一切准备工作。鹫王身上的银色翅翼散发着来自另一个世界的冷光。

他小心翼翼地爬上了乱石岗，轻捷地接近了那株枯木，树皮已脱落，白色的树干溜滑光亮，仿佛涂了一层桐油。仰头望去，枯木四五米高，他脱了靴子，猴子般敏捷地向上爬去。

"铿……铿……铿……"

那声音来自白云下面,化作团团彩雾扑入眼帘,使他感到一阵阵心慌意乱，险些摔下。

难道那是另一个世界的声音吗？还是大夫们所断言的那个全瞎全聋的日子逼近了？它们怎么来得这样迅速这样无情？

他狠狠摇摇头，爬到了顶端，在那国王的宝座上有两对深深的利爪的痕迹，如斧凿上去一般。他取出两个极精细的金属环放置在那爪印上。金属环是许多年前一个女巫送给他的，当时他并没有领悟到金属环的用途。它做得十分巧妙，在一根细尼龙绳的控制下它可以自动收缩。绳子用动物血泡过，金属环上也有一层肉痂包着。他按照当年女巫的吩咐安置了这个机关，又掏出刀子割破手指，将几滴血滴在金属环上，乍一看，仿佛是一摊血无意流在树枝上，极难发现隐藏着的金属环。

他顺着树干溜到地上，然后把尼龙绳藏在荒草石缝间。在乱石岗下，他选择了一个隐蔽点，又垒了几块石头，遮了几簇荒草。做完这一切时，他松了口气，感到少有的愉快，又觉得有点累，想抽支烟。

视线忽然又模糊起来，好似眼前浮起一层热流，一切景物都在那热流中不停地颤抖。蓦地，一切音响都消失了，那种心房奏鸣似的声音渐渐蹒跚而来。

九年前那女巫的预言应验了，无论他躲在哪儿，干了多少积善行德的好事，也终逃不脱那可怕的惩罚——失去双眼、丧失听力。黑暗的地狱在他尚未衰老时就向他敞开了大门，地狱里没有声音，寂无声息。然而他却不记得自己究竟犯了什么罪孽。现在他才感觉到这种良心的折磨是最令人难以忍受的。

人能够扪心自问之时，是否说明他的天良已经苏醒并心虔意诚？

苏醒时天色已暗，一片灿烂的星光扑面而来。大半个脸被一层坚硬的血痂所包裹，如蒙上一层坚韧厚实的老牛皮。究竟发生了什么事儿，无论他怎么努力思索也记不起来，只有那种恐惧感依然在周身蔓延。

这时候他看见那女人向他弯下腰来，她的脸黑乎乎地挡住了星光月色，她留给他的印象是一个没有五官的极其神秘的女人。女人用一块湿布子擦着他那半个脸。老牛皮正在一点点溶化，然而左眼依然看不见任何东西，只是疼……

不要动，孩子，就会好的……你可能不知道那有多么危险。如果不是被我碰到，鹫就把你活吃了！因为你有罪，所以鹫王不肯放过你，贪欲使你迷失了本性无法回去了。听我说孩子，现在你没事儿了，但你脸上会留下一道伤疤。九年后，你会双目失明，双耳皆聋，看不见色彩，听不见声音，因为惩罚的种子已经移植在你的皮肉里，谁也无法把它弄出去。这就是鹫王大罕的神奇之处。你只有杀死它，用它的脑子治病，方能目不失明、耳不失聪！我可以告诉你一个杀死它的法子……

他不由自主打了个冷战。那声音越来越近。是翅羽与空气摩擦而产生的气流声。

仿佛是威严的旋律在空中一圈圈地盘旋。

从隐身的草隙间瞄去，果见两粒银斑点从云缝里漏下来，打着优美的旋儿，每旋转一圈儿就扩展一倍，如在碧蓝的水面上荡起一圈圈的涟漪。银色斑点儿渐渐增大，先是翅羽的轮廓显现出来，后来连它们的头和爪也能看得清楚了，甚至连每根毛羽每条银色花纹都清晰可辨……

鹫王和它的王后飞回来了。

猩红的眼珠儿。

锋利的爪子。

还有那如刀钩般尚沾着血迹的鹫嘴。

不错，正是它——鹫王大罕！一瞬间他记起了九年前的情景：它低低地盘旋在他的头顶，尖利的嘶叫撕扯着灰蒙蒙的天空；它并不急于扑将而下，只是紧紧地追着他。他跌跌撞撞，狼突豕奔，毛发直立……

他仔细地盯着它——它丝毫不显得衰老，甚至比九年前更雄大更威风了。据说它已经活了一百年了。百年高龄的鹫王已经有了神灵之气，百年的鹫爪和鹫嘴已练就成钢喙铁爪。它飞翔得极漂亮——银翼平稳地展开，纹丝不动地滑翔，借助气流一圈圈地滑翔，在急转弯时把身子略略歪斜，仅仅看得见翅膀外端那几片羽毛旗帜般地抖颤着，然后"呼"地一下掠了过去，撞进了一天猩红色的夕霞中。

他紧张得几乎不敢呼吸——它为什么还不降落？为何要不停地绕枯枝而盘

旋？是看出树端机关的破绽而生疑窦了吗？凭他一个人的力量，能杀死这两只巨鹫么？它可是一只具有神灵之气的老鹫王呵。

端猎枪的手有些颤抖。

却忽地想起了猞狸。

"喂，老兄，总这么磨磨蹭蹭，啥时候能走出银鹫谷？"

猞狸蹲在那儿，抚着一条腿，一脸苦相："犴子，再歇歇，我的腿真他娘的……"

犴子不高兴地蹲下去察看猞狸腿上的伤，发现伤口已经化脓了，整个一条腿肿得又黑又紫。他无可奈何地叹口气。

"到前面的山头上歇歇咋样？"

"我可是一步也走不动啦！"

"东西都是我背着，难道把你也背上不成？谁叫你不小心从那么高的悬崖上摔下来呢……"

"是命呀，命里该着，在劫难逃。今儿年三十，我请一个老瞎子打了一卦，说我今年有难，不在夏天就在秋天。应验了，真他妈应验了！我这一辈子真是福少灾多，大祸躲不过……"猞狸弓腰曲背，一边用嘴一下吮吸伤口的烂脓，一边不停地嘟嘟哝哝，骂天怨地。

犴子望望天色，知道必定要在山谷里过夜了，只得四处去寻干牛粪和树枝柴草。他把寻来的干柴牛粪拢在一起，准备点火驱寒。

"看来不会有雨。"

"火烧云，明儿个是个好天气。"

"在这鬼山谷里过夜可不是什么好事情，哼哼，如果不是你伤了腿，我们早就走出山谷了……"犴子又愤愤起来。

"我他娘的愿意伤腿？你小子别得了便宜还卖乖！要不是我，你能找到稀世珍宝？跟你说，只要能走出银鹫谷，我们就他娘的发大财了，几万几十万不在话下！"猞狸得意扬扬地说。

"就凭那几块破石头还想发大财？哼！"犴子故意不屑地说。

"告诉你吧，傻小子，那几块狼血石是稀世珍宝。据我所知，现在世界上最大的天然狼血石大约九百克拉，我们有三块上了一千克拉的呢，想一想吧！"

"你咋知道？"犴子惊得合不拢嘴。

"我嘛，就是吃这碗饭的，不研究行情还行！美国的珠宝行、法国的珍宝馆、丹麦女王的狼血石首饰，我全熟。咱们出去后把这些狼血石卖给国家，得了钱又扬了名，没准儿还能成为爱国英雄呢！我为啥从大森林里单单挑中了你，只带你来呢？就是见你老实厚道靠得住，而且，你那次救过我一命，没被大树砸死，咱也知恩图报呢。若是换个贪心的，半路上还不杀了我，一个人独吞了！这档子杀人越货的事，黑道儿上多了去了！"

犴子许久没有说话。他瞅着身旁的皮口袋。他一直背着它，只觉得它沉甸甸的，却没想到它价值连城。后来，他忽地想到了一个人：

"她一定等急了吧？"

"咋，想她啦？"猞狸不怀好意地笑。

"屁，那是你带来的女人。"

"女人嘛，就那么回事儿，你要是喜欢就去睡……反正我不在乎。我看她和你眉来眼去的……哎，老实说，和她睡过没？"猞狸淫笑。

"滚你妈的，老子才不稀罕涮你喝过的烂茶根儿呢！"犴子又愤愤地骂。

"茶根儿才更有味儿呢！哈哈哈……"

"等急了，她不会找来吧？"

"那娘们儿，没准儿……"

"说正经的，那女人不坏。"

黑色的闪电又一次划过天空，然后消失得无影无踪。有一些破碎的残片在袅袅飘飞，闪烁着银色的亮晶晶的光芒。

丰满结实的肌肤。黧黑的乳沟闪着迷人的光泽。温情似水的眼睛游移不定。大海涨潮了，呼啸着狂暴的喧嚣……

记忆又一次把他推到尴尬的境地之中。如果这一切不是幻觉而是复现了当时的真实，那就是说九年前进入银鹫谷的不仅仅是犴子和猞狸两个人，而还应该有一个第三者，一个女人，一个与他和猞狸都曾有过关系的黑皮肤的女人。可是后来那女人到哪儿去了？她叫什么名字？她与九年前的悲惨往事有什么联系？

令人恼火的是他怎么也不能记起那一切了啊！

它们终于盘旋而下，稳稳落在宝座上了。然后昂头凝视天际，纹丝不动，等待着鹫群的朝拜。他知道最关键的时刻来到了，一场决斗迫在眉睫。他轻轻放下手中的猎枪，一跃跳出掩体，几乎同时，收紧了手中的绳子。一切都按他预先设计好的一样，那对安放在树杈上的金属环在他收紧绳子的一瞬间收缩弹起，牢牢卡住了鹫王的双爪。它乍然一惊，猛地冲天飞起，然而这时它已变成了一个活风筝，绳子一端被牵在那人手里。他边往岗上跑边收紧绳子。鹫王大罕知道遇上了危险，却没有慌乱，全力鼓动翅膀，翅下便激荡出巨大的气流。借着这股力量，它企图摆脱绳子的控制。这时，另一只母鹫王后振翅而起，直向他扑来。他一低头，灵巧地躲过了王后的进攻，飞一般奔向山岗。

他很快感到了它力量的可怕——当鹫王一次次向外冲击时，手中的绳子几乎脱手而去。幸亏他已将绳子牢牢系在了手腕上。手腕被绳子勒得疼痛难忍，几乎快被扯断。不等他站稳，王后的第二次冲击开始了，这一次来势更加凶猛。他急忙去抽腰刀，然而不等他将刀子抽出，母鹫已将他扑倒，坚韧的翅膀如闷棍横扫而过。他滚下山岗。王罕趁机向外挣脱，将他拖出了几米远。他用最快的速度站起来。热血在一瞬沸遍全身，隐伏已久的凶猛好斗的激情被唤醒了，他大声呼喊起来：

"嗬嗬嗬……来吧，你这魔王，来吧！使出你所有的本事来吧……"

当他赶到时，猞狸已经不见了，仅仅来得及看见乌云似的鹫群骚乱地翻滚着卷回乱石岗。摊在他面前的是一副白白的人骨架子，还有猞狸的皮靴和衣服的碎片。

天灰蒙蒙的，似要落雨。远方，鹫群的尖叫如利刃在空中飞舞着切割着早晨的宁静。他呆呆地望着，大脑一片空白。

后来，意识渐渐挤进大脑——猞猁死了，被老鹫吃光了……

是鹫王杀死了他！

他有罪吗？因为他曾有罪才遭受了鹫群的袭击？

一个有罪的灵魂是无法逃脱鹫王追踪的——是他亲口说的。

一条河，能够穿越沙漠，继续流淌，显然是件不可思议的事儿。

当他们冒险爬上山崖，就一下子看见了那片沙漠和那条河。黄灿灿的沙漠上展示着神奇的荒芜和危险的诱惑。犴子茫然四顾，问：

"狼血石呢？山崖上怎么没见到呢？"

猞猁笑起来："傻小子，山崖上怎么能找到狼血石呢，走吧，解开腰里的绳子。"

"去哪儿？"

"沿着这条河往山谷深处里走。"

"怎么，狼血石会在那儿？"

"走就是了。"

他们越过山崖，向山谷深处走去。

走了很长时间，猞猁停住脚步，眯起眼望着前面平坦的河滩，眼缝呈一道月牙形，几根稀疏的胡子在微微抖动。

"应该有一条矿线，是不规则的弯弧状。喂，就从这儿开始吧。"

"这个地方怎么会有狼血石呢！"犴子嘟嘟哝哝满腹狐疑。

猞猁从怀里掏出个小酒壶，拧开盖呷口酒得意笑道："大森林里有个人，干了一辈子寻宝的营生，淘金砂、找银矿、采苯石、找玛瑙、挖玉石，啥活儿都干过。我曾拜他为师，学了几手。这地方，就是他告诉的。他五十年前来过，摸回去两颗大狼血石，靠它活了一辈子，买房子买地，娶了仨老婆，还有一个日本娘们儿呢，开了他娘的东洋荤，算没白活！"

"日本女人都很白么？"

"敢情，个个大白馍儿似的，啃一口香半拉月，哪儿像咱那位黑女人，赶上非洲黑鬼啦！"

"可她也蛮够味儿的。"

"倒也是！那女人，有情义！老哥哥真舍不得让给你小子呢。"

"她……"

越来越清晰了——那女人像影儿一样无时无刻不跟随着他们，成为他们一路上谈论的话题。她好像以前一直同他们在一起。大森林里的小木板房子里，山谷里的小石头屋子里，她给他们做饭熬茶缝洗衣服，她给他们唱小曲儿，还给他们包伤口拔火罐子。她有一对很美的情意悠悠的眼睛。她的的确确是曾经存在过的……

现在是真正的对峙了！

残酷的肉搏拉开了帷幕。一方是禽，一方是人。人具有禽兽的凶猛，而飞禽也具有人的刁滑。鹫王大罕不再往外挣脱了，因为尝试表明那样挣脱是不可能的，它必须得先把这个敌手打倒在地，并将他置于死地，然后才能生还。

几乎同时，两只巨鹫一同扑下，王后在前佯攻。他刺了一刀只削下几根羽毛。然后王罕抓住了时机，毫不迟疑地在他身上抓了一下，锋利的爪子如刀钩般掠过去，撕下了肩膀上的一大块衣服，同时掘出一条血的河流。

疼痛使他踉跄了一步。母鹫不失时机从背后袭来，抓破了他的头皮，绽开了一朵血花。头发在空中飘散开来，纷纷扬扬如黑色的篷丝。

当年猞猁就是这样被啄死的吗？

后来，它又偷袭了犴子。实际上那时犴子已经走出银鹫谷了……没错，犴子以为脱离了险境，背着沉甸甸的皮口袋匆匆忙忙赶路，猛地听到脑后一股风声怪叫。

它就是这样一次又一次往下俯冲的。它寸步不舍地紧追着他，让他无处藏身，它又一次威严地一闪而过，一片血污遮住了他的眼睛。伸手摸了一把，眼前幻化成一片奇异的红雾。

历史就是这样惊人得相似，九年前，鹫王大罕的冲刺同现在如出一辙。正是那次袭击使他丧失了记忆。在蒙蒙红雾中那只巨大的鹫王威不可挡所向披靡，银光闪闪。

他知道如果现在放弃，割断腕上的绳子还来得及。但他不愿意承认失败。他把刀子叼在嘴里，然后脚下生根，憋足力气，稳稳地往回收缩绳子，一寸一寸地收缩。和鹫王大罕的距离拉近了。他发现鹫王开始有些惊慌，它被他不屈不挠死拼到底的气势震慑住了。它开始觉出这汉子以死相拼的气势和决心，傲慢渐渐变成了惊恐。它现在不敢再贸然发起进攻了，只是拖延时间，等待大批鹫群返回乱石岗群起而攻之。王后一直没有停止攻击，从各个角度、各个方位俯冲下来骚扰他撕他啄他。他不得不应付母鹫猖獗的进犯，腾出一只手紧握利刃向上刺去，保护自己的头颅不受伤害。母鹫被刺中了两刀，却嘶叫着越战越勇。

他知道自己的时间不多了，必须得在大批鹫群赶回来之前结束战斗。脖颈里湿漉漉的不知是汗水还是血水。一瞬间他充满了自信，仿佛忽然间大地给了他力量。鹫王的神灵之气已不能使他慑服。他咬着牙再一次用力，鹫王又坠落了几米，眼见就要落进他的掌中。

母鹫看到了这危险，不顾一切地扑将下来，尖锐的利喙闪电般啄进他的手背里。他感到手掌被啄透了，握绳子的手由于剧痛而松开，另一只握刀子的手几乎同时扎进母鹫的躯体内。他大叫了一声，又把刀子狠命往里捅去，转动刀柄。母鹫沉甸甸地坠落下来，坚硬的翅膀猛烈地抽打着他的脸，如一根有力的藤根，每一下都抽得他眼冒金花。杂乱的羽毛在空中胡飞乱舞，构织出白色和褐色的图案。他闪了一下，母鹫的躯体硬邦邦地摔到地上。

他乍然听到鹫王撕心裂肺地尖叫了一声。抬起头，看见大罕箭一般射向天空。这一次他完全没有防备，杀死王后的喜悦使他放松了几秒钟的戒备。

这一次它的冲刺比任何一次都要更猛烈更狂暴。他感觉到那绳子突地绷紧了，几乎把他的胳膊扯下来。然而转瞬间，双臂又轻松无比，那坚实的绳子从空中坠落到草地上，那一端还带着两根铁棍儿似的东西。

是两根鹫爪？

它用凶蛮的力量折断了双爪，逃脱了他的控制？它用失去双爪的代价，换来了可贵的自由？

它在他头顶上方一圈圈地盘旋，越旋越高。它悲戚无比尖叫着，声音在荒野上荡开，格外悲壮。它用最后的力量向苍穹向天际发出国王的召唤。

仅仅片刻，一团团黑云从天边飞速涌来，迅猛迫近。他顾不得擦去脸上的血污，急忙奔回去寻找猎枪。当他找到双筒猎枪直起腰时，冷丁听见了一阵令人胆寒的呼啸声，犹如飓风般席卷摇撼着大地和天空。他握着猎枪呆住了——

庞大的鹫群麇集而至，黑浪般翻卷着低低压下来，似要把他彻底吞没。

在银鹫谷石笋林东部有一座矮小破旧的石头小屋，它孤零零地隐伏在山崖下。

许多年前，这小石屋里住了一位驼背老羊倌。佝偻脊背的老羊倌在这里度过了他的暮岁残年。

那年秋天，老羊倌知道自己快不行了，严重的哮喘使他不得不长时间躺在土炕上无法出去放牧。几十只羊耐不住饥饿，便自己出去寻草，天黑了又自己走回羊圈。当然，老羊倌忠实的牧羊犬贝勒起了很大作用，它把羊群管束得服服帖帖。它甚至会在傍晚时关住羊圈的木栅栏门。然后它整夜整夜地守候在老羊倌身边，用冰凉的带刺儿的舌头舔着老人的脸颊，帮他消除折磨人的高烧。

谁也不知道那年轻的女人是什么时候走进那座小石屋的，也无人知道她究竟与老人是什么关系——女儿？孙女？侄女？或者仅仅是陌路相逢。她与老人的交谈断断续续进行了三个白天。老羊倌设法使贝勒安静下来，不要嘶叫，要对新来的客人友好相处。老羊倌请求年轻的女人留下来，这座破旧石屋及几十只羊五头牛两匹马等等所有财产都将属于外地女人。老羊倌只有一个请求：等他死后，把他的尸体用牛车拉到乱石岗的天葬场上去，然后用刀子一点点割碎喂给鹫鹫。他渴望在自己死后灵魂升入天堂。

年轻女人用她充满哀怨的眼睛默默注视着老人，算是表示了答复。她脸上线条柔和有一种难言之美。她很少说话，只是默默地干着些什么。看上去她很孱弱也很刚强。在老羊倌弥留的最后一些日子里，她把一个女人的温柔体贴和爱抚全部给了他。老人是带着笑容离开这个世界的。他在整整一生中尝尽了孤独和清苦，而在辞世的前夕却真切地感受了一个女人的怜爱，因此而心满意足。老羊倌在临咽气时握住那女人的手，并在一瞬间想起了自己的母亲。

外地女人恪守老羊倌的遗嘱，套上牛车将尸体拉到白色乱石岗。她一个人费了很大力气才把尸体弄到那古旧的天葬场上。她坐在尸体旁，久久凝视老人安详微笑的面容，回想往昔品味人生。她手握刀子犹豫着不知该怎样解剖尸首。这时天已大亮，潮湿的雾渐渐散尽，温暖的太阳平静地滑出了山坳。

她想出一个办法，在尸体上涂上酥油洒些羊血。她默默跪在老人尸体旁祷告着请求宽恕，她不能做的事情只有请求鹫来帮助了。她等待着鹫群的降临。

乱石岗上阴风习习。虽然是春天，但有的地方残雪未融，仍有寒意浮荡。她望着山岗下的草地，看见远方有几个骑马的牧人剪影般地走过去。突然，一直很安静的贝勒开始引颈长嚎，像是吟哦一首无字哀歌。在贝勒的哀号中天色变黑，浩浩荡荡的鹫群从四面八方云集而来，无数翅膀鼓荡着强风震撼着乱石山岗。女人带着贝勒走下山岗。走出很远时她回头望去，鹫群早已落下去，乱石岗上翻腾着黑色浪花，而在高高的枯木上，一只威严的银色大鹫纹丝不动，伫立其上，静如雕塑。

就在这时，她倏地感到肚子里猛烈地蠕动了一下，说不出是惊喜还是恐惧笼罩全身。生命在遥远的山谷里逝去，又在同一个地方萌生。死与生离得如此相近，几乎难解难分。那是第一次胎动，也是她第一次意识到另一个生命形成的真实。

几天后，她又独自来到白石岗上。只有一副白花花的又光又亮的骨架子工工整整摆在山岗上，宛如一具远古化石。为表达对鹫的感激之情，女人在山岗上设了一个小小的祭台，把一只全羊奉献在上面。

在以后漫长而枯燥的岁月里，年轻的外地女人一个人住在那座小石屋里，照料着羊群和牛马以及贝勒。身子一天天不方便起来。她怀着期待的欣喜和惴惴不安，等待着那个小生命的降临。

一个将做母亲的人，内心有说不尽的幸福甜蜜和新奇。那一天终于到了。她生下了一个弱小的女婴，白净得几乎像一片透明的水母，她给女儿起了一个好听的名字：水叶儿。

水叶儿的皮肤透明，能看得见网络般的血管，殷红、晶莹、柔嫩。

没有一丝光亮，没有一丝声音，恍若在穿逾一条长得没有尽头的隧道。

冥冥黑暗中，似乎闪了一星火花。

"猞……狸……"女人凄惨惨地呼唤。

真见鬼，是走迷了路还是在梦中？骤然间一身冷汗却如中魔怔般动弹不得。似乎一个女人在不停地抚摸着他并发出苍老的叹息。"犴……子……"女人俯下身来看他，却是一张黑黑的没有五官的脸，犹如深不可测的黑洞要把他的灵魂吮吸进去。他恐慌极了，拼命乱抓，双手却木了一般。

"你是谁？"

女人的声音细若游丝："我是……你的女人。"

"你不是女巫吗？"

"不，我是黑……"

"黑什么？"

"我在等你们……可是你为什么要杀死那只鹭呢？会遭厄运的……"

"你怎么会在这里？难道这一切都是天意？"

又是讨厌的梦……然而女人仍在抚摸他，感觉相当真实，甚至能感受到那手指的纤细与冰凉。

篝火挑起了一团光明，照亮了荒野的一切。猞狸不停地喝酒。喝酒的声音如耗子嘶叫，贪婪而响亮。犴子与猞狸很近地坐着。猞狸面赤腮红，醉眼迷蒙：

"来，兄弟，喝一口，陪老哥哥喝……喝……你可真是个够味儿的爷们儿，难怪她……喜欢你呢，连我看着都想心疼你呢，来，让老哥哥摸摸……

一股酒气喷在犴子脸上，他差点呕吐。他躲闪着狷狸肮脏的手。狷狸只是嘿嘿地笑：

"还害臊呢……操，这屁蛋儿比娘们儿的还软和……躲啥，让老哥哥摸摸……两个男人咋的？两男人有男人的乐子，你不懂，让我来教你……

犴子气急败坏地站起来。他的确不懂两个男人间的事儿，只是觉着一阵阵恶心——这家伙简直是畜生！

"喂，把我那份儿狼血石分给我！"犴子说。

"咋，想一个人走？"

"我们就在这儿分手吧。"

"想得美！看我伤了腿想把我扔下？哼哼，狼血石是老子找到的。想走，就别要你那份儿！除非……"

"除非什么？"犴子目露凶光。

"除非你把我杀了……"

"……"

"咋，没这个胆量吧？谅你也没这个胆儿！当初我选中你做我的帮手，不只是看你脸蛋儿长得好，更是看你老实厚道胆小，听我使唤……"

"……"

"去找她吧，快滚……"

不错，肯定有一个女人纠缠在其中，就是说那其实是一个女人和两个男人的故事。为什么竟将那女人忘得一干二净了呢？九年前的零碎记忆片断里有狷狸、有女巫、有鹫王、有狼血石、有死亡，却独没有那女人的一丝痕迹！那个没有五官的黑脸女人是谁呢？她与女巫是一个人吗？

黑色的闪电又一次滑过苍白的雪原，如弯弯曲曲的黑蛇向前疾窜，又忽地撞在一道铁石崖壁上折射回来，无力地逃遁了……

那女人总是在抚摸他，五根纤指凉凉的，如冰，如雪，从身体的一个部位滑向另一个部位。摆脱不掉的苍老的叹息跟踪着他走过漫漫长夜。浑浑浊浊的水从胸膛漫过头顶。

一翻身，又看见那女人一张黑脸如渊洞般对着他。他惊悸地喊了一声，双手却被那凉的手指死死搛住……

水叶儿像一只小羊羔子满草原跑着的时候，银鹫谷里发生了许许多多怪事。譬如，夜里，她经常听见有一头黑牛在小石屋后不停地笑，搅得她心里不安，夜不能眠。有一次她还看见一头公羊吃下了一块很大的岩石，之后便离群索居，郁郁寡欢。有时，她甚至能听见大红蚁和绿甲虫的悄悄对话……这时候山谷里的牧民们已经知道了那外乡女人的名字，都管她叫黑蔓。偶尔，牧人也到那小石屋里去坐坐，歇歇脚，喝口茶，尝尝奶酪。茶烧得香，奶酪做得好。他们问她是不是汉家女，她含笑不答。他们又问她是不是蒙古女人或达斡尔女人？她依然含笑不答。男人们很快意识到他们问了个傻问题——民族对于她有什么意义呢？在哪儿安下家，她就属于哪儿的民族。

倒是小水叶儿引起了人们更大的兴趣——这是一个不吃任何食物只靠喝水为生的女孩儿。每天，她要喝几桶水，不停地喝，像一株贪水的树。一位喇嘛大夫说女孩得了恋水症，没有任何良药可医治。黑蔓不得不每天去驮水。天刚亮时，她便赶着一头脊背上驮着两只大木桶的牛，朝很远的老山羊崖走去。

从表面上看去，小石屋里如往昔一样，平静、消沉，淡淡的忧郁。羊群照常出牧，归来卧盘。黑蔓照常一早一晚挤奶圈牛。水叶儿照常玩耍并不住地喝水。只是，女主人不许牧羊犬贝勒进屋了，而贝勒总是冲屋里汹汹地撕咬，明显地表露出一种不友好的敌意和惴惴不安的担忧……

踩着正午灼热的阳光，一直沿着河岸向前走去。沙滩湿润细腻，沙丘忽高忽低，越来越密集，好像有意要拦截围堵这条河流。

"犴子，停下来！"

"干吗？"

"停下来，扒开你脚下的沙子，看着能找到些什么。"猞狸激动地喊。

"找到些什么？小石头、水草、烂根儿……"

"你看这是什么？"猞狸直起腰，把手高高举起，一道华贵的光芒闪了一下，宛如一道鲜红的血甩出一道彩虹。太阳的七色光在湛蓝的天空凝聚成一个焦点，令人头晕目眩。

犴子目瞪口呆，动弹不得。

"傻瓜，这就是狼血石！狼血石，好好瞧瞧吧，足足有六十多克拉呢！"猞狸一下子抱住了他。

"狼血石？！真的吗——狼血石？"犴子喃喃自语，双目放光，不敢伸手去接。

"接呀，放在鼻子底下好好瞅！"

手依然在抖，伸出去，却没拿那狼血石，忽地弯腰屈膝，双手拼命往下刨，刨出了一道又一道沙沟，把平坦的沙滩刨得遍体疮痍。

猞狸笑眯眯地望着他。

久久的一段沉默之后，犴子从沙滩上反弹起来，爆发般地嘶吼起来，"我也找到啦！瞧我的，瞧，狼血石，真正的狼血石，比你那颗大得多！是我找到的，多么容易呀……"

"当然，我们现在是站在一条狼血石脉上嘛。"猞狸走过来接过那颗大狼血石审视道，"不错，是比我那颗大，足有八十克拉。可是傻小子，你瞧，狼血石里有疵点，值不了多少钱！"

"那它也是狼血石啊！"

"那没错！"

"是我找到的！我还会找到更多的呢！"犴子双目放光，掩饰不住强烈的欲望与贪婪的神色。

"那就干吧，还愣着干啥！跟着老哥哥干，保准让你发大财！"

"我要把最大最好的狼血石送给她……"

"你是说……"

只要一回忆到"她"，一切往事就戛然而止。头一直在疼，疼得要炸开。眼前仍是一片虚幻，浑身如被完全拆卸的零件。

抚摸停止了，他弄不清自己躺在哪里？好像是在一间房子里，而不是在荒原上。如果这感觉是真实的，就说明他还活着，没有被鹫群吃掉，又有一个神秘的女人救了他，与九年前一样。

也许现在正是九年前呢？

昏暗中那张脸又一次出现，不再是黑黝黝不见五官，可见一对凝视的眸子宛如天边的明星，闪过一丝柔情的光芒。他渴望那星光再长久些，闪烁能将一切照亮。春天的气息在草地上荡漾，野花丛中有一只褐色的小马驹在奔跑。感到有一种力量正在躯体里慢慢萌发。哦，大森林，童年的大森林。妈妈经常把他吊在树梢下的皮口袋里任他玩耍哭闹，有时忙完手里的活儿过来逗逗他，用那么柔软的手指勾他的脸，还用湿漉漉的唇吻他的眼睛。他清楚地记得那美丽的唇上总是散发着一股子杏花的香味儿，那迷醉的味道久不消散，送他蒙眬入梦。母亲晃着他的皮吊袋，唱歌似的哼哼着："小犴子，不讲理儿，掏出一个小鸡子儿，扯住一个小女子儿，拉人家给他做媳妇儿……"母亲不在时，他便在吊床上尽情地晃呀晃，看头顶上的树梢怎样迷乱地切割阳光和蓝天，看美丽的小鸟儿怎样在枝头上打架。这时，那声音清晰悦耳，成为他忠实的伙伴：

"铿……铿……铿……"

接着是男人粗犷的吆喝声："嗬……嗬……嘿……"

从什么时候起，那一切都消失了，唯有那声音残留如幽灵相伴。长年的漂泊流浪打短工、当盲流河边淘金砂、荒漠搂地毛挖草药、偷猎麋鹿、倒卖羊绒、贩牛贩马……一块原本就粗糙的石头被磨轧得更粗糙了。带着那种原始的粗悍，他与猞猁相识了，一同走进了银鹫谷……

阿妈，瞧，他醒过来了。

小声点，叶儿。

喂他些水好吗？

不行，水会伤胃。

那就喂牛奶嘛。

已经喂过了。

再喂点嘛，你看，他的嘴在动呢，他还想要。哦，他脸上的伤疤真吓人，他真的杀死了鹫王吗？

不是鹫王大罕，是王后福晋。不过，鹫王的腿被他弄断了。

鹫王会放过他吗？谁惹上银鹫王谁倒霉。纳森大叔说的。

是呵，他不该去惹鹫王！

他为啥不睁眼呢，是瞎了？他能听见说话吗？

又看见了那一大片黑森森的鹫群，铺天盖地飞扑而来。旷大的荒原上只有他弱小的身影在狂奔，却怎也甩不掉鹫群的追击。攻击又开始了，鹫群从背后啄钩撕咬，无数利爪尖喙在他的后背肩头脖颈上乱抓乱咬，他听见了皮开肉绽的脆响。狂怒的鹫群简直像一般无法躲避的黑色风暴。

他扑倒在地的一瞬间，看见一个黑色的女人袅娜地一闪……

他爬起来又跑。荒原平坦无遮拦。他如被梦魇压住似的跑不动，肩头沉甸甸似扛座小山。回头一瞧，原来还扛着装狼血石的皮口袋。仔细望去，鹫群不见了，只有一只大鹫在头顶上盘旋，银光四射，华贵而冷酷——是鹫王大罕。

他已出了银鹫谷。

鹫王大罕紧紧跟随而来。就在他掂量着皮口袋犹豫着是扔了还是带着它时，一股强风扑在脸上。鹫王凶神恶煞般扑将而下。尖利的爪子如一道闪电划过他的额头、眼睑和左耳……可它的双爪分明已经断掉了呀，怎么可能再生呢？

他惨叫一声，忽然意识到这其实是九年前的事情。他与它的冤仇就从那时结下。而它却把厄运深深埋在了他的皮肉里。

深不可测的黑暗终于如潮汐退去，露出了一片模糊的布满了白色泡沫的沙滩。

当那女人再次弯下腰来时，一切都不存在了——黑洞似的脸和苍老的叹息。这不过是一张普通的女人的脸而已，消瘦、憔悴而又陌生。

她用一种极平静的目光注视着他，观察他的面部。

头已经不那么疼痛了，耳鸣声也消失了，眼前也不再出现任何幻觉。他坐起来，四下张望。

我是在哪儿？

是我的家。女人说。

你救了我？

不如说是我捡回了你，要不，你就被鹫吃掉啦。

他看清这是一间石头砌成的小石屋子，很暖和，但窗子太小，光线十分昏暗。房顶的一根绳子上挂满了肉干，另一面墙壁上挂了两张淡黄色白条纹的兽皮。

接下去就看见了那女孩儿，坐在昏暗的角落里，目光好奇和警觉。他注意到她的脸庞像水晶一样透明。

我想知道鹫王在哪儿？

女人摇摇头，不知道，打那天以后，它再也没出现。有人看见它领着鹫群飞出了银鹫谷。

我的枪和刀子呢？

在外面的牛车上用毡子裹着呢。你饿了吧？

我想知道——我在这儿总共躺了多长时间？

唔，大概今儿个是第五天吧。五天里你一直昏迷不醒，你饿吗？

五天？他用了五天的时间去整理去寻找自己的历史，但仍不能想起九年前在银鹫谷所经历的一切。她为他端来肉粥，一大盆熬得稀烂的肉粥。他吃得狼吞虎咽。这时他听到一阵呼噜噜的声音，原来是那小女孩儿在用一根苇管吸水喝。

是你女儿吗？

女人点点头：她叫水叶儿。

你丈夫呢？

她摇摇头。

他点点头：唔，我明白了。

我是黑蔓！她盯着他说了一句。

一股寒气从脊背后蹿上来，黑蔓？良久，他又茫然地摇摇头：不，没听说过。

我知道你叫犴子？

什么什么？你怎么知道的，难道——

你在昏迷的时候不停地叫着猞猁这个名字，还说我是犴子。

在这以前，你见过我吗？

女人摇摇头。

知道猞猁吗？

依然是摇头。她站起来，走到外面。

他撂下饭碗苦笑了一下——幻觉、梦境和过去的片断与现实搅在一起，他弄不清什么是真什么是假了。

不对，九年前分明也有一个女人给他喝肉粥，味道与这肉粥一模一样。在那女人慢慢走出门外时，一头老牛忽然悲凉地嘶吼了一声。

女人的步态是那样相似！几乎同时，果然有一头老牛在外面吼起来，声音十分苍凉……

可是，那时坐在角落里的不是一个小女孩，绝没有女孩儿，而是另一个人。是位老人？也用苇管吮水发出呼噜噜的声音？

荒原上的长夜风声呼呼，远处有野鹿哀怜地鸣叫，断断续续入梦来，给夜色蒙了一层悲凉悠远的情调。

火堆已熄了许久，一缕残烟扭曲着逃向荒野。犴子睁开眼睛，警觉地望去——猞猁睡得正熟。于是他蹑手蹑脚爬起来，机敏地向放在猞猁身边的皮口袋摸去。他把皮口袋搭在肩上，那沉甸甸的分量使他欣喜若狂。正欲拔脚而去，猞狸却无声无息坐起来，两个眼睛如鬼火般闪了一道光芒，直刺犴子脸上。犴子正惶惶，猞狸开心地笑了。

"看来谁也靠不住，在财宝面前没有一个人可以信任，老实人也不行！"

犴子想奔逃而去。猞狸的脚坏了，追不上他。

"别急，小子，听我把话说完了——我早就防你这一手呢，狡兔三窟，能让你这嫩娃儿坑了不成？见财忘义贪黑心，这类事我见得多哩！你走吧，快走吧，可甭怨老哥哥我不够意思。"

犴子犹犹豫豫退了两步，怕猞狸下黑手，突然甩出把飞刀什么的。见他仍是得意地笑，并不阻止他，就更疑惑了。

他忽然明白了，从肩膀上取下皮口袋，解开系口绳，把里面的东西一股脑倒出来。

没有一颗狼血石，全是些普普通通的石子儿！

他才知道自己上当了，这些天一直背着这些破石子奔波还激动不已。

"犴子，实话说吧，狼血石就在我身上藏着，你是拿不走的，除非你把我杀了——还是那句话，可你又没那么大的胆儿。你偷，已经违背了我们的规矩，本应该重重地惩罚你，可念你年幼无知又是初犯，老哥哥打算饶了你！"

犴子无语。

"我说犴子，你是不是真的喜欢那个黑娘们儿？"

犴子依然不说话。

"你想偷上狼血石后，找到她，和她一块私奔？拿走我的狼血石又拐走我的女人？"猞狸突然厉声喝道。一道寒光在他掌心一闪。

犴子看清了——那是一把尖刀！

犴子感到了恐惧。他清楚这瘸子心狠手毒，什么事儿也能干出来，不由双膝一软，跪在地上。

"老哥哥饶我这一回！我鬼迷心窍，下回万万不敢了……"

"如果歹心不改，下回再犯呢？"

"我……"

"赌个誓吧！"

"再起歹念，万雷轰顶！"

"不行，对鹫王起誓。在银鹫谷里只有鹫王有灵性。"

"鹫王在上，如果我再心生恶念，做了对不起大哥哥的事，就把我碎尸万段……"

平静的日子像河水一样流过了山谷。天上再见不到鹫的踪影。白天和晚上，白色乱石岗上安静得如同一座死气沉沉的墓穴。

他的身体一天天康复起来。一天清晨，他醒来后觉得有一种奇妙的愉悦感在周身流动冲荡。他爬起来，小石屋里很静，只有小水叶儿还在酣睡。黑蔓正在牛栏那儿忙碌。母牛慈怜的呼唤和牛犊急迫撒娇的声音混合成一片。他出了门，信步往草滩上走去。清冽的空气里充满了潮湿的青草味儿，晨曦正在山崖上酝酿扩散。他走下山坡，几匹马在远处游荡，隐隐传来它们打响鼻的声音。几只鸟儿在天空一掠而去，瞬间融入了苍茫的天空。

不知不觉，走到了牛栏旁。他看见黑蔓半跪在一头白牛肚子底下，双膝夹着一个奶桶，两只手不停地动着，将一股股乳汁挤到桶里。看了一会儿，忽感到血在涌动，一股不可名状的情愫骤然而至。母牛的乳柱粗大挺勃浑圆湿润，黑蔓的十指优美地在乳柱上轻柔地滑动。乳柱激情膨胀，愈加坚硬挺拔，射出一股股奶液。黑蔓神情迷醉而又专注，使那抚弄愈加千姿百态，缱绻缠绵。

他倏地望见黑蔓修长的脖颈和半个敞开的前胸，甚至看清了那乳沟中闪耀出一片令人眩晕的光芒……

黑色的闪电再一次刺痛了他的眼，消失在一片白色的干枯龟裂的盐碱地上。

一头公牛蓦地在远方苍凉遒劲地吼了一声，风便从山崖那边吹荡过来。

黑蔓听到了响动，回过头望见了他，脸儿倏地红了一下："咋起来啦？"

"想出来走走。"

"当心身子骨儿！"

"不要紧，一切都好了。"

"眼睛还模糊吗？"

"不啦！"

"耳朵还嗡嗡吗？"

"不啦！我现在不太相信大夫们的胡言乱语了,什么不出一个月将耳聋眼瞎，全是他们吓唬人的把戏……"

"那女巫的预言也不灵吗？"黑蔓忽然盯住他问。

他打了一个冷战："你咋知道的？我是说，那女巫的预言……"

"你昏迷中念叨的呗，好像那女巫总在追你，你十分害怕……"

他宽慰地笑了："那些梦总算过去了！"

"回去吧！"

"不，你挤奶，好看……"

她转过脸去："有啥好看的！"

"我帮你牵牛去！"

他转身时又听见远处公牛的吼声，似乎有一种力量在荒原上骚动，一直潜入他的躯体。

傍晚，羊群已归来卧盘。黑蔓在照料羊群，牧犬贝勒摇头摆尾紧随其后，神态像是邀功请赏。水叶儿在门口处召唤它。它欢天喜地奔了过去，之后便传来狼吞虎咽的咀嚼声。

黑蔓在羊群附近碰到了犴子，他正像丢了魂似的在草地上游荡。

"你在找啥呢？"她疑惑地问。

"不找啥……刚才我好像看见鹫王飞回来了，可一闪又不见了……"

"你以为它还会飞回来吗？"

"它一定会找我拼命的。"他满脸恐惧。

"那你应该躲出去。"

"不，我可无处可躲了，无论我躲到哪儿，它都会像个影子似的一直跟着我。等我眼瞎耳聋后，它就会把我的肉一点点吃掉，将我浑身上下剔得干干净净。我要杀了它，用它的脑子治我的病。"

"你还是相信女巫说的话？"

"大夫们也这样说……"

"不管怎么说，鸳的脑子根本治不了你的病。水叶儿的恋水症就因为吃了鸳脑。刚出生时，水叶儿瘦得像个小猫崽儿，快一年了也不长个儿。有个外地老女人说，吃鸳脑子能治好。我就狠心偷偷掏了两只鸳崽儿，把它们的脑子用牛奶煮烂，喂给了水叶儿，结果水叶儿就得了这个怪病……"

天色已暮，远山只是一抹深灰色。

都不再说话，一块儿默默往前走。暮色愈来愈浓。山谷里的夜风挟带着寒气卷过。他隐约又听见那声音荡来："铿……铿……铿……"

一只毛茸茸的小松鼠从高耸茂密的枝头飞身而下，友好地望着我。哦，小家伙，你想告诉我些什么故事？你说：我的故事很有意思，让我到雪地上悄悄告诉你……

于是我看见那长满络腮胡子的男人向我们家的木板房子走来。他每天都来，总给我带来数不尽的新奇玩意儿，松果、子弹壳、鸟蛋或是一个乱翻滚的小刺猬。我看见妈妈迎了出来。妈妈那时格外美丽，双眼亮极了。那胡子叔叔捧住妈妈的脸亲个没完没了。妈妈咯咯地笑。妈妈说：胡子扎人。小犴子在看呢！那男人就笑着走过来，送给我一个漂亮的小羚羊角。妈妈就说：犴子，叫爸爸……

爱使一切都变得美好起来了，是吗？

爱蕴含在万物之中，对么？

爱在人心里……

妈妈，我多么爱你呀！

涨潮了，黑暗的大潮漫进了山谷。梦与现实的界线消失了。

又出现了，那声音：

"铿……铿……铿……"

他在黑色的石笋林间奔跑着，却依然无法找到一条走出山谷的路。绕来绕去，总也走不出这片黑魆魆的石笋林。小时候听人说这叫"鬼打墙"，吐口唾沫可驱鬼。心慌得要命，仿佛随时要跳出胸膛。总觉得手上黏黏的有股血腥味儿，放到鼻子下嗅嗅却什么味道也没有。我难道干了什么见不得人的事儿吗？他反复问自己，身上抖得厉害。狼血石呢？猞狸呢？他昏昏然然记不起来。寒风袭来，石笋林呜呜咽咽鬼哭狼嚎。是末日绝路了吗？老天爷呵，我都干了些什么呀？

就在这时候，他听到了那女人的呼唤，"犴……子……"

"回……来……吧……"

"犴子……"

循着声音的细线，他找到了那座小石头房子。踉踉跄跄闯入屋内，见暖暖的一芯油灯映着一屋子的橘黄。并未见女人的踪影，凄凄惨惨哀哀怨怨的呼喊声消失了。他累得要命，倒在炕上便昏然入梦。

不知多久乍然惊醒，赫然看见那女人正站炕前，半俯着身子仔细观察他，那是一张没有五官的脸，一个吮人灵魂的黑洞……

"啊！"

"是我。"

灯光移来，黑洞消失了，是一张年轻女人的脸，光光的，黑黑的，却俊俏。

"是黑蔓吗？"惊悸未定，冷汗淌下。

"黑蔓是谁？"

"你不是……"

"我当然不是了！咋，连我都认不出了？"

"你——？"

"我一直在这儿等你们，天天夜里在门外挂一盏灯，怕你们回来时迷路。

狸狸呢？"

"他……"

"他咋啦？"

"走了！"

"啥？他咋会走呢？"

油灯乍然被风吹灭了。黑暗中他听得女人的呼吸如山谷里吹来的风。

"为了你我才……让我找得好苦……我喜欢你，这点连他都看出来了……我和他狠狠赌了一次——一枚铜钱，若是正面汉字的赢狼血石，若是背面蒙古字的赢你……每人往空中抛三次……我抛了三次，都是背面蒙古字……他是两个正面一个反面……他赢去了狼血石，我赢了你……"他如梦呓般不连贯地说。

"就是说，他带着狼血石走出了山谷，你找我来了？"

"对，我要带你走！"

"你不悔？"

"不！"

"你真的喜欢我？"

"打心眼儿里！"

"不嫌我黑？"

"就爱你这黑劲儿呢！"

"唉，犴子，我的好人儿，我跟你走！"

气息浓浓地喷在脸上，他能感觉到那黑影正在慢慢贴近贴近，宛如从遥远天际飞来的一颗黑陨星与他相撞化为齑粉。所有的星光都隐去了，风喧闹着掠过山谷。羊群忽然骚动起来，贝勒不安地吠了一阵子，一切又平息了。远处有公牛伤感的低吼。

他感到一阵窒息，想躲开那颗陨星。然而他动不了，他无法理智地支配身子。在一阵阵的恐惧中又有一阵阵的焦渴与期待。夜漫无边际。衣服在窸窸窣窣地响动，如枯叶相互碰撞而发抖。

在波涛中自由地翱翔是多么令人心旷神怡。生命的冲动砰然溅出耀眼夺目的光芒。做一个男人是多么幸福呵！他亢奋地嘶喊着，像一头山林里的野兽凶猛无比威力无穷。"嘿……嘿……嘿……呔……"饱满的胴体在他身下扭曲滚动似要被他碾碎，并用一种流水般的喊声应和着他为他伴奏："哎……犴子犴子哎……"他愈加尽力，感受到一个男人的力量是何等珍贵。

一个男人，一个真正的男人呀！

"靠……山……倒……罗……"又一棵千年古松轰然倒下，将地上的积雪溅起来。天空中放射一朵银色的大礼花，在阳光里呈出七条色带，忽又碎成无数的碎片。"犴子呀，你是要我死吗……"两道藤蔓死死缠住他的身子如两条黑色的蟒蛇，身下的浪头耸动得愈加猛烈了。"死吧死吧，我们就这样一同死去……"他是英勇无畏的水手，一定要征服这波浪。他大汗淋漓喘息着加快着节奏。他咬牙切齿像个正与人殊死格斗相互残杀的海盗。他的身子像蛇一样游动着平息着海面上的波涛。海鸥蓦然发出一声胜利的欢叫。他挺直了身子用最后的力量嘶吼了一声，如中弹倒下的勇士颓然瘫下，趴伏在宁静的黑色的水面上随波逐流……

一道曙色从小窗口射进来，苍白中又有几分娇羞。他慢慢睁开眼睛，只觉得身子轻盈如纸。一种奇妙的愉悦仍在周身流淌。身边的女人仍在疲惫地甜睡，甩给他一头乌发，袒露在花棉被外面的半个肩膀浑圆饱满黝黑光亮。他伸出颤抖的手去将她的脸轻轻扳过来，顿时大惊失色：

是黑蔓！

又一道黑色闪电……

他差点跳起来夺路而逃——天啊，这究竟是在九年的哪一端呢？

不祥的征兆出现在那天早上。黑蔓像往常那样牵着牛去老山羊崖下驮水。当她走过嶙峋的石坡来到老山羊崖下时，发现那眼清泉已经不流了，泉眼干涸了。她等了很久，她觉得应该把这件事告诉浩特里的牧人，至少应该告诉纳森。

她从老山羊崖下绕道向浩特里走去。在广阔的山谷牧场上，她遇见了纳森。这个粗壮结实的蒙古汉子正满面愁云望着草场。

"纳森，很奇怪，泉水不流了……"黑蔓急急地说。

"还有比清泉不流更糟糕的事儿呢，你看那儿——"纳森用手指着牧场说，"才几天功夫，草场被糟蹋成什么样子了！"

黑蔓顺着纳森手指的方向望去，吃了一惊。她看见草场上有无数的灰色老鼠在乱窜。它们肆无忌惮，上蹿下跳，或蚕食草地，或把平坦的草地翻起一个个小土包如一片坟场。它们快乐地尖叫着窜跑着，令人眼花缭乱。远处，鼠群拉开一道散兵线正向尚未受到破坏的草场挺进。

"当那个外乡人刚一出现在山谷里时，我就知道灾难要降临了！"纳森悲戚地说。

"你见过他？"黑蔓问。

"那天他刚来。我警告过他不要惹鹫王，他说只打几只野兔子。他是个城里的暴发户，看样子很有钱，当什么老总……"

"他打鹫王，是为九年前死去的朋友报仇呢。"

"可是自从他杀死福晋打伤鹫王之后，山谷里就灾难不断——山泉断流，鼠害成灾，瘟疫传播，牲口一批批死掉……这都是由于他的缘故！"

"能不能想想办法？"黑蔓忧心忡忡地望着纳森。

"有什么办法可想？现在说什么都没用啦！也许只有当我们惩罚了那外来汉，才能换回山谷里的宁静。"

"你们打算把他怎么办？"

"大家昨晚就商量过了。今儿一早准备了马棒和皮条，要把他捆起来绑到天葬场的枯树上，往他身上浇上羊血和酥油，让上天惩罚他吧——日晒雨淋，风吹虫咬，饥渴冷冻，直到鹫群飞回山谷。"

"那他肯定没命了！"

"大家还决定，把你们母女俩赶出银鹫谷，因为你们救了那个有罪的家伙，还收留他住下。"

"求求你了，纳森，你去求求情，大家听你的，千万别伤害他，他不是个坏人……"

纳森久久望着黑蔓："他是你要找的那个男人吗？"

黑蔓哀怨地摇摇头。

"但我看出你喜欢他？"

她点点头。

纳森无可奈何长叹一声："作为一个山谷里的牧人，我必须遵守大家共同做出的决定，无法替他去向众人求情。何况，现在也晚了，小伙子们已经出发了……"

"你是说，他们已经去抓他了？"

纳森点点头："他们都恨他。"

黑蔓抛下手中的牛鼻缰绳，转身飞快地跑起来。她拼命地跑着，双脚掠过草尖，甚至踩到那些来不及躲开的老鼠身上。伤残的老鼠尖叫着逃窜开来，为她闪出一条路。她一口气跑回山崖下的小石屋前。她赶来的正是时候，几个黑黑壮壮的小伙子正把犴子从屋里推出来，身上捆满了皮条。

黑蔓喘息着喊："放开他！"

为首的黑汉子说："他有罪，我们要拿他去祭鹫！"

"祭鹫？"黑蔓怔了一下。每年她都能看到祭鹫的场面，但那是用牛犊、羊羔或者是猎来的野物做祭品，从来还没有见过用活人做祭品的。黑蔓忽地冲上前去，从一个小伙子腰间拔出刀子，在一转眼的工夫割断了犴子身上的皮条。

"你……？！"黑汉子恼怒地盯着她，带人一步步逼过来。黑蔓毫不畏惧地用身子挡住犴子，与他们对峙。

毕竟人多势众，黑蔓与犴子只得一步步向后退去。当经过那架牛车时，她瞥见了车上的羊毛毡子，灵机一动，忽地弯腰抽出那杆双筒猎枪，平端着对着黑汉子。

人们不敢往前逼了。

僵持。

忽听马蹄嗒嗒，是纳森骑马赶来了。他摆摆手，让小伙子们退到后面，然后他直驰到黑蔓面前，皱着眉叹着气说：

"黑蔓，你这样做，对不起养育你的银鹭谷。我们这儿不能留你了，你走吧！带着你的孩子和这个男人走吧！离开银鹭谷。如果明天早晨他还在这儿，那我们就一定要用他祭鹭！看在你这些年善良和劳苦的份上，也因为你这些年经常饲喂鹭群有功，所以给你一个机会。"

黑蔓望着他，感激地点点头。

"记住，明天太阳出山前！"

汉子们都上了马，随着纳森纷纷而去。杂乱的马蹄顿如一阵急风暴雨卷下山坡。

她回转身来，忽见犴子神色不对："你，咋的啦？"

他的眼睛瞪得很大，却呆滞无神。他伸出手向前摸索着蹭了两步，险些摔倒。

"犴子！"

"太阳呢？我怎么看不见太阳了！你在哪儿，黑蔓，你为什么不回答我，啊，我为啥看不见你？"

"犴子，我在这儿？"她握住了他的手。

"黑蔓，是你吗？我完了！那个时刻来了，来得太快了……"

一整天，他都呆呆地坐在山坡的一块岩石上，似乎在凝神眺望远方，脸上的神情淡淡的，超然的，大彻大悟般的宁静。没有谁来打扰他，任何光线色彩声音已被他完全摒除在世界之外。心灵通向外界的两扇最重的门窗紧紧关闭住了。它们关阖的是那么迅速而不留情。

当外界的图像从心灵里消失之后，思绪却异常活跃起来，往事清晰到如正在发生的一般。现在对他重要的仅仅是过去，未来已经无足轻重了。远处的石屋里，黑蔓正在往牛车上装东西。小水叶不住地嚷嚷渴。断水才几个小时，她正在迅速枯萎，如一根被掐断根茎的草。牧羊犬贝勒心神不宁地跑来跑去。

有几次她走到他身边，轻轻摇他的手臂，他毫无反应如一尊硬化在岩石上的石雕，她叹口气又默默走回去。

直到傍晚，他还是那样纹丝不动地端坐着。

这一天夕阳格外血红，满天夕霞浓浓地泼撒开似在燃烧。红光终于收缩尽了，巨大的阴影落入山谷，暮色正从四处聚拢。而对他来说，只不过是从一个黑洞穿越到另一个黑洞。蓦地，他忽然浑身一抖，同时"啊"了一声。

分明听见鹭王在头顶尖叫。

没任何别的声音，只有鹭叫声凄厉揪心，一阵紧一阵慢。它似乎从他头顶上一掠而过。

该结束了！他想。

那女人又在抚摸他，十指冰凉如水，冷浸浸地浸过全身。

在那张黑脸上，一对眼睛显现出来，十分清楚。他十分熟悉的眼睛，比黑蔓的明亮、妩媚、多情、性感……是他和猞狸的女人。

大森林里来的女人。据说她的父亲曾是有名的土匪头子。年轻、风骚、有光光的细细的弹性极好的黑色皮肤，伐木工都叫她"黑美人"。他们三人在一个秋天离开了森林，在走进银鹭谷时男人们丢下了她，让她在山谷口等着。猞狸说让她守在山谷口是为了小心从事，以防黑道高手尾随而来。犴子则认为是猞狸心怀叵测，想在分狼血石时甩开她。后来她怎么又出现在他身边呢？

她抚摸着他喃喃低语：我等你，一直在等；我知道你一定会回来找我的。来吧，我的好人儿，你一直渴望着是吗？还愣着干啥，来呀，我想要你，真想……

在一次又一次做爱时，他只看见黑色的闪电四处进溅在白雪上闪耀光芒。

他大汗如雨神情恍惚歇斯底里。

她突然惊叫一声：狼血石？这么多！都藏在你的裤子里……你不是说，狼血石都被猞狸拿跑了吗？你撒谎？你把全部狼血石都独吞了是吗？猞狸不会饶过你的……

他？哼！他完了，再也不能把我怎么样了！

他咋的啦？

死了……

咋死的？哦，这狼血石上有血！是你把他杀了？

是鸳……

别想骗过我！你的眼睛里有凶光，是你杀了他！你的刀子呢，拿出来让我看看。

丢了，爬山崖时丢了。

我和你一道去找回来。

这……

不敢，为什么不敢说你用刀子杀死了猞狸，抢走了狼血石？

他的腿摔坏了，他根本走不出山谷……他想把所有的狼血石全独吞……

于是你就杀了他？

对，是又怎样？我首先是为了得到你，然后才是狼血石。

可你说你们打了赌，你已经赢了我……

不错，但是，狼血石和你，我都想要……

傻犴子，你永远得不到我了……永远……本来你是可以得到我的……

黑——蔓——

我不叫黑蔓！黑蔓是你九年后才认识的女人，那不是我。

你是谁？

我是猞狸的鬼魂！

你杀死了猞狸！

你害死了你的伙伴！

你谋杀了你的朋友。

凶手！

天黑后，他就像个孤魂野鬼四处游荡。黑暗中没有任何东西可成为他的障碍。他太熟悉这里的一切了，所以他能够在石笋林里行走自如。他轻飘走着，左绕右拐在沉默伫立的笋柱间穿行。在第一百零三棵细长的石笋下他停住了脚步。他弯下腰去，刨石笋下的土包。他拔去荒草，把浮土刨开。不一会他刨出了一样东西，他把这东西攥在手里掂量了一下，然后将它放到面颊上，竟像那女人冰凉的十指。

是一把长满铁锈的尖刀。锈斑已经盖住了血渍。

在最古老的年代，忏悔和赎罪的仪式是伴随良知的萌发而诞生的。

人类需要这种仪式。

天将破晓时，一个男人步履踉跄地向白色乱石岗走去。他的眼睛闪着奇异的亮光。他的面容绝对从容，正如埃及女王的仆人对罗马人的问询所回答的那样：

绝对地从容！

在爬乱石岗时他费了不少力气，几次从陡坡上滚下来，搞得遍体伤痕。然后他终于爬上去了。他为自己的小小胜利而微笑了一下，直起腰走向那株枯树。他抚摸着光溜溜的树干转了一圈儿，选中了一个方向。这个方向正对着东方。他开始脱衣服，直到脱得一丝不挂。然后他把那柄布满锈渍的刀子含在嘴里，取出一团结实的绳子。他脊背贴紧树干，用绳子把自己紧紧捆在树上，先绑脚腕，然后是腿和腰，最后一圈绳子绕在了脖子上。这样，他的身子就很难动一下了，只有两只手还可以活动。他把口中衔着的刀子取下来，用那把尖刀割破了皮肤。

皮肉绽裂的声音很柔美。可他没有听到。

血缓缓流下，在那白花花的身子上画了一条又一条优美的曲线。

他细致地兴趣益然地盲目切割着，直到遍体鳞伤才抛了刀子。

天幕由深灰色转为苍白、淡蓝。光明又一次充溢在山谷里。只有一层薄雾，正在曙色中散去。宁静的荒原正在苏醒。这时候，有一支七八个骑手组成的马队从附近驰过去，马蹄声杂乱无章，带来一阵紧张气氛，很快又消失在山岗的另一边。那是纳森带领的马队直奔山崖下的石屋而去。太阳出山时是最后期限。

那血淋淋的人似乎也正在等待着这一时刻。

没有声音，依然没有声音。

黑暗仍在眼前浮荡。

他渴望那声音再度出现，他相信会出现的，因为他一直感觉到了它的存在，从形状到色彩，还有节奏。

那时，他会苏醒么？

永恒的苏醒……

罪恶的肉体能换来这一切吗？

他便把质问抛向苍天，他向东方长啸了一声："噢……来吧……"

如野兽发出的最原始的号叫，然而却是最真实的，和生命一样真实，与荒野十分和谐。上天入地，便凝固在岩石上。这嘶喊是属于荒野的。只有他一个人没听见。他觉得那悲愤的长嚎从嗓子里挤出去之后，就被黑暗吮吸得干干净净无踪无息，但是万物却在这长嚎中振奋而起，喧嚣而来。

太阳一点点升起来，如一个饱满新鲜的新生儿，还带着一摊分娩的血浆。

风从山谷外吹来，如大海隐隐泛来的潮声。

云正变幻，奇形怪状，意味无穷。

他倏地捕捉到了那声音，陡然觉得血奔涌得更快了，如体内火山喷发，岩浆奔泻而出。

"铿……铿……铿……"

一线光明正往宽里拓展，光芒刺眼。

风越来越猛烈。天忽然阴暗。太阳被黑影严严实实遮住了。空气在不安地颤抖。地上的鼠群仓皇逃窜。呼啸声席卷而来，愈来愈响亮。

鹫群飞回了山谷。

伤残的鹫王大罕带领它的臣民在空中久久盘旋着，然后向乱石岗上稳稳地压下来。

黑色风暴在顷刻间摧毁了枯树。

一瞬间，他看见了太阳……

还有来自地层深处的永恒的歌唱……

那天早晨，一个黑色的女人带着一个白得透明的女孩来到白石岗下。女人首先向着山岗的方向跪下了。她扯了女孩一把，让她也跪下。然后她们一同祷告。祷告完毕，她却没有起来，双目闪过一道奇异的光芒。女孩觉得蹊跷，就问——

阿妈，他是谁？他是我的阿爸吗？

女人回答说——他谁也不是。他只是一个叫犴子的男人。

赤马鬃

原载《青年文学》
选载《新华文摘》
原名《在马贩子的宿营地》

1

黎明前的宁静只持续了短暂的片刻，便被一阵奇异的声音撕得粉碎。

那声音起初是微弱的、含混的，渐渐高亢起来，如海潮般势不可挡地从绿茵茵的草地上滚了过来。清新透明的空气颤动了，浑浊了，被一股股强气流彻底摧垮了……

远处低缓的、翡翠色的山坡上，涌出一片杂色马群，在疯狂的奔驰中变幻着扩大着各种色彩——栗色的、白色的、青色的……西热图草原上出现了极为壮观的场面——那是一幅奔腾的美、力量的美和惊心动魄的美交织在一起的奇异的画面。

上千匹马如一股呼啸奔腾的洪流，将一切宁静、沉寂和那层蓝幽幽的晨雾，凶猛地踏到蹄子底下。沙石、泥泞、湿漉漉的牧草在马蹄的拍击下发出奇特的轰鸣。长长的马鬃和马尾在气流的浮力下飘动起来，一个接一个，一个重叠着另一个，凝成了一块整体，飞快地向前推进。

一切都不存在了——高山，河流，沼泽，矮树林……任何东西都无法阻挡这奔腾不绝的马群。

炸群！马炸群啦！

炸群马如同一股迅猛的狂飙，从罕山脚下一顶草绿色的帐篷前一掠而过。几个睡意蒙蒙的马贩子还没来得及看清究竟发生了什么事，马群的潮汐已经呼啸着卷过，转瞬间，卷走了马贩子们从遥远的乌珠穆沁辛辛苦苦贩来的一百匹品种优良的蒙古马。

马贩子的宿营地顿时一片骚乱，惶惶不安的阴云笼罩在每个人的脸上——

"混账，快去截马群！"

"门德，找黑塔哥去！"

"喂，鞍子，我的鞍子呢？"

"黑塔哥在哪儿……"

马贩子们咆哮着。

2

几天前，当黑塔布带着传奇般的神秘色彩再一次出现在西热图草原上时，牧人们都相信要出事儿了，有些人的心里甚至笼上了一道惶恐不安的阴影。

黑塔布骑着一匹雪白的马子，但是，白色的马鬃被染成了鲜红的颜色，远远望上去，像一面飘扬的战旗。

"我敢打赌，这个黑魔鬼如果不是为了四年前那桩风流公案回来复仇的话，你们就像骟马那样用刀子割了我的舌头！等着瞧吧，要有一场好戏看呢！"

总是红着一只眼睛的马倌朝鲁对大家嘟囔着。尽管这位"预言家"那条不值钱的舌头早被人割过一万次了，但这回却没人敢和他打赌了，人们相信他的预言是不容置疑的。

牧人们用敬畏的目光远远望着那个黑脸膛的汉子，一边剔着牙，一边发表着对人生的感慨：

"唉，人啊，真难捉摸！"

"可不是呢，谁能想到四年前那可怜的小塔布会变成大名鼎鼎的黑塔哥呢！"

"我敢打赌：他是个黑魔鬼，如果不是为了……"红眼朝鲁又得意地把自己的预言重复了几遍。

四年前，当那个衣袍褴褛的黑小伙拉着一串长长的运盐的骆驼车，默默地从西热图草原走过时，有谁如此看重他、议论他呢？没有，几乎没有一个人意识到他的存在。他是那么卑微，像一棵小草，一阵轻风，无论来或去、出现或消失，都引不起任何人的关注。然而，有一天……

那是一个令人憋闷的、天将欲雨的秋夜，西热图草原上出现了少有的混乱景象——狗在狂吠，马在嘶鸣，凌乱的马蹄声把紧张气氛带向旷野，火把和手电筒的光在浩特周围不停地游动……

谁能想到会发生这样的事儿呢——新婚之夜，新娘子突然失踪了！这个痛苦的事实使敖斯尔三兄弟暴跳如雷，发誓要找回新娘子并狠狠地惩罚她。

在西热图草原上，敖斯尔三兄弟是权力和尊严的化身，即使最剽悍最凶猛的驯马手也不敢去招惹那三条汉子，因为这三兄弟几乎把持了西热图草原的一切。老大敖斯尔，巴嘎的书记，有着极高的威望；老二阿斯尔，巴嘎的会计，可以让任何一个牧人富起来或穷下去；老三嘎斯尔，民兵连长，有着出色的骑术和枪法。权、钱、力这三者集于三兄弟一身，他们雄心勃勃，相信富庶的西热图草原就是为他们而存在的，只要他们愿意，天底下似乎没有办不成的事情。

罕山西侧，扎着老牧人索德布的蒙古包，他的女儿阿丽玛年方十九岁，正到了如花似玉的年龄。她那件桃红色的蒙古袍常常把青年牧人们的心儿撩逗得窜上一股股火苗。阿斯尔是偶尔路过她的蒙古包进去喝茶时发现了这个美人。虽然只看了一眼，年过三十的阿斯尔立刻就相信他的光棍生活快结束了，阿丽玛简直是造物主为了可怜他而创造出来的。于是，他像一条潜伏在兔子窝边儿的猎狗，不动声色地等待着时机……

机会终于来了——阿丽玛的弟弟不慎从马上摔下来，颅骨骨折，昏迷不醒。为了挽救儿子垂危的生命，老索德布急需五千块钱带儿子转院治疗。正当老人为了这笔巨款愁得日夜不眠时，阿斯尔拎着黑皮包光顾了他的破毡房，丢下六千元飘然而去。直到第二天，老人才弄明白：其中有一千元是送给阿丽玛的结婚聘礼……

一切就这么迅速决定了，丝毫不允许阿丽玛表示什么意见，她顿时坠入了迷雾中，久久不明白发生什么事。当迎亲的马队把她接到阿斯尔那顶崭新雪白的蒙古包里时，她才相信一切都是真实的……

那天，当阿斯尔送走了客人，醉醺醺急切切回到新毡包里时，已不见了新嫁娘的踪影！

火把，手电光，闪电……

马嘶，犬吠，雷鸣……

敖斯尔三兄弟有这种力量：能叫西热图的大地震颤，能叫任何一个生命无处藏身。

天蒙蒙亮时，人们从小山般的草垛里找到了阿丽玛，不只她一个人，还有个黑黑的小伙子。两个人浑身战栗着，身上和头发上沾满了草屑。据最先发现他们的人说：当几个民兵把他们从湿漉漉的草垛里拉出来的时候，两人还死死地搂抱在一块儿呢，怎么也分不开。

阿斯尔简直气疯了，在众目睽睽下，用鞭子猛力抽打着那个黑小子。

"啪啪啪……"

"嗖嗖嗖……"

马鞭是用坚韧皮条编织成的，每一次飞舞起来他都像一条凶狠丑陋的蛇在空中扭曲几下，然后猛扑向黑小伙袒露的肌肉上，去舔他的肉，吮他的血，很快他皮开肉绽了。但那黑小伙始终紧紧攥着一把干草，一声未吭。这使面色灰白的阿斯尔更为恼怒，于是鞭声的呼哨也更急促，更刺耳。

敖斯尔赶来得最晚，牧人们尊敬地给他让出一条路。他威严地呵斥道：

"胡闹，还不住手！"

"我要让他跪着求饶！"阿斯尔气喘吁吁，口吐白沫，眼里闪着凶光。

"喂，小伙子，低低头，说句告饶的话吧！"红眼朝鲁在人群中喊道。

黑小伙慢慢扬起头，脸上失去了血色，双目却闪着熠熠的光。谁也没想到他会吐出这样几个字：

"我要娶她！"

"你说什么？"鞭子在半空中停住了。

黑小伙把刚才的话一字一字重复一遍。

敖斯尔宽容地笑了："娶她，你能养活她吗？"

"你如果能拿出六千块钱，立刻把她领走，我情愿认倒霉，怎么样？"阿斯尔嘲笑地问。

"我……"黑小伙狼狈地低下头。

"把他卖了也不值一头驴的价钱哟！"嘎斯尔讥笑道。

"放他走吧。"敖斯尔懂政策，怕闹出人命。

"不行，太便宜他了！"嘎斯尔嚷道。他一转身，正好看到附近，有几个内地来贩牲口的汉人，正赶着几头驴从这儿经过，便奔过去，拉过一头毛驴，对那黑小伙喝道："想走，从驴肚子下钻过去！"

"对，钻过去！"阿斯尔觉得这样可以挽回面子，很振奋。在当地蒙古人看来，最能羞辱人的，莫过于骂人是驴了，如果从驴肚子下面钻过去，那就连驴都不如啦。

"钻！钻！"几个小伙子跟着起哄。

在人的一生中，有几个人曾经历过这样的奇耻大辱呢？黑塔布一辈子也忘不了那受辱的一瞬间，当他从那头肮脏的驴肚子底下爬过去时，当那大叫驴把臊臭难闻的尿撒在他的脖子里、头发上而引起一阵无比满意的哄笑时，他觉得眼里喷着毒焰般的火，心里涌上的也是毒焰般的火，他在刹那间被烧成灰烬。世界在他心中毁灭了！

一颗牙齿咬碎了，他毫无知觉，像一条受伤的狼默默爬向了荒野。荒野留下一条血迹斑斑的痕迹。

在一个荒芜的山岗上，他吐出那颗咬碎的牙齿和满嘴污血，踉跄着站起来，回过身，用无比仇视的目光久久注视着西热图草原——

晨光中，雨后的西热图草原一片碧绿，生机盎然，马群在撒欢，羊群在漫步，百灵鸟在婉转啼鸣，浩特里隐约传来了牧家女快活的笑声。这里的一切那么恬静，那么美好，然而，这一切都不属于他，属于他的只有永恒的痛苦和永恒的耻辱，还有一个用仇恨铸成的信念。"等着瞧吧，"狂怒到极点的塔布紧握双拳，向着赤褐色的罕山庄严地跪下去，心底发出一声怒吼，"总有一天，我要回来，我要娶走阿丽玛，我要让一切侮辱我的人跪在我脚下……"

3

四年后，当黑塔哥突然出现在西热图草原上时，已经是一个显赫的马贩子的头儿了。他指挥着庞大的马群从西热图草原走过，卷起一团团的烟雾。从他的言谈举止上，从他的穿戴上，从他的花钱如流水上，牧人们确信他已是巨大财富的拥有者了。传说他这些年赚的钱足可以雇一个庞大的骆驼队去驮载。在牧人眼里，他是一个财神或一个怪物，但绝不是一个凡人。

令人不解的是他把他的坐骑——那匹白马的马鬃染成了鲜红的颜色，像一面旗帜。从很远的地方望过去，更像是一片燃烧的火焰。

至于他财富的来路，更有数不尽的传闻和无数个令人胆寒心跳的故事，诸如：在风高月黑的夜里如何和盗马贼厮混啦；在荒漠上如何一夜赌赢了半皮口袋大票子啦；在大城市高耸的洋楼里如何和那些狡猾的生意人巧妙周旋啦……，多得很呢。

只有一个人不相信那些奇闻，在她心目中，黑塔哥就是黑塔哥，一个实实在在的有血有肉有感情的男人，还有着牤牛般的悍力。她太熟悉他了，包括他的脾性，他的雄心勃勃的发财计划，以及他那毛茸茸的胸脯和刺猬皮一样扎人的胡髭，因为现在他正躺在她的蒙古包里，打着响亮舒适的鼾声。

阿丽玛很早就从使人留恋的皮褥子上爬起来，开始烧早茶，动作很轻，生怕惊醒了他。他太累了，需要休息。她走过去俯视着他，久久地，发出一声细微的叹息。

黑塔布醒了，半裸着坐起来，呆呆地望着她，脸上是迷惘和困惑："我怎么会在这儿？"

"她扑哧一笑："昨晚醉得像一摊泥，全忘光了？"

他想起来了：昨夜的忧伤和欢乐，以及那绵绵难断的情丝……他穿好袍子、马靴，神情很抑郁，一副怅然若失的样子。

"怎么啦，黑塔哥，不舒服？"她轻轻坐在他身旁，关切地问。

"我……昨儿晚上……对不住你……"他的脸色由于自责和懊悔开始发紫。他第一次感到：占有欲的实现其实是一种罪过。

"那是我自己愿意的。"她毫不在乎，"你这个黑傻子呀，我早属于你了，四年前那个夜里，只要你有勇气……"

"别说了！"他粗鲁地打断了她，"换个人敢提四年前那件事，我会立刻让他变成一头驴！"

"看你凶的！"她嗔怪地依偎在他身上。

女人真是奇妙，塔布只要一挨住阿丽玛那丰腴的身子，心中的一切愁怨和烦恼就会冰消雪释，柔情便像春天的风儿一样缓缓荡漾起来。他永远也忘不了四年前那个雨夜。他几乎弄不清自己是怎样被气喘吁吁的阿丽玛拉着钻进了草垛里。她像一头正在被猎手追捕的小梅花鹿，惊悸不安地把整个身子蜷缩在他的怀中。他们的衣袍都湿透了，他搂抱着她，甚至能清楚地感到她每个部位肉体的颤动。草垛里很闷，浓烈的草味——苜蓿的清香、艾蒿的苦涩和碱草的河腥味儿——把人熏得像躺在了开阔的草场上。黑塔布什么都不想问了，这雨夜，是他人生最宝贵的一瞬间；这草垛，是最辉煌的一座宫殿，他愿意用沉默去享受这一切。后来，当阿丽玛用含泪的眼和灼热的唇在他胸脯上吻个不停，祈求他带着她远远离开西热图草原时，他至今还奇怪自己怎么会那么理智，清晰地意识到自己没有能力养活一个女人，更没有力量组织一个家庭。是呵，如果当初带她离开，她也不会幸福的。所以，当阿丽玛撕开自己的袍子，把他的手拉向她的乳房时，他缩回了手，甚至慌忙替她把袍子上的铜纽扣一颗颗系住……

"你真的要带我走吗？"阿丽玛双手搭在他的肩头，用亮晶晶的目光盯着他。

"当然，四年前，我对着罕山发过誓的。我已经厌倦了流浪生活，想找片草地安个家，去过真正的牧人所过的平静生活。"

"我真奇怪，你是怎么把阿爸给说服了？老头子倔得很呢，对于改嫁的女人，他敢把稀牛屎扔到她脸上。"

"说服？"黑塔布冷冷一笑，"我一句话都没说。嘎斯尔正逼着老头子还债，我给了他六千块钱，又送了他一匹差不多值六百块钱的第一流的乌珠穆沁走马，还帮他换了一项六块哈纳的蒙古包，他恨不能让我们立刻就成亲呢。"

"可是，我担心敖斯尔兄弟……你听说了吗，三天前敖斯尔进城到监狱去看阿斯尔，回来后就拼命弄钱，甚至要卖掉所有的牲口，为了凑够两万块钱。听说只要能还清阿斯尔贪污的那些公款，他就可能判得轻一些，也许很快就能从监狱里放出来呢。"

"他们不会弄到钱的！"黑塔布得意地笑了，"我和所有的牲口贩子打了招呼，他们都是我的朋友；我还给旗里和苏木下来的收购员送了礼，谁也不会去买他们的牲口。等着瞧吧，用不了多久，敖斯尔就会像一条可怜的狗来向我摇尾祈求。"

"你真是这么想的？"

"我早周密地考虑过了。敖斯尔已经无路可走了。"

"你要让他们家破人亡吗？"阿丽玛斟茶的手停住了。

"不，我只想让他们知道：四年前被他们侮辱的那个黑小子和他们在人格上是平等的，也有人的尊严。他们恩赐给我的奇耻大辱，我要恰如其分地偿还给他们，绝对公平。"

"你打算怎么办？"她忧虑地注视着这个目露凶光的黑汉子，机械地往奶茶碗里放着黄油、炒米和切成细条的奶豆腐。

"我让人买来一头毛驴，你还没见到吧？"塔布冷笑了一下。

"怎么，难道你……"阿丽玛的手微微抖了一下，颜色纯正的奶茶洒了出来，"你千万不要去找敖斯尔兄弟，他们正像狼恨猎手一样恨着你，万一打起来……"

"我不怕！"塔布坦然一笑，"我有十多个马贩子弟兄呢，这些家伙，简直抵得上十条出色的猎狗。敖斯尔三兄弟，就算他们是三条狼，嘿嘿……"

"不，我不能让你去，黑塔哥！你答应我，不去找敖斯尔兄弟，不要去！啊？人，不是狼，不是狗，干吗非要你咬我、我咬你呢！答应我吧！黑塔哥，为了我，放弃你那荒唐的计划吧！你真的去找敖斯尔算旧账，我是决不会跟你走的……"

黑塔布烦躁了："你是让我忍气吞声，永远背着耻辱的鞍子任别人去骑？四年啊，我忍受了多大的痛苦，睡在荒原雪地，吃着发霉的带砂子的炒米，无数次从烈马上摔下来，冒着被踏烂脑壳的危险，夏天顶着能把人晒出油的太阳，冬天顶着刀子一样割脸的冷风，无论大雨天大雪天，都得爬在马背上，挨蚊子咬，闻马尿臊味，走哇走哇，走不完的路程呵！我图个啥？图发财？不，只图有今天，我要洗去我过去的耻辱。我这样做难道错了吗？！"

阿丽玛低下头，无言以对，她理解他，没有谁比她更清楚他心灵的创伤有多深了。她知道他一旦决定的事情，是任何一个人也难以阻止的。唉，这个性子刚烈的黑小伙呀……

蒙古包外，爆起一阵急匆匆的马蹄声。粗壮结实的马贩子门德气喘吁吁闯了进来：

"黑塔哥，出……出事了！"

"什么事？"黑塔布脸色陡变。

"马群……咱们的马群，都被炸群的马卷走啦！"

"混蛋，卷到了什么地方？"

"罕山东边，敖斯尔兄弟的草场上……我们去找马，被嘎斯尔拿枪挡住了。敖斯尔说，要你亲自去一趟……"

"好哇，狗东西，我正想会一会他们呢，走！"

黑塔布扎好腰带，去毡包门口那儿抱马鞍子。

"黑塔哥，你不能去，千万不能去！"阿丽玛扑上来，死死抱住他的胳膊。塔布突然粗暴地将她推开，大步冲出了蒙古包。

阿丽玛跌坐在地毯上，额头正巧撞在地桌角上，殷红的血顺着面颊流淌下来。她绝望地爬到毡包门口，使出全身的力气呼喊一声：

"黑塔哥——"

然而，沉重的马蹄声像一面战鼓，毫不犹豫地敲击着复仇的节奏，很快消失在广袤的西热图草原深处。

4

十几匹马一字排开，从矮山岗后面冒出来，威风凛凛地立在山脊上，长长的套马杆像长矛一样在骑手肩头耸立着。马贩子们袒露着黑亮的臂膀，一块块发达的肌肉在早晨阳光的照射下闪着油亮的光；远看，有的像马儿黧红色的光滑的皮毛，有的像一块块涂过黄油的褐色岩石。他们勒住性急的坐骑，用马鞭驱散那些总是叮在马眼睛上的令人讨厌的马蝇，然后扭过头去，望着他们的头儿——黑塔哥，似乎约好了他要在这里说几句什么，就像出征前的士兵等待着首领的训话。

他们的头儿却阴沉着脸一言不发。只有他胯下的那匹马脖子上的赤色马鬃像烈火一般燃烧着。这使马贩子们很失望。太不够劲儿了！过会儿兴许要有一场恶斗呢，现在应该把气氛搞得悲壮些才有味儿。哪怕黑塔哥冲他们骂上几句不堪入耳的粗话，他们肯定都会振奋起来。平时只要听到他的骂声，他们就像欣赏了一首好听的音乐，顿时有了依靠，有了精神，简直像抽足了辛辣有劲儿的烟草，或者像痛痛快快地喝了一顿清爽的马奶子酒，在这兴头上，再狂骜的烈马他们也不放在眼里，凭着一股蛮力拽住马尾巴就能把烈马放倒。可现在，他们简直无法理解黑塔哥在想些什么。

就在这个山岗上，那是绝不会有错的，当年的小塔布跪在这里，吐出满嘴污血和咬碎的牙齿，对着罕山发下了复仇的誓言……现在，黑塔布又踏上这个山岗，只要他愿意，就有足够的力量踩平这个山岗，他还有什么可犹豫的呢？

然而，他确实犹豫着，他被一个问题困扰着：人的报复行为究竟有啥意义呢？他找不到满意的答案。他这个人与别人不一样，对于任何事情总是想要找到一个合理的答案，然后才会去付诸行动。

太阳升高了。热烘烘的气息从马蹄子下的草絮里升腾起来。有几匹马开始撒尿了，扬着头，甩着尾。空气中弥漫着马贩子们久已闻惯的青草和马尿味儿混杂的气味。山岗下很平静，绿草地上闪烁着一片片积雨的亮点。庞大的马群在罕山脚下铺开，犹如一片杂色的浮云。几顶蒙古包扎在一条线一般柔细弯曲的小河边，像几个突然从河滩上冒出的巨大的蘑菇。

"走吧！"黑塔布低沉地说，挥了下手。他策马向山岗下驰去。马贩子们跟了上来，又排成一排。马步越来越快，而他们依然排得很齐，马蹄一起一落，总踩在一个节拍上。套马杆拖在地上，划起一道道烟尘。

河滩上那几顶蒙古包，是敖斯尔三兄弟的夏营盘浩特，排列得整齐有气派，体现着主人的尊严与地位。两条狗恶狠狠地窜了出来，狂吠着扑向马贩子们。这两条骄横惯了的牧犬，无论如何没想到有人竟敢用套马杆来对付它们。当马贩子策马来到敖斯尔兄弟的浩特里时，两条狼狗已被套马杆拖得奄奄一息了。

敖斯尔从蒙古包里钻出来。他长相很蠢，两条粗短的腿支撑着一个臃肿躯体，脸上过多的肥肉几乎淹没了五官。他瞟了自家的两条死狗一眼，竟无一丝怒意，来到塔布的马前，双手捧出一条哈达，上面托着个镶银酒碗，恭恭敬敬地捧过头顶：

"尊贵的客人光临寒舍，我感到十分荣幸，请下马……"

大概一个月前，自从阿斯尔出事以后，敖斯尔三兄弟的黄金时代就猝然衰落了，倒霉的事情接踵而来——首先是苏木的调查组发现阿斯尔的账面上有问题，很快查出他挪用了旗里拨给嘎查的两万元基层教育事业费，于是阿斯尔锒铛入狱。之后，阿丽玛闹离婚。接着敖斯尔因为袒护阿斯尔被撤掉了巴嘎书记的职务，威信一落千丈。嘎斯尔因为酗酒打人，也被撤掉民兵连长一职，他的未婚妻因此而嫁给了别人。但这一切不过是开了个头，更倒霉的事情还在后面……敖斯尔彻底垮了，特别是三天前从城里回来之后，他神情沮丧，满脸哀伤，一连几天把自己关在毡包里，不见任何客人。为了凑够两万块钱，他不惜卖掉所有牲畜，甚至倾家荡产。当他知道所有的牲口贩子都不肯买他的牲畜是因为黑塔布的缘故，便不顾嘎斯尔的反对，请来了和他有宿怨的黑塔布。

看着当年高傲的敖斯尔现在陷入了狼狈的窘境之中，黑塔布满意极了。他跳下马，漫不经心地挥挥马鞭："噢，您弄错了，我们可不是什么贵客，不过找马路过此地。听说你点名请我，我不敢不来哟。"

"其实，嘿嘿，有点小事，想和你谈一笔生意。"

"做买卖？可以！不过，我们得先去找马群。"

"你们的马群就在附近，已经和那些马掺群了。"

"那不要紧。你瞧，我们这些小伙子的骑术都是蛮不错的，给掺群的马分群是他们的拿手好戏，精彩极了，你想开开眼吗？"

敖斯尔满腹狐疑地点着头。

"我有个很不错的计划：今天下午给马群分群的时候，让我的弟兄们给乡亲们表演表演，希望你能通知一下乡亲们。然后，咱们再谈买卖，怎么样？"

敖斯尔搞不清这个黑家伙的葫芦里卖的什么药。他犹豫片刻，朝毡包里喊道：

"嘎斯尔，喂，嘎斯尔！"

嘎斯尔如临大敌地走出毡包，目光里含着敌意。

"你去附近浩特招呼一下，让乡亲们下午都来看马群分群。"

嘎斯尔极不情愿地抓马去了。

敖斯尔脸上重又堆上讨好的微笑："嘿嘿，大家进包坐吧，请进。我特意为大家准备了全羊宴席呢。"

酒宴果然准备得十分丰盛。全羊的味道特别好，奶酒的味道也很香醇，马贩子们吃了个一塌糊涂，几乎忘了他们到了什么地方。敖斯尔频频劝酒，他的热情好客快把每个在座的人都感化了。这使黑塔布大为不快，这个老狐狸，你以为凭着一顿酒宴，就可以让我忘掉四年前的旧怨了么？那你可太低估了黑塔布啦！

"塔布兄弟，"敖斯尔的舌头有些僵硬了，"这回，该让阿丽玛享几天福了吧……你和她，本来就是天生的……"

塔布厌恶地扭过头去，恨不能把手中的酒碗掷到那张令人作呕的肥脸上。

"嘿嘿，谁不知道，你现在可是有名的大富翁了，而我呢，却成了他妈的穷光蛋……我知道你恨我们三兄弟，可是，塔布兄弟，过去的事忘掉算了，无论如何，还请你帮帮忙，我那群马……"

"我可以买，而且出高价。"塔布痛快地说。

"真的？"敖斯尔喜出望外。

"前两天，我还用高价买回来一头驴呢。"塔布嘴角上挂着恶毒的笑意，乜斜着敖斯尔。

"当然啦，你现在有的是钱嘛。"敖斯尔醉意蒙眬地嘟囔着，不停地灌着酒。

"你猜我买那头驴花了多少钱？"看着敖斯尔茫然地摇头，塔布说，"一千四百块，一分不少，一匹好马也卖不到这个价呢！如果今天下午，有人肯从那头驴的肚子下面爬过去，我宁愿给他一万块钱……"塔布觉得自己卑鄙透了，简直是个十恶不赦的恶魔。他恨自己，但又无法控制自己的复仇欲。

敖斯尔呆呆坐着，似乎根本没听到黑塔布说些什么，却突然失声痛哭起来："阿斯尔，我可怜的阿斯尔呀……"

他醉倒了。

5

给混群的马分群，是黑塔布和他的马贩子弟兄们的一大绝招。他骑着一匹栗色走马，从草滩上疾驰而来，犹如一叶快艇，刺破了马群组成的湖面。马群骚动起来，巨大的马嘶和滚滚烟尘此起彼伏地轰鸣着，腾涌着。塔布轻车熟路地在马群中穿梭往来，仅仅凭着在飞快一瞥中所瞧见的马臀部上烙印的不同，便用长长的套杆准确无误地将马朝两个方向轰撵开来。一群马渐渐分离成了两群。十几个马贩子拉开一定距离跟在后面，配合十分默契。随着黑塔哥套马杆的左右飞舞，马贩子们就像是乐队队员看到了奇妙的指挥棒，非常娴熟自如地向不同方向分赶着马群，如一堵无形的墙把马分为两半。几乎不到半个小时，分群结束了，骚乱不安的马群开始渐渐平静下来。

前来观看分群的牧人很多。他们都为这神奇的绝技而赞不绝口。有几个小伙子不相信分群会分得绝对干净，难道连一匹马都弄不错吗？他们打着马跑过去，分别对两群马做了仔细的检查，最后不得不承认：马贩子那一百匹乌珠穆沁马里面，确确实实没混进一匹打着不同烙印的当地马。

黑塔哥策马来到围观的乡亲们面前，神情严峻而冷酷："下面还有一个更精彩的节目。"他挥挥手，门德牵出一头褪了毛的老毛驴来。那毛驴肮脏不堪，身上一处有毛一处没毛，样子非常丑陋。

"我记得大家对这个节目很感兴趣。现在，谁从毛驴肚子下钻过去，我当场给他一万块钱，还出高价买他的牲口，怎么样，我想一定有人愿意喽？"

人们把目光齐刷刷地投到敖斯尔兄弟身上。

敖斯尔面如土色，呆呆地望着那头毛驴，双手痉挛着。嘎斯尔脸涨得像块新鲜的羊肝，狠狠地咬住下唇。

"敖斯尔，嘎斯尔，"塔布摇晃着马鞭走到他们身边，"你们不是需要钱吗？你们不是想救阿斯尔吗？这可是一次好机会呵，说实话，我挺愿意买你们的牲畜，价钱不低，但是，我很想看一看人是怎样从驴肚子下爬过去的。"

白马骚动着，前蹄刨着草地。它背上的赤红色的马鬃变成了一簇簇小火苗儿。

"你！"嘎斯尔冲动地攥紧拳头，眼喷怒火。敖斯尔急忙把他拦在身后，胖脸上挤出一个可怜的笑容："四年前那件事，是我们兄弟的罪过，我当着乡亲们的面向你赔罪。看在可怜的阿斯尔的份上，你就……"

黑塔布冷笑着打断了他："正是为了阿斯尔，我才决定买你的马。要想成交，首先得算清我们的恩怨。其实，我的条件并不高。"

敖斯尔脸上的表情在急剧变化着：失望，痛苦，犹豫，懊悔，最后像是下了决心，声音带着哭腔："我……钻……"

他慢慢向那头毛驴走去。

"大哥，"嘎斯尔气急败坏地叫了一声，"你不能……"

"滚开！难道不知道阿斯尔正等着我替他还钱吗？！"敖斯尔的脸色在一瞬间变得无比庄严肃穆，犹如一尊佛塑脸上透出了圣光。塔布的心震颤了一下。

"是我害了阿斯尔！他想娶阿丽玛，才挪用了那两万块公款，我明明知道那是犯罪，却没制止他，是我害了你呀，阿斯尔，阿斯尔！"敖斯尔悲痛欲绝地哭喊着，双膝一弯，跪在了草原上。

人的心灵真是个神奇莫测、变化万端的世界，眼看着自己几年来为之奋斗的愿望就要实现了，塔布却没感到一丝喜悦，反而愈加烦躁不安起来。他恨敖斯尔兄弟，可此时，却更恨自己。他瞥见人群中射来了鄙夷愤怒的目光，顿时感到一阵阵羞耻不安——我在牧人眼里，现在大概像一头丧失理智的野兽吧？当年，三兄弟凭着财富和权势欺凌你，可今天，你又利用金钱来侮辱他们……唉，阿丽玛说得对呵，人不是狼，干吗要你咬我我咬你呢？你身上还有牧人纯朴善良的美德吗？你真的变成一个不可救药的黑魔鬼吗？

嘎斯尔突然像一匹暴怒的烈马，跳到黑塔布面前，猛摇着他，狂喊着：
"你这个混蛋，你用鞭子抽我吧！不错，我们兄弟对不起你，你有权报复，你
也有权把阿丽玛带走，可你为什么要拿别人的不幸来取乐呢？你知道这几天大
哥心里有多痛苦吗？你知道他为什么拼命想弄到那笔巨款吗？"

　　"为了让阿斯尔早日出狱，不对吗？"塔布冷冷地推开了他。

　　"胡扯，人都死了，还出什么狱！"

　　"你说什么？阿斯尔他……死了？"塔布不相信地注视着他，"如果骗
我，可不会有什么好处的。"

　　"这是真的，我一直瞒着大家。"敖斯尔踉踉跄跄走过来，从怀中掏出一
张纸，庄重地递给塔布。

　　那是一张监狱寄来的死亡通知书，白纸、黑字、红印章，绝不会有错的。
黑塔布呆呆地注视着，脑子里顿时乱成一团，就像有一群炸群马在脑子里狂奔
着，拥挤着，轰鸣着……

　　"三天前，我进城领回了他的骨灰。"敖斯尔哽咽着，神色更加庄重"他
用他的死，赎清了他的罪，公安人员说他立了功……有一个罪犯，和阿斯尔住
一个牢房，那家伙不知从哪儿偷了一根铁棍，撬开后窗，企图越狱，恰被阿斯
尔发现，就和他扭打起来。看守听到喊声赶来时，那混账正用铁棍猛击阿斯尔
的头……他临死的时候给我留下一句话：一定要把那两万块钱全部还清，让西
热图草原的孩子们都能上学……良心呵，人谁没个良心！我如果不替阿斯尔还
清公款，怎么对得起可怜的阿斯尔，怎么对得起养育我的西热图草原……"

　　一切声音全从黑塔布耳边消失了。强劲的风擦着草尖低低地吹来，从一
排排篱笆棚圈的隙缝间挤过，又匆匆忙忙地奔向远方。灰绿色和黄褐色的草浪
如海潮般一层推一层地涌动着，久久不肯平息。白马脖子上的火焰已经消退，
它们驯服地爬卧着不再竖立起来，成了白马身上最美丽的点缀。塔布默默骑在
马背上，放眼望去，惊讶地发现西热图草原竟如此平坦、如此广阔、如此深
邃……

6

烈日下，马群在奔驰中向前移动，马身上散发出的燥热的气浪和马蹄搅起的尘土在草原上形成了一个滚动的云团。凌乱的马蹄声犹如暴雨叩击着古老荒原的坚硬大地。

黑塔布骑在一匹黑马上。马贩子们敬畏地望着他，越来越觉得他是个不可捉摸的怪物。

昨天，正当敖斯尔要从毛驴肚子下往过爬时，塔布却突然挥着套马杆，打着马直奔那头毛驴，人们还没看清是怎么回事，他已经用套马杆把毛驴拖出很远。他狂怒地纵马奔驰，头也不回地翻过了山岗……傍晚，他像个幽灵闯入敖斯尔的蒙古包，什么话也没说，丢下个纸包便走了。敖斯尔和嘎斯尔目瞪口呆了一夜——纸包里放着两万元现款……

"我是为了让敖斯尔兄弟知道：金钱不是一切，世界上还有比金钱更重要的。"今天早晨，塔布在阿丽玛的毡房里说："既然敖斯尔兄弟们的天良还没有死，我也要让他们看看，黑塔布也没有被金钱变成魔鬼……"

"你做得对，我真高兴，我没有爱错人！"阿丽玛含情脉脉注视着他。她头上裹着绷带。

他不看她，转过身子，声音十分低沉："原谅我，阿丽玛，我不能带你走了！"

"为什么？"她吃惊地问。

"我不愿意让人们说，黑塔布这家伙乘人之危，用金钱拐跑了别人的老婆……"

"你以为，我跟你，只是图你的钱吗？"委屈的泪花在她眼眶里打转。

"当然不是。不过，你得知道，我现在又变成一个穷光蛋了，那两万块钱差不多是我的全部财产。我带你走，会叫你受苦的……"

"我明白了，"她失望地盯着他，"你心里根本没我，只有你的声誉。你当初发誓要带我走，不过是为了挽回你的面子。我算什么，一个下贱的女人，一件你手里的玩物，你对我怎么会有真正的感情呵！我真后悔竟相信了你。你走吧，走吧……"

"不管怎么说，我也不能带你走，阿斯尔刚死……"

"不要说了，我知道你是怎么想的了，你走吧！"阿丽玛失声痛哭起来。她伤透了心。

塔布感到心儿一阵阵绞痛，像被一群恶狼撕得血肉模糊。走之前，他将自己的那匹心爱的白马留给了她，为的是让自己的心爱之物陪伴着她……

马群要翻山了。过了罕山，就再也望不到西热图草原了。塔布眷恋地回头望了一望，一种怅然若失的酸楚重压在心上。

马群慢慢向山坡下走去。马贩子们懒洋洋地勒着缰绳，漫不经心地吆喝着。忽然，塔布发现有个马贩子闯入马群，疯了似的向他驰来。马群乱了，马在惊恐地嘶鸣。

"混蛋！"黑塔布怒冲冲骂道。

那身着马贩子装束的骑手驱开马群，离塔布越来越近了。黑塔布疑惑地望着——骑手的身段窈窕而健美，头上包着白色绸巾，轻盈盈的骑姿简直像个女人。尤其是那匹白马，脖子上居然飘扬着鲜红的鬃毛，犹如一团燃烧的火焰……他的心猛跳了几下，紧张得几乎喘不过气来。他心中一阵惊喜，策马迎上前去。

杂乱的马群完全从罕山顶上消失了，只留下一片久久不肯消散的尘雾。西热图草原又恢复了以往的平静……

金马鞭

原载《草原》
原名《荒原，延期的婚礼》

引 子

草原的秋天。

这里，被人称作"小腾格里沙地"，是一片典型的沙带草原。强劲的秋风犹如一把无形而锋利的羊毛剪刀，把老榆树上硕大的绿树冠剪得干干净净。祖露无遗的树干枝杈颇像一副副剔去肉的骆驼骨架，以各种永恒的姿态——跪、卧、立在荒原上，向上苍做着哀怨的祈祷。

寂寥，空旷，古老，苍劲……

然而，荒凉并不是腾格里草原秋天的唯一色调和情调。你看，那颓败的沙梁上，蓦地闪出了一片艳丽夺目的花花绿绿，好像造物主把春天又赐给了这片草原。那片花花绿绿占据的面积越来越大，越来越清晰，原来那是一支正在行进的马队。姑娘们那溪水般淙淙流淌的欢笑，小伙子们那如沙原一样古朴雄浑的歌声，顿时给这片冷寂的荒原上带来了无限的生机。几只正欲慌慌张张钻进洞穴里去躲避的野鼠，被这场面吸引住了，用两条后腿直立起来，呆呆地向那片奇异的花花绿绿张望着。

黄金杯里斟满了清香的奶酒，

捧在洁白的哈达上敬献给您，

遵照祖辈商定的婚事，

您把宠爱的女儿许给了我。

白银碗里盛满了圣洁的奶酒，

放在长寿的哈达上敬献给您。

遵照前世预订的婚约，

您把美丽的姑娘嫁给了我。

先是一个小伙子粗犷不羁的领唱，接着，所有的人都跟着唱起来，汇成一股浑厚遒劲的旋律。宛如有一锅浓烈醇郁的奶酒在人们胸中不停地沸腾着，那愈来愈浓的酒香终于溢出心扉，向无垠的空间漫去。顷刻，整个草原都被熏醉了——

骑上雪白的骏马并肩驰骋，

亲爱的姑娘哟，可知道我一片深情？

践守前约咱俩同返故乡吧，

愿我们同甘共苦，相爱相亲。

骑上金色的骆驼相依而行。

亲爱的姑娘哟，

请接受我炽热的爱情。

遵照婚约我带着马队前来迎亲，

愿我们白头到老，永不离分。

假如这时有一位稍上年纪的牧人从这里经过，只要看一眼，他那张像荒原一样古朴坦荡的紫铜色脸膛就会绽开赞赏的笑容，啊哈，这是一支庞大的迎亲马队啊，这是真正严格地按照察哈尔的风俗举行的婚礼啊！快跳下马背，为这对漂亮的新郎新娘祝福吧！

新郎新娘按辔徐行，用甜蜜幸福的微笑回报调皮的伴郎和伴娘们尽情的挑逗和嬉戏。新郎有二十五六岁，他的身材和周围那些剽悍的小伙子一比，显得很单薄。他的骑姿也有些笨拙，显然未经过马背上的长期磨炼。

新娘子穿一件粉红色的蒙古袍，佩戴着闪烁着珠光宝气的头饰，她不时回过头来眺望渐渐离远了的故乡，神情似有点儿抑郁……

一位胖乎乎的伴娘突然冲上前来，对准新娘的白骏马猛抽一鞭。马儿驮着新娘向前冲去。新郎一愣神，正欲策马去追，那位胖姑娘却非常敏捷地从他身边擦肩而过，马鞭轻盈地一挥，把新郎那顶白羔皮的卷边小帽挑了下来。羔皮帽在胖姑娘的马鞭上急速地转了几圈。在空中画了一个漂亮的雪白的弧线，飞落到很远的草地上。

伴娘们一阵惬意的哄笑，如同一群小花鹿欢快地向前奔去。转眼间，把新郎和小伙子们甩下很远。新郎只得无可奈何地下马去拾帽子。按习俗，新娘和新郎无论哪一方，都以先赶到目的地为荣。所以，在迎亲途中，双方都互用智谋，想方设法拖住对方，好让自己一方赶到前面去。

新郎微笑着刚跨上鞍，就被不肯示弱的小伙子们簇拥着，策马疾驰而去。

"亚巴亚……"

"札……"

他们的喊声里显示出一种自豪的、不可征服的力量。只有一个在马背上磨炼出坚韧意志的民族，才会有这种嘹亮的、自信的、拖着长长尾音的呼唤，正像那使人心境豁然开阔的长调民歌一样。

充当伴郎的小伙子都是男方精心挑选出来的最优秀的骑手。他们骑术高超，大显身手，很快就追上了新娘子的队伍。于是，嬉笑逗骂，诙谐打闹，汇成一片欢乐的河流……

突然，走在最前面的一个小伙子勒住马缰，喊了起来："喂，你们看，那是谁？"

在小伙子手指的方向，一匹马正从对面陡峭的山岗上斜刺里冲了过来。马蹄声很沉重，就如森严的喇嘛庙里骤起的鼓声，带着不祥的音律逼了过来，冲散了喜庆的气氛。不知为什么，新郎感到一阵莫名其妙的不安。

马蹄声越来越近，越来越缓慢、低沉、有力，像是从遥远而陌生的山谷里驰来一位使者，驮来一团晦涩的浓雾，带来了一个古老的信息。

马背上，坐立着一位剽悍的骑手，简直像一座用一块块坚硬的、深褐色的岩石堆筑起来的小山，以目空一切的姿态向迎亲队伍推了过来，横挡在人们面前，稳如磐石般地不动了。

"瞧，扎格勒！他骑的是扎格勒！"有个小伙子惊呼起来。

仿佛是为了证实小伙子的话没说错，那匹威风凛凛的马儿高亢地嘶了一声，示威性地昂起它那颗宛如用大理石雕刻出来的头颅，前蹄离地而起，似乎要扑向人群。人们慌忙向后退去。在这一瞬间，人们看见那匹野性十足的骏马果然是绣脖、鹰膀，四蹄和尾巴尖上裹着一层银，包着一团雪……没错，是扎格勒！腾格里草原的牧人谁不认识这匹富有传奇色彩的骏马。这匹马立刻使他们想起一位几乎快被人们遗忘了的带有悲剧色彩的人物。

难道，这位骑手……

"他手里举的是金马鞭啊！"又有人惊呼。

所有的目光都集中在这个挡住去路的骑手的身上——

哦，野人！这的的确确是一个从原始部落里赶来的野人。那蓬乱的长发像荒岗上茂密而凌乱的牧草，那一脸络腮胡子仿佛是谁把一缕缕马鬃胡乱插到了他那张高颧骨、方下颏的四方脸上。他身上那件皮得勒已经辨不出是什么颜色的了，上面涂着一层厚厚的青草汁和尘土、油腻搅在一起的污垢，胸前和袖口部位又黑又亮，好像古老世纪中的骑士们穿的那种笨重的盔甲。他那双鹰隼般锐利的目光里，似乎燃烧着巨大的情愫。

"喂，朋友，您如果是过路的客人，那就请接受我的问候；如果是来贺喜的贵宾，就请加入我们的队伍，一道去喝干婚宴上的喜酒。"新郎客气而有礼貌地上前招呼道。

不速之客没有回答。他旁若无人地策马来到新娘子面前，目光仿佛能洞穿一切。

新娘子颤抖了一下——那野人手里举着一根金色的马鞭！

那是金马鞭啊！

粗野的汉子从牙缝里挤出几个字：

"诺尔吉玛！"

"你——？"新娘子那对清澈如水的眸子，刹那间蒙上了一层惊恐的荫翳。

"怎么，不认识我了吗？"那骑手冷冷一笑，忽地昂起头，高举起金马鞭，像一位凯旋的英雄高声向众人宣布道——

"我，腾格里草原的儿子——玛西巴图，回来了！"

他的声音如同狂飙一样卷过荒原，卷过人们的心田。迎亲队伍立刻乱成一片，慌乱的、惊诧的、不安的、敬佩的、疑惑的……种种复杂的目光交织成网，罩在这位名叫玛西巴图的骑手身上。种种窃窃低语汇成一片，宛若一丛丛枯叶在秋风的吹拂下颤动着，乱响着，飘落着……

新娘诺尔吉玛脸色灰白，突然感到眼前有无数颗金星在闪跳，在乱飞，在迸溅……啊，那是一朵朵转瞬即逝的金色的小灯笼花儿呀，多美！那里面一定有无穷的美妙的梦幻吧？突然那金马鞭抽过来，抽碎了空气。她觉得自己倏地变成了一片落叶，离开了马背，向那片金色的小灯笼花儿轻轻地飘去，飘去……

新娘从马鞍上坠落下来。

一个小时之后，在古力格浩特里，德高望重的老牧人乌林·图布登站在自己的毡包前，捻着花白的胡须，向议论纷纷的牧人们庄重地宣布道：

"婚礼——延期！"

第一章

那个故事虽然发生在三年前，却蒙着一层古老的色彩，就像牧人们所珍爱的银边木碗，里面是一层晶莹剔透的白银，外面却裹着一层厚重的暗褐色的古榆木。

在小腾格里沙原深处的古力格浩特里，乌林·图布登有着至高无上的威望和令牧人们仰慕的荣誉。他的家族以培育出许多优秀骑士和驯马手而闻名察哈尔草原。老一辈人说他们家族当年就是为皇家驯马的，所以当年大汗曾经赐给他祖先一根金马鞭。金马鞭的柄外包裹着一层真金箔，皮条是用结实的牛皮编织成的，相传此物为当年圣主所用，草原上谁得到了金马鞭谁便会成为名震四方的"驯马王"。乌林年轻时，曾在方圆十里的草地上一口气套住了五匹生个子烈马，再加上祖上传下来的那根金马鞭，理所当然地奠定了他在腾格里草原上无人可比拟的驯马王的地位。

这位与烈马打了一辈子交道的老牧人养成了一种近似怪癖的嗜好，只要看到一匹好马，或听到什么地方有出色的骏马，便要想尽一切办法，不惜一切代价把那匹马儿弄到手。他愿意和那些最狂暴的、野性十足的烈马展开生死搏斗，用自己的悍勇和娴熟灵巧的技艺，当然还有那根让一切烈马畏惧的金马鞭，便能将那些凶猛的烈马驯得服服帖帖。每一次较量他都是胜利者。当他骑着驯服的烈马在平坦广阔的沙原上尽情奔驰的时候，他会快乐得像甘醉的美酒沁透了心脾，血管里燃烧起一个征服者狂热的火焰。他那时就放开粗犷厚实的嗓门忘情地吼啸起来。

"呀——嘿——"

终于有一天，他发现自己原来已经征服了腾格里草原的一切——骏马和恶狼，疯驼和野牛，摔跤手和女人，这才觉得腾格里沙原太小了。于是，他毫不犹豫地把一沓厚厚的钞票揣到怀中，骑上一匹骏马，走上了遥远的乌珠穆沁草原。

一个月后，乌林·图布登回来了。当然不是空手而回，他牵回了一匹威风凛凛的三岁儿马。这个消息立刻轰动了腾格里草原，牧人们像赶那达慕大会一样跑来参观这匹烈马。

那果然是一匹罕见的好马，两个前膀宽阔有力，隆出了两块饱满的肌肉，像山鹰鼓起的矫健的翅膀；脖子上的皮毛又光又亮，像一块紫缎子，绣着一圈银丝；四蹄和尾巴尖上，都点着一团雪白的颜色，十分招人喜爱。它虎视眈眈地望着前来观看的牧人，不时旋转着，腾跃着，弹出有力凶猛的后蹄，向企图接近它的人发出凛然不可侵犯的警告。老乌林心满意足地笑了，顾不得抹去脸上的征尘，喋喋不休地夸耀起来：

"瞧见了吧，真正纯种的蒙古马，听说过乌珠穆沁吗？啧啧，那儿曾经给一个姓唐的汉人皇帝养过马。对了，那匹神马叫'特勒骠'。瞧瞧，这家伙多神气，走遍察哈尔草原，你也休想找到这么出色的骏马。为了这个可爱的小家伙，花了我整整六百块呢，嘿敖浩森！（骂人的脏话）等着瞧吧，不出一个月，我会把它调成一匹最出色的走马！"

"乌林大叔，给您的宝贝起个名儿吧。"一个小伙子羡慕地望着马说。

"名字早有了，"老乌林捻着胡须笑道，"就叫它扎格勒好了，噢，是大扎格勒。它还有个双胞胎的亲兄弟呢，叫小扎格勒。我本想都买回来，可钱不够，嘿敖浩森！"

"您是说，管它叫扎格勒？"小伙子惊奇地又问了一句。牧人们顿时都肃然起敬了——哦，扎格勒，圣主成吉思汗加封过的两匹神马！去年，一位说书老艺人来到古力格浩特，用好来宝说唱了《成吉思汗的两匹骏马》，许多人都听得入了迷。

第二天，浩特里的牧人纷纷涌向吐鲁根河岸边的一片沙滩上，那是老驯马手选好的一块驯马的场地。临近浩特的牧人为了一饱眼福也骑着马儿赶来了。人们都想一睹赫赫有名的乌林·图布登驯服扎格勒的盛况。

乌林·图布登牵着扎格勒走来了。这位闻名遐迩的老驯马手神采奕奕，步履稳健，风采依然不减当年。他穿了一件深蓝色的、绣银边儿的蒙古袍，腰带扎得很紧，袍子下摆撩了起来，对折成三角形掖在腰带里，显得十分精干。他的女儿诺尔吉玛跟在后面，为他拎着一根用粗皮条编成的马鞭。几个小伙子立刻把贪婪的目光从扎格勒身上移到诺尔吉玛身上，主动向她问候，大献殷勤。诺尔吉玛傲然地穿过人群，目不斜视，俨然是一位高傲美丽的公主。

驯马开始了。

老乌林果然不减当年之勇，大显身手。他按照祖辈传下来的驯马程序，一步步向扎格勒逼近，磨尽它的锐气，稳定它的情绪，消除了它的恐怖感，突然以迅雷不及掩耳之势，一跃跳上了马背。

老驯马手立刻意识到自己犯了一个不可挽回的错误——面对众多的崇拜者和围观者，他太急于求成了，还没到火候就骑上了马背。凭着几十年的驯马经验，他清楚地知道自己遇上了一个毕生未曾遇到过的最强悍的对手：扎格勒是一匹罕见的烈性马，它的凶悍，它的敏捷，它的暴虐，绝不比任何一头生活在深山野谷里的猛兽更逊色。哦，这是一个狂傲的、不可征服的精灵，这是一匹有神灵蔽佑的神马啊！

扎格勒变成了一股震撼荒原的狂飙——它忽而狂奔，忽而腾跃，忽而旋转，忽而发出使人心惊肉跳的嘶鸣。它凌乱的铁蹄搅起一片片沙土的尘烟，如同一团团骤起的浓烟妖雾，浑浊地冲上天空，遮天蔽日。扎格勒和老驯马手很快被这片尘烟的幔帐吞没了……

围观的牧人们全被这惊心动魄的场面惊呆了。一阵骚乱后，便是死一般的沉寂。蓦然间，诺尔吉玛迸出一声惊惧的尖叫。仿佛听到一个危险的信号，所有的牧人都不约而同地放声高呼起来，向着深邃的苍穹和旷野：

"呼勒……呼勒……"

高亢的呼声汇成一股倒海翻江的声浪，沿着吐鲁根河，向坦荡的腾格里沙原漫卷而去。他们深信：这海潮似的呼啸能给乌林·图布登添威助胆；能使那匹烈马失魂落魄；能把隐藏在黄尘后的凶险彻底驱散。

"呼勒……呼勒……呼勒……"

浓雾般的尘烟消散了。

海啸似的声浪退潮了。

驯马场上，扎格勒早已无影无踪，如一阵旋风消失了。沙滩上，倒着正在痛苦抽搐的乌林·图布登……

一株古老而苍劲的大树颓然倒下了。

这是一株什么样的大树呵！荣誉的象征，威望的标志，腾格里草原的牧人们引以为荣的骄傲和信仰，顷刻间，一切就这样轻而易举地化为乌有，价值连城的大树变成了一堆朽木。佛祖呵，苍天呵，你为什么要用这么大的耻辱来惩罚一个把荣誉名声看得比性命还重要的老人呢？

乌林·图布登再也没有爬起来。桀骜不驯的扎格勒不但残忍地践踏了他那颗容不得半点亵渎的心灵，而且还无情地践踏了他那双骑跨过无数匹烈马、几乎走遍察哈尔草原的双腿。名声赫赫的老驯马手从此一蹶不振，迟钝无光的双目终日被不幸的荫翳所笼罩……

一天，黄昏时分，正在蒙古包里昏昏欲睡的乌林，图布登隐约听到一阵熟悉的马嘶声。那声音高亢而悲壮，像一个古代的勇士屹立在额尔敦山巅上吹响了挑战的号角，召唤老驯马手到广阔平坦的荒野上去拼搏，去厮杀，去较量。老乌林心灵的山谷里骤然回旋起一股强烈共鸣的和声。他奋力爬了起来，拖着伤残的双腿爬出了蒙古包，依着毡墙站起来，极目向远方望去——

夕辉正在向远山的后面沉落。弯弯曲曲的吐鲁根河盛满了一块块艳丽的浮动的碎玫瑰。归牧的畜群在河岸边的草滩上悠闲地散步。额尔敦山上，伫立着一个扬首振鬃的骏马的剪影。唔，那果然是它——扎格勒，乌珠穆沁草原上高傲的、不可征服的胜利者，正在向这片草地上的牧人们发出挑战。

老乌林紧紧攥住双拳，心底升腾起一种为了尊严而决一死战的渴望。他忘了自己是个残人，跃跃欲试地向前扑去，立刻沉重地瘫倒在草地上。

夕阳的红光镀在老驯马手身上。那张饱经风霜的、线条粗犷的脸膛在夕辉里显得更加苍老。那一道道老人皱如同一块粗糙的大理石，被岁月的激流蚀出一道道年轮。突然，他暴怒而怨恨地用拳头捶打起自己的残腿，像一头受伤的猛兽发出一阵含混不清的咆哮和呻吟。

"阿爸，你这是干什么！"正在附近挤奶的诺尔吉玛跑了过来，惊慌地搀扶起瘫倒的老人，责备道，"你难道要毁了自己吗？"

"我早已经毁了！诺尔吉玛，诺尔吉玛，你为什么不是一个男子汉啊！"老乌林抚摸着女儿的秀发，遗憾万分地叹息道，两滴浑浊的老泪潸然而下。

"瞧见了吗，扎格勒正用它自由的蹄子，把我们家族的耻辱刻写在腾格里大草原上！"

"你为什么总这样悲痛呢，阿爸。再坚韧的皮条，也有断裂的时候；再好的马儿，也有失蹄的时候。您毕竟上了年纪，没驯服扎格勒就像没牙的老骆驼嚼不动干草那样情有可原，何必这么伤心，自寻烦恼呢！再说，咱们腾格里草原难道就没人能驯得了扎格勒了吗？"女儿宽慰父亲道。她那双聪明美丽的眼睛，早已看清了阿爸的心病。当这个家族遭到不幸的打击时，当阿爸的生命之光在痛苦和绝望中快要熄灭时，她开始勇敢起来，像个男子汉一样果断而有主见了。经过几个不眠之夜的苦苦思索，她已经找到了医治阿爸心病最有效的药方。

老乌林悲哀地摇摇头："不会有了！腾格里草原再也没有能驯服它的人了，我知道……"

"不对，阿爸，你应该相信年轻人！难道我们这一代人就没有一个像您这样的马背英豪吗？肯定有的！这几天，我看见许多浩特的小伙子准备好了套马杆，吊瘦了马肚子。只要您一声令下，他们会像一群无畏的猎狗扑向扎格勒的。"

"唔，真的吗？"老乌林眼里闪过一道希冀的电光。"那他们为什么不去套扎格勒呢？"

"俗话说，有金鞍，才能招来骏马；有重赏，才能招来勇敢的骑士！"

"唉，孩子，你知道，为了买扎格勒，我把所有的钱都花光了，我已经拿不出重赏了呀！"

"哦，不，阿爸，愿意去套扎格勒的人绝不是为了钱，您就是送给他们一座金山银山，他们也不肯干的。"

"噢，那他们要什么呢？"

"我。"

"你？"老驯马手的眼睛睁大了。

"对！"女儿成竹在胸地说："放牧骆驼的人，最熟悉骆驼的性格；被爱情包围的少女，最清楚小伙子心里想的什么。只要您明天对着腾格里草原宣布：'谁能驯服扎格勒，我就把心爱的女儿嫁给他。'我敢打赌，那些小伙子们会不顾一切地去追扎格勒的。他们现在只等您这句话了。"

"如果这样，驯服扎格勒的人便算是我们家的人了，当然不错！可是，万一那个人不合你的意，那不毁了你的一辈子吗？"老乌林犹豫不决地捻着胡须沉吟着。

"阿爸，"诺尔吉玛紧紧握住阿爸的双手，眼里盈着泪花："为了挽回您的荣誉，为了让您受伤的心早日痊愈，女儿做出这点牺牲又算什么呢！阿爸，无论谁套回扎格勒，即使他是酒鬼、丑八怪，我都毫无怨言地嫁给他！"

"扎！这才是我图布登的女儿啊！"老驯马手将诺尔吉玛紧紧搂在宽阔的怀中，不知是高兴还是激动，浑身剧烈地颤抖着。他缓缓抬起头来，用渴望的、犀利的目光久久注视着屹立在额尔敦山巅上那个不可一世的精灵。

诺尔吉玛的预言灵验了。

十几匹马争先恐后地向乌林·图布登的蒙古包疾驰而去。那些骑手都是些骑术出众的小伙子，每个人心中都烧着一团被诺尔吉玛点燃的爱情之火。他们把自己打扮得像英俊的王子，头扎各种色彩的绸带，脚蹬闪亮的蒙古靴，紧束在粗壮腰间的丝缎腰带上佩戴着镶银刀鞘的蒙古刀。他们挥舞着叱咤风云的套马杆，像一股股轻盈而匆忙的春风掠过了荒原。

在蒙古包前平坦的草坪上，放着几张摆满了奶食和烤全羊的地桌。乌林·图布登庄严地坐在正中。他的左侧，是三位高龄长者，银白的胡须飘动起来，像威严而肃穆的旌旄。这是老驯马手特邀来的吐鲁胡达（证婚人）。他的右侧坐着一位身穿绛紫色袍子的还俗喇嘛，名叫却日吉。在古力格浩特，却日吉喇嘛的地位仅次于老乌林，是各种重要场合都不可少的举足轻重的人物。稍远些的地方，站着不少看热闹的妇女和孩子。十几个小伙子立马收缰，在老人们桌前一字排开，俨然像准备接受检阅的战士。

诺尔吉玛坐在毡房里，悄悄从门口向外窥视。从这里可以清楚地看到外面的一切。她很紧张，觉得自己那颗柔弱的少女心，几乎承受不住越来越剧烈跳动的心律了。

"现在宣布婚约。"一位口齿清爽的吐鲁胡达手拿一沓牛皮纸，朗朗地念唱起来，"如花似玉的诺尔吉玛，年方一十八岁，趁今天吉日良辰，要择一位如意郎君。上对佛祖盟誓，下有额尔敦山作证，无论是谁，只要能驯服扎格勒，并把它送到主人的毡包前，他就有权力、有资格娶走诺尔吉玛。立约人：乌林·图布登。"

三位吐鲁胡达依次在十几张牛皮纸的婚约上签了字，又恭敬地递给了却日吉喇嘛。却日吉手捐佛珠，目帘低垂，嚅嚅地念了一段谁也听不懂的经文。之后，他从桌上端出一铜盅净如泉水的奶酒，用手指尖蘸着酒，向苍天、大地和牛皮纸上各弹了几下，用权威性的口吻说：

"此婚约已明鉴佛祖，晓喻诸神，可以生效。"

一位吐鲁胡达站了起来，对小伙子们说："有愿意向诺尔吉玛求婚者，请过来领取婚约。无论谁第一个驯服扎格勒，可凭此约来聘娶诺尔吉玛。如果驯不服，须得退约，终生不再有做诺尔吉玛丈夫的权力和资格。"

诺尔吉玛的心猛地缩紧了，屏住呼吸，向外望去——

小伙子们跳下马背，恭恭敬敬走到桌前。老乌林先是用挑剔的目光把走上前来的小伙子上下打量一遍，然后才递给他一张牛皮纸婚约。

一个，两个，三个……

不一会儿，十几个小伙子领走了婚约，老乌林手中只剩下最后一张了。

诺尔吉玛感到一阵眩晕，快要支持不住了——天，他竟没来！她本来以为他会第一个赶来领婚约的。她向阿爸出谋献策时，就因为她确信在所有小伙子当中，只有他最有希望驯服扎格勒。诺尔吉玛无时无刻都能感觉得到那对深沉固执的目光在跟踪着她。那目光早已被爱情之火烧得通红、灼热，曾多少次叫她惶惑、不安，甚至感到少有的甜蜜。她深信具有这种目光的男子汉一定具有一种锲而不舍的韧性，一种超乎常人的力量和勇气，只要他愿意，就连天上的月亮也能用套马杆摘下来……唉，他却没来！难道是情窦初开的少女花了眼，看错人？

"还有谁？"老乌林高举着最后一张婚约向人群问道，他显然也有些失望。与婚约一起高高举起的，还有那杆金马鞭。

没有回答。

诺尔吉玛无可奈何地闭住了被泪水润湿的双眼。

骤然间，一阵急促的马蹄声倏忽而至。老乌林还没明白发生了什么事，只觉得一阵旋风从面前一掠而过。等他清醒过来，那位技艺高超的骑手已经驰出很远了。他这才惊异地发现，手里举着的牛皮纸不但不见了，而且连那金马鞭也不见了……

"玛西巴图！"

诺尔吉玛惊喜地喊了出来，那颗悬在马蹄子上的心儿砰地落地了，浴进了一片喜悦的浪花之中。她脸上登时笼罩了一层胭脂般艳丽的红云。

远去的玛西巴图始终没有回头。他像一只盯准了目标就勇往直前的猎鹰，很快消失在远方那荒芜的山坡后面。最后，惊讶的人们只能望见那长长的套马杆还在山坡上悠晃着，悠晃着，似乎要套住湛蓝天空上的一朵洁白无瑕的秋云……

腾格里的荒原上展开了一场激烈的角逐。

浑身散发着野性的扎格勒除了凶悍和敏捷之外，还学会了狡猾。它能巧妙地躲开从任何角度和方向闪电般飞来的套马杆；它能以迅雷不及掩耳之势转回身将追捕它的骑手撞倒，然后逃掉；它甚至会借助着蹄下搅起的沙尘将自己隐匿起来，让追踪它的骑手们在沙雾中晕头转向。

十天过去了，一张又一张牛皮纸回到了老乌林手里。

二十天过去了，一位愣头青小伙子在追捕扎格勒时坠下马鞍，被暴虐的扎格勒踩碎了肩胛骨。几乎所有的骑手都怯而止步了。

扎格勒像一匹高傲的自由神，向着东北方向越跑越远。

一个月过去了，几乎所有的骑手都懊丧地败下阵来。最后，只剩下一个人——玛西巴图！

玛西巴图以惊人的耐性和固执，尾随着扎格勒走向遥远的北方。

从此，玛西巴图和扎格勒从腾格里草原消失了。人们起初还能听到关于他的消息，有人看见他辗转于阿巴嘎纳尔草原一带，大家是从他手中的那杆金马鞭猜测出那骑手是他。后来，又有人传说他随着扎格勒回到了乌珠穆沁草原。

一年后，偏远闭塞的古力格浩特突然传来了一个噩耗：玛西巴图因为追套扎格勒，误闯国境线，被那边的巡逻队发现，开枪射击，他不幸饮弹身亡了……

谣言还是事实？腾格里草原的牧人面面相觑，众说纷纭。

不久，古力格巴嘎（村）的书记从苏木（乡）带回了确切消息：边防站打来了长途电话，调查一个名叫玛西巴图的人。可以肯定，玛西巴图在边境上出事儿了！

又过了一年，人们再也没听到关于玛西巴图的任何消息。渐渐地，岁月的溪水冲淡了人们对玛西巴图的挂念。只有老人向孩子们讲扎格勒的故事时，才偶尔提到他：

"唉，可怜的玛西巴图，他虽然没能驯服扎格勒，但他毕竟是一条真正的好汉啊！"

第二章

就像西伯利亚的寒流骤然袭来一样，乌林·图布登的心田里回旋起猛烈而罕见的暴风雪。他的五脏六腑顷刻间被冻僵了，凛冽的寒气正从脑中向外渗透，使他无法抑制住周身的战栗。

吐鲁根河从他脚下蜿蜒伸向远方，流尽了黄昏最后一点残辉，漂来了一湾闪烁不定的星斗。秋夜的寒意从河岸爬上了草地，窥伺着远处闪耀着明亮灯光的古力格浩特。

玛西巴图还活着！

他驯服了扎格勒，真正的大扎格勒！

想想吧，整整三年漫长的时间，他吃了多少苦，受了多少罪，像原始部落不屈不挠的骑士，在茫茫的罕无人迹的草原上追踪着扎格勒，终于降服了那个高傲的精灵，把它带回了腾格里草原。啊，啊，英雄谷诺干或江嘎尔也未曾建树过这样不可思议的功绩啊！

玛西巴图——腾格里草原的骄傲，马背民族的骄子！他继承了父辈们遗传下来的骁勇和吃苦耐劳精神，保持了一个征服者应有的毅力和坚韧。老乌林从他身上看到了自己的影子，看到了腾格里草原的希望之所在……

但是，当他终于凯旋时，迎接他的是什么呢？

婚礼！是诺尔吉玛的婚礼！这无疑等于在用一把尖刀剜他的心啊！

老乌林感到一阵心寒和愧疚。

当他宣布了"婚礼延期"的决定之后，玛西巴图大步走了过来。哦，他在用一种什么样的目光注视着受人尊敬的老驯马手啊！那目光是由鄙夷、愤恨、轻蔑和绝望交织而成的一把剑，任何人见了那光都会不寒而栗的。

玛西巴图慢慢地从怀中掏出一张牛皮纸，还有手中的那杆金马鞭，一言不发地递给老乌林，然后转身而去。乌林用发抖的手打开了那张揉得皱皱巴巴的婚约，发现那上面染满了汗迹、泪水和血痕，记录着三年铭心刻骨的思恋，可那金马鞭却保护得完好如初……

他交回这婚约和金马鞭是什么意思呢？解除婚约？还是要求老驯马手恪守自己曾对佛祖许下的诺言？

乌林·图布登不由得怨恨起一个人来了。是啊，如果不是那家伙死皮赖脸地来纠缠，如果不是他设下骗局，怎么会有今天这样不可收拾的僵局呢？

哦，该诅咒的新郎——阿迪达！

古力格浩特的牧人宁可承认骟马和儿马是同一性别，宁可承认绵羊和黄羊是同一类动物，就是不愿承认阿迪达也算是男子汉。

阿迪达从小就体弱多病，性情忧郁，不爱多言。十五岁，该是一个成熟的骑手脱颖而出的时候了，他还不敢给最老实的马紧紧肚带；二十岁，该是一个摔跤手用强壮的肌肉为自己争夺荣誉的最佳年龄了，他却没穿过一次如盔甲一样镶嵌着金灿灿小铜钉的摔跤衣和肥大的灯笼裤。

在腾格里草原，一个合格的男子汉应该会喝得烂醉，会打架骂人，更应该会歪骑在马上，扯着粗哑的嗓子毫无顾忌地唱那些大胆的、挑逗性的情歌。然而这些，阿迪达一样也不会，理所当然地被剔出了男子汉的队伍；就像人们吃完手扒肉后，把牙缝中那些不属于自己的肉丝剔出去一样。

然而，他也有自己得天独厚的世界，那是一个更丰富、更绚丽、更使人入迷的极乐世界——幻想和书籍。他从公社读完了初中，带回了满脑子奇异的幻想和满满一箱子书。每当别的年轻人和烈马滚在一起时，或为一场即兴而发的摔跤争得面红耳赤时，或在朦胧的月光下铺块条毡，摆好酒杯，一边拉着四胡唱那些古老而忧伤的民歌一边纵饮时，阿迪达就坐到背静的树荫下，或坐在昏暗的油灯前，捧着一本书，开始在自己的"极乐世界"里漫游。有时，合上书本，闭上眼睛，他的思绪就飞翔起来，书本中的那个奇妙的世界仿佛就在腾格里荒原上。可一睁开眼睛，眼前依然是昏昏摇曳的油灯，蒙古包上被烟熏得乌黑的破毡子和乌尼杆，以及一个个粗糙肮脏的发酵酸奶的大木桶。他那颗刚烧热的心顿时变得无比冰凉。

他是多么渴望在那个可望而不可即的世界里生活，哪怕只有一天也好啊！可是，现实一次又一次将他的憧憬击得粉碎，他每天还得帮年迈的阿爸去放羊，帮耳聋的额吉去赶牛，甚至还得像女人那样背上阿婆到草滩上去拾粪。

一天，有位牧民去苏木买粮，回来时，给阿迪达的阿爸老那顺带来一封信。这立刻成了古力格浩特一件了不起的大事。

信是盟府一位从未来往过的远房叔叔寄来的。其实也没什么了不起的大事：这位名叫包音图的叔叔最近和原单位签了合同，留职停薪了，现在独家经营了一个蒙民餐馆，生意不错，只是缺少一些必备的原料，诸如牛羊肉啦、奶食奶酒等等。所以求那顺帮着在古力格浩特收购一些。

阿迪达把那封信翻来覆去看了五遍，终于做出一个大胆的决定，他要亲自到盟府走一趟，给包音图叔叔送货去。如果包音图叔叔能留下他，给他在餐馆里找个事儿干，那么，他的命运也许会发生一次惊人的巨变……

乌林·图布登几乎还不知道古力格浩特里有一位叫阿迪达的雄心勃勃的男子汉呢。他那颗像腾格里草原一样常常封闭起来的心田里，早已被骏马、鞍子、烈性烧酒和荣誉这些东西塞得满满的。特别是当玛西巴图和扎格勒下落不明以后，他又一次垮掉了，沉溺在更深的哀伤中，每天把自己关在毡房里，只和烈酒为伴。一个羸弱的没出息的青年，自然不会在他心田里占一席地位。

最近，他从女儿嘴里晓得，老牧羊人那顺那个不成器的儿子在盟府待了三年，在一家饭馆里当上了什么采购员，经常骑着摩托或赶着马车回到古力格浩特，挨家挨户地收购牛羊肉和奶食，讨价还价，斤斤计较，和过去那些令人讨厌的旅蒙商几乎没有什么区别。这种蝇营狗苟的勾当，是为牧人们所嗤笑的。唉，那顺家的小子怎么会去干这种不光彩的事情呢？

老乌林喝过午茶，刚放下碗，忽听见毡包外传来一阵奇异的音响，比扎格勒的嘶鸣还有气势。他正纳闷，女儿诺尔吉玛一阵风似的跑了进来：

"阿爸，快出去看看，好漂亮的一辆小轿车哟，上面的软椅子能把人弹老高呢！"

"轿车？哪儿来的轿车？"乌林疑惑地问。

"阿迪达开来的，说是来拉奶酒的。"

"噢，就是那个小旅蒙商？"

"什么小旅蒙商，人家当上饭馆的副经理了。"

"有这种事？莫不是那小子瞎吹吧？"图布登感到问题非同小可了。古力格浩特出了这么个重要人物，他竟一无所知，简直——嘿敖浩森！自从他的腿残废后，毡包外面的世界似乎并没有因为他乌林的消失而日益黯淡，倒好像比过去更有生机，增添了不少新鲜色彩。

老驯马手让女儿搀扶着，慢慢挪出那座像甲壳虫一样令人憋闷的蒙古包。

夏季的草原是一个绿色的王国。湿润而清新的空气夹着浓烈的青草气息和淡淡的野花的馥郁迎面扑来，老乌林感到心境蓦然开阔。他抬头望去，看见不远处果然停着一辆样子十分漂亮的面包汽车。几乎全浩特的人都围在汽车周围。老人们好奇地摸着车身上那亮晶晶的电镀部件和光滑的烤漆。小伙子和姑娘、孩子们纷纷挤上车去，试试车座是否舒适软和，还不住地按着喇叭，大声嚷嚷着。其热闹程度完全不亚于几年前老乌林驯服扎格勒的场面。老驯马手的心底油然涌上一股复杂难言的妒忌感。

牧人们众星捧月般地围着阿迪达，向他提出各种问题，俨然把他当成了草原上最有学问的智者。图布登吃惊地望着阿迪达——哦呀呀，这个年轻人会是阿迪达吗？老那顺那个儿子？三年前曾是那么卑微、寒酸，像一只可怜的羔羊，可现在呢，瞧瞧，红光满面，春风得意，上穿一件贼亮的黑皮夹克，下穿一条湖蓝色的紧包屁股的裤子，头戴一顶质地极好的呢礼帽，那神态，那做派完全是城里人的样子。他矜持而狡黠地微笑着，回答着众人七嘴八舌的提问——

"这车是北京造的吗？"

"不，是日本进口的本田。"

"是你个人花钱买的？"

"我们饭店的。"

"阿迪达，听说你当上副经理了？"

"是包音图叔叔非让我干……"

"这个铁家伙，有马跑得快么？"

"那是当然啦！"

"能拉着我们转一圈儿吗？"

"上车上车。"

阿迪达被青年们簇拥着上了面包车。不一会儿，面包车发动着了。

阿迪达从车窗口探出头来，向老乌林和诺尔吉玛招招手。

"阿爸，他叫我们去呢。"诺尔吉玛早已急不可待了。她的目光始终没离开阿迪达。这一切，没逃过老驯马手的眼睛。

"兔子再蹦跳，也变不成猎犬；骆驼再蹦跳，也飞不到空中。"乌林·图布登脸上笼罩着一层乌云，"不敢骑骏马的家伙，永远也成不了英雄！诺尔吉玛，搀我回包去！"

"您不舒服？"诺尔吉玛这才发现阿爸的脸色十分难看。

"唉，诺尔吉玛，玛西巴图虽然再也回不来了，可他才是马背上磨炼出来的好汉啊！你是不是早把他忘了？"老驯马手沉郁的目光突然犀利了，紧紧盯着女儿。

"阿爸，你又……"

"回答我！"乌林厉声说。

"我……没忘。"

"好！"老乌林松了口气，"你要向我发誓，永远不要去理那个家伙！他是我们草原上的叛逆，我担心他会勾走你的魂儿。"

"阿爸，您想到哪儿去了。"诺尔吉玛的脸上泛起一片绯红。

乌林·图布登的忧虑并非是凭空而来的。自从玛西巴图一去未归，诺尔吉玛一直处在神情恍惚的状态中。那张原本很红润的、有着少女青春光泽的脸庞，被一片阴霾所笼罩，痛苦像个魔影紧紧尾随着她。可是最近，老乌林隐隐感到：一种无形的诱惑已经从遥远的地方伸延到他的毡包里，企图把他爱女的心儿偷去，太可怕了！

当阿迪达开着面包车驶到乌林·图布登的蒙古包前时，老驯马手和他的女儿已经钻进了毡房，紧紧地关住了那扇陈旧的漆皮斑驳的小木门……

爱情会给人一种神奇的力量，但，这种力量的表现方式是各不相同的。

玛西巴图把心中那团炽烈的爱情之火化成了外在的爆发力，是用他的骁勇、他与扎格勒的生死搏斗，来证明他对诺尔吉玛的爱情的。

而阿迪达却从爱情中汲取了一种深沉的内聚力，尽管他从来没有任何一丁点外露，但在他那感情丰富的内心世界里，那团早已燃起的爱情之火和玛西巴图一样猛烈，一样炽热。

他自己也不知道从什么时候起就爱上了诺尔吉玛，但他固执地认为，总之要比玛西巴图早得多。也许，那次月夜相会便是爱情旅程的起点吧……

十五的月亮把一层轻柔明净的银辉洒在吐鲁根河两岸，远处的树影和蒙古包的灯光，宛如笼在一片薄薄的纱雾中。阿迪达赶着吃饱喝足的羊群向浩特走去。因为在小树林里看书入了迷，忘记了时间，所以回来得比以往晚了些。现在，面对着草原迷蒙而宁静的月夜，他又陷入了自己的幻想世界……忽然，他听到了一种奇怪的声音。月光下，他发现前面不远的一株样子古怪的榆树后，蠕动着一个黑影。古怪的声音就是从那儿发出来的。

阿迪达感到脊背上刺进一阵冷风，刚想拔腿而逃，但又觉得有些蹊跷，便壮起胆子，抽了一个清脆的响鞭，大步走了过去。

"谁？"

从树后传来一阵少女开心的、清脆悦耳的笑声，诺尔吉玛闪了出来，"有人说，你是头胆怯的小鹿；有人说，你连女人都不如，所以我想试试你的胆量。我以为会把你吓得像一头失魂落魄的黄羊呢。"

"诺尔吉玛，你这是……到哪儿去？"不知为什么，阿迪达只要一见到诺尔吉玛，总是心慌意乱。

"瞧，他们叫我去唱歌跳舞呢。"顺着她手指的方向，阿迪达看见河那边点起了一堆篝火，几个小伙子围着火堆，拉着马头琴唱了起来。他们的歌声像闪着月辉的吐鲁根河一样，无拘无束地在草原上潺潺流淌：

> 山崖上面轻轻飞旋的花蝴蝶哟，
> 小肝里面翻腾思念着赛淋花哟。

> 远远近近瞭见的两座宝格达山哟，
>
> 早早晚晚搅动思绪的情人赛淋花哟。

"走，阿迪达，我们一道去吧。"诺尔吉玛邀请道，眸子里反射着皎洁无瑕的月光。

"不，"阿迪达慌忙摇摇头，"他们不欢迎我。"

"走吧，拿出点男子汉的气魄来，让他们瞧瞧，阿迪达不是胆小的黄羊。"她热情地握住了他的手，不由分说拉着他向前走去。

阿迪达平生还是第一次触到一双少女柔软的小手，脸颊顿时涌上一阵热血。她仿佛使了什么魔法，使他的手脚不由自己支配了。他眼前朦朦胧胧的月光倏地变成了一片醉人的奇花异草，一片明媚的春光，一阵和煦的春风……

> 院子后面吊膘的栗色马哟，
>
> 野地里相会的快活的赛淋花哟。

> 栅子北面吊膘的小褐马哟，
>
> 栅子外头相会的娇小的赛淋花哟。

当他从春意盎然的幻觉中醒来时，才发现自己和诺尔吉玛已经手拉手走到那堆篝火旁。那几个小伙子先是用吃惊的目光扫视着他俩，接着便妒意十足地嚷了起来：

"瞧啊，诺尔吉玛给我们领来了一个大艾乃（姐姐）！"

"不，是小杜黛（妹妹）！"

"屁，那是头骟马，哈哈，真正的骟马！"

一阵尽情的、满足的狂笑。

"闭住你们的臭嘴！"诺尔吉玛脸涨得通红，怒声喝道，"别将自己比作巨石，别将别人比作茅草，阿迪达是一个比你们强十倍的男子汉。别看是黑色的牛，一样有洁白的奶。他有像天上的星星一样多的知识，有比腾格里草原还广阔的学问，你们哪一个敢和他比知识、比文化，嗯？敢吗？"

小伙子们被震慑住了，面面相觑，不敢再放肆了。

"听着，"诺尔吉玛正色教训道，"从今以后，哪个敢再耍笑他、嘲弄他，让我知道了，就给他套上马笼头，用鞭子赶着在浩特里绕十圈。别伸舌头，你们真要是把我惹恼了，我就嫁给他，让你们瞧瞧，他是不是个男子汉！"

阿迪达几乎快抑制不住夺眶而出的泪水了，一股无比巨大的热浪在胸中涌动起来——啊，诺尔吉玛，她不但有着姣好的容貌，而且有一颗金子一样可贵的心啊……

和诺尔吉玛一起返回浩特时，阿迪达忽然觉得草原的月夜原来这么美，这么富有诗意！多情如水的月光宛如哈达，抖动的吐鲁根河，在湿漉漉的水草丛里欢唱的河蛙，远处浩特里此起彼伏的犬吠……一切都这么美好，这么恬静！一种激荡着幸福感的冲动使他想哭，想痛痛快快哭一场。

又要过吐鲁根河了。诺尔吉玛脱了靴子，把脚试着往河水里探了一下，急忙缩了回来：

"啊，好凉哟！"

阿迪达第一次意识到一个男子汉的职责，顿时鼓起了连自己都感到吃惊的巨大的勇气："我背你！"

"你敢？"

"敢！"

诺尔吉玛顺从地爬上了他的肩头。

浪花快乐地吻着阿迪达的双脚。河水一点也不凉，真的，他甚至感到河水温暖和滑润，脚泡在里面舒服极了。他为自己的勇敢行为而自豪，而激动。有一时，他觉得背上竟空无一物的轻松，这一切简直像一个虚幻美妙的梦，诺尔吉玛根本不在他背上。他不由得慌忙问道：

"诺尔吉玛，你还在吗？"

诺尔吉玛格格地笑了起来："我又不是一只长翅膀的百灵鸟，还能飞上天去。"

"你看，我现在完全是一个勇敢的男子汉了吧？"

"不，你在我心里永远是个大艾乃，一个值得信赖的善良的艾乃。"诺尔吉玛喃喃低语着，像温顺的小杜黛把脸颊贴在他并不宽阔的脊背上……

幸福的憧憬和梦幻总是十分短暂的。阿迪达很快就发现，他的爱慕，他的痴情，都是想入非非，几乎是永远不可能实现的，因为他遇到了一个不可战胜的情敌——玛西巴图。

玛西巴图有着一张像用古老岩石雕刻出来的四方脸，有着一副如同额尔敦山一样结实、强壮的躯体，更重要的是，他还有着从父辈那里继承下来的惊人的毅力、持久的韧性、质朴的品德。生活在古力格浩特里的诺尔吉玛，她理想中的情人是玛西巴图这种类型的男子汉，而不是阿迪达这样的大"艾乃"。

当老驯马手在自己的毡房前高举着牛皮纸婚约宣布：诺尔吉玛是属于能够战胜扎格勒的胜利者的时候，失望的痛苦撕碎了阿迪达的五脏六腑。特别是当玛西巴图犹如从天而降，以精湛绝伦的骑技从老乌林手中取走了婚约和金马鞭，博得一片热烈喝彩时，阿迪达清晰地听到毡房里传出一声忘情的呼声："玛西巴图……"一瞬间，他清楚地意识到：玛西巴图刚才掠走的不是一张牛皮纸，而是掠走了一颗少女的心……

阿迪达彻底悲观绝望了。凭着这种古老的择婚方式，他永远不是玛西巴图的对手，绝不是的！他恨自己体弱，他恨自己无能！啊，如果他也有强壮的体魄，出色的骑技，就是拼上死，也要去和玛西巴图争个高低啊！

他带着深深的悲哀进了盟府。当马车快要驰出腾格里草原时，他隐约听见在空旷的芨芨草滩里传来了一阵沙哑的歌声：

> 从海外翩翩飞来的花头大雁哟，
> 从包外悄悄溜进来的赛淋花哟。

云翻雾涌变幻莫测的高远天空哟，

　　一阵一阵叫人想断肠的赛淋花哟……

　　自从把诺尔吉玛关进了那座甲壳虫似的蒙古包以后，乌林·图布登就像一条警觉的牧犬，随时防范着那无形的诱惑。哼，世道变得太不像话了，连阿迪达这种不成样子的家伙，也竟敢向别人的牛奶里插手指，向别人的马群里甩套杆，真是腾格里草原的耻辱啊！

　　但是，他万万没有料到，那个在城里混了几天的阿迪达竟敢闯进他的蒙古包，居然大摇大摆地神气十足地坐在他面前，恬不知耻地给他问安，并故作亲切地询问起他的病情。他算什么？不过是个"旅蒙商"，不过开回了一辆破汽车，不过腰包里有了点钱！看他那坦然的自信的模样。倒真像是在腾格里有身份、有地位的了不起的人物呢。

　　老驯马手强压下怒火，没有立刻把这个不知天高地厚的家伙赶跑。他想趁此机会用语言的皮鞭狠狠教训阿迪达，让他及早打消一切邪念。

　　"乌林大叔，您最近可听到玛西巴图和扎格勒的消息？"

　　"怎么，你听到什么了吗？"老乌林以为阿迪达给他带来了关于玛西巴图的好消息，阴郁的脸膛顿时开朗了。

　　"没有。可是，我不相信人们的那些传说，我总觉得扎格勒没有死，也没有跑远，更没有跑出国境。"

　　"小伙子，骑光背的马，对屁股不好；说谎话的人，对自身不妙；在长辈面前胡嚼舌根子，连佛爷也会生气哟！"乌林厉声训斥道。

　　"大叔，天上没有飞鸟，地上就不会有翅膀的影子。我的话是有根据的，扎格勒肯定还活着。"

　　"活着又怎么样？恐怕早成了一匹野马了！唉，扎格勒……"老驯马手心中的隐痛又复发了，两道浓眉蹙在一起。

　　"大叔，请把您的婚约给我一份。"阿迪达郑重地伸出手请求道。

"什么？"乌林怀疑自己的耳朵因年迈衰老出了毛病，吃惊地注视着阿迪达，"你——难道说，你要去套扎格勒？"

"不错，不出一个月，我要把驯服的扎格勒送到您老面前。"阿迪达坚定自信地说。

乌林·图布登放声大笑起来。那粗野放纵的笑声里包含着极度轻蔑和一触即发的狂怒。他认为面前这个青年一定由于贪恋女色而昏了头。套扎格勒？这简直是说:他要到荒原上去套一股倏忽而去的旋风，到乌云里去套一道转瞬即逝的闪电，太狂妄了！

笑声刚落，老乌林心里忽地闪过一个念头：何不趁此机会把这家伙赶出腾格里草原呢？对，这可真是个找上门的好机会。"好，我答应你的请求，给你一份婚约。"乌林痛快地说，"但是，我也有个条件。"

"什么条件我全答应。"阿迪达急切地说。

"如果你一个月内，不能把驯服的扎格勒带到我面前，你就永远别再踏上腾格里草地！"

"可如果我一个月之内能把扎格勒带来呢？"

"那当然履行婚约，你不用任何聘礼，就可以娶走诺尔吉玛。怎么样，敢起誓吗？"

"马跑了能抓回，话跑了抓不回。我起誓——假如一个月之内不能把驯服的扎格勒带回来，我阿迪达永远不再踏上腾格里草地！"

"风，没有缰绳；话，没有笼头。你是文化人，也立个字据吧！"

第二天，乌林·图布登召集了三位吐鲁胡达和却日吉喇嘛，以非常郑重的仪式和阿迪达交换了立约证书。

逃亡的扎格勒又一次在这个僻远的浩特里掀起一场轩然大波。但是，这一次看热闹的牧人都不那么肃穆紧张了，只觉得滑稽好笑——扎格勒是个下落不明的幽灵，阿迪达是个连骣马都骑不稳的商人，这简直是在向不可能挑战啊！

但是，古力格浩特的牧人们全估计错了。半个月之后，一辆极有气势的大卡车开进了古力格浩特。阿迪达从车楼里跳了出来，从车上卸下一匹马来，在牧人们惊讶的注视下，他翻身上马，得意扬扬地策马走向乌林·图布登的毡包。

老驯马手呆若木鸡，眼睛瞪得足有马鞍上的银花钉那么大，嘴巴像被一块嘎拉哈（羊拐骨）卡住了，久久没有合住——这太叫人奇怪了，太令人不可思议了，阿迪达难道会使什么魔法，不但抓回了扎格勒，而且竟敢骑在它身上？！

绝对没错，老驯马手相信自己的眼睛，那匹服服帖帖的马儿千真万确是扎格勒，脖上绣着一圈银项链，四蹄和尾巴尖上，裹着一层银，包着一团雪……

第三章

在腾格里草原，有不少人还记得这个故事。

晚秋的一天，一位风尘仆仆远道而来的说书老人经过古力格浩特，被一群小伙子们包围住了。他们都想一饱耳福，据说老人不仅书说得好，好来宝唱得绝，而且，还是位哲人，从他嘴里说出的话，真是妙语如珠，耐人寻味，赛过巴达格勒召的葛根。

老人欣然领命，拉着四胡唱了一段《成吉思汗的两匹骏马》。在即将骑上那匹老骆轮踏上行程之前，老人突然向小伙子发问：

"如果你们的父辈走失了一匹骏马，你打算用什么办法把它找回来？"

"用套马杆！"一个小伙冒冒失失回答。

老人摇摇头。

"用两条腿追。"

老人又摇摇头，嘴角已经露出轻蔑的微笑。

"用智慧！"沉默半天，有个小伙子得意地喊了一声。

老人又摇摇头，准备跨上骆驼远行了。

"应该用一个蒙古人的热血，去召唤那匹骏马的灵魂。"玛西巴图站出来，沉稳地回答。

"啊！"老人的身子摇晃了一下，眼里闪过一道惊喜的光泽。

"第二个问题，"老人接着提问，"如果有一个美丽的女人，她要把她的肉体和灵魂都献给你，你怎么办？"

"这可太妙了，我当然不推辞了！"

"应该看看这女人是不是正经娘儿们。"

"不对，应该看她会不会过日子。"

小伙子们嚷成一团。

"如果是我，我要用理智战胜情欲，拒绝一切不贞的诱惑。"玛西巴图又是最后回答。

老人看他一眼，眼睛闪过一道亮光，继续问："第三个问题：如果你渴望得到的东西被别人得到了，你怎么办？"

小伙子们都不敢贸然回答了，一起望着玛西巴图。

"如果长辈说，那东西属于我，那我就是拼着性命也要夺回来；如果长辈说，那东西不属于我，那么，就是送到手上，我也要把它扔掉。"玛西巴图十分干脆利索地说。

老人默默无言地骑到骆驼上，对着黛青色的远山喟然长叹：

"后生可畏！草原有这样的好儿子，圣主的在天之灵也可安心啦。"

说罢，一声吆喝，骆驼四蹄一跃，驮着那位抖动着花白胡子的老者飘然而去……

玛西巴图绝没想到，若干年后，他竟真的遇到了老者提出的那三个问题。

玛西巴图像一位力尽气竭、疲惫不堪的跋涉者，浑身无力地瘫躺在热烘烘的沙滩上，木然地望着倏忽陨落的流星，倾听着如泣如诉的河水，久久一动也不动。

沙丘那边，顺着河水流过来几句悲凉的长调——

父亲的故乡阿鲁芒哈里，

为什么没人来迎亲？

遥远的地方乌珠穆沁哟，

把莎木格尔许配了陌生人。

要说嫁娶要财礼呀，

那是姑娘命里定。

要说嫁到乌珠穆沁，

那是莎木格尔的苦命运……

是谁在唱？诺尔吉玛吗？

三年来，诺尔吉玛的歌声不总是在他耳边萦绕吗？他相信那是诺尔吉玛在千里之外唱给他听的。正是这歌声给了他力量，使他一直坚持到今天。

啊，诺尔吉玛，你可知道你在玛西巴图心中占据着什么位置吗——天使般的小妹妹，花儿般动人的少女；让人瞅一眼就脸红心跳的姑娘；隔着云雾让人思念的情人；圣洁得容不得一点亵渎的女神……

吐鲁根河边，两岸遮盖着一人多高的柳条墩子，茂密得像屏风。一个十多岁的男孩子正光着身子在摸鱼，脸上沾着乌黑的河泥。这时，柳条间露出一张稚气的小脸。

"巴图哥，摸到了吗？"

"去，毛丫头，鱼都让你吓跑了！"

毛丫头赌气地撅起小嘴，顺手拣起一块石头，扔到河水中。

河水飞溅起来，雨点般落在男孩子头上。正在聚精会神摸鱼的男孩子火了，一跃跳上岸，将毛丫头拖了出来。

毛丫头格格笑着，喘不过气来。男孩子推毛丫头推到河水里。毛丫头浑身湿透了，好看的长睫毛上挂着一粒粒水珠，但她还是笑，笑……

过了一会儿，男孩子气消了，帮着她脱下湿漉漉的小袍子，拧去水，凉在柳条上。

毛丫头身子又白又嫩，像用奶子泡过。

"咦，你是女的吗？"男孩子奇怪地望着她。

"是呀！"

"额吉是女的，勃勒根也是女的，可她们都有大奶子，你怎么没有呢？"男孩子大惑不解。

"阿爸是男的，有胡子，你也是男的，怎么没有呢？"毛丫头不服气地反问。

"我大了就会长呀。"

"我也是……"

若干年后，男孩子已长成一个高个子的少年了，又到柳条墩子间的小河来饮马。忽然，从柳枝里飞出一块石头，落在河水里。河水溅了少年一脸水珠。

格格地笑，像河水一样清爽。

少年恼怒地冲进柳丛，将那调皮的少女拎了出来，扔进河水里。

她湿漉漉地爬上来，仍然笑着，绿色蒙古袍紧贴身上。

"巴图哥真坏，河水好凉哟！"少女由于寒冷而哆嗦起来。

少年急忙帮她把袍子脱下来，晾在柳条上。当他的目光再次移到她身上时，却像被磁石吸住了——

在那像被鲜奶浸泡过的前胸上，拱出了两个鼓鼓的小丘似的东西，一粒粒水珠在那白白嫩嫩的"小丘"上羞怯地颤动着，闪烁着晶莹的光芒……

她忽地意识到什么，脸颊登时一片绯红，急忙转过身去，将洁白如玉的脊背对着他，低低而娇嗔地说：

"巴图哥……不许你看……"

也许，从那一刻起，玛西巴图才知道自己的童年少年时代结束了，虽然他还没有像阿爸那样生出胡髭，但他已经是个大人了。诺尔吉玛也不再是不懂事的毛丫头了，也不再是个调皮的少女了。她突然间笼罩了一层奇异的色彩，变得朦胧、神秘，又那么富有诱惑力……

他还意识到——从今以后，他再也不能像过去那样和她两小无猜地打闹了，再也不能和她赤条条地在河水中嬉戏了……他感到自己似乎失落了一些什么，又像得到一些什么；失落的使他惋惜、惆怅，而得到的却使他充满了一种新奇的渴望……

从那儿以后，从表面上看，玛西巴图和诺尔吉玛开始疏远了，而实际上……在那青春勃发的躯体里，两颗春心都在更加激烈地搏动着。

然而，他万万想不到，当他终于实现了自己的意愿，带着扎格勒凯旋时，却遇上了诺尔吉玛的婚礼。

他内心的暴怒犹如一阵可怕的飓风，顿时摧毁了一切理智。三年的荒原生活磨硬了他的意志、他的筋骨，也唤醒了他身上的一些原始野性。他恨那个夺走了诺尔吉玛的人，他要和那家伙到荒原上去决一雌雄，看看他究竟有什么本事，竟敢抢先一步，捷足先登。

当他得知新郎原来是阿迪达时，不仅大失所望——唉，高傲的鹰怎么能去和可怜的山雀争高低呢，神气的骏马怎么能去和低贱的山羊比快慢呢？他耻于去和比女人还羸弱的阿迪达决斗，如果那样做了，会降低自己的身份，影响自己的名誉。使他不能理解的是乌林·图布登怎么会应允这门亲事，把心爱的女儿嫁给这样一个没有一点男子气的家伙？而诺尔吉玛怎么会毫不反抗地去给他当新娘子呢？难道短短的三年里，古力格浩特的人们都中了阿迪达的魔法，把一切原有的习俗观念都颠倒了吗？

刚才，他在河岸边遇上了正在徘徊的老驯马手。从那张堆满阴云的、苍老多皱的脸膛上，玛西巴图立刻体会到老人也和自己一样，心灵的峡谷里正在经历着一场雪崩的危机。他很奇怪老驯马手的残腿竟会像正常人那样灵活地走路，他记得三年前，老人的双腿已经伤残了呀，走路一直是一瘸一拐的呀？

乌林·图布登默默无言地走到玛西巴图面前，用那只握了一辈子套杆的手拍拍小伙子肩膀。哦，他的手触到的不是肩头上坚硬的肌肉，而是一块用信念凝成的、不可摧毁的岩石！老人重重地叹了口气，摆了下手，让玛西巴图随他一起向前走去。

一轮满月把奶浆一样洁净的清辉涂在河滩的草地上。几匹绊着腿的马儿正在吃夜草，不时打着很响的、舒适的鼻息声。老乌林领着玛西巴图默默地往前走了一段路，在两匹马儿前停住了。

"看看吧，一看你就会明白的。"老乌林点燃了一支烟。

玛西巴图仔细地打量着面前两匹亲热地耳鬓厮磨的马儿，惊奇得几乎喊了出来。他不相信地揉了揉眼睛，终于相信眼前的的确确不是幻影——

那是扎格勒，两匹一模一样、不差分毫的扎格勒，四个蹄子和尾巴尖上，都裹着一层银，包着一团雪；脖子上都绣着一道银项圈……

"这么说，那家伙用小扎格勒骗了你？"玛西巴图恍然大悟。

乌林·图布登点点头，"它们是双胞胎，我当时钱不够，只买回了大扎格勒。可我没想到阿迪达那个小子竟有满肚子鬼主意，他跑到乌珠穆沁买回了小扎格勒，又用重金雇了乌珠穆沁有名的驯马手驯服了它，对我瞒天过海……"

玛西巴图心内顿时念念不平起来——我凭的是诚实，是勇敢，为了套住大扎格勒，我费了多大力气，吃了多少苦头，几乎性命都搭上。可那小子呢，单用几个臭钱就轻而易举地把诺尔吉玛弄到手了。啊，在这个世界上，难道诚实竟斗不赢奸诈了吗？这太不公平了！太不公平了！

"我会主持公道的。"老乌林捻着胡须庄重地说，"只要鞍子还没有放到马背上，就可以重新选马；只要婚礼还没有举行完毕，就可以另外择婿。相信我，玛西巴图，我立刻去找阿迪达，解除婚约！"

想到这里，玛西巴图感到一阵轻松和振奋，好像身体里注入了希望和力量。他从河岸的草滩上爬起来，向古力格浩特走去。

他惊异地发现：古力格浩特竟有电了！透过林隙远远望去，风车在欢快地转动，蒙古包里透出的灯光像小银花钉一样粲然，像星星一样迷人……

诺尔吉玛相信自己是世界上最不幸的女人。

就在玛西巴图将要离开腾格里草原，去追扎格勒的那夜，她悄悄来到玛西巴图的蒙古包。玛西巴图的老额吉前不久已被嫁在远方的姐姐接走了，毡包里只有他一个人。

"你，真的要去？"她坐在他身旁，看着他往皮口袋里装奶豆腐和干果条。

"唔。"他点点头，面颊笼着一层神圣的色彩，像一位即将出征的骑士。

"要走好多天吗？"

"说不准，恐怕不会很快回来。"

"有把握把扎格勒套回来吗？"

"说不准，也许……"

"说不准，说不准，你呀，怎么就不好好地看人家一眼呢！"诺尔吉玛狠狠地咬住了下唇，低头啜泣起来。她好委屈啊，本是怀着火爆爆一颗心儿赶来为他送行，却得到这么冷冰冰的几句话，唉，该死的巴图哥呀！

"哦，别哭，诺尔吉玛，听我说，我这一去，不知啥时候才能回来，你……能等着我吗？"

"我等！"诺尔吉玛使劲点点头，依偎在他身边。

"你，真的喜欢我？"玛西巴图的声音颤抖着。

"喜欢，打心眼儿里……"诺尔吉玛娇嗔地将手臂环绕在他的脖颈上。

玛西巴图再也无法控制自己，冲动地搂住了她，笨拙地去吻她的秀发，吻她那对幽幽的眼睛。睫毛上还有泪珠，他的唇感到了咸味儿。她身上有股异性的馥郁的气息，使他心荡神迷。他的唇大着胆子向下滑去，虽然是第一次，却准确无误地找到了那两扇颤巍巍的唇。顿时，一切都不存在了，一切都在炽热的烈焰中熔化了。啊，这吮吸着生命之泉的时刻……

不知什么时候，他的手竟不由自主地滑到她的袍襟里，触摸到那个他曾见过的滑腻柔软的"小山丘"。诺尔吉玛无力地瘫倒在他的怀抱里，微闭目帘，轻轻地呻吟着，断断续续道：

"巴图哥……今晚……我就属于你了……但愿我的身子能像一团火……照亮……你的心灵……来呀，傻哥哥……"

玛西巴图感到一股热血涌上了头，呼吸更加急促，他的手不由自己支配。

然而，在这一瞬间，玛西巴图的眼前倏地闪出了那位曾向他提出三个问题的老者，哦，那时，他回答的是何等干脆——属于我的，拼命也要夺回来；不属于我的，送到手上也不要。现在，诺尔吉玛已经属于我了吗？不，你既然还没有套回扎格勒，有什么权力占有她呢？只有征服了那个狂傲的精灵，她才属于你啊……

一颗滚烫灼热的心开始冷却下来。玛西巴图抽回了手，颓然垂下头："诺尔吉玛，你是个好姑娘，我不能……走吧，总有一天，我会堂堂正正把你娶到我的毡房里来，走吧……"

静静的夏夜，没有风声，只有河边迷乱的蛙鸣和潺潺水声。偶尔，远方传来牧羊犬激动不安的吠叫。夜深了，最后连河蛙也睡去了。闷坐在毡包里的玛西巴图听见远去的诺尔吉玛那宛如夜风般颤悠悠哀怨怨的歌声：

> 雾茫茫的甘德尔山没有月光嗬咿，
> 傻乎乎的情哥哥把我撵出毡房……
>
>
> 黑蹄蹄的枣骝马翻过了沙梁嗬咿，
> 把孤零零的小妹妹想断了肝肠……

从此，这歌声每天夜里都会响起，一天比一天更哀怨，更凄凉。

在那些夜里，牧人们都能望见高高的额尔敦山顶上伫立着一个痴情少女。她久久伫立着，哭着唱着，竟觉不出时间像流水一样从身旁流去了，直到启明星蓦地跳出地平线，她才如梦初醒，怏怏地走下山岗。有时，只要远方出现一个黑点，她就欣喜若狂地奔过去。当看清那不过是一个陌生的骑手时，禁不住潸然泪下，踽踽而归。

她相信玛西巴图总有一天会回来的。

但是，有一天，巴嘎的书记光顾她家，神色十分庄重地说："边防站来了长途，调查玛西巴图……唉，小伙子完啦！"

正在给客人倒茶的诺尔吉玛僵住了，滚烫的奶茶从银边木碗里溢出来，烫伤了她的脚，她竟毫无知觉。她的眸子顿时失去了一切光泽，成了两个布满死亡阴云的洞穴……

第二天清晨，她一句话也不说，默默打点行装，给马儿备鞍。她的眼睛里似乎有一团焦灼的火，紧抿的嘴角显示出固执和刚毅。

图布登一声不响地注视着女儿，没有劝阻。他知道劝阻也是多余的，女儿一旦下了决心，任何语言都无法阻拦她。老人甚至有一丝欣慰：扎，乌林家族的后代就应该是这种刚烈的火性子！

诺尔吉玛决心要去遥远的乌珠穆沁草原，亲自寻找玛西巴图，即使找到的是死尸，也要把它驮回来。

她翻身上马，像男子汉那样吼了一声，猛抽马儿一鞭，向远方驰去。

走出很远，她才忽地想起了生活不能自理的阿爸，忙勒住缰绳，回头望去——在那座像摇篮一样把她抚养大的蒙古包前，乌林·图布登正拖着两条残腿艰难地爬着，爬着，向她挥手……

诺尔吉玛再也忍不住自己的泪水，掉转马头，拼命打着马儿返了回来。她跳下马背，搀起老人，把头埋在老驯马手宽阔的怀中，尽情地失声痛哭起来。

泪水，能埋葬一个姑娘那深深的思恋吗？巴图哥哥呀，你在哪儿？难道你真的再也回不来了吗？

第四章

婚礼延期的第三天，诺尔吉玛和玛西巴图失踪了。谁也不知道他们去了什么地方，众说纷纭，莫衷一是。

有人说：玛西巴图把诺尔吉玛劫跑了。

有人说：是诺尔吉玛跟着玛西巴图私奔了。这样的事，过去还少吗？

也有人说：他们大概早不在人世了，殉情也有可能的……

不管人们怎样猜测，有个事实是明摆着的：娘子和意外归来的玛西巴图不见了。

一切都发生得这样意外，这样突然，使乌木图布登几乎来不及认真思考一下事情的全部经过。

昨晚，他由于和阿迪达的交涉进入了僵局，心境格外不好，一个人在蒙古包里喝着闷酒。醉意蒙眬中，看见玛西巴图走了进来。他把满满一碗奶酒递了过去。玛西巴图一扬脖子，咕咕嘟嘟地灌了进去。

"好样的，玛西巴图，真像我年轻的时候，驯马手的舌头越来越僵硬了，我说玛西巴图，你的事情我不想再管了，你自己看着办吧……如果没有诺尔吉玛，你就活不下去，那你就把她掠上马背跑得远远的，到一个谁也找不到的地方去，在那儿和她生儿育女好了……如果没那胆量，那就走吧，另外去找一个女人……"

玛西巴图默默地走出了蒙古包。

难道，他真的把诺尔吉玛抢走了吗？哦，可怜的阿迪达能经受得住这沉重的打击吗？图布登心中袭上一阵难言的愧疚。

自从阿迪达把扎格勒带回之后，乌林·图布登就坐立不安了。怎么办？阿迪达有婚约在手，完全可以名正言顺地娶走诺尔吉玛。悔约？不，那岂不毁了乌林家族的名声！如不能那么干，就得把女儿嫁给他？他又于心不忍。他闷闷不乐，想不出一点挽回残局的办法。

阿迪达是个精明人，并不急着来催促婚事，好像已经忘掉了婚约的事。他经常来探望老驯马手，每次来，都毕恭毕敬，给老人带来不少新玩意儿——气体打火机、会唱歌的电子手表、高倍望远镜、虎骨酒、录音机……慢慢地，老人觉得这个青年并不那么令人讨厌了。

有一天，一辆面包车停在老驯马手的蒙古包前，阿迪达愉快地走了进来，和老人问候过之后，说：

"大叔，扎格勒抓回来已经好长时间了，您难道就不想骑上它过过瘾吗？"

"那是我最大的愿望啊！"老驯马手的双眼放光了，但随即，那渴望的目光黯淡了，他颓唐地捶着自己的残腿，难过地低下了头。

"大叔，您不必这样伤心，我会让您的愿望实现的。"

老乌林伤心地摇摇头："我的腿不会好了，那是扎格勒对一个无能骑手的惩罚！"

"不，大叔，您的腿会好的，我问过城里的大夫，他们说，您的腿可能是肌肉损伤，只要做个外科手术，就会好的。"阿迪达诚恳地说，"我正是来接您老进城住院的。"

在阿迪达和女儿的劝说下，乌林·图布登坐着工具车进了城，住了医院。

他简直不敢相信，经过一个月的治疗，他竟能站起来了。他扶着墙试着往前小心翼翼地走了几步，竟没有摔倒。内心的喜悦犹如醇香的蜂蜜，甜透了那颗快要枯萎了的心。他抚着病房雪白的墙壁，面对激动不已的女儿和微笑的阿迪达，竟抑制不住滴下两行老泪……

几天后，他回到了腾格里草原。当他用自己的双腿用力地踏着那片熟悉的草地时，他才相信自己不是在梦中，一切都是真实的。女儿给他牵来了扎格勒。他一跃上了马背，纵马奔驰起来。扎格勒颠得很稳，像一团富有弹性的轻轻飘浮的云。他满意极了，忽然觉得自己又年轻了，往昔的力量和荣誉又回到了身上，他在马背上忘情地兴奋地吼了起来：

"噢——赛——赛——"

这是一片人迹罕至的原始荒漠。杂乱的柳丛，茂密的矮榆树，光秃秃的沙丘，呈现出暗红、深褐与灰黄的色调。

这片荒漠上出现了两个人影——一位剽悍的小伙子用骏马驮着一位姑娘。他们下了马，找了一片林间空地，点了一堆篝火。

傍晚，他们坐在篝火旁，默默地吃着干粮，始终没说一句话。

忽然，姑娘啜泣起来，捂着脸，肩膀剧烈抖动着："为什么要把我带到这个地方？为什么？"

"因为你是我的妻子。"男的平静地说。

"不，我不是，我是阿迪达的妻子。你没有权力强迫我，没有！"

"是你阿爸让我这么干的，诺尔吉玛，只有这样，我才能得到你。"

"太晚了，巴图哥，晚了！你为什么不早些回来啊？！"

"你答应过，你等我！"

"我答应过，我等过，可是三年啊，大家都说你死了……"

夜很静。星星在深不可测的天宇间闪着清冷的微光，半轮残月呆滞地嵌在幽蓝的天幕上。夜色笼罩的荒漠上，偶尔传来几声什么野兽的怪叫，更增添了凄婉、荒凉的气氛。

"巴图哥，原谅我吧！我想过你，盼过你，梦到过你，为你祈祷过无数次。可是，你总不回来，我只得嫁给阿迪达。"诺尔吉玛停止了抽泣。

"你真的爱上他了？"玛西巴图妒意地盯着她。

"我也不明白。大概是吧……"

"你骗我！那家伙根本不值得你爱，不配你爱……"玛西巴图喊起来。

"不，你不了解他……他……值得……"

城市是一个没有黑暗的世界。

这是诺尔吉玛在陪阿爸进城看病时的一个最大的发现。那是她第一次进城，第一次见到电灯。

电，多么神奇的东西啊，它究竟是什么呢？竟能在小小的玻璃球或玻璃管里发出红的、白的、绿的、紫的……各种色彩的光芒，像月亮，像太阳，像天边的彩虹，像草地上八月的鲜花……

唉，古力格浩特为什么永远是黑沉沉的一片呢？

从城里回来后，诺尔吉玛觉得像从一个辉煌的宫殿跌入了黑魆魆的洞穴，她越来越觉得黑暗的压抑是如此沉重，几乎令她窒息。她常常想：如果谁能给古力格浩特带来电，她情愿给他磕一千个响头。

然而，有一天，阿迪达竟真的把电带到了古力格浩特。

　　自从阿迪达重返古力格草原，缓慢的生活突然加快了节奏，有了新鲜的内容。

　　有人托阿迪达从城里捎回四个喇叭的收录机……

　　有的小伙子求阿迪达买回了摩托车……

　　阿迪达成了年轻人的核心人物，无论他走到哪儿，总有一帮年轻人围着他，听他讲一些草原外面的事情。阿迪达的口才有了充分发挥的机会，他滔滔不绝地讲着一城里人的生活方式、带电脑的双卡收录机、大彩电、风力发电机、太阳能电围栏、自动化药浴池、城里姑娘们的时髦服饰、她们所崇拜的电影明星……五花八门，应有尽有，把年轻人迷住了。

　　阿迪达在他们心目中的地位骤然增高了。

　　时间，能改变一个人的价值。

　　有一天，诺尔吉玛正往浩特赶牛犊，忽听一阵突突的怪叫，急忙回头，却见阿迪达骑着一辆鲜红色的摩托车来到身旁。

　　"上车吧，诺尔吉玛，带你兜兜风。"阿迪达笑吟吟地招呼道。

　　"它会惊吗？"诺尔吉玛担心地问。

　　"放心，我已经把它驯服了。"

　　摩托车启动了，速度越来越快。坐在后面的诺尔吉玛紧张极了，慌乱中抱住阿迪达的后腰。看着摩托车灵巧地转来转去，忽而跃过低缓的山岗，忽而穿过榆树林，他驾驭自如，得心应手，诺尔吉玛激动的心儿才渐渐平静下来，心中油然产生了一种从未曾有过的欢欣……一瞬间，她觉得面前这个被她紧搂的青年虽然身体单薄些，但他身上同样有那种男子汉特有的、能征服一切的力量；这种力量不是体现在与烈马的厮滚上，而是体现在心灵手巧上，体现在一种文静俊逸的气质上。他打开了她闭塞的耳目，使她看到了一种诱人的新生活。

　　不知为什么，她脑海里蓦地闪过了玛西巴图……唉，和阿迪达比，他是不是有点傻？他从不像阿迪达这样和我谈这谈那，给我讲草原外面的事情，只知道把所有的精力放在马背上，最后落得个下落不明的结局。不错，阿迪达是驯不服扎格勒，可玛西巴图能驯得了这匹"铁马"吗？嗨，你胡想些什么呀！她暗自笑了，脸上泛起一片红云。

两人坐在草地上休息时，诺尔吉玛感到阿迪达正用炽热的目光久久盯视着自己，心儿一阵慌乱，装作什么也没有发现的样子，淡漠地眺望着远方。

"诺尔吉玛……"阿迪达的喘息急促起来，"在你心中，我还是一个大艾乃吗？"

诺尔吉玛摇摇头："不，你是个男子汉。"

"我是个男子汉，我要把光明带到草原上来！"阿迪达雄心勃勃地说。

"你……？"诺尔吉玛不解地望着他。

"是这样的，我要让古力格浩特都安上电灯。我已经和包音图叔叔谈妥啦，拿出一万块钱，去买风力发电机……"

"真的？"诺尔吉玛的眼睛放出光芒。

"当然真的，再过几天机器就要运到了。"阿迪达蛮有把握地挥了下手。

"哦，我们也要点上电灯啦，真像是在梦里呢……"诺尔吉玛忘情地盯着阿迪达，那目光里第一次有了一丝脉脉之情……

浓浓的夜幕里，一个骑手的黑影在荒凉的草地上飞驰而过。

马蹄声像负荷过重的心律，艰难地搏动着。马背上，驮着不幸者的呻吟……

倏然而来的打击使阿迪达陷入了极大的狂怒中——当他发现诺尔吉玛不见之后，这种狂怒便达到顶点。他相信诺尔吉玛不会背叛他；不，她不是那种水性杨花的女人！她是我的妻子，她清楚这个事实。即使重新见到往昔的情人，她也不会跟他私奔的，一定是那家伙劫跑了她，一定是的。他恨透了玛西巴图：他有什么权力夺去我的合法妻子？混蛋！

他发誓要把诺尔吉玛找回来。

凄清的夜雾里，阿迪达盲目地奔驰着，从一个山包跃过另一个山包，从一片荒漠驰向另一片荒漠。他用尽全身的力气向着无边的夜色放声呼唤着：

"诺……尔……吉……玛——"

回声像远逝的风儿隐约旋荡着，消失在更深邃的远方：

"……吉……玛……"

"……玛……"

嗓子终于喊哑了。阿迪达气尽力竭地伏在鞍子上，从喉咙里发出受伤的野兽一样的呻吟。马儿不知所措地踽踽而行。

诺尔吉玛，听到我的呼唤了吗？你一定会听到的，因为那是我的生命在向你召唤啊！

荒原的一切都是永恒的。

也许千百年来，那浑圆的沙丘就在那里酣睡着，那岩石般的老榆树就是这样痛苦地扭曲着，那冰雕雪琢的半轮残月就是那样斜挂着，那不知疲倦的夜风就是这样低吟着。

篝火渐渐熄灭了。

诺尔吉玛浑身抖了一下，惊惧地向四外望去。

"我怕，巴图哥！快送我回去吧，我求求你！你知道你干了一件什么样的蠢事啊？！"

"我不知道！我只知道你是属于我的，我有权力得到你，因为我套回了扎格勒！"玛西巴图的面色更加阴郁了。他本以为，诺尔吉玛会顺从地跟着他，会像三年前他们分手时那个夜晚一样，把她的一切奉献给他。显然，他想错了！诺尔吉玛已经不是三年前那个热情纯真的诺尔吉玛了，她竟然会对那个阿迪达有好感，这似乎太令人不可思议了！

"巴图哥，是我对不住你，不该让你去套扎格勒，我那时真蠢啊。现在，你用皮鞭狠狠抽我一顿出出气吧，我求你，打吧！我不会有半句怨言的。可是，你必须得打消你那荒唐的主意——我真的不能跟你走啊！"

"为什么？"玛西巴图怨冲冲问。

"我已经是结过婚的女人了！忘了我吧，巴图哥……"

"婚礼还没有举行，一切还来得及！"

"不，我已经是他的人了……半个月前，我们去苏木领结婚证，回来的路上，我们……"

玛西巴图顿时呆住了，这无情的事实使他犹如听到一声可怕的雷鸣，无边的黑暗像狼群一样猛扑过来撕扯他的心……是啊，太晚了！

诺尔吉玛已经是别人的妻子了，这是铁的事实！

为什么？这是为什么啊？诺尔吉玛本该属于我，为了得到她，我经历了千辛万苦，可是，竟得来这样一个结果……他怎么想也弄不明白。

永恒的荒原啊，你为什么不震颤、不爆发呢？你凝聚着一切的痛苦，为什么不哭泣、不怒吼呢？！沉默，能将深深的痛苦抹去吗？抹得不留一丝痕迹……

"诺……尔……吉……玛……"

谁在呼唤？断断续续，隐隐约约，仿佛来自遥远的天边；悲悲切切，凄凄惨惨，犹如撕心裂肺。

诺尔吉玛忽地站了起来。她听到了，清清楚楚听到了，那是阿迪达在呼唤她，寻找她。啊，可怜的阿迪达呀！

骤然间，她有了巨大的勇气。她从怀中掏出那杆金马鞭，告诉他，是阿爸让她把金马鞭送给他的，这杆金马鞭代表着荣誉，也代表着忏悔，它永远属于玛西巴图了。他手据金马鞭呆立着。而她则向着发出呼唤的地方奔跑而去，像一只矫健麋鹿在跳跃着，尽管夜幕象一层层网一样笼罩着她，她的身影很快在黑暗中消失了。

远方，又传来一声野兽的怪叫，是狼嚎？

玛西巴图打了个冷战，好像从一个噩梦中惊醒过来，急忙追去："回来，诺尔吉玛……"

夜，在永恒的痛苦中凝固了。只有手中的金马鞭在夜色中熠熠闪着金色的光芒……

尾　声

晨光驱散了在荒原上游荡的夜雾，大地又恢复了它原有的色调——寂寥，空旷，古老，苍劲……

迎亲马队像一支溃退的队伍，毫无生气地行进在荒原上。几天前，他们也是从这里经过，那是何等欢乐，何等气派。而现在，歌声没有了，欢笑没有了，笼罩在马队中的是巨大的不幸和悲哀，仿佛这是一支送葬队伍。

专门为新娘子准备的白骏马上，只有一个空鞍子。

阿迪达面如死灰，他觉得自己的心儿已变成一块僵冷的石头。整整一天一夜，他在荒原上奔波着，呼唤着，却始终未见诺尔吉玛的踪影。他终于绝望了，甚至相信诺尔吉玛是跟着玛西巴图私奔了。

他败了，败得一塌糊涂！玛西巴图才是胜利者！路啊，多么漫长！何时能走到头呢？

突然，马队里有个小伙子喊了起来："喂，你们看——"

一匹马从附近的山岗上斜刺里冲了过来。马蹄声很沉重，然而也很坚定，那节奏好似在敲击着一个顽强的信念。

"玛西巴图！"

马队一阵骚乱。

骑在马背上的果然是玛西巴图。他的脸膛纯净而开朗，好像是一块被暴风雨刚刚洗涤过的荒原。他手里握着金马鞭，使他的形象更为高大。他身后，驮着诺尔吉玛。他一句话也不说，径直来到白骏马旁，跳下马背，将诺尔吉玛搀扶下来，又把她扶上了白骏马的空鞍子上。当他默默做完了这一切时，才来到阿迪达面前，望着遥远的天际慢慢地低沉地说："好好地对她吧，阿迪达……"

他无法再说下去，因为那男子汉珍贵的泪珠已经在他的眼眶里闪烁。从此，他将离开这片洒下过他血汗的古老荒原，带着金马鞭到遥远的草地去寻找另一种生活。也许，那里有他的慰藉，有他的寄托，或许，还有一个爱他的女人……

玛西巴图掉转马头，猛地抽马一鞭，头也不回地驰向了荒原深处。

阿迪达僵立在马鞍上，他不相信这一切都是真实的，也许，只是一个虚幻的梦？

诺尔吉玛的双唇在微微颤抖。一串晶莹的泪珠在腮边滚动。

人们都立马收鞭，呆呆地望着远去的玛西巴图。

玛西巴图和他的扎格勒在空旷的荒原上越来越小，小得像在深邃的天际尽头翱翔的一只苍鹰，但却依然能看得到金马鞭闪着的金光……最后，那一道金光也消失了，人们在视野里只剩下那遥远处一抹令人忧郁迷惘的幽蓝，那匹马儿与人还有金马鞭仿佛融化在大自然那仁慈而宁静的怀抱中了。

隐约，荒原响起一支古老的民歌，似祝福、似哀怨，令人回肠荡气——

> 雾茫茫的甘珠尔山没有月光嗬咿，
> 傻乎乎的情哥哥把我撵出毡房……
>
> 黑蹄蹄的枣骝马翻过了沙梁嗬咿，
> 把孤零零的小妹妹想断肝肠……

青马河

原载《芳草》
原名《野马河》

　　——关于这条河，有数不清的传闻，我只知道，她是蒙古草原上一条野性的河……

三根金条

　　河边，一座四面透风的破旧的蒙古包。河风挟带着河腥的质腐味儿浓浓地弥漫着，肆无忌惮地撞入那座蒙古包，窥视着包内的情景。

　　一张破羊皮上，躺着一位垂死的老妇人。她灰色的眼珠已经没有多少光泽了，它会使人想到黎明时天际边那寥寥无几的晨星，正将最后的一丝光芒黯淡下去。老妇身边，跪着一位少年，那高耸的鼻梁及颧骨使得人毫不怀疑他有着纯正的蒙古血统。少年的身躯强壮，乱蓬蓬的头发中透露出一股子草地汉子特有的野性，虽然他还没有完全发育成一个成熟的男人。

　　老妇的嘴动了动，开始对着少年说话，尽管那声音低得让人听不清她有说些什么，但那少年却一字一句听得清楚，他知道他的额吉在对他说着什么——

　　米尼乎，我的儿子，额吉有许多的话要对你说……额吉自己心里明白，额吉的日子不多了，恐怕熬不过这个寒冷的秋天了，唉，岁月不饶人啊，何况额吉的病是一种治不好的病。秋天已经来了，你没看见那一行行的大雁已经从青马河飞走了么？你没看见那草甸子上的青草已经红的红、紫的紫、黄的黄了么？日子就是这样一天一天、一年一年地过去了，你呢，也长大了，已经整整十六岁了，十六岁，可是到了该娶媳妇成家的年纪了啊！额吉是多想抱一抱孙子啊，看来，这是不可能的了……佛爷保佑，但愿你能娶一个好媳妇，把咱家的香火传下去啊，米尼乎，这是额吉最大的心愿啊……

不不，米尼乎，这还不是额吉最大的心愿，额吉最大的心愿你知道，是那三根金条！那金条的来历你是知道的，可是，额吉还是要再对你讲一遍——

这时候少年把目光投向附近放着的一个粗帆布做的褡裢上。那褡裢显然是汉人使用的，往肩膀上一搭，一端在前，一端在后，前后都可以放东西，骑上一匹小毛驴儿，戴一顶毡帽，便可以周游四方了。那褡裢上用黑色的丝线绣着一个"史"字，这说明这褡裢的主人原本是姓史的。少年知道，那破旧的褡裢虽然不起眼，可里面却放着价值连城的宝物，而那宝物足可以让他和额吉的生活发生重大的变化，一旦打开那褡裢，他们和母亲将从贫困的生活中走出来，走进另外一个灿烂多彩的世界。

可是，额吉却从来不许他打开那个褡裢，甚至不允许他偷偷地看一眼放在那褡裢里的宝物。

米尼乎，彩云是属于天空的，绿草是属于大地的，凡是不属于我们的东西，佛爷是不允许我们动它的！这是额吉经常对他说的一句话。

老妇似乎是累了，停下来，微微地闭住了眼睛，似乎在回忆着十分遥远的过去。她看见了那条河变成记忆的片断，连接起一条条光环——那时候她还是一个黄花大闺女，赶着勒勒车到河边拉水，总感觉得有一双眼睛在什么地方窥视着她，那眼睛挟带着野性的光芒，抚摸着她全身每个角落，似乎只用目光就把她浑身剥得精光，她赤身裸体地站在河边，凭他抚摸……

她知道那是谁——白音锡勒草原上有名的驯马手。第一次在河边遇到他，她就知道将会有一件既令人害怕又让人期待的事情要发生了！从那儿以后，他的目光就像暗夜中的月亮，无论她走到哪里，那轮月亮就跟到哪儿，她停下来，那轮月亮也停了下来。少女也有少女的狡黠，有一天，她故意没去河边拉水。让他在那儿白白地等了一整天，接着等了一整夜。第二天一早，她赶着牛车走到河边，刚把第一桶水灌进牛车的水箱里时，突然感到有人从后面抱住了她，抱得那么紧，把她的骨头都抱酥了……过了不久，一个奇迹发生了——她感觉到自己的肚子里出现了前所未有的奇迹，一个小生命在她年轻健康的腹部里着床安家了……

米尼乎，你的阿爸常说，你是青马河的儿子，你从小就光着屁股泡在河水里，再深的水也敢去泳，再烈的马子你也敢骑。说也怪，谁也驯不服的儿马子，只要让你骑着进了河水里，马上就老实了，河里出来后，已经是一匹完全被驯服的马子了。你阿爸把他的野性都给了你，从此，你就像一匹小野马驹子欢快地奔走在那条河边的草原上……

老妇静听了一会儿河涛的喧嚣，仿佛顿然有了力气，接着说了起来。

她清楚地记得那年秋天不知从什么地方奔涌来许多的洪水，那些洪水汇聚在青马河里，奔腾着，翻滚着，使这条平时还算是安静的河流顿时变成野性肆虐的暴君。那个把生命交给她的男人和草地上所有的男人一样，喜欢喝酒。那天他喝完了酒骑着马子回家，那马子过河时，他没坐稳，掉进河里，再没上来。当她看到那匹湿漉漉的马子奔回了家，见那鞍子是空的，就知道他出事儿了，眼泪唰地就流了下来。她坐在青马河边，望着那河水整整哭了一天，把不知多少眼泪流进了河水里啊……

从此后家里没了男人，日子过得越来越苦。好在她还算年轻，就到巴彦家当女佣，赚几个铜子来养活儿子。饱一顿饿一餐，总算把儿子养活下来。

那件事情就发生在你两岁那年——额吉望着儿子这样说。

那时候她还是个少妇，赶着一辆勒勒车，带着两岁的儿子去葛根庙去赶庙会。葛根庙的庙会远近闻名，方圆百里的牧民都骑着马赶着车来赶会。葛根庙的大活佛是遥远的塔尔寺派来传教的，他的莲花佛印在无数个牧人的脑门儿上抚过，产生了一个又一个让人怦然心动的奇迹。

额吉是夜里梦到莲花之后才决定去赶庙会并且去还愿的。葛根庙离她家很遥远，赶着勒勒车要走两天。她准备了充足的水和干粮，然后带着儿子上路了。两年前儿子降临的时候，儿子患上了猩红热，一度生命垂危，丈夫曾到葛根庙许愿，请求佛爷保佑他的儿子无病无灾，健康地活下来。果然，儿子就活下来了，可丈夫却进了青马河再也没有回来……

当额吉的勒勒车刚刚越过玛尼图山麓时，突然听到一声枪响。额吉一惊，抬头望去，看见一股马匪正暴风一般冲向一个人，而那人正在狂奔，已经奔到离她的勒勒车几马杆开外的地方。由于离得近，额吉清楚地看见了那人的打扮——青灰色的长褂，头上一顶黑色的呢子礼帽，肩膀上挎着一个褡裢，褡裢上绣着一个"史"字。额吉曾在草原上多次见过这种打扮的人，他们都是旅蒙商（即内地到蒙古草原来做生意的商人）。他们给草原带来了砖茶糖果和丝绸布匹，带走草原上的皮毛绒革，使偏僻草地牧人的生活有了色彩，有了新鲜的内容。虽然这些旅蒙商中不乏奸商，但大多还是本分的商贾。

徒步逃亡的商人自然逃不出马匪铁蹄的追逐，他马上就要落入马匪之手这是显而易见的。就在那旅蒙商奔到额吉勒勒车前时，那股马匪沉落在不远处的一条沟里，暂且消失不见了，然而他们的马蹄声却更加清晰地传了过来。那旅蒙商显然是个极为聪明的男人，就在那一瞬间，他把肩膀上的褡裢抛向了额吉，那褡裢重重地落在了勒勒车上，落在额吉的身边。

额吉那时一怔。

旅蒙商用流利的蒙语冲额吉说："勒勒根（大嫂），帮我保管一下，两天之后，葛根庙会上，我去找你取东西，拜托了，勒勒根……"

旅蒙商说着，已经转身，朝着另外一个方向奔去。片刻，那股马匪已经从沟那边翻越上来，直向那旅蒙商扑过去。

额吉不敢犹豫，急忙赶着勒勒车向另外一个方向而去。她已经意识到那褡裢里装着什么贵重的物品，不然的话，那旅蒙商是不会把它抛在她的车上的。

当额吉的牛车就要消失在山坡的另一端时，她回头望去，看见马匪们已经把那个旅蒙商团团围住了……

勒勒车快要到达葛根庙时，额吉知道自己已经平安，于是她急忙打开那个沉甸甸的褡裢，顿时呆住了——

褡裢里，放着三根金灿灿的金条！

三根金条，对于一个贫苦牧民来说意味着什么？答案是显而易见的——是一种富足生活，是一种尊贵的身份，是草原天堂！过去，草原上最富裕的巴彦家里，有成千上万匹马子，有成千上万匹牛羊，却不会有三根金条，只有王爷或者贝勒家里，才有金条元宝象牙珍珠玛瑙之类的宝物。

这位贫苦的寡妇，在某一天赶着笨重的勒勒车，车上拉着她两岁的儿子，正要去葛根庙赶庙会，可是突然之间，从天上掉下来三根金条，能不让她震惊吗？

震惊之后，带给这可怜寡妇的，却是一种莫名巨大的恐惧。在那极为原始而贫穷的地方，纯朴的道德观念是无边无际的穹庐，笼盖着人的身体和心灵。他们穷得没有任何财富，可是却保留下一种美德，那便是决不贪图任何身外之物，只要不是自己的东西，是决不能据为己有的。于是，那位贫苦的额吉，面对着三根金光灿灿的金条痛苦地呆坐了整整两个晚上，当她苦涩的双眼被那宛如太阳一般的金光刺痛时，她终于做出了自己的决定——物归原主，把那三根金条归还给金条的主人——那位姓史的旅蒙商人。

葛根庙会只有三天。在那三天的时间里，额吉身上背着两岁的儿子，一直等候在大庙的庙门前。川流不息的人流从那里经过，她的目光始终在那些外地来的商贾身上停留。可是她失望了——苦苦等候了三天，直到庙会散了，她没有见到那个姓史的旅蒙商，金条的主人并没有履约前来……

额吉并不知道，那个姓史的旅蒙商被马匪抓去做了脚夫，三十天后他从马匪魔爪中逃出来，急忙赶到葛根庙，可是庙门前再也见不到那草地女人的影子！茫茫大草原，他该到哪儿去寻找那位蒙古女人和孩子呢？对那三根金条，他已经不抱任何希望。能捡回一条命，对他已经是万幸的了。于是他离开了葛根庙，许多年没有再到那里去。

命运和额吉开了一个天大的玩笑。一个信守誓约的女人，一心想归还那珍贵的金条，可是，却找不到金条的主人了，它的主人消失了，不见了。以后每年庙会时，额吉都带着孩子前来等候，希望它的主人能够出现，可是，年复一年，她都白白地等候了。时间越久，对她越是一种残酷的考验，因为那褡裢里放着的是人间最大的诱惑，只要占有它，便可荣华富贵，衣食无忧，再也不用辛苦操劳……这诱惑谁能抵制得了呢？

可以想见额吉在这巨大诱惑面前，用了多么惊人的毅力，才没有被诱惑所俘虏。人心的刚毅与纯洁在这考验面前焕发出美丽绚烂的光芒。除了每年赶庙会那天，额吉要领着她的孩子来到葛根庙前，等候着，而且为了寻找失主，她把家里的破蒙古包还有唯一的一头牛也卖了，当作盘缠，离开多伦，去过归化，到过包头，也去过大同、多伦和太谷，也几乎问遍了她遇到的每一个旅蒙商人，可是，整整十二年过去了，却依然没有找到那旅蒙商的踪影……

十二年后，男孩子已经十四岁了，而他的额吉已经病入膏肓，这对浑身褴褛的母子凭着向路人乞讨，才勉强活了下来。抱着金子讨饭，这恐怕是世上绝无仅有的一例。男孩子和额吉住在一间破庙里。破庙四面透风。额吉躺在破草絮上，吃力地喘息着，她发着高烧已经许多天了，再不医治，怕是活不了几天了。男孩子焦急异常，突然，他看到了放在一旁的破褡裢，知道那褡裢里有可以挽救额吉生命的宝物，于是男孩子第一次做出自己的决定，抱起那褡裢就要走。额吉急忙拉住他，问他干什么去？孩子说用金条去给额吉买药请喇嘛大夫！抱着金条讨饭可以，但守着金子却丢命，这不行！

男孩子要去，额吉用最后一丝微弱的力气拉着褡裢不松手，里面的三根金条便掉了出来。额吉哭泣着，用哀求的目光望着儿子，轻轻地摇头说："不……不行……那金子是人家的，咱不能动啊……"

男孩子绝望了："额吉，都这么多年了，人家不会来了，难道眼看着你病死饿死，我们也不能动这金条么？"

额吉坚定地说："对，就是病死饿死，这金条也不能动，不能！这是咱草地人的规矩！"

男孩子松了手，蹲在地上哭泣起来，那是一种默默的啜泣。额吉却将掉在地上的三根金条一根一根地捡了起来，放回到那个褡裢里。为了怕儿子会悄悄地瞒着她拿走金条，额吉在昏迷中将那褡裢紧紧地搂抱在怀中。后来男孩子停了哭泣，十四岁的少年在草原上已经是男子汉了，他决定亲自去寻找那个姓史的旅蒙商，了却额吉这桩最大的心愿……

又是一年一度的葛根庙会，人来人往，热闹非凡。人群中，有当地的蒙古族牧民，也有一些拉着骆驼的旅蒙商人。那年，是多伦隆盛号的大掌柜史东山十二年后再返草原，那时他已经是名声赫赫的大旅蒙商了。十二年前的事情他早已经淡忘，三根金条现在对他来说已经显得无足轻重。可他怎么也想不到，就在他闲逛庙会之时，突然，一个野人般的男孩子出现在他面前，用炯炯的目光盯着他肩膀上的那个褡裢。那褡裢的样子与额吉的褡裢一模一样，上面也用红线绣着一个"史"字。

那少年拉住大掌柜的手，啥话也不说，只是让跟他走。史东山诧异地望着那草原上的孩子，觉得一定事出有因，便跟着他去了破庙。

于是史东山惊诧地看到了他永远忘不掉的一幕——在那座四面透风的屋子里，一张破草絮上，躺着半昏迷的额吉。那少年快步奔过去，摇晃着他的阿妈。额吉醒来，用茫然的目光望着站在她面前的这个商人。少年指着史东山肩膀上的褡裢让阿妈看。于是额吉顿时明白了，激动地哆嗦着，慢慢地解开自己的破衣服，解了一层又一层。史东山从始至终并没有认出这位草地上妇女，只是疑惑地看着，因为他根本想不到发生了什么事情。

额吉终于解完最后一层破衣服，把那个绑在身上的破旧褡裢取了出来，颤抖着手交给了史东山。当史东山接过那旧褡裢时，已经完全明白了一切——褡裢里，完整无缺地放着那三根金条！

而那位草地女人，那位善良的额吉，终于完成一桩多年的心愿，躺下就再也不动了。少年的悲恸可想而知，扑在阿妈身上痛哭不已。

那一刻，旅蒙商史东山也无法克制自己的眼泪如喷泉一般涌了出来，那是他一生中所流的最多的眼泪，如那青马河的水，冲刷着他的心灵，他的心无时无刻不在颤抖。

大掌柜史东山后来对他的儿子说——啥是诚信？这就叫诚信！

史家大少爷

我爹的寿辰是六月初八，本应该是个大吉大利的好日子，可是那年我查过皇历，历书上说——那天太岁在亥，劫煞在申，灾煞在酉，宜沐浴祭祀，忌出门远行。

可是那天，偏偏爹正在远行的路上！

爹是从大库伦(后来的乌兰巴托)往回赶的，说好了要在六月初八这一天赶回家，好给他过五十大寿。我家隆盛号是一座十分气派的大店铺，门上大匾那"隆盛号"三个大字熠熠生辉，爹说光这块金字招牌，在天下旅蒙商中就是无价之宝。

那天，隆盛号的前庭后院挂满了大红灯笼，只等寿宴一开，那些大红灯笼就点燃起来，焕发出喜庆的光芒。店里的伙计们忙乱着，抬着几坛子酒及半扇猪肉、猪头等，喜气洋洋地进进出出。家中的小丫鬟们端着几盘子大寿桃走进了寿堂。堂中正墙上是一个用九十九块金元宝拼起来的大大的"寿"字。丫鬟们把寿桃摆放在"寿"字图下的桌几上。院子里，柜头杜喜来指挥着伙计们在十几张八仙桌上摆放着精美的菜肴。再过一会儿，所请的宾客们马上就要到了……

可是，一直等到天快黑了，还是没见到爹的影儿。从太阳一落山的时候起，我的心就胡乱跳个不停，预感到今天一定会有什么可怕的事情发生。

于是我独自一人来到多伦城上，向远方眺望着——黄昏光色笼罩下的多伦城显得十分凝重，青砖碧瓦反射着落日暗红的余光。从远处传来的驼铃声不绝于耳……

后来爹告诉我，那个时辰，正是他死里逃生，从阎王爷手里夺了一条命的时候。

原来爹的商队在路上遇到了一支马匪。

爹的官名叫史东山，是隆盛号的大掌柜。

那天商队一进浑善达克的那道沙沟，骑在一峰大骟驼上的爹就感到不妙，心跳得像是草原上刚刚两岁的小马驹儿。

地气不对，爹看出了苗头！

爹一直说他会看地气。他说一般人的肉眼是看不见地气的，只有开了天眼的人，才能看见地气。在他眼里，地气有紫的，有青的，有绿的，也有黄的。而那天，他看见沙沟里冒起的地气是赤红色的。

赤色表示着杀戮，要有一场灾难降临了！

爹的心刚刚激跳了一下。于是隆盛号的大掌柜就勒住骆驼，举起一只手来，整个商队就停住了。所有伙计们的目光都盯着领路人大掌柜。大掌柜专注地望着地气，眉头越皱越紧，于是他摆了一下手，便有一位少年立刻从马背上跳下来，趴在地上，将耳朵紧贴在地上，注意地聆听起来。

关于这位十五六岁的少年，我得多说几句——他不是我家隆盛号的伙计，看上去像一匹蒙古小野马。爹后来给我介绍他的时候，说他蒙名叫玛西巴图，汉名叫马玛西。他究竟是汉人还是蒙古人，我始终也没闹明白。

他是爹从草地上认的一个干儿子。

尽管我没弄明白这少年身上有没有蒙古血统，可我一直称呼他"玛西"，我也一直把他当成蒙人。

玛西的头发大概从来没有梳理过，总是胡乱蓬散着。他的衣服也是脏兮兮的，好像从穿在身上那天起，就再没有洗过。他的鼻子很挺拔，眉毛很浓，明亮的眼睛里射出野性的光芒。我第一回看到他的目光就确信他一定是北方匈奴人的后裔。

玛西趴在地上，把耳朵紧贴在地皮上聆听着，果然听到似乎有一阵闷雷般的声音从远处滚动而来。他急忙跳起来，对大掌柜做了一个手势，指着远方。

片刻，不但大掌柜听到了那声音，就连商队的伙计马夫们也都清清楚楚地听到了——

沉寂的荒原上，那低沉的轰鸣声越来越清晰。紧接着，大地开始震颤，那轰鸣由弱渐强，越来越强烈，如闷雷一般滚滚而来。商队所有的人都抬起头来向附近的高地望去——

随着一声清脆的枪响，顿时一片海啸般的呼喊声传来。从高地一边升起一颗颗黑色的人头，随着人头的不断高升，逐渐看出那里原来是一个个的黑衣骑士，他们挥舞着马刀从高地上冲了下来。

仿佛遥相呼应一般，这时，从另外一个方向也传来呼啸声。又一队黑衣人马从一侧的高地冲下来，挥舞着闪亮的马刀如风暴一般席卷而来。

大掌柜已经从怀中掏出一把手枪，向众伙计挥手嘶喊："快，操家伙——"

众伙计急忙从驼背上有人抽出刀剑，有的取下鸟枪，仓皇应战。片刻之间，枪声……马蹄声……呐喊声……混杂成一波未平、一波又起的浪潮。

转眼之间，众马匪已经驰到商队前，马刀尖上挑着落日的余晖，一闪之间，便是一道红光。如晚霞绽开艳丽的花朵。

爹说，那匪首戴着一只黑色的眼罩，正是草原上恶名鼎鼎的独眼龙。他杀人不眨眼，一把月牙形的腰刀锋利无比，不知在转眼之间砍下多少颗人头。

独眼龙是我家商号的天敌，也是旅蒙商劫数。

我爹——隆盛号的大掌柜，那天表现得异常沉着冷静。他的一把老式转轮手枪，击毙了闯到他面前的一个又一个马匪。匪首独眼龙马上认出了爹的身份，只见他轻舒猿臂，略抖缰绳，坐骑如满月之弓蓄势而发，转瞬之间，那月牙刀如蛇一般游弋着直奔我爹的脖颈而来。

爹那时已经打光了手枪里最后一发子弹，只能眼睁睁看着那雪光闪烁的弯刀游龙戏凤一般滚来，根本没有可能躲过那一劫了，他万想不到，一个最不起眼的人，在那千钧一发之时救了他。

爹对那人感恩戴德，不许我说他一个不字！

便是少年玛西。

玛西不愧是蒙古草地上长大的孩子，骑术果然是一流的！爹说就在他感到一股死亡的冷气向自己逼近而且无法回避之时，耳边只听得风声呼啸，就觉得自己的身体离开了地面，悬空而起，还没弄明白是怎么回事儿之时，身子已经坐在了马背上。

是玛西，他使了一个漂亮的"海底捞月"，将我爹掠上马背，救了他飞奔而去。

后来爹对我说——他的命，是小野马帮着捡回来的。可我不信！我宁愿相信是爹命不当绝，寿数未尽，是上天救了爹……

我见到爹的时候，已经是天完全黑了的时候。

两盏灯笼闪着昏黄的光芒。我伫立于路口，于夜色突然听到一阵马蹄声响，我急忙向前望去，只见漆般的夜色中，两匹快马飞奔而来，在灯笼光芒的映照下，我认出那一马当先的不是别人，正是我爹。

紧跟在我爹身后的，便是那小野马。

我急忙迎上前去，惊喜交加地叫着："爹——你可回来了！"

我爹翻身下马，动作洒脱，这时我才发现爹的一条胳膊上绑着纱布，而且有血渗出来。我想问一问到底出什么事儿了，可爹却只是淡淡地摆了摆手，仿佛什么事儿也没有发生的样子：

"碰上一股马匪……商队被打散了……"

也就在这时，我看见了跟随爹一路而来的那个小野马。

我在打量着玛西，小野马也用探究的目光挖掘着我。我们俩都想弄清对方，可是谁也弄不明白。我们二人目光交融在一起，碰撞在一起，反弹出只有我二人才会感觉到的意味。不，那绝不是简单的敌视，更不是彼此的轻蔑，而是一种敌对的信任，尊敬的挑战，一生一世的不弃不离！

几天后，我在城外的河边再次见到玛西，他正在为一匹马清洗皮毛，将木桶里汲满河水，然后浇到马的背上，再用刷子刷着马的皮毛。他干得十分认真专注，以至于我走到他背后，他也没有发现我。当我轻轻咳嗽一声，他悚然一惊，极为灵敏地一个转身，手如电光一般疾速地掐住了我的脖子，凶狠地瞪着我。他的目光令我的脊梁发冷，不寒而栗。

后来我在草原上见到一只狼，才猛地省悟，原来小野马的目光像狼呀！那是草原上最凶猛的黑狼，犹如凶猛无比的藏獒！

可是爹却反复叮嘱我，要我把他当成自己的亲兄弟！唉，爹是怎么了，难道，人可以与狼做兄弟吗？

我对我这位草地兄弟唯一的了解，只知道他来自青马河。那是一条十分遥远的河流，一直向北，穿越了阿尔泰山麓，谁也不知道它的源头在哪儿……

我家隆盛号遇到了前所未有的艰难时刻。

因为商队被马匪打散，大批货物被劫走，爹回来之后，无法向顾主们交账。所有的商贾都找上门来要货，商号里乱得犹如集市。

"大掌柜，我要的五十张沙狐皮可是付过定金的，你说怎么办吧？"

"按合同上规定，今天你应该给我们交货啊。"

"是啊，八百斤羊绒，五百张羔儿皮，我还等着急用呢……"

"我们是信任你隆盛号，才把一百两银子交给你，货在哪儿呢？"

"当初咱们可是有约在先，要是到日子交不了货，就要赔我们双倍的银子啊……"

我不安地望着爹，大声对众商人叫道："你们这是干什么啊？！我家商队被马匪黑狼打劫了，这事儿你们不是不知道，你们不能乘人之危，给我们雪上加霜啊……"

"承义，有你这么说话的吗！给我退一边儿去！"爹对我厉声喝道。

我不敢再说什么，退到后面。

爹对众人拱拱手，望着众人平静地说："诸位，我隆盛号从建号至今，只恪守两个字——诚信！既然我史东山当初对你们有过口头承诺，那就一定要兑现的。喜来，你这就带大家到柜上去，一，把大家所有的本钱全部退还，不能少一两银子；二，再按本钱多少给大家付双倍的银子……"

我看见柜头杜喜来呆怔住了："大掌柜，这……"

爹果断地摆了一下手："照我说的去办！"

杜喜来无奈，只得转身领着众商贾去兑银子。

我不理解爹为何要这样，极为不满地质问爹："退他们本钱已经仁至义尽了，你还要赔他们银子，爹……"

"我当初对他们有过承诺。"爹阴沉着脸说。

"那不过是随便一句话，还当真了？！"

爹用严峻的目光盯着我："你懂什么叫一诺千金？诚信二字是咱隆盛号经商的宗旨，安身立命的根本，你给我牢牢记住了，要用刀子刻在心上！"

从那天起，爹把这句话刀刻在我心头。

旅蒙商之诚信，天下谁人不知，谁人不晓？可若要真的理解"诚信"二字的深刻含义，那得用一辈子的功夫！

田灵芝

> 女娃二八，
> 要许婆家，
> 盘起头来插枝花儿……

那天俺满耳朵跑的，就是这首娃娃们唱的歌儿。娃儿们在院里跑，一边跑一边唱——

> 绸缎包扎，
> 绣笄插发，
> 大红轿子娶回家……

俺爹是多伦城里有名的茂昌钱庄掌柜田茂林，他的闺女是宝贝亲疙蛋，放在手上怕吓着，含在嘴里怕化了。可不管咋疼闺女，闺女到了二八，就要吃盘头宴，这盘头宴一吃过，就该谈婚论嫁，闺女眼瞅着就是人家的人儿了！

唉，爹心里八成儿不好过，一大早就不知道躲到哪儿去了。

六婶给俺盘头。她说这城里的闺女，一百个有九十九是她给盘的头，所以大家都叫她盘头六婶儿。

盘头六婶儿确确有一手盘头的好手艺，大闺女的满头乌发，到了她手上，就像行云流水一般，左手一甩，一股风儿；右手一绕，一片云，风儿追着云，云儿绕着风，那丝丝乌发便乖乖地聚拢到了一起，拧成一条乌溜溜的大辫子，再把那大辫子拧啊绕啊，一圈一圈地绕上了头，俺在镜子里看见俺那根乌黑的大辫子就盘在了头顶上，在脑后绾成一个发髻，然后六婶儿用一块紫红色的绸子再将俺的发髻包住，再用玉笋插定发髻。

头就这样盘完了。

俺有些害羞地凝视着镜子里的那闺女——呀，那是俺吗？那是那个叫田灵芝的小丫头么？她咋一下子变得那么俊美？她咋一刹刹变得如此婀娜多姿？她咋忽眨眨眼睛那一会儿，就从一粒青涩的杏子，变成一颗成熟得想叫人咬一口的大蜜桃了呢？

俺越看自己的样儿，就越是羞得恨不得找个地缝儿钻进去哩。

幸亏，外面的院子里出了一桩事儿，把俺的羞怯一下子赶跑了。

院子里闯进来一个人，不，确切地说，是闯进来一匹马，一匹小野马，一下子把个好端端的盘头宴搅了个稀里哗啦。

唉，那匹让俺恨不够骂不休咬一口不解气掐一把意难平说不清道不明不知是该爱还是该恼的蒙古小野马哟……

他说他来自蒙古草地的青马河！

青马河？那是个甚地界呢？

有人叫他玛西，俺喜欢叫他小野马！

小野马说那天他到城外河边洗罢马，牵着马正要回隆盛号的马厩，正好路过我家院门外，听得院子里热闹非凡，吹的拉的弹的打的唱的，他被吸引住了，拦住个钻裆溜缝儿的娃娃问里面做甚呢？娃娃说在吃盘头宴。他不懂甚叫盘头宴，动了好奇心，拉着马就往院里挤。

俺们那儿的乡俗是把宴席摆在院子里。有钱人家的院落都宽敞，在院子里摆十几张八仙桌一点儿也不拥挤。那天俺的盘头宴，城里所有的有头儿有脸儿的人都被请来了，大家说，就是不给县老爷面子，也得给俺爹面子！俺爹是谁？他可是开钱庄的田大掌柜呀！

俺家是大户人家，光是看门护院儿的，就是十几号青壮后生哩，都是习过武练过功的，本事都不小，哪儿见过胆敢这般胡闯乱撞的莽汉？两根看家棍拦住了他，不放他进去。这下惹恼了小野马，扯着嗓门儿吼起来：

"凭啥不让我进去？"

一个伙计指着他的马说："人能进，它进，不行……"

"我把它拴在院子里，不碍事儿的……"他说着就要霸王硬上弓。

这时俺哥恰恰走过来。俺哥叫田虎，虎头巴脑缺心眼儿，就爱和人家斗。他揪住小野马的脖领子便骂：

"哪儿来的野小子？也不看看这是什么地方，敢来这儿撒野……"

小野马哪儿吃这个，就跟俺哥动了手，一拳就把俺哥打了一个乌眼青。谁也没料到在双方的纠扯中那匹黑马受到惊吓，突然挣脱掉缰绳，径直向院子里窜去。

一下子那匹黑马发了威，在院子里横冲直闯，院子里的客人大惊失色，纷纷逃散。一片惊叫声。一张桌子被撞翻了，桌子上的杯盏四处滚落着。一个老汉摔倒了，在地上爬着像乌龟。几个女眷靠着墙尖声惊叫着，花容失色。

俺就是这时辰从屋子里走出来的，一下子被眼前的景象惊呆了。

那黑马大闹宴席，兴致正旺，在院子里横冲直闯也罢，可不知咋的，居然一头向俺这边冲撞过来。

也就在那一刹刹，俺看见了站在门口的小野马，他的眼睛直愣愣地盯着俺，看呆了，看怔了，看傻了！

没见过女人的傻野马呀，俺就真格的那么让你一见丢了魂儿？看一眼就放不下？

俺听人常说——灵芝这闺女可喜人哩！可是，俺不过刚刚盘了一个头，就能让一个男人一看没了魂儿？三魂出了窍，五魄化成风？

俺在你眼里真格那么美？让你一生一世放不下？

大概就是人们爱说的那个"缘"吧？

其实那黑马离俺不过几步远，俺居然把它给忘了，肚子里一下想了那么多！再差几步，那黑马就要撞上俺了，真是命系千钧一发间，却见那小野马把两根指头放进嘴里，打了一个尖利的呼哨。

谁见过这么灵的事儿啊？只不过是那一声呼哨，已经冲到俺眼跟前的黑马听了，顿时一个急刹车，两个前蹄离地而起，后蹄直立，咴咴地叫了一声。

这时候它离俺不过一步之遥呀！

俺吓得紧紧闭住眼睛，等再睁开眼睛时，黑马的前蹄已经落地，变得非常温顺的样子。两个伙计冲过来，抓住了黑马的缰绳，把这惹事儿的家伙牵了出去。这时候俺再看小野马，发现他望着俺正在傻笑。

俺一生一世忘不掉他的那个笑，那么纯净，那么调皮，那么让人心动……

那是男人最美的笑啊！

俺哥早已经气急败坏，让冲进来的七八个后生把小野马抓起来。

"把他关起来，关到马棚去……"

几个后生对小野马拳打脚踢。可他一点儿也没感觉，只是望着俺傻笑着。看着他被打得鼻青脸肿的样儿，俺真的有些心疼他了，急忙让那伙计们住了手。伙计们便扭着推搡着那蒙古小野马向后院走去。

俺万万没想到——那小野马在从俺身边走过去的时候，他居然对俺笑着说：

"我想喝你的盘头酒呢……"

这个天杀的呀！

那天夜里俺管不住自个儿的心了！

俺心里，老想着那匹蒙古小野马，那个想喝俺盘头酒的男人。

俺决定去到后院的马棚去看看他。一个好端端的人儿，被关在牲口棚，咋能快活呢。

于是俺先偷偷地溜进厨房，找了一些好吃的东西，放进竹篮里，又寻到一罐子七星坛老酒，也放进竹篮里，在竹篮上搭上一块白毛肚手巾，看没人，悄悄向后院溜去。

俺走到牲口棚的近前时，就看见了他。

小野马背靠着墙坐着。一缕月光恰好从门口的木头栅栏的缝隙间投射进来，落在他的身上和脸上。他的脸上挂着一缕灿烂的微笑，倒像是庙里咧着大嘴总在笑着的大肚子弥勒佛。

小野马后来告诉俺——那时辰他的耳朵边正回响着娃娃们的歌儿：

> 女娃二八，
> 　要许婆家，
> 盘起头来插枝花儿……

俺不想惊动他，只是想远远看他一眼。然后，俺把那个小竹篮子放在马棚的栅栏前，急忙走开。

不料这时辰玛西发现了俺。

小野马说他看见一个苗条的身影就要离开，一下急了，好像是七仙女走了之后再不会回来一般，便对着俺的背影吼了一声：

"嗨——"

俺被这一声儿喊使了定身法，停住走不动了。

俺慢慢地回身，看着他。

小野马说：那天夜里，俺那回眸一瞥，目光清澈如水，里面盛满了无限的温情。

俺说：甭美了，那只是你的感觉！

俺扭身离开了。俺知道等俺走了之后，小野马会伸手将那个小竹篮子取来，里面有酒有菜。他先取出那精致的小酒坛子，用牙把酒塞子拔出来，然后，捧着那酒坛子，美美地饮一大口。

那是天下最好喝的酒，他说。

因为那是你的盘头酒！他又说。

俺回到家门口时，没有先进屋儿，站在门外，让冷风把滚烫的脸蛋儿吹一吹，这样，看上去脸蛋儿就不红了。

就在这时，俺听见屋子里传来俺爹的声音。

还有一个男人的声音。那声音俺不太熟。

"……既然是你们史家的人，这件事情我就不追究了，人，你领回去，不过以后得严加管教才行啊！"这是爹的声音。

"世伯说得对，玛西刚从草地上来，对咱这儿的许多规矩都不懂，以后我会教他的。"这是那男人的声音。

俺从门缝儿向客厅里窥视进去，看见一个白白净净的后生恭恭敬敬地站在俺爹面前。俺瞅着那后生眼熟，想了一下才想起，他是隆盛号大掌柜史东山的儿子，有几回他跟他爹到俺家来过，站在俺爹面前，总是彬彬有礼的样儿。

这后生长得仁义，俺不讨厌他。

不过后来俺咋也没想到，他会成了俺的男人。

男人就是一辈子跟你厮守在一起的那个人！

从爹和史家少爷的对话里，俺听出他二人是在说那小野马。这俺就纳闷儿了——那小野马跟史家又有甚瓜葛哩？怎么史家大少爷跑来为他求情呢？

"承义啊，听说隆盛号的买卖现在都靠你了？你爹哪辈子修来的好福气，落了你这么个好儿子！"爹笑眯眯地望着史家大少爷说。看得出，他是蛮喜欢史家这个少爷。

"世伯过奖了，我不过是帮我爹谋划谋划，我爹上了年纪，柜上的事情他一个人忙不过来！"史家少爷好像倒是十分懂事的人。"还是世伯有福啊，一个人就能独挡几面……"

呸，原来也是个会拍马的家伙呀！

不过俺一点儿也不讨厌他，真的不讨厌！只不过，作为一个男人，他没让俺的心怦地跳那么一下子。

那小野马却叫俺的心跳了一下！

其实小野马叫俺的心跳了不止一下，而是跳了许多下。

那天，丫鬟四凤陪俺去白驼庙。白驼庙是旅蒙商最虔诚祭拜的地方，凡是要走远路去做买卖的商人，在临行前都要到白驼庙，祭拜那峰老白驼。

俺爹说老白驼真的很灵，它是爹从青马河那边带回来的，只要你对它许个愿，用不了多久，它就会满足你的愿望。

俺到白驼庙是去许愿的。俺爹不知着了啥魔，非得要去蒙古的大库伦去看看，想在那儿建票号，然后还想到俄罗斯去开个大钱庄。俺向老白驼祈求保佑俺爹出门在外，平平安安地回来。

快进白驼庙时，俺就觉得有些异样，仿佛啥地方有一双眼睛在盯着俺，叫俺浑身不自在。俺抬头一望，这才知道原来让俺不自在的原因——有双眼睛在不远的地方盯着俺呢。

盯俺的不是别人，正是小野马！

小野马骑在他的黑马上，用贼亮的目光盯着俺，一动不动地伫立在那里。那一刻俺头一回感到有些害怕，急忙迈步进了庙里。

可总觉得那双目光一直紧紧地跟随着俺，甩也甩不掉！

白驼庙不大，有点儿像一座小凉亭。那小亭里卧着一峰年迈的老骆驼。老白驼果然是浑身皆白毛，安详地卧在那里，不紧不慢地倒嚼着，嘴唇的边缘溢出一圈儿的白沫儿。旁边是一座庙堂。小亭前有一座大香炉，青烟缭绕，香火不绝。

俺跪在那香炉前，双手合十，口里默默地念着，对着那白骆驼念念有词。那些词是早已经编排好的，无非是些吉利祝福的话罢了。俺心诚，一心祭拜老白驼，一点儿也不知道那小野马是甚时候走到俺身后。

"它是神吗？"

俺身子一个激灵，回身，才看到小野马。俺不敢和他的目光对视，只是点了点头。

"咋个神哩？"似乎不相信它是神灵，盯着它问。

俺只得告诉小野马——老白驼救过隆盛号的大掌柜，救过三次，若没有它，大掌柜就走不出沙漠，也不会有今天，所以把它供奉成神灵。史大掌柜修了这座庙，把老白驼供奉在这里，好让所有的买卖人都来祭拜它。

不料小野马听我说完，却摇头冷笑："我看它根本没那么灵！"

我急忙捂住小野马的嘴，回着看了那老白驼一眼，惊慌地说："老天爷，不怕触犯神灵灵呀！快，你也跪下拜一拜，求它宽恕……"

小野马却固执地摇头："要是想让它高兴，就应该把它放了。"

"放了？"

"它是属于草原的，把它关在这儿对它是残酷的惩罚。"

俺望着小野马，为他这番话而愕然，急忙捂住他的嘴不让他继续说下去。这个小野马啊，咋他的想法和别人一点儿也不一样呢？

从老白驼庙里出来，小野马牵着马，有些讨好地对俺说："灵芝，骑到马上来吧，我送你……"

俺急忙摇头拒绝了。

小野马坚持着要送俺："没事儿的，我给你牵着，肯定摔不着你。"

"不……"

俺知道这时候要是再不赶紧离开，俺怕是一辈子也摆脱不掉他的纠缠了。俺拉着丫鬟四凤大步走远，把小野马丢在那里。

俺万没想到，小野马居然会以这种方法将俺劫持为他的人质。俺和四凤正在荒野上行走的时候，身后突然传来急促的马蹄声。没等俺明白发生了甚事时，身子已经轻飘飘地被提到了半空中，落在马背上。

是小野马来了一个"海底捞月"，将俺掠上了他的马背！

真是天杀的啊！

俺说不清是怕，还是紧张，还是激动，或者是各种感情全部搅在了一起，身子不住地战栗着，紧紧地闭住了眼睛。马背上，小野马的双臂像蟒蛇一般环绕着俺，俺是被他抱在怀里啊！

第一回在一个男人的怀里，俺觉得自己被他给融化了。

心中一片空白，什么也没有，却又像有一片无边无际的雪原，无休止地向前延伸，随着那匹黑马不停地奔波，那雪原也在不住地向前扩大着，扩大着，永远扩大着，没有边际，没有终点，没有色彩，没有东西，什么什么都没有……

那就是俺的世界。

小野马

汉人管七月叫"霜月"，也叫"孟秋"。常听额吉说，十七八岁是最美的年龄，七八月份是最好的季节。可那年七月，多伦这地方却一直干燥无雨，我觉得自己的整个身体都在燃烧。

多伦淖尔是蒙古名字，意思是"七个湖"。多伦城外就是草原。我不习惯待在城里，尤其是身体在燃烧的时候，唯一能让我感到凉爽的地方是城外的草原。

不知为什么，我经常会像狼一样在草原上奔跑，没人能阻挡得住我的奔跑，也没人知道我渴望什么，但是，这一切都预示着一种危机和不安……

那是一个天色阴沉、野风苍劲的日子，我打马急驰在荒野上，如风似电。他在不停地奔跑着，纵马跃上一个又一个山坡，冲过一片又一片洼地。不知过了多久，奔驰了多远，我勒住马缰，让马子停在山坡上，向远方眺望，眺望着苍茫无垠的荒野大地。这时候，我的目光中又闪烁出那如狼一般渴望的神情来，那是我对祖先辉煌业绩的渴望和崇拜吗？我不知道，我只知道我内心深处有一种东西需要发泄，于是我对着远方如狼一样号叫起来。

那号叫声与远方隐隐掠过来的雷声交织在一起，在大地上久久回荡着，令许多人惊骇不已。

我后来才知道我的身体为何而燃烧了——是那个小姑娘，那个叫灵芝的小闺女，她娇媚的眼神儿，把我整个的身心都给点燃着了，那个小妖精啊，一个纠缠了我一辈子的小妖精。

额吉曾经对我说，汉人的女人里有许多妖精，我以前一直不信，可自从见到灵芝，我信了！她真的是一个会让人失魂落魄的小妖精！

我的魂儿就让她给偷走了……

我的义父史东山，多伦城隆盛号的大掌柜。他把我当成干儿子，对我如亲阿爸一样，我是为了额吉的叮嘱，才随他一起到多伦城来的。我曾经怀疑额吉在年轻的时候，与他有过那样的关系，我也许是他的私生子，如果那样，我的血管里就有汉人的血了，可是，事情显然并非如此，我的义父只是为了报答我的额吉，才把我带到多伦来的，因为额吉临死之前把我托付给了他。为了说服我跟他走，他在我的家乡青马河整整住了有小半年，直到我认定他是真心为了我好，我才答应跟他一起来的。虽然我不愿意到城里来，可是，我已经无家可归，家乡没有任何眷恋，到城里来看看也不错嘛，起码我从此有了一个吃饭睡觉的地方。

义父对我非常好，这使我相信在汉人里也有不少的好人，对他们是可以相信的。他给我的宽厚仁慈远比给他的亲儿子要多得多。可以说，我在这个大富之家也成了名副其实的少爷，尽管我不想当少爷……

我真的不想当少爷，不想待在城里，不想过汉人的生活。我受不了这个家许许多多的臭规矩，譬如吧，汉人喜欢干净，义父要求我隔一两天就得要换上洗过的干净衣服，而衣服上那股猪油腴子味呛得我浑身刺痒难熬；再譬如，我从来没有梳头的习惯，天天早上梳头，那是女人的事情。可是，义父却让伺候我的丫鬟天天给我梳头，当枣木梳子强行从我头顶上一攻蓬蓬乱发间穿梭而过的时候，我感到的是一片丰盛的草原，被尖锐的犁铧无情地耕耘着，当铁铧把草原变成了处女地之后，留在头顶上的不再是花马的骄傲自由的鬃毛，而是一片害羞而没有成熟的青苗……

每当这个时候，我总是会偷偷地跑出去，跑到一个没人的地方，把头发弄脏弄乱，把他们给我涂抹上去的那层闪亮的头油用一把荒草擦拭掉，然后故意在雪白的衣服上沾上一些泥巴，我在城外的小河中凝视着自己的倒影，我悲哀地发现：我再也找不回过去的那个我了，我已经不存在了，我变成了一个汉人少爷！

最让我受不了的还不是这些，而是商号里的那些店员伙计对我的目光，还有这个家里的女佣——他们打量我的目光似乎在打量着一头从荒山野地里抓来的野兽，既有好奇，又有防范，同时有更多的敌意。我几次听到他们在背后对我的来历窃窃私语，他们的声音听上去模模糊糊，犹如喇嘛庙里那种神秘难懂的咒语，断断续续，当我正想更仔细地聆听时，它们却戛然而止，毫无疑问，因为他们突然发现了我。

我不属于这里！我不止一次这样对自己说。可是我却没有勇气离去，因为额吉临去世时把我托付给了义父，因为额吉叮嘱我要听义父的话……我不想让额吉在佛的天国里看着我不听她的话而伤心落泪。额吉活着时候，已经为了我流了太多太多的眼泪，我不能让她在那个阴暗的世界里继续流泪啊。

让我想不到的是，义父突然病了。许多人怀疑他病情的加重与我在野外的号叫有关，这显然是对我不怀好意的攻击。他的儿子史承义骑着骆驼翻越了漫长的浑善达克沙地，从张家口请来最有名的老郎中。那老郎中人称活神仙，一辈子不知道救过多少人的性命。但是对义父，他却是手无回天之力，把过脉之后，表现出一副忧心忡忡的样子。老郎中的神情使我突然意识到义父的生命之火可能要烧到头儿，马上要熄灭了……

后来老郎中把史承义很神秘地叫到房间里，不知对他说了些什么。然后，在傍晚时分，史承义让我赶着一辆马车去送老郎中。我看见老郎中的褡裢里沉甸甸的，一定是史家给了他不少的银子。

路途漫漫，我赶着马车在飞一般奔驰。不知为什么，我心里隐约感到了一种不祥之感。

我记得，活神仙在开完方子之后，很郑重也很神秘地对史承义说："你爹这病啊，单凭吃药怕不顶事儿，最好能冲喜……"

"冲喜？"

"对，只有冲喜，你爹的病兴许才能好起来。"

那时我还不懂得，在很遥远的时候，冲喜是汉人的一项极为原始神秘的医病方式，类似于我们蒙古人的萨满所使用的神奇难解的咒语。当某个家庭有了灾难，用欢喜的吹吹打打的方式，就能将灾魔赶跑，过去平静安稳的日子就能恢复。这种方式说起来真的十分神秘，可对它的详细过程我却完全不懂。

但是从那时起，我的心儿却莫名其妙地不安起来……

我是在傍晚时分回到城里的。我把那匹青毛斑点马牵进了马棚，给它添加了草料，为它梳理着皮毛，就在这时，隐约听到了一阵喜庆的唢呐声。

汉人的唢呐是一种小喇叭，有大有小，声音很尖，全然不像我们蒙古人的乐器声调浑厚沉稳。当这种小喇叭响起来的时候，一般会有两种情况，一是这家人在办喜事，娶媳妇抬花轿拜天地，另一种情况则刚好相反，家门不幸死了人，要出殡发丧。汉人管这两种情况叫"红白喜事"。

那声音是响在史家的大门前，所以让我心里发慌！我三步并作两步冲到门口，果然见一支鼓匠班子正在那里吹吹打打。我一眼看到一顶花轿停在大门外。史家大院的管家正指挥着几个伙计把花轿抬走。我冲到管家面前大声问："你们这是在干什么？"

大管家瞪了我一眼，似乎怪我大惊小怪："你小点儿声儿好不好？家里正办喜事儿，给老爷冲喜哩。"

"给谁办喜事？"我问。

"还能有谁，当然是大少爷了。"

"大少爷了娶了谁家的闺女？"

大管家盯着我说："你真是从野地里抓来的啊？难道从来没听说过大少爷

定亲的事儿吗？"

看着我茫然的神情，大管家相信我真的什么都不知道，于是告诉我说："大少爷娶的是茂昌钱庄田老板的千金。"

我懵了头，一时依然没有反应过来，傻傻地问："田老板的千金是谁呀？"

"谁？灵芝小姐呗，还能有谁比她更适合做我们隆盛号的媳妇呢！"

灵芝？灵芝嫁给了田家的大少爷田承义？

眼前真实的世界变成虚幻模糊不清的了，一切都蒙上一层雾一样的外衣，那时候我嗅到了一股杀猪的血腥味儿，那味道陡然诱惑着我不顾一切向前走去，前面纵然是悬崖，我也要不顾一切走下去！

夺　妻

老郎中私下告诉我说："你爹是积劳成疾，病入膏肓，命悬一线，只有一个法子兴许能给他老人家增寿。"我忙问是什么法子？如果能救我爹，我情愿让自己多折几年阳寿。老郎中吐出两个字："冲喜！"

成亲？倘若冲喜能换回爹的性命，做儿子的何乐而不为呢？

其实，我爹早已经私下与茂昌钱庄的田掌柜定了亲家，这件事情爹早就征求过我的意见。田家的闺女我见过，人样儿好，知书达理，好像稍微有些任性，倘若将她娶过门儿来，稍加调教，应该是把过日子的好手。所以，当老郎中要我娶妻冲喜时，我毫不犹豫地应承了下来。

后面的事情不用我亲自出马，只要聘请媒婆按部就班地进行就可以了，无非是问名纳彩之类的程序，古往今来，千百年都不曾变过，都是这般程序。当所有预定的程序都行进完了之后，新娘子就成了男方家庭里的一名新成员。

我娶妻冲喜也不例外，得一关一关地过，直到最后一关。

八月初三，宜纳彩问名嫁娶、祭祀祈福，忌出行求医动土。这天出现的神煞有天马、灾煞和天火，吉凶因人而异，要么大吉，要么大凶。

就在这天，我把灵芝娶回了家，算是过完了最后一关。

都消失了，再热闹的场景，也终会有消失的时候——那一声接一声高亢的唢呐声；那密集的锣鼓声和爆竹声；那张灯结彩，喜气洋洋；那颤悠的花轿和孩子们尾随的叫嚷声；那闹洞房的欢笑声尖叫声……

我的新婚妻子田灵芝，在我的背上乖得像一只小羔羊，驯服之极，一声不吭。我一直将她背进了洞房。

接下来，自然是应该要行夫妻之事了，然而就在这时，一个伙计慌慌张张地跑进了新房，神色大变地对我说：

"大少爷，老爷……老爷叫你马上过去一趟……"

我的心咯噔一下，感到不妙，急忙跟着伙计向外走去，把莫名其妙的新娘扔在洞房里。

我在灵芝的目光里看出了哀怨。但我已经顾不了那么多了。

果然，爹的情况非常不妙。我匆匆走进，急忙走到床前，握住爹的一只手。不等我问话，爹却望着我，露出一丝笑容，对我说话了：

"好啊，承儿，爹看到你成家立业，娶妻生子，爹就是死……也瞑目了……"

"爹，大喜的日子，不要说这些不吉利的话……"

爹无力地摇摇头，强支撑着要坐起，我急忙将他扶起来。

"爹的病……爹自己心里明白……有句话，爹要告诉你……"爹说一句，喘一下。

"爹，你说。"

"爹这病，撑不过两天了，所以，有桩事儿……一定得告诉你……是关于你弟弟玛西……"

"弟弟？"

"对，爹走了以后，你要向爹承诺，不管到啥时候，你都得要……要把他……当成你的亲弟弟……"

亲弟弟？让我把那头狼当成亲弟弟？我再也忍不住了，向爹问起玛西的来历，爹断断续续地把关于玛西的一切都告诉了我，我这知道了那匹小野马的来历……

那天夜里爹躺在炕上，目光炯炯地望着他的儿子——我，用最后一丝力气对我说："那个草地女人……有着一颗比金子还贵重的心……她就是玛西的阿妈……"

"那孩子，就是玛西？"我吃惊地问。

"对，是她……他阿妈死后，我就把他认了义子，领了回来，所以，你要把他当成亲兄弟，任何时候，都不能让他受一点儿委屈！你要不答应，爹……死不瞑目……"

我终于知道了事情的全部真相，对玛西的一切不良印象再也不复存在。我明白了爹为什么会对他那么好了，是啊，即使我们史家几辈子当牛做马，也不能报答那位母亲，还有她儿子为史家所做出的一切。

我扑通跪在父亲面前，嘴唇哆嗦着说："我答应，爹，我答应你……"

离开爹的房间，我伫立于古城墙之上，仰头眺望着黑沉沉的天空。天空的尽头有隐隐的蓝色电光闪过，那是一场大雷雨即将来临前的征兆。

没人知道那时候我正对着苍天，暗暗发誓——我要一辈子把玛西当成自己的亲兄弟，无论以后发生了什么事情，我都不会让他受一丁点儿委屈。

可我怎么会想到，他竟会与我爱上同一个女人呢？

一切都发生的那样突然，叫人心理上没有任何的防备。

我迈着疲惫的步子向我的新房走去。那时古城正在沉睡，偶尔什么地方传来一两声犬吠，之后，一切又都归于平静。

静就预示着动乱。

当我推开新房的门时，我这才想到了我的新娘——灵芝。

我的灵芝呢？她为什么不在房间？

我四下张望着——房里空无一人，两盏红蜡烛歪斜地倒了一盏，只有一根还在燃烧着。

我惊慌地叫着："灵芝……灵芝……"

无人应答。

我的新娘子灵芝出事了！

没错儿，那块红盖头被抛在地上，而且好像还被人的大脚践踏过。

她被人劫走了！

我大叫一声，急忙向外奔去。

荒野的黎明是由各种破碎的梦组合在一起的——迷惘、空洞，而且极不真实。只有疾驰的马蹄才是真实的，它将形形色色的梦——击破，还给我一个真实的感觉。

我最真实的感觉就是我的新娘子丢了，她把我的魂儿给带走了，为了召回我的魂儿，我必须得找回我的新娘子！

商号所有的伙计店员都被派出来，寻找着、追赶着，因为有人亲眼看见，正是那个我准备把他当成自己亲弟弟的小野马，把我的新娘放在了马背上离开了多伦。

我的舅兄田虎一马当先，带人去追赶。我不知道他们是不是能追赶得上，但我满怀期望在荒野上等待着，对我来说，唯一能做的事情就是等待，还有，就是默默祈求上苍开恩，把本应该属于我的女人归还给我。

果然，我的祈祷起了作用，黎明尚未过去，我就看见一匹快马飞奔而来。

来人正是我的大舅兄田虎！

"妹夫，抓住了，那头小野马给抓住了……"

"在哪儿？"我急切地抓住了田虎的胳膊。

"在老白驼庙，他想抢老白驼……"

"抢老白驼？"

"从沙漠上跑，没有骆驼跑不了，那小子很有经验！"

"他们在哪儿？"

"被看庙的伙计们堵在庙里！"

一个时辰后，我在田虎的带领下来到老白驼庙。

庙院子里的一棵大树下，五花大绑着玛西。我大步走到那蒙古小野马面前，愤怒地瞪着他。他却满不当回事儿地抬头望着天空，对我视而不见。

真是个该死的家伙！

我一时怒火中烧，愤然从一个伙计手里夺过一把刀来。在我身后的舅兄田虎高声叫着："杀了他……杀了这个小野种……"

就在我举起刀来的时候，突然一个身影奔来，用身子挡住了玛西。我定睛一看，原来是灵芝！

灵芝面无血色地摇着头，望着我说："他没对我做什么，放过他吧……"

"他真的没对你做什么？"

"真的没有，他只是昏了头，想把我带走……"

唉，灵芝，爹，你们把一道多么难解的难题交给了我啊！按说，凭着我一个男儿的血性，夺妻之恨，恨大于天，不杀他，怎能解得我心头之恨、夺妻之辱呢？可是，偏偏这时候我却于冥冥之中听到了爹的声音，那声音在我胸间回荡不息——

承儿，任何时候，你都不能让他受一点儿委屈！你要不答应，爹……死不瞑目……

是啊，对着苍天，对着大地，我答应过爹！难道，现在我要食言于爹的在天之灵？

爹，我答应你的呀，不管他做了什么对不起我的事儿，我都不会问罪于他！

灵芝，你可知道我心里承受着多么大的痛苦吗？

突然间我手起刀落……"

锋利的刀没伤玛西丝毫，只是将绑在他身上的绳子砍断了。我回过头来望着灵芝，几乎一个字一个字地往外蹦着：

"跟他走，随你，跟我来，也随你……你自个儿选择吧……"

我突然发现原来灵芝的神情比我还要痛苦，对她来说，让她做出这种选择是极为残忍的。可是那时候她必须得做出选择不可！

灵芝慢慢地转过身去，向我这边一步步走来。

那时，太阳正从东边的地平线上升起，我的新娘灵芝就笼罩在太阳艳丽凄美的光环之中。

我看见玛西巴图痛苦扭曲变形的脸，他的目光不再像狼，而更像一头走投无路的野狗。但他的目光里没有屈服，绝对没有，屈服永远不会出现在他的目光里。

他转身奔到庙门口时，突然回头来用仇恨的目光死死地盯着我，从他嘴里冷冷地吐出一句话：

"我会回来的！"

他说完这句话，冲出庙门，纵身跃上老白驼，骑着老白驼疾驰着远去。田虎想带人去追赶，被我拦住。

所有人的目光都望着我。可我能说什么呢？我什么话也没说，只是久久地伫立于庙门旁，眺望着远去的玛西。

太阳的光环已经扩展到无限的远方，以它的仁慈覆盖着茫茫荒野。我爹的养子，我的弟弟，有着鞑靼人血统的玛西巴图，带着他的愤怒，还有他的失落，还有他那一身永远不洗的衣裳，和那一头蓬草般的乱发，骑着本属于我史家的老白驼正在远去，他与老白驼的影子越来越小，最后消失在一片浓烈的晨光之中，再也看不见了……

而我，依然伫立山岗，伫立风中，等待着雷电，等待着雨声。

我相信这一切都会来的，肯定会来的！

……

过　渡

来了，只是来得晚了一些——整整十年！

风雨相逢初一头，沿村瘟疫万民忧。一连三天，皇历上都是诸事不宜，神煞是——白虎、大耗、月破、驿马……这是很少见到的凶历。

有人用了整整十年的时间，只是为了等待这场风雨雷电。

客栈酒家不过是用草席在路边搭的一个十分简陋的棚子而已。一个男人坐在里面，独自慢慢地呷着杯子里的酒，心里却在品味着外面的那场雨。

自然是一场好雨，密集的雨滴击打在大地上，形成密集的雨网。雨水在地面上汇集成一片水坑，雨点落下，便溅起一道道小水柱。

雨慢慢小了，却有雨水流进了棚子里，在脚下汇聚成一片小溪。于是那人就从那平如镜面的水中看到了自己的影像。

水中这人，有着不动声色的眼睛和黑乎乎的胡碴，还有饱经风霜的显得十分成熟的脸庞。

他的目光有些迷惘，虽然一切都显示出他已经磨炼成一个成熟的商人，但他无法逾越过自己的心墙，无法摆脱自己的心魔。

此人就是隆盛号的现任大掌柜史承义，旅蒙商中举足轻重的人物！他的买卖遍布蒙古草原，他的驼队到过最远的地中海沿岸，甚至于抵达过直布罗陀海峡，然而，此时他却显得非常沮丧，萎靡不振，眉头紧锁，借酒浇愁。

棚外依然细雨蒙蒙。不时有雨珠从席棚顶上漏下，有几滴掉进酒杯里。

他将杯中酒喝下，口中便有一股子泥土腥味儿。

自从史大掌柜去世后，大少爷史承义当上隆盛号的大掌柜。凭着老掌柜当年创下的这块金字招牌，他恪守诚信经商的商德，几年来把买卖做得十分红火。可万没料到，就在这时，出事儿！

他带着驼队去乌珠穆沁草原，就在他不在家的时候，家里出了大事儿。

一位神秘的大旅蒙商突然光顾了塞外商城多伦，专抢隆盛号的买卖，隆盛号岌岌可危……

这个消息，是史掌柜的娘子灵芝写信告诉丈夫的。她写的是十万火急的鸡毛信，让伙计六百里快马加急从多伦送来，让史承义火速返回，想办法对付那个幽灵般的家伙。

可当史承义带着驼队正往多伦赶时，却突然遇到这场狂暴的风雨。

而现在，除了等待，没有丝毫的办法。

史承义一边呷酒，一边又把灵芝的信反复看了几遍，仔细地揣摩着信中之意。

凭他的感觉，他知道最难熬的日子来了！

灵芝，我不在，你能支撑得住吗？

唉，尽管你很能干，可你，毕竟是位女子啊！

他低声喃喃。不知为什么，对灵芝，他心中始终揣着一份愧疚，一份永远也摆脱不掉的愧疚。

天杀的回来了

俺田灵芝，史承义的娘子，屋里头的糟糠，清清丽丽的一个小媳妇，水光溜溜的一位贤内助，既上得了厅堂也下得了厨房，既内当家也管柜上的营生，自认为天下没有俺办不成的事情，可咋的突然间就手足失措，一筹莫展了呢？

俺在大掌柜的房间里独坐，听得外面乱哄哄吵得不可开交。好像外面下的那雷雨只浇在别人身上，与我倒没有丝毫干系。

可那仅仅是雷雨么？那当不是暴风骤雨即将来临的前兆？

"这五百块大青茶我们不要了，退定金！"

"那一千张羊羔皮我们也要退货……"

"咱们俩家的契约从今天起终止！"

"不好意思，我们大盛祥另外有了大主顾，咱们的合约得重签了……"

炸雷声一声比一声高，一声比一声猛，轰击着我的耳朵。我知道这时候在外面，柜头杜喜来额头上满是汗珠，他正摆手高声叫着："诸位诸位，这事儿我说了不算，得等我们大掌柜的回来啊！"

众人依然纷纷乱语："跟你说没用，叫你们大掌柜出来见我们！"

"对，我们要见掌柜的……"

是了，锣鼓家什已经响了起来，外面的观众都已经等得不耐烦了，下面，该是俺出场了。

俺一出场，咋也得博他一个满堂彩吧？

叫板，运足了底气，甩他一声儿："大掌柜出门儿还没回来，有什么事儿跟俺说吧！"

众商贾闻声停了叫喊，回头，等待俺登场。

布帘子一撩，角儿亮相——一位风姿绰约的妇人，乌黑的头发在脑门儿后面盘了一个髻，打扮得十分干练。那就是俺，田灵芝！

众商人被俺的气势所慑服，顿时没人再嚷嚷了。

便有人上前赔着笑脸："老板娘，您是内当家，柜上的事儿，您做不了主儿，我们要跟大掌柜说。"

俺平静地捋了捋头发说："柜上的事儿，俺也能当半个家。你们不就是有要账的，有退货的吗？再等一两天，俺家掌柜的就从草地上回来了，到时候你们的银子一文也少不了。"

众商人面面相觑，再也无人说什么了。

俺知道俺的戏演得不赖，便回头对杜喜来说："老杜啊，你到城里最好的酒楼去定几桌儿酒菜，给这几位远道儿来的客户老爷接风洗尘……"

杜喜来老大不情愿，对俺低声说："老板娘，他们单方面撕毁合约，对他们还这么客气……"

"叫你去你就去，只要是隆盛号的客户就都是我们的朋友，这叫买卖不成仁义在。"关键之时，俺唱红脸儿，老杜唱白脸儿，这是俺们早已经约定好的。

"知道了，老板娘。"老杜得令而去。

等那乱哄哄的戏散了场，俺才长长地吁出口气来。

罢了，眼前这关算是过了，可后面的呢？

俺那冤家，你快快回来呀！

俺常听承义念叨他从蒙古草地带回来的谚语，便记住了其中一句——天上没云彩走，地上就不会有云的影儿飘。

这回隆盛号遭难，事情忒蹊跷，不由俺不在心里暗暗琢磨几番。

——突然一下子，所有的顾主客户都跑来闹退货，这是咋的了？

——要是没有人暗中操纵这一切，事情咋会闹到这步田地？

——如果是有人暗中与俺隆盛号作对，那这个人是谁哩？俺知道有一位大旅蒙商来到了古城，一直没有露面，难道与俺隆盛号作对的会是他吗？如果是他，那他的本事可不小呀……

俺一边用灵秀的五指拨弄着算盘子儿，一边思忖着。不一会儿，账算出来了。俺抬起头，看见老杜正用问询的目光望着俺呢。俺只得摇摇头，轻叹口气：

"要是把这些人的银子都退了，柜上的银子还差许多啊！"

"是他们单方撕毁契约，凭什么给他们退银子？要我说，这银子，咱不退！"老杜还是气恼得不行。

按理儿说，老杜说得不无道理，照行规，俺不退银子也是合理正当的，谁也说不出个啥，只是，隆盛号从来没有得罪过一个客户，这回一下子得罪这么多，怕是大掌柜回来不答应。可要是退了他们银子，那这回俺隆盛号可亏大了，只怕要大伤元气。看来，只能把希望寄托在大掌柜身上了，他这回到蒙古草地做的那笔买卖，应该能带回几千两银子，这么一来，隆盛号还不至于因此垮掉。

刚和老杜合计到这儿，俺哥田虎风风火火走了进来，一进门儿就扯着个驴嗓门儿嚷嚷起来：

"妹子，查清楚了，都查清楚了……"

"说？"

"幕后唆使那些人来退货撕毁合约的，正是那个大旅蒙商。是他抢了隆盛号的生意！"

"他叫个甚？"

"听说是姓马……"

"姓马？"俺一听就吃了一惊："叫马啥来着？"

"大家好像都叫他……马天爷……"

"马天爷？你见过这人吗？"

俺哥摇头说："没！这家伙挺神秘的，好像是从蒙古草地来的，到多伦已经半年多了，可很少抛头露面，没几个人见到过他……"

"他只跟咱一家商号作对，看样子是冲着咱们来的。"老杜忧心忡忡地说。

俺哥接着又告诉俺说，听说那家伙有的是钱，去俄罗斯发了洋财，能买得下大半个多伦城哩！俺这才相信，跟俺隆盛号作对的这个人看来可不是个一般的人啊！

"听说他手下的保镖就有十来个，个个功夫高强！那姓马的双手会打枪，骑马是一流的，根本就不像个买卖人，倒像个马匪！"俺哥田虎把他所打探到的有关那家伙的底细都告诉了俺。听得俺心儿怦怦乱跳。

俺仔细想了一下，叮嘱俺哥，一定要想办法找到那个大旅蒙商马天爷，安排俺跟他见上一面。俺哥答应着走了出去。俺哥这人虽然说有些四六不着调，可他听俺的，只要俺吩咐他去做的事，他会全力去做。

俺哥走后，俺就开始思忖起来——姓马？蒙古草地上来的？

难道会是他？

不是他，又会是谁？俺的心里早就料到，终有一天，他会回来的，只是不知道他回来之后会做些什么！

俺的夫君史承义回来的时候，俺正在客厅的佛龛前插香烛，对着佛龛里的金菩萨默默祷告，祷告菩萨让俺家承义快些回来。

菩萨显灵，俺的祷告还没完，门外就响起一阵熟悉的脚步声。多年来，俺听这脚步声，就知道这是他——俺的男人史承义！

脚步声停在俺的身后。俺慢慢地转过身来，望着胡子拉碴但目光矍铄的那个男人，半悬在空中的心儿一下子落在地上。这时候，俺突然感到一阵委屈，委屈得想哭，好像是一个受了委屈的孩子见了大人，不哭出来就不足以表达自己的心情。

俺的样儿一定吓坏了承义，他望着俺吃惊地问："到底出什么事儿了？"

俺再也忍不住，掩面抽泣起来："家里出大事儿了，你再不回来，俺真的支撑不住了……"

俺的男人轻轻将俺搂在怀中，俺等的就是这个。只要俺的身子一落进他的怀里，俺就甚也不怕了，浑身一阵阵的轻松。

"咦，别哭呀，让人看见，笑话……到底出什么事儿了？你说的那个和咱商号作对的人是谁？"俺的男人把俺抱得更紧了。

突然间，俺反倒不想把家里烦心的事儿告诉他了。尤其是这个时候，俺需要的不是对他诉苦，不是对他说出一切，而是……

是甚呢？

说出口来真是羞死个人儿呢，俺这时只想……只想跟他亲近……当然是夫妻间的亲近，是那种肌肤之亲，在热烘烘的火炕上……

好美的夜哟！

房子外面有隐隐的狗咬声，还有一阵紧一阵松的蛙鼓，还有风儿掠过房脊时发出的轻微的哗哗声，那声音像是两个相亲相爱的小人儿依偎在屋檐下窃窃私语……

唉，俺的男人一定是世上最优秀的男人，每一回，都把俺侍弄得舒舒贴贴，浑身酥软无力，让俺死去活来，禁不住发出高一声儿低一声儿的呻吟。俺的男人说，他最爱听俺的呻吟，那是世上最美的山曲儿哟……

等一切都平静下来，俺半个光溜溜雪白的身子紧偎着俺的男人，轻轻地抚摸着他的胸毛，说出来的话儿来慢声细语。

"……看来，咱隆盛号的生意在多伦很难做下去了，俺倒是有个想法儿，不知行也不行。"

"说？"

"把咱的买卖往外做。"

"往外？"

"对，只要能打通俄罗斯那条商路，咱就能起死回生。"

"这事儿我何曾没有想过，这些年也没少派人去探路，可是，从蒙古高原去俄罗斯，必然要经过特穆沁塔拉，那是一片无法穿越的瀚海荒漠，到现在为止还没听说过有谁从那儿走过去。"

"哎，听说当年咱爹不是带着骆驼队向俄国走过一次吗？"

"不止一回，走过三回呢，可都差点儿困死在荒原上，全凭了神驼领路，将他带回了多伦。"

"这么说，通往俄罗斯的路是打不开了？"

"这些年，我一直梦想着能打通俄罗斯商路，总有一天，我的梦想会实现的！"俺的男人翻了一个身，半坐起来，雄心勃勃地盯着俺。

"还是别想那么远，先说说眼下吧，你打算咋办？"

"先把咱那些老客户安顿住，该退银子的退银子，要终止合同的终止合同，然后再寻找新的主顾，开辟新的市场。"

"那可太难了！我就怕，隆盛号挺不过这道坎儿，说垮就垮了啊！"

"放心，有我史承义在，隆盛号垮不了！"

男人说着，目光闪亮。俺的心彻底放宽，把一切担忧都抛到了爪哇国。这时俺的男人已经歇过劲儿来，又开始撩逗俺，想梅开二度。这也正是俺期待的，当然不加拒绝，全力迎合。不料尚未入港，外面传来老杜惊慌失措的叫喊声：

"大掌柜，快出来一下——"

俺和承义坐起来，不知外面发生了甚事儿。要不是出了大事儿，那杜柜头也不会半夜惊扰俺夫妻呀。看来事情一定很紧急。于是俺夫妻二人坐起，穿衣系带，向外匆匆走去。

老杜和两个伙计打着灯笼等候在门外。见俺夫妻出来，甚话也不说，领着俺二人向院门外走去。

出了院门，两个伙计拿了灯笼来照，俺吃惊地看见，一峰骆驼卧在门外，安详地倒着嚼，嘴角流淌着白沫子。好熟悉的骆驼，它莫不是……

"神驼？"俺惊叫出来。

不错，当然是神驼！俺看着承义，他对俺轻轻地点点头，表示确定。让俺们两口子纳闷的是——神驼是咋回来的？

俺望着承义，承义看着俺，俺夫妻二人一时黯然无语。

其实俺二人已经心知肚明，甚话也不用说了。

是他回来了！

天杀的呀……

八百坛假酒

其实在返回家乡的路上，我已经仔细思索过，分析过，已经想到那个处处与我隆盛号作对的旅蒙商不是别人，正是他！

那是我史承义等待了整整十年的风雨雷电。

如果真的是他，我丝毫也不会吃惊，一切都在我的预料之中，即使他心怀恶意，我依然以仁慈之心报之，我相信我能感化他，叫他放弃他那可笑的报复之念。

叫我担忧的倒不是他，而是商号里的一桩事情——隆盛号往乌珠穆沁发了一批老白干，这酒在蒙古草地销路不错，所以我一次就发了一千八百坛子。谁料到，这批酒却出了问题！

我告诉娘子灵芝：那一千八百坛子老白干，有八百坛是假酒！

灵芝听了，大吃一惊："假酒？"

我便把来龙去脉细说给她听——我们的商队到了乌珠穆沁，卸货的时候伙计们不小心打碎了一坛子，我闻着那酒味儿不对，就又打开几坛子尝了一下，发现那根本就不是老白干，而是劣质土烧酒。

"劣质到啥程度？不至于一点儿不能喝吧？"灵芝显然还抱着一丝希望。

"喝当然能喝了，可比正宗的老白干就差远了。"

"既然能喝，为啥不在草地上都处理了？还带回来干什么？"

"我不能以次充好，坏了咱隆盛号的名声。这事儿，回来后我要仔细追查，看是谁干的！"我坚定对娘子说。

我看见灵芝的脸色变得复杂起来，她用祈求般的目光望着我说："承义，眼下，咱隆盛号还不知道能不能迈过眼下这道坎儿呢，假酒这事儿，能不能先压下去不查呢？"

"不能！"

"真的不能？"

"万万不能！"

我看见灵芝的眼睛里流露出一种十分失望的神情。是了，她满怀希望，等待着我的归来，满以为我的商队会带到上千万两的银子，以解眼下的燃眉之急，挽回商号的损失，谁料到我不但没带回银子，反而带回八百坛子假酒，她能不失望嘛。

灵芝，我不想说你一个女人家头发长见识短，只盯着眼前利益，我想告诉你的是——咱隆盛号是以诚信名满天下的，就算咱输光了老本儿，也不能欺客，一是一，二是二，容不得丝毫弄虚作假！

我只担心灵芝心急如火，她考虑得不会这么长远啊。

与我想象的几乎一模一样，他果然主动找我来了。

我正在大掌柜的房间里看账本，柜头杜喜来匆匆走了进来向我禀报说："大掌柜，有位新客户要见您。"

"哦，是新客户？哪家商号？"

"他不肯说，只说有笔大买卖要跟您面谈。"

既然是要来谈大买卖的，自然不能怠慢了人家，于是我急忙起身，让老杜快快把客人请进来。

片刻，老杜带进来一个人。那人摘去头上的帽子，双腮略胖，双目微微眯着，那目光一闪，让我窥出那里面的精明干练。他的年纪五十开外，一看就是一位经验丰富的商人。

他和蔼地微笑着，却是一副居高临下的神情。这在商人中间是很少见的。他表面上谦卑，实际上却是深藏不露，一只白胖的手向我递上他的名刺。

我不看那名刺尚罢，一看却不由脸色顿变——那名刺上赫然写着：

蒙商会馆马天爷　特邀帮办崔逸夫

是马天爷派来的人？

那姓崔的微笑地盯着我，仿佛一直在观察着我的表情，不紧不慢地点点头说："在下正是马天爷派来的，想与贵号商量一桩事情。"

"请崔先生坐下说话。"

那姓崔的不紧不慢坐下，说出的话慢条斯理："我们马爷知道贵号近来颇不得意，进退维谷，诚心实意想帮大掌柜一把。"

"帮我？怎么帮？"

"谁都知道，隆盛号是块金字招牌。这块金字招牌很值钱啊！我们马天爷非常看重你们这块招牌。"崔八爷依然用意味深长的目光盯着我。

"什么意思？"

"意思很明白——眼下隆盛号风雨飘摇，随时会垮掉，莫不如把这块招牌拱手相让，还能换来一笔银子，保您后半辈子衣食不愁，享不完的荣华富贵。"

姓马的总算派人来传达出他的目的了。我冷笑一声，但不动声色："不知道我隆盛号这块招牌能值多少银子？"

"一百万两——如何？"

我冷笑一声："你不觉得给价太高了么？"

"这才显出我们马天爷的一番真心嘛！"

我已经完全明白了姓崔的到这儿来的目的，起身对他拱手说："请你回去告诉你们马天爷，就说我隆盛号的招牌给多少银子也不会卖的！还请你再告诉他——我隆盛号不会垮掉，眼下这点儿挫折根本算不了什么。不信，就让他等着瞧！"

姓崔的亦对我拱手："既然大掌柜已经把话说到这个份儿上，那在下就告辞了。"

"来呀，送客。"

我已经有些怒不可遏了，老杜刚刚送姓崔的走出去，我便将茶碗重重地摔在桌子前，茶碗里的水溢了出来。

这一摔，引出了我的娘子。

里间的门帘一撩，灵芝从里间走了出来："承义。"

我抬头看着灵芝。

"我都听见了，看来，这个马西天真的是要把我们往绝路上逼啊。"灵芝紧张不安地附在我身上。

"别怕，看来，我该会一会这个马天爷了。"

我马上叫来老杜，让他去找马天爷联系，安排会晤之事。老杜办事干练，飞步而去。一个时辰后，老杜返回来，对我说——那马天爷任何人都不见，但破例可以见一个人——灵芝。

灵芝听了，坚定地表示，她一定要去见那马西天，看看他到底是谁，葫芦里卖的是什么药。我知道无法劝阻她，只得答应让她前往。

唉，我的娘子，你可得千万要小心啊，那家伙分明是冲你来的，他谁也不见，只见你，是何居心？

灵芝，如果那真的是他，你该不会……

旧 情

俺知道承义心里担心的是啥，他是怕俺见了那小野马，会旧情复发，被那蒙古野马勾走了魂儿。

唉，承义，既然俺已经给你做了十年的娘子，怎么会那么轻易被人勾走了魂儿呢？你太不了解你的娘子了！不过话又说回来，要是换了俺，俺也会有这种担心，毕竟，当年俺与那小野马有过那么一段说不清道不明的旧情呀！

俺也说不清俺为甚非得要来见这位"马爷"不可？是弄清他的身份，确定一下他到底是不是玛西？还是搞清他的目的？或者想求他开恩，放过隆盛号，不要把隆盛号逼上绝路？或许，这几种意思都有罢。

于是俺来到一家客栈。这家客栈是俺古城最豪华的客栈，而这间客房却是客栈里最豪华的客房，平时，只有京城来的那些大主顾才会住这么昂贵的客房。那客栈伙计把俺领进来，什么话也没说，又悄悄地退出。看来是那位马爷早已经有交代，他在等待着俺的到来。

空空荡荡的大厅里摆着几张古香古色的桌子，桌子上放着几根红蜡烛，那烛台是银制的，十分讲究。蜡烛的光芒将厅内映得昏黄迷蒙，有一种梦境般的不真实。

俺四下张望着——大客厅里没人，风吹着窗上的纱帘在飘动。此情此景，叫俺越发觉得这场景以前像是经历过，仿佛置身于一场迷乱的梦境之中哩。

俺大大方方地坐在椅子上，耐心地等候着。这位马爷这是故意晾俺呢，也许，他正躲在暗中什么地方在观察着俺呢，等俺稍稍乱了章法，他就会突然出现在俺的面前，叫俺措手不及。

寂静中，俺听到一种十分轻微的声音，细辨，听出那是一双马靴慢慢地踩着木头楼梯走下来的声音。

接着俺就嗅到了一股子熟悉的气味，正是十年前俺被那男人紧紧搂在怀里时嗅过的味道。

俺慢慢地转过身来，望去——

那人的脸颊笼罩在一片阴暗之中，什么也看不清，只见他结实的身材正在向俺慢慢地走过来。

虽然没看清他的脸，但俺敢对着老天爷说——那就是他，玛西！

"玛西！"

他不答话，一直走到俺面前，摘掉头上的帽子。现在，他完全暴露在烛光之下——果然是马玛西，或者叫他玛西巴图！

玛西几乎没怎么变，还是那老样子，浓眉浓发，眼睛依然明亮，只是面孔比从前更加黝黑也更加成熟了几分。

"只有你还叫我玛西！别人，都叫我马爷。"他明亮的目光在我身上游弋着，似乎在观察我身上每一处细微的变化。

俺竭力躲避着他的目光："这些年……你去哪儿了？"

"我回了蒙古草地。"

"你当了旅蒙商？"

"老天爷偏爱，让我发了大财。"

"为什么要回来？"

"因为，我在这儿有一桩旧账还没有算清，我是回来算旧账的！"突然间，他的目光变得极为复杂起来，复杂到令俺难以读懂的地步。

下面是俺与他心灵的对话，虽然没说出来，但都知道对方在心里说的是甚——

"都这么多年了，难道你心底的仇恨还没有被时间的流水冲淡？"

"时间不但没有冲淡我心底的仇恨，反而让我领悟到复仇的意义！"

"你想咋的？"

"我回来只为做一件事情——隆盛号几代掌柜不都标榜自己是诚信经商吗？我倒要看看他的诚在哪里，信在何处？"

俺的心一哆嗦，偏偏这时门外吹进来一股冷风，将桌子上的蜡烛吹灭了。屋子里一下子黑灯瞎火，俺的心也一下子沉浸到无边无际的黑暗中了……

黑暗中，俺听见玛西的声音在说："……整整十年，我只做一件事情，那就是想你……"

黑暗中，俺感觉到玛西已经走到俺的面前，紧紧地抓住了俺的手，他鼻孔里喷出一股粗粗的气息在俺的脸上，就像一匹马喷出的热气，让俺心发慌，手发颤。

黑暗中，他接着说："我对你的爱是刻骨铭心的，是什么力量也无法改变的……"

黑暗中，俺挣扎着，费了好大力气才甩掉玛西的手：

"别这样，玛西，俺已经是史承义的结发妻子，是你的嫂嫂，希望你能尊重俺。"

"不，在我心里，你永远是我的女人！"

他再次攥住俺的手，这一回，攥得更紧了，俺甩不脱。

"俺与承义成亲后，日子过得很好，我们俩的感情也很深，你就不要再说这样的话了，玛西！"俺费了很大力气才说出这番话。

"知道我为什么回来吗？"

"知道，你想报复隆盛号！"

"你说对了，我就是要报复隆盛号，把它彻底打垮！"

"玛西，不要做傻事儿！承义并没有做对不起你的事儿，你为什么要跟他过不去呢？你应该帮他渡过眼前的困境。"

"隆盛号的诚信天下闻名，我却是从来也不相信，那一切都是假的，我就是要让世人都看一看隆盛号所谓的诚信是多么虚假！"

"隆盛号的诚信不是假的，是真的。"

"那往汾河白干里掺假酒的事儿是谁干的？难道不是他史承义干的么？就这一桩事儿，就足可以拆穿他所谓的诚信。"

俺吃惊了，他连这事儿居然也都知道，他是咋知道的？

黑暗里，当俺逃一般离开那客栈房间的时候，听见背后传来冷冷的声音，那声音一直跟随着俺，甩也甩不掉——

"我倒要看看，处处标榜自己诚信的大掌柜怎么处理这件事情！"

隐 秘

木克土，土克水，水克火，火克金，金克木，五行相克，便有了人世间的恩怨。

我与玛西肯定是相克的一对儿冤家，不然的话，怎么会同时爱上一个女人？怎么会成了买卖上的对手？我知道玛西认为是我夺走了他所爱的女人所以才恨我，他不相信所有的旅蒙商一直默默恪守的诚信原则，他认为这一切都是虚假的，所以他要把这一切毁灭给人看，证明他才是正确的……

窗外细雨淅沥，雨丝不断线。我久久之伫立于窗前，望着外面黑黢黢的夜色。我知道灵芝的目光在我的背上徘徊，她等待着我的问话。

我转过身来，望着灵芝："他还跟你说了些什么？"

灵芝告诉我说，十年前，那小野马回到多伦后身无分文，多亏一个叫金花的蒙古女子，把家里的积蓄都拿出来给了他，他用那钱做了几笔小买卖，赚了些银子，这样便创立了自己的商号。只凭小本经营，他是赚不了多少钱的，可是神驼保佑了他，给了他好运气……

我问灵芝：神驼是咋保佑他的？灵芝说他没说。

我们夫妻间又是一阵长久的沉默。

"下一步你打算怎么办？"灵芝望着我不安地问。

"严查那八百坛子假酒！正本清源，重振隆盛号。"我义正词严地回答。

我发现灵芝的目光里隐隐流露出一丝担忧。她担忧什么呢？这回我回来之后，发现我的娘子灵芝最大的变化就是目光里有了一种深深的担忧，这种担忧如果不消除，终有一天，会像山一样把她压垮的。

第二天一大早，我让柜头老杜把隆盛号的三十多号店员伙计都集中到大堂里，我要训话。

三十多号店员伙计黑压压站了一地，我用威严的目光望着他们，从每一个人身上扫过，令他们一时惶惶不安。

我终于开腔了，句句话掷地有声：

"我隆盛号几代人经商，皆以诚信为本！童叟无欺是我号之根本，弄虚作假为我号所不容。正因为如此，我隆盛号才在天下商界有良好之名声，单凭着隆盛号这三个字，成千上万两银子的买卖可以不用签契约，一句口头承诺胜于千万份合同。凭这个，这么多年来在商界从未有人说过我隆盛号半个不字……可是，近来出了一桩事情，坏了我隆盛号的名声。不用我说，大家也知道是什么事情——对，就是那八百坛子假酒！我们商号从来没出过这种恶劣之事！以次充好就是弄虚作假，败坏商德！这桩事情，我要一查到底，不论查到谁的头上，一定要严厉处置，决不姑息！"

我一边说，一边注意地观察着所有店员及伙计们的神情。我突然注意到柜头杜喜来的神情有些不大对劲儿，十分微妙，似乎有一种慌乱，一种不安。难道假酒的事情与他有关？

我的心跳了一下。

果然，当我训话结束，大家都各司其职，回到柜上去做营生，我也回到大掌柜的房间之后，杜喜来跟在我后面进来，犹豫了一下，还是对我规劝起来。

"大掌柜，这事儿就不要再查了！"

我转过身来，用洞察一切的目光紧盯着杜喜来："为什么不查？"

"大掌柜把问题看得太严重了！其实，那八百坛子假酒并没有卖出去，算不得以次充好，弄虚作假。"老杜嗫嚅着说。我看出来，他心里有鬼。

"那是让我发现了，若是没发现呢？恐怕现在早就卖到草原上去了，被坑害的可就是千万个蒙古族弟兄！"我的口气依然严厉，没有丝毫商量的余地。

"我是怕这事儿传出去，要坏咱商号的名声啊！"

"要是压下去不查，那更坏我们的名声！"

"知道这事儿的，只有我们商号的人，只要大家不说出去，没人知道！"

"若要人不知，除非己莫为！"

"大掌柜，你可要三思而后行啊！"

"老杜，假酒之事，看来你知道实情？"我突然变脸，厉声喝问。

杜喜来吓得脸都白了，急忙摆手："不不不，大掌柜，我什么也不知道，这事儿跟我没关系……"

"有没有关系，会查出来的！是谁经手此事，我给你三天的时间，你要是查不出来，对不起，请杜柜头离开隆盛号！"

这一步棋把老杜将到了死角，他望着我呆怔住了。我根本不理睬他，迈着大步走了出去。

使我没想到的是，我的娘子灵芝居然和老杜一样，也不赞同我追查假酒之事。她那坚决的态度使我意外，更使我吃惊。

灵芝是个颇解风情的女子，她知道什么时候劝我最合时宜，一般情况下，在那种场合，我对她的每句话都是言听计从的，因为那时候是我最听话的时候。

我与灵芝成亲十年，她却一直没有怀上娃，为了这件事儿，她一直觉得愧对于我。虽说是不孝有三，无后为大，但我从不责怪她。我宁愿相信在这件事情上，是我的责任更多一些。所以，我们每一回行房事，我都会使出浑身解数，翻云覆雨，我以为只有这样，才能把我生命的种子深深地种植在娘子那片土壤之中。

这天夜里，我耕耘方罢，力尽气竭，把全身松软的筋骨放在炕上，任由娘子抚摸。娘子灵巧的五指便在我的肌肤上做着漫游，这时候她会全力施展她女性的温存，把她的心里话都悄悄地说给我听，包括她最隐秘的感受，那是她除我之外决不会再对世上另外一个人说的。

这时候，无论她说什么，我都会听的。

那天她说："听俺一句劝，承义，假酒的事情就不要再查了！"

我突然强烈地意识到，原来她要给我灌枕边风儿了。

"当务之急，咱们是要寻找新的客户，凭隆盛号这块招牌，一定会有商贾与咱做买卖的，你要是查假酒，会把新客户吓跑的。"

"可我不能因为这事儿坏了我隆盛号的规矩。"我推开娘子的手，虽然此时她软绵绵的小手抚弄着我那最需要抚摸的地方，正舒服得要命，但我还是坚决地推开那小手，坐起来，冷冷地对她说。

"看来，我也说服不了你了！"娘子失望之极地望着我。

"灵芝，如果你说得对，我当然会听的，可是，在这件事情上，我不能让步。"

"好吧，既然你执意要查，只得由你了……承义，我心里有桩事情，一直想告诉你。"

"什么事情？"

"我一直没敢对你说，是因为我怕说出来你会生气的。"

"我不生气，你说吧。"

"十年前，跟你成亲以前，我……喜欢过玛西……那次，如果不是我们家与你家早有婚约，我可能会跟他走的……我悄悄为他哭过，也暗地里为他祷告过……承义，我这么说，你不会伤心难过吧？"

不，当然不会！娘子，我首先要谢谢你十年后对我说出心底一直埋藏的秘密，你对我是真诚的！你没有虚假，敢于把自己当年真实的感受告诉我，这便是我感激你的理由。可我心底又是苦涩的，听着一个你所深爱的女子告诉你——以前她曾经喜欢过别的男人，谁的心会平静无波呢？谁的心不会酸溜溜地泛起一股股醋意呢？唉，为什么要欺骗自己，灵芝，听到你说出这番话，我怎么会不伤心难过呢？倘若我不爱你，我自然不会伤心难过，可你分明知道，我是怎样地爱你啊！灵芝，是爱伤了我呀！

事情一桩接一桩，让我意想不到。

三天期限已满，今天老杜只得实话告诉我——假酒的事情，原来是田二掌柜一手操办的。

田二掌柜是我的大舅兄田虎。这个不成器的家伙，听说他近来天天泡在赌场，几天都不回家，柜上的生意更是指望不上他。可我却没想到，假酒居然与他有关。

我急忙派人去赌场找田虎回来问话。一个时辰后，田虎低着头站在了我面前。我用严厉的目光盯着他，喝问：

"到底是怎么回事儿？说啊？"

"那事儿……是我……亲手操办的……"田虎嗫嚅着说。

"这么说，你是明知假酒，故意装进酒篓子里，当成好酒来卖啰？"

"妹夫……"

"叫大掌柜！"

"大掌柜，我也是一番好意啊！"

"做出这等损害我隆盛号的事儿来，还敢说是好意？"

"我不过是想给咱商号多赚些银子，这是好意啊！"

"你这是砸隆盛号的招牌！你马上给我滚！"我再也忍不住了，猛地将手里的茶碗扔到了地上，青瓷碗顿时粉碎。

我从没有发过这么大的火儿。

"你要赶我走？"田虎吓了一跳。

"从今天起，你不再是隆盛号的二掌柜了，也不是我隆盛号的人了，你的股金都退还给你，你马上给我走！"

"真的要把我除名啊？这事儿，我妹子知道不？"田虎急了，搬出他的妹子。

"我是隆盛号的大掌柜，商号的事情我说了算，用不着跟她商量。"我果断地说。

可我万没想到，被我逼急了的田虎，交代出的幕后指使，令我震惊。

"不，这事儿就得要她说！是她，我的妹子，你的老婆，她出的这个主意，要我往那酒篓子里掺假酒的！"

这怎么可能，灵芝怎么会让她的哥哥去干这事儿？不可能，绝不可能。但是，田虎的态度十分坚决，一口咬定是灵芝叫他这样干的，如果我不信，马上把灵芝叫来对质。

田虎突然反将，令我默然不语。于是田虎用得意的目光瞟着我说："大掌柜，国有国法，家有家规，商号有商号的规矩，你总不能惩罚了我，放自个儿老婆一马吧？"

"不管是谁，只要有背家法，绝不轻饶！"我那时的脸色一定是铁青铁青的。

田虎冷笑道："看来你真的要大义灭亲了？那就请老家法吧？"

我让老杜把史家的老家法搬了进来，然后仔细查一下，在老家法里，有没有这么一条——如果做妻子的做了对商号不诚不义之事，该如何处置？老杜认真地查着，找到其中的一页，告诉我，老家法第三十三条有明确规定：如果妻子瞒着丈夫，做下损害商号之事，做丈夫的必须要把妻子休掉……

这又是我所没想到的，我听了浑身一震。田虎却更加得意起来，再次将我的军："大掌柜，写休书吧？你敢写吗？写啊？你要真的敢写，我马上抬腿拍屁股走人儿！"

灵芝啊，你说我该咋办？你家兄弟已经把我将军将在这里，我不能不走下一步棋啊，除非我认输了，不然的话，我是非得做出选择不可。

可这选择，却是要我在你和隆盛号之间进行的啊！老天，为什么非得要我史承义做这种痛苦的选择呢？

窗外，细雨如丝，真是剪不断，理还乱啊……

冤　家

有道是山不转水转，水不转路转，路不转人转。

转来转去，就把两个冤家转到了一起。

那天小雨方罢，俺情绪十分低落地在街上慢慢地走着，思忖着今儿的事情——

今儿，俺的丈夫承义把俺叫进他的大掌柜的房间里，盯着俺，半天也不说话，只是狠狠地盯着看，把俺给盯毛了，就问他这是干甚？其实俺心里已经明白，一定是他知道了假酒的事儿与俺有关，可又不好直问，就这样盯着俺，让俺自个儿说出来。

说就说吧，有啥大不了的！一切都是俺那个糊涂哥哥做下的糊涂事儿，可他求俺替他遮掩，不然的话，他非得被赶出商号不可。唉，俺没奈何，只能应承下来，替他把那黑锅给顶了。反正俺是大掌柜的娘子，这事儿，就算是俺做的，他又能咋地？顶多臭骂一顿，也就罢了。

见俺承认了假酒的事儿，承义气得脸都白了，手哆嗦着指着俺，半晌说不出一句话来："你……我万没想到，真的是你……"

"是俺！要打要罚，随你，俺没半句怨言！"

承义大概气极了，说是要按老家法来处置俺！俺知道他说的那是气话，老家法又能咋的？不管你咋处置，俺终归是你老婆，夜里还又一个被窝儿里睡觉，莫非你还敢把俺休了不成？

俺边走边想，想着想着走了神儿，全然没发现一个女子突然出现在俺面前，俺险些与她撞在一起。

俺抬头望那女子，却是一副标准的蒙古女人的装束。说真格的，俺还从没见过这么漂亮的蒙古女人哩，那身上系着绿色的丝绸腰带，显出姣好的身段儿，那虽然黝黑但却俏丽的脸蛋儿上，眉梢眼角都是情。俺在打量她，她也在打量俺，好像跟俺前生前世就认识，而且有啥怨仇似的，那眼睛里分明冒着一股火哩！

这蒙古女人肯定与俺有瓜葛！俺心里有预感。

果不其然，她把俺打量够了，这才冷笑一声，开了腔儿：

"果然是一枝花儿啊，难怪会把小野马迷成那样儿！如果我没猜错，你就是隆盛号大掌柜的夫人灵芝吧？"

"你是谁？"

"你马上就会知道我是谁的。夫人，这儿不是说话之地，咱们找个地方说话吧？"

不一会儿，俺与那蒙古女人已经坐在一家饭馆里。原来她已经在这里点好了酒菜，只等着俺来呢。她自我介绍说她来自多伦，汉名叫金花，蒙古名叫其其格。

她一说出她的名儿，俺马上就知道她是谁了——她不是别人，正是玛西跟俺说过的那个草地女人——金花其其格！是她，帮了玛西，把家里的积蓄都拿出来，让玛西去做买卖。如果没她，玛西也不会成为大名鼎鼎的旅蒙商。

俺早听说蒙古人都豪爽，这个叫金花的女子却叫俺头一回领教了蒙古女人的豪爽。

"嫂子，你我头回见面，按我们蒙古人的规矩，这杯酒你一定要喝下去。"金花把酒杯举到俺的鼻子底下，恭恭敬敬地站在俺面前，俺要是不接过酒杯，她兴许会给俺跪下去呢。

俺知道这是叫板！俺若不喝，她会从此看不起俺，俺只有喝了这杯酒，她才会对俺说出心里话。

"金花妹妹，虽然我从不喝酒，但这杯酒我喝。"俺说着，强撑好汉，一仰脖子，将杯中酒一口喝干，肚子里登时着起烈火。

"好，像我们草地上的人！嫂子，我知道，玛西是因为你才回来的，在草原的那些日子里，他无时无刻不想着你，就是在睡梦中，不知念叨过多少回你的名字，他对你的爱，那真是刻骨铭心啊！"

俺知道玛西心里一直想着俺，可却没想到他会想得这么苦、这么深，这么刻骨铭心！

蒙古女人对我说："……夜里他抱着我，可却把我当成你，叫着你的名字……嫂子，他是个好男人，你不知道我有多喜欢他！我的生活中不能没有他。他突然走了，我就像丢了魂似的，不由自己不去想他。后来我好像快要疯了，再不见到他，我非疯不可！所以，我跑来找他，想把他带回到草原，可是我知道，我带走他的人，也带不走他的心，他的心在你这儿啊！嫂子，你帮帮我，把他的心还给我吧！"

俺这才弄明白——原来这蒙古女人是找俺来要小野马的心来了，俺什么都可以给她，可就是男人的心，怎么能给呢？

"金花妹子，要是俺能，俺一定把他的心给你，可是这事儿，俺实在是帮不了你……"

突然间，俺看见这叫金花的蒙古女人满眼是泪，俺可怜起眼前的这个蒙古女人来了！

唉，天下的女人一般心啊！

休　妻

今天的夜很不平常，我早已经感觉到了。

外面狗咬得不对劲儿；云把月儿缠绕得也不对劲儿；这空落寂寞也不对劲儿，我的娘子灵芝直到现在也没有回来，就更不对劲儿了。

难道那小野马会再一次把灵芝劫走？

我正说要派人去寻找，却见老杜三步并作两步急匆匆走了进来。

"大掌柜，有人要见你。"

"现在谁也不见！"

"可这个人非要见你不可！"

"谁？"

我的话音未落，传来一个我熟悉的声音："隆盛号新上任的二掌柜你也不见吗？"

我抬头望去，看见一个人大摇大摆地从外面走了进来。他一直走到我的面前，用闪闪发亮的目光盯着我。久违的目光，久违的声音，久违的脸庞！他终于出现了！不知为什么，我心里的一块石头突然间咯噔落地了——我们终于可以互相面对了！

我爹的养子玛西，曾经骑着我家的神驼逃之夭夭的玛西巴图，与我隆盛号暗中作对的大富商马天爷，你终于从阴影里走出来站在我面前了！

我长长地吁出一口气来，显得无比轻松。

"玛西……"

"当年我叫玛西，现在我是马天爷。"他见我流露出轻松的神情，似乎很不高兴，不客气地对我说。

"你是不是把自己当成一匹独往独来的天马了？"

"算你喝过几年墨水儿，说对了！自从我改名换姓儿以来，天马行空，闯荡南北，总算混出点儿样子！"

我突然想起，刚才他进门时的一句话——隆盛号的二掌柜？立即觉得这话有些不大对劲儿。果然，他不怀好意地微笑着，从怀中掏出一张纸来，放在我面前让我看：

"这是一份股份转让契约，请大掌柜过目。"

我拿起一看，吃了一惊——原来是田虎写的股份转让契约。我马上想到，我的那位大舅兄一定中了这位马天爷的圈套，在赌场欠下巨额赌债，没奈何，便立下这份字据，把隆盛号的股份让给了马天爷。

唉，成事不足败事有余的田虎啊！

我的大舅兄田虎在隆盛号里占有四成股份，他把所有的股份转让给了马天爷，就等于是说从现在起，马天爷已经在我隆盛号里占有四成股份。怪不得他理直气壮地称自己是二掌柜呢。

情况发生的突然，我一时无话可说。

"既然我是隆盛号的二掌柜，这柜上的事儿我就要当半个家。大掌柜，那尊夫人卖假酒的事儿，你打算怎么处理呢？"小野马更加得意了，仿佛自己真的是隆盛号的二掌柜一样，大模大样地坐下，盯着我问。

他这是将我的军呢！看来，他对我隆盛号所发生的任何事情都了如指掌。这一军将得我几乎没有一步退路了。

是啊，若按我史家老家法，妻子做出损害商号之事，是一定要被休掉的！既然我隆盛号是讲诚信的，那就只能休妻，没有别的任何选择！

可倘若我这样做了，那正是他所期望的，他的目的就是想让我失去我的灵芝！

　　我转过身去，保持沉默。

　　不想马天爷却咄咄逼人："今天，你必须得做出抉择——要么休掉发妻而保全隆盛号的名声，要么不休妻而做一个失信于天下的伪君子，到底如何，你说啊？"

　　我再也忍无可忍了，手指着他大喝一声："行了，你不要再逼我了！你把我逼到痛苦的深渊里，难道你就能得到无限的快感吗？你让我陷入心灵的风暴之中，难道你就能得到心灵的满足？玛西，你我为何要自相残杀而全不念手足之情呢？"

　　那小野马却冷笑起来："手足之情？我跟你有什么手足之情？当年，你是史家大少爷，我呢，不过是从草原上被你爹带回你家的一个可怜的小野种，你是主子，我不过是一个卑微的奴仆，我跟你怎么会有手足之情呢？"

　　"别忘了，你是我爹收养的义子，他临死前对我说过，让我事事让着你，不让你受委屈……"

　　"别跟我提老皇历！一提我更来气儿！当年，我阿妈要不是为了替你爹保管那三根金条，怎么会惨到那般地步呢？你口口声声说你讲诚信，那你为什么不履行你对你爹的承诺？"

　　"什么承诺？"

　　"不让我受委屈啊！你爹还没咽气儿，你就抢走了我心爱的女人，这就是你的诚信吗？"

　　他的女人？原来，他一直把灵芝当成了他的女人，所以他这才这般恨我？

　　世上之恨，莫大于夺妻之恨。

　　可灵芝怎么会是他的女人呢？

　　要不是记着爹的临终遗嘱，我真会不顾一切拿出刀来，与他到外面的草地上去决斗。

　　见我不吭声，他像斗胜的公鸡，扬着头得意地向外走去。

　　我不能输给他，决不能！我在心中暗暗发誓！

那天夜里，灵芝回来得很晚。

灵芝是带着醉态回家的。走进屋子里时，她的步履有些踉跄，她的面颊有些潮红，目光也有几分的迷离。

我不知道她是和那个蒙古女人去喝酒了，闻到她身上散发出来的那股浓浓的酒味儿，我心中的愤怒正在迅速升腾着。

我端坐在桌子前，一动也不动。

"承义，还没睡啊……俺回来晚了，你猜俺碰见了谁……"

"你喝酒了？"我发现自己的声音比冰还要冷。

"哦，喝了几杯……"

"可你是从不饮酒的。"

"今天这酒俺不能不喝……"

"够了！你居然还有心情去饮酒……太过分了！灵芝，你的东西我已经替你收拾好了，你走吧！"

我指着炕上对她说。我已经让下人把她的东西包在一个包袱里，她的首饰匣子等物品装在了一个皮箱里。

我看见灵芝一下子便呆怔住了："你……真的要休了俺？"

"我不休你，无法向隆盛号做出交代！我不休你，隆盛号的二掌柜他不答应……"我面无表情地说。

"隆盛号二掌柜？不是俺哥田虎吗？"

"你哥已经把二掌柜让给马天爷了……"

"你说甚？"

"我说马天爷从你大哥那里得到了隆盛号的股份，已经取代你大哥成了二掌柜！"

"他……他咋这样？"

"为了得到你，他不择手段！"

"可俺已经告诉过他了——那是不可能的……"

"过去不可能，现在可能了！离开隆盛号，你就可以跟他一起走了。"

突然间，我看见灵芝疯了一般扑到我的怀里，紧紧地抱着我哭起来："不，你不要休了俺，不要……俺不离开，死也不离开啊……"

我的心一下被她软化了，叹息着看着怀里哭成泪人儿一般的灵芝："罢了，好在休书我还没写，你再让我想想好吗？"

灵芝抬头，用感激的目光望着我："我去找他，让他罢手！"

"不，你不要去见他，再也不要见了，如果你不想离开我，这是我对你唯一的要求。"

"好，我答应……再也不要见到他……"

我却没想到，灵芝她欺骗了我，她背着我，偷偷去找那小野马！

这是我万万不能宽恕她的，所以我一气之下，写了休书。

我望着窗外，外面一片漆黑。能听到隐隐的更鼓声和犬吠……我望着悬挂在天空的那垂死的月亮，想起这些天月相上叫"既死霸"，月亮从半圆到无光。金匮，地火，九空，死神……我不知道这样的日子应该忌讳什么，只知道我的心如同那弯将要死去的月亮，正在一点一点地黯淡下去……

赴　会

俺田灵芝虽女流之辈，可关键时也要学那关云长单刀赴会！为了夫君俺全然不计后果，唉呀呀，俺真是聪明一世糊涂一时，咋会背着夫君去求那小野马呢？

俺一撩竹帘，进了茶楼单间，看见小野马正坐着单间里品茶听戏。俺大义凛然，几步走到他面前，拍案怒斥：

"你为甚还不罢手？你逼着承义休了俺，难道俺就会跟你走么？"

马天爷望着俺却笑起来："只要有一丝可能，我就会去争取！"

"呸，俺劝你别再痴心妄想了！即使承义一纸休书把俺休了，俺也不会跟你走的！"

没想到那小野马居然说——为了得到俺，他会不择手段的！俺熄了火，收了怒，坐下来对他好言规劝，一字一板，字字动情：

"听俺一句劝好吗？玛西，金花其其格是多好的一个女人啊，天下没有哪个女人比她对你更痴情的了，不要伤她的心……"

小野马盯着俺问，金花是不是去找过俺了？俺说找过。他生起气来，骂金花不该去找俺，然后又对俺说，金花是对他好，可他的心就是落不在她身上！这怨不得他。

"你非得要把承义和俺都逼上绝路吗？"俺质问他。

他说："对呀，只有那样，我才能得到你！"

我一听差点儿把肺气炸："你……你简直不叫个人呀！"

他却脸上依然挂笑，不火也不恼地说："随你怎么骂，可我从来没有以诚信欺骗人，从来不隐瞒自己做过的事情和想要做的事情！倒是史家的隆盛号，才是欺世盗名呢！"

俺这时候就知道自己错了，真的不应该来找他求情，真的是俺瞎了眼、看错了人！这小野马早已经不是从前的那头小野马了，他现如今是一只狼，一只要吃人的狼啊！人怎么可以向狼求情呢！

俺对他说：俺看不起他，一辈子也不想再见到他！说完这话，俺就大步走了出去。

那狼，蜷缩在角落，两只眼睛释放着幽绿的光芒。就在俺与那双狼眼对视的那一刹刹，俺一下子瘫软了，俺知道，俺完了，彻底完了……

销　毁

真的是山重水复疑无路，柳暗花明又一村。

隆盛号眼看着岌岌可危，不成想，却突然传来一个好消息——京城方面有五六家商号派了人来，要跟我隆盛号做几笔大买卖。我大致盘算了一下，倘若这几笔买卖谈成，隆盛号就能起死回生。

我让老杜把那几位大主顾安排在古城最好的客栈，又在城里最好的酒楼包了一桌上好的酒菜，宴请京城来的客商。我的热忱感动了那几位商贾，他们一起举杯向我敬酒。原来，他们是听说神驼突然千里归来，认定我隆盛号财运兴旺，所以才赶来与我商号签约的。

　　"隆盛号以诚信天下闻名，如今神驼千里归来，必要发大财了啊！"

　　"是啊，史大掌柜有神驼相助，定会财源滚滚，买卖越做越大！"

　　"隆盛号这三个字儿在京城也是如雷贯耳啊！所以，有人说隆盛号倒卖假酒，我们是断不相信会有此事的。"

　　"嗨，同行相妒，一定是哪家商号妒忌隆盛号，所以才编造出如此下作的谎言来迷惑众人。"

　　提到假酒，就像揭我头上的癞疮，我顿时一脸的尴尬，打着呵呵笑道："今天我们只叙友情，不谈买卖上的事情，来，干！"

　　送走客商，我十分满意，坐下喝口茶。柜头老杜照顾完客商走进来，对我说：

　　"大掌柜，眼下形势变得对我们十分有利，大家听说神驼失而复得，都说是奇迹，是隆盛号的福分，所以，都跑来跟我们做买卖……"

　　"那就抓住商机，好好做几笔大买卖。"

　　"这个时候，我们不可出一丝的纰漏，不然的话，会把这些客户都吓跑。"

　　"那是当然。"

　　"所以，假酒之事，暂且还是不要张扬出去为好。"

　　我注意地看着杜喜来问："哦？依老柜头之见，这桩事情就压下不提了？"

　　"对啊，只要我们悄悄地将那八百坛子假酒换成真酒，然后送往多伦，只说是路上延误了，一切自会风平浪静。"

　　"这不是自欺欺人吗？不行，这桩事情不能为自己遮丑！"

　　"大掌柜打算怎么办？"

"我打算将那八百坛子假酒全部倒进河里销毁。"我斩钉截铁地说。

"哎呀，那不是等于把假酒之事告知天下了么？"

"对，我正是要告知天下。"

"那你不怕真的砸了隆盛号这块招牌？"

"不怕！我旅蒙商之所以能在各地打开自己的市场，就是因为有了诚信二字，这件事情既然已经发生，就应该公开，不能隐瞒！"

虽然我说得坚决，可心里却犹豫彷徨不定。我知道，假酒的事情一旦公之于众，那按我史家家法，就非得要休妻不可了⋯⋯可我，怎么能狠下心来，把我的娇妻从家里赶出去呢？我怎么能忍心将那"休"字说出口，把那休书交给她呢？就算我狠下心来真的休妻，可老丈人那关，又怎么能过得去呢？

真是进亦难，退更难啊！

爹，您老的在天之灵能告诉我——此时此刻，我该怎么办呢？

那天是有喜也有悲，有苦也有甜。

喜的是我隆盛号当着众人百姓的面儿销毁假酒，要把那八百坛子假酒倒进城外的沟里去。消息传开，城外的沟边顿时聚集了人山人海，百姓纷至沓来，大家都跑来看稀罕，更多的人不相信我隆盛号会把那酒倒掉，非得要目睹不可。

爹的眼睛在冥冥中盯着我呢，我不能欺瞒百姓，假酒非得当众销毁不可！

一大早，我指挥着人在沟边搭了一个木头台子，台子的一端伸向沟里。然后让人将那八百坛子假酒拉来，摆在沟边。居然黑压压地摆了好长一溜儿。我亲自提笔写了一幅耀眼夺目的横标，挂在那木头台子上，那是八个字：

"诚信为本，销毁假货"。

我知道这八个字的分量，它是爹对我的期望，亦是我旅蒙商安身立命的根本。

我一脸庄严肃穆，立于台上。我看见在观众群中，那马天爷也混在人群里面，他一定是不相信我会真的销毁假酒，跑来看个究竟。

眼见得时辰已到，我抬起手来，一声令下："倒酒！"

众伙计纷纷上前，将坛子盖拔开，让酒坛子歪倒在地，那上百个坛子一同倾斜，里面的酒如瀑布一般流向沟里，那情景煞是壮观。我听见百姓们纷纷欢呼叫好，一片鼓掌声。台上那几个京城来的商贾一边看着，一边赞赏地点头啧啧而赞。更有那好事者点燃一串串的爆竹，放起礼花，把个城外的荒野之地热闹得好似过大年一般。

我激动得几乎落泪。

爹，孩儿没有让您老人家失望，孩儿宁可让商号蒙受致命的损失，也不能以虚假失信于天下！

沟里的假酒滚滚流淌，汇聚成一条小河，流向了远方。

我用眼角扫去，见挤在观众群中默默观望的玛西似有所动，拨转马头，悄悄地离开了。见此情景，他会怎么想呢？

我不知道。

果然，我的老丈人得知我要休妻，马上跑到商号来找我兴师问罪。

我的丈人是茂昌票号的掌柜田茂林，多伦城的人谁敢不给他面子！虽说他已经上了一把年纪，可一跺脚，多伦城还是会颤一颤的。

"咦呀呀，你个臭小子！俺闺女虽说不是金枝玉叶，可也是大家闺秀，你一张纸说休就把她给休了？今天你要是不给老子说出个道道儿来，老子就跟你没完！"

茂昌票号的掌柜跳着高儿对我叫喊着。我急忙赔着笑脸说："爹，消消气……"

"呸，你把俺闺女都休了，还叫什么爹！"

我想用大道理说服他："您是旅蒙商的老前辈，不管灵芝是不是我的妻子，我都管您叫爹。爹，您听我说——咱旅蒙商是不是以诚为本，取信于天下，所以才在商界立于不败之地，在蒙古草原上有那么高的威望？"

"你说！"

"既然旅蒙商是以诚信为自己的经商原则，那我隆盛号是不是应该诚实待客，不欺不诈？"

　　"你说。"

　　"那假酒的事情，应该不应该公布于众？"

　　"你倒掉假酒，众人拍手称快，莫不赞扬，当然是应该的。"

　　"假酒之事是灵芝一手所为，按我史家老家法，凡是妻子做了有违商德之事，必须得休掉……爹，你以为我想休了灵芝啊？这多年来，在家，她是我的贤内助，在柜上，她是我的好帮手，一里一外，我离不开她啊！天下很难再找到像她那样一个好女子！可是，我若不休她，那便是坏了家法，坏了老祖宗定下的规矩……爹，正因为这个缘故，我不得不休了她啊！"

　　我的一番话终于打动了老丈人，我看见田茂林无话可说，悲怆地站了起来，苦笑着拿起我写的那一纸休书，摇头苦笑着：

　　"好，休得好！休得好啊！承义，你比你爹有种，是块儿好料儿，旅蒙商中有你这样的买卖人是旅蒙商的福分，却是我家的灾难啊……"

　　看见我的老丈人如此伤心难过，我只得告诉他：休妻是迫不得已的权宜之计，只不过让灵芝暂且回来少住几日，过些时候，我自会去把她接回来的，然后妻依然是妻，夫依然是夫，我们依然过我们幸福的日子，一切都会像从前一样。

　　票号老掌柜听我这么一说，咧开嘴笑了。

　　我万没想到的是——不等我把休书交给灵芝，对她说出我的想法儿，灵芝却自己主动离开了家。

　　弄假成真！

出　走

　　城外轰轰烈烈，俺的夫君正带着人马销毁那八百坛子假酒，俺却独坐家中，掩门闭窗，两耳不闻外面的爆竹声喧闹声，一个人静静地坐在炕头边儿，久久思量着——

既然俺替俺哥背了黑锅，那假酒的事情俺就得承担责任，按照史家的老家法，承义必须得休妻。俺知道承义眼睛正在为难——若不休妻，他无法对商号几百号人做出交代；若休妻，他又狠不下这条心来，所以，他正处在左右为难的境地哩。

俺不能让他为难，也不忍让他为难，俺要为他解脱，而最好的解脱方法，是俺悄悄地离开史家，主动离开，这样，承义就不会为难了。

于是，俺站起身来，开始收拾东西。收拾了半天，觉得也没啥可收拾的，只是几件衣物而已，俺这人都是承义的，现如今离开了，还有啥可收拾的？

俺只想马上离开，谁料，说是要走，可那两条腿却像灌了铅般沉重，咋也迈不开步子，俺这才知道，说走是一码事儿，倘若真的要走，又是一码事儿！俺在这里与承义整整生活了十年，如今说走，哪儿那么容易呢！

腿不争气，眼睛却留恋地将屋子里的各个角落看了又看，一切都熟悉得不能再熟悉了，所有一切都是俺生命中的一部分，可现在，却要活生生地叫俺把这一切全部割舍开来，俺怎能狠得下心来呢。

可是啊，有道是当断不断，反受其乱，纵然俺心里千般不愿，万般无奈，到了该走的时候，还得走啊！俺知道再过两个时辰，俺的夫君承义就会回家来，到那时，俺就是想走也走不成了，他是不会放俺走的，俺知道，他的心太软，尤其对俺，他的心硬不起来。可是，俺不能让他为难啊，当年孟夫子出妻，左右为难，可夫子心硬，到底把妻给出了。承义不是孔孟圣人，他不行，所以，俺得帮他，那就是自个儿离开，当他发现俺不在之时，俺已经远远地离开了这个家，离开了这座古城，到了一个谁也找不到的地方……

是的，俺已经到了非得要走的时候了。

走了，俺的夫君，俺的哥哥，俺一辈子的男人！

一个男人的内心独白

可能是我从小生在青马河边的缘故，我这一辈子耳朵边总是响着马蹄践踏河水时泛起的那种让人心神不宁的声音。

我的心便没有一刻的宁静。

从小到大，我一直不知道自己活着是为了什么。小时候，跟着阿妈一起流浪打工，给有钱人家巴彦放牧，那是为了混一口饭吃。后来，义父把我带到了多伦城，当上了"准少爷"，过上了好日子，可那样活着也没有什么意义。后来，终于有一天，我见到了一个姑娘，刹那间一切都被她的光辉给照亮了，我才知道我之所以一直活下来，并且来到这个地方，都是为了她！她就是我生命的全部意义。

我不可救药地爱上了一个女人！

这个女人叫田灵芝！

可是，她却嫁给了别的男人……

十年的光阴，我想把她忘掉。

可是不行，越是想忘掉，她越是铭心刻骨般地扎在了我的心窝子里！我拼命去赚钱，连自己都没有想到，我居然变成了一个腰缠万贯的大富翁。一切都是命！一切都是水到渠成！凭着我现在的实力，我想跟那个姓史的拼一拼，从他手里夺回我爱的女人！

我带一班人马来到了多伦城，目的只有一个：搞垮隆盛号，打败史承义，夺回田灵芝！

我手下有个姓崔的师爷，是专门给我出坏出意的。他与我精心策划，细心安排，先是把灵芝的哥田虎拉下了水，怂恿他卖假酒，再把他弄到赌场上，让他输个精光，然后，一步步把田承义逼到了一条死路上。对方终于沉不住气了，灵芝跑过来找我。她是来给她男人求情的。我咬着牙没有答应她。她离开我的时候，我感觉到了她对我的失望和鄙视。

灵芝，难道在你的心里，从来不曾爱过我吗？

当年，我把你掠上马背，我把你揽在怀中，我曾经那样真切地感受到你整个身心的颤抖，倘若你不喜欢我，你是不会有那样反应的！我相信，如果当年能公平地让你去做选择，你是一定会选择我而放弃史承义！正是因为我坚信这一点，所以我才重返多伦城，我是为你而归来的呀，你知道吗，灵芝？

可是，为什么我越来越看不清你的心了呢？

当我高举起复仇的皮鞭，对着史承义，对着隆盛号狠狠地抽下去的时候，你却突然挺身而出，挡在了史承义面前。你是出于真心爱着他呢，还是仅仅因为他是你的丈夫？你护着他，怕我伤害他，只是一种责任？

我想不明白！

那天夜里她突然出现在我栖身的那家客栈，她来找我是这是我意料之中的事情，我就像是一个躲藏在暗处的捕猎者，得意地看着我的猎物正一步步走进我精心设计的陷阱。可是，当那猎物真的坠落到陷阱之后，我却丝毫也高兴不起来。

一切都如我当初所预料的一样，灵芝是来向我求情的，为了隆盛号，为了她丈夫史承义，她请求我的宽恕。我瞟着她，借着客栈昏暗的灯光认真地打量着她，我这才发现原来她已经不再年轻了，她的皮肤虽然保养得很好富有弹性，但那眼角还是浮上几缕无法抹去的皱纹！她的身体也大不如从前那样苗条，宽松的衣服似乎在掩盖着她正在衍变得不可见人的臃肿！就是这个女人居然让我苦苦地思念了整整十年吗？

我开始觉得自己的苦恋有些可笑了。

可是，复仇的利剑既然已经高高地举起来，就不应该再退缩。那么好吧，我对她说：放过隆盛号不是不可以，但是，我想得到我当初就应该就得到的一切。

"你说的一切，是甚？"

"你！"

我盯着她。

她似乎早料到我会这么说，丝毫也没有吃惊。她用一种冷冷的目光看着我，好像我真的是一只从野地突然跑来的狼。她问我：难道你真的想把我们都逼上绝路吗？我那时候像个真正的流氓那样嬉笑着说：对，只有那样，我才能得到你。她骂了我一句什么，我没有听清楚，然后，我就看着她转身向外走去。

我的目光死死地盯着她。我期待着她回头，可又怕她回头。

我想证实一个问题：女人究竟是怎么回事儿？

当她就要走出门口时，我的心已经不再热烈地跳动时，她慢慢地回身了。

然后她慢慢走到床上，脱去了外衣，把自己暴露给我，闭住眼睛，低声说："俺把自己交给你了……"

那一刻我突然迷失了自己，我搞不清结果怎么会是这样！虽然这样的结果我曾经反复无数次地想象过，已经烂熟于心，可是，当梦想成真时，我还是不能相信，或者说不敢相信！

这就是女人吗？

那时候我真的迷失了，或者说是在那一瞬间我大彻大悟了，我知道自己应该做些什么，或者说知道自己不应该做些什么。于是我用极为冷静的口吻说了一句："你真当我是一只狼吗？"

然后，我大步走出了客栈房间。

我没有犹豫，没有回头。

其实，应该说，我对女人并不陌生。

我曾经在草地上遇到过一个叫金花的女子，她爱我爱得要死要活。她是野草地上怒放的一朵野花，她对我的爱犹如五月的沙尘暴那般猛烈。她把她的肉体变成了一片草地，任我驰骋任我践踏，她把自己的一切都给了我，只为了让我能开心地露出一个笑颜。

那天我喝醉了，迷了路。那是我离开多伦城隆盛号的第一个冬天，我在草原上流浪，只要有钱，就会把自己灌得烂醉如泥。

那天夜里我醉得厉害，从马背上坠落下来，几乎被紧紧尾随我的一条恶狼吃掉。幸亏遇到了她，她扶我，扶不起来，拖我，拖不动，无奈之下，她用一条牛毛绳子拴住了我，另一头儿让一匹马拖拽着我，终于把我拖回她的蒙古包。

把我弄进她的蒙古包里，才发现我已经冻得快成一块冰了。为了让我的身体恢复温暖，她用尽了一切办法。第二天早晨，当我醒过来的时候，我发现我与她赤裸着身子一丝不挂，两个躯体紧紧地拥在了一起。

她用自己的体温救了我，只有这个办法才能把我从死神那里拉回来。

那时候她还是个大闺女呀！

可世上的事情就是这样奇怪，当一个男人的心被另一个女人的心打开之后，对其他所有女人的那扇门就会严严地关闭住，很难会再有人把它打开，即使仙女也不例外！

我始终没有接纳金花，这让她不知道悄悄地流了多少眼泪！

这是一个非常固执的女人，她坚决不肯放弃，一直跟随着我，无论我走到哪儿，她准会很快找到我，想把我再一次用牛毛绳子拖回到她的毡房里去。

唉，痴心的女人啊！

当金花再次出现在我面前，并把我紧紧地搂抱住的时候，我听到她低低地说："我们该回家了……我跟你回青马河吧……"

是啊，该回家了！我知道……

寻　妻

那天我回到家很晚，我是最后一个知道灵芝离开家的人。

我回到家，并没有立刻发现灵芝不见了，只是觉得家里空空落落，仿佛缺少了些什么，可我根本就没想到灵芝会走，后来，当我洗漱了一下，准备上炕睡觉时，才发现灵芝不见了。

我问丫鬟，丫鬟回我说，夫人收拾了东西，回娘家了。

我一听就不妙，接着便在卧室的桌子发现了灵芝留给我的一张纸条。我拿起一看，是灵芝的笔体——

"承义，我走了，以后我不在你身边，冷啊热啊，你自己多保重吧……"

我呆怔了足足有一个时辰，突然理智提醒我，不能让灵芝这样走了，她是我的生命，我的全部，我得去找她，一定要把她寻找回来。于是，我一口气奔到丈人家，全然没想到那时已经是后半夜时分，所有的人都在熟睡。我拼命地拍打着大门。

拍打大门的声音在寂静的夜里显得格外震耳。

我不知道自己拍打了多久，手拍痛了，大门拍松了，声音把附近的人都惊醒了，可我，依然不顾一切还在拍打着。

突然间，田家的大门洞开，我看见几个伙计手持棍棒冲了出来。我还没弄清楚怎么回事儿的时候，伙计们手起棍落，棍棒如乱雨一般，将我打倒在地。我只有招架之功，哪儿有还手之力，只能用手护着头，不让棍棒落在我的头上。

我不知道自己是怎么挨过那一刻的，我居然没有被他们用乱棍打死。大概，是我的前任老丈人网开一面，不忍心让我死于乱棍之中的罢？

可我也是肉身凡胎，并非钢筋铁骨，那一顿棍棒，还是让我足足在炕上躺了三天。

其实那时候我就感觉到暗中有一双眼睛正在注视着我，那眼睛仿佛洞察一切，一直静静地注视着我，并非幸灾乐祸，也不是沉痛可怜，而是……

是什么呢？

我只知道，那眼睛肯定是他的——玛西巴图，玛西或者说是马爷。

我的猜测果然没错，第四天，当我刚刚能从床上坐起来时，老杜匆匆走了进来，对我禀报说："大掌柜，他又来了，要见你……"

我知道老杜说的是谁，于是我只吐了两个字儿：不见！

但是老杜说，他有一桩非常重要的事情要跟我说。我想了一下，决定还是见见再说。我想，他不应该是来嘲笑我的。

　　片刻，马天爷进来，默默地看着我。

　　"来看我的笑话？"我问。

　　"不，我来，只是想告诉你——我对你的所作所为十分钦佩，我相信隆盛号的诚信二字是真的。"他说。

　　我相信他的真诚，问他不再怀疑隆盛号是欺世盗名了？他惭愧地回答我说，他的怀疑因为我的行为而彻底改变，他现在才知道，他的报复是多么可笑……

　　我万没想到玛西居然一改初衷，放弃自己到这里的动机。不料，他下面的话更令我吃惊——

　　"我决定了——离开这里。"

　　"你要去哪儿？"

　　"回草原。"

　　"回去干什么？"

　　"回去放我的马，这里不是我应该待的地方，草原才是我的归宿。"

　　"玛西，你再好好想想，我希望你能留下来，和我一起干，做隆盛号的二掌柜……"

　　他听了冷笑一声，摇摇头："你就不必再劝我了，别忘了我是一匹独来独往的天马，自由惯了，我只能去过那种自由自在的生活……承义兄，临走前，我有样东西想交给你。"

　　"什么？"

　　他从怀中取出一样东西来交给我。我接过展开一看，原来是一张图。

　　一张沙俄商路图。

　　这张图，正是我梦寐以求而不能得的！

　　没想到却是他将这珍贵的东西交给了我！原来，他已经打通了通往俄罗斯的商路，怪不得他会发大财，成了大旅蒙商呢。

玛西告诉我，他之所以能打通通往俄罗斯的商路，得归功于我家的那峰神驼，若没有它，他是不会活着回来的。老马识途，老骆驼也认路，是神驼一直把他们的商队带出了特穆沁塔拉，到达了俄罗斯……

他还告诉我——那图上面有许多俄国人名字，这些人都是俄罗斯商人，他们经营中东贸易，都是可以信赖的买卖人。只要找到他们，一提马爷的名字，他们就会把我当成朋友对待……

我捧着那图，还是疑惑不解——这么贵重的东西，他为什么要给我？见我困惑的神情，马西天对我说：

"因为灵芝求我，要我帮助你。"

"灵芝去找过你了？"我吃惊地问。

玛西点头说："虽然你把灵芝休了，可她心里还惦记着你，昨天她去找我，求我放过你……本来，只要我愿意，我现在可以不费吹灰之力将隆盛号置于死地！可是，我不能再让灵芝伤心了，不能继续再伤害你了！唉，现在我才知道，伤害隆盛号，伤害你，就是等于在伤害灵芝啊！"

看他的神色，我认定灵芝是在他那里，怪不得他会如此宽宏大度，与我一笑泯了恩仇。于是我开始怀疑我休妻之举，是不是中了他的计？所以他才轻而易举地从我手里夺去了灵芝？

整整一个秋季，阴雨连绵不断。

就在我与玛西谈过那次话之后，他突然消失不见了，谁也不知道他去了哪里，谁也不知道他的下落。

同时消失不见的还有我的娘子灵芝！整个秋天，我始终没有找到被我丢弃了的女人，后面的日子，我是在沮丧和绝望之中度过的。

那年秋天，淫雨不断，好像老天爷从天下洒落到人间的眼泪。就在连绵不断的秋雨之中，我决定振作起来，带着商队远赴俄罗斯，去探寻那条神秘而遥远的商道，实现爹当年未竟的理想。于是，在经过充分的准备之后，我带着商队上路了。

这些日子，田虎一直像个忠实的奴仆跟随着我。那天我在他家大门口被他家人伙计乱棍打倒在地，是他把我背回了家，然后一直照顾着我。我恨他，骂他，他不恼；赶他，撵他，他不走，只是跟随着我，我感觉到他好像有什么话要对我说。果然，在路上，他告诉我——假酒的事儿原来是他干的，她灵芝丝毫也不知情！她是为了哥哥，才把黑锅背到自个儿身上……

听了田虎说出真情，我更加懊悔。我问田虎灵芝现在到底在哪儿？他说他也不知道，也许，她是跟着那蒙古小野马远走他乡了吧？听田虎这么一说，我更加相信我的预感是真的，我的心仿佛一下子沉落到无底洞里——呵，我的娘子，难道，你真的跟随那小野马远走高飞了吗？

怀着疑问和深深的懊悔，我带着商队踏上蒙古的土地。我决定先带商队去草原商城。

经过几天的长途跋涉，我的商队就要走进被称为"魔鬼之地"的特穆沁塔拉了。我刚要下令让商队在原地安营扎寨，突然，前面探路的伙计发出尖叫声——

"掌柜的，快看啊！"

我勒住缰绳，抬头极目眺望前方——

不远的前方，黑烟滚滚，枪声不断，杀声阵阵。可看出那里正展开着一场激战。

谁和谁激战呢？

田虎爬到高处，叫喊着说他看见了前面有隆盛号的旗帜，好像是一股马匪正在与隆盛号的商队激战！

这怎么可能，我知道我们商号并没有派出其他的商队，前方怎么会有隆盛号的旗帜呢？不管怎么说，既然有商队遇到马匪，那按商号的规矩，我们是不能隔岸观火、见死不救的！于是我挥手，我带着我商队的精锐向前方火速冲去。

当我快要到达战场时，突然瞭见一位骑手正在纵马驰骋，挥刀向前，勇猛无比，势不可挡。我看到他的面孔，心尖顿时一颤——是他，是我的玛西兄弟！

那是一场血肉拼搏。

那是一场生死较量。

荒原上，遍地死尸。我的兄弟玛西巴图正在与匪首独眼龙在马上刀拼，二刀相撞，火花迸溅。我勒住马，在一旁观望，不知该如何上前去帮助玛西。玛西马匪犹如龙虎相斗，你凶我猛，好一番厮杀，直至分出个子丑寅卯。

突然间玛西回头望着我一笑，喊了一声大哥。

那匪首独眼龙自以为这是一个绝好时机，便瞅准空子，一刀刺来。不料，玛西正在等待这个机会，轻轻一个闪身，让过匪首的马刀，独眼龙刺空，身子控制不住，踉跄着向前扑来。玛西轻舒猿臂，手起刀落，只见一道寒光闪过，那独眼龙便坠落马下。

凶恶的匪首在地上挣扎了几下，不动了。

我急忙策马向我的兄弟玛西奔来，在他面前勒住缰绳。我望着他。他喘息着。我迫不及待，要问他有关灵芝的下落，不料，不等我的话出口，突然听见闷闷的一声枪响。

我的兄弟玛西巴图在马背上摇晃了一下，身子僵硬，一头栽下了马背——我震惊地望去，见倒在地上的独眼龙用最后的力气举着枪，枪口还冒着烟儿，显然，是他对着玛西开了一枪。

我的愤怒是难以形容的。我不知自己哪儿来得那么大的勇气，一个策马奔到独眼龙面前，狠狠地将手中刀掷出，那刀正中匪首心窝。

我哪里顾得去看匪首的死活，急忙跳下马，将倒在血泊中的玛西扶起。玛西还没有断气，他慢慢睁开眼睛望着我，咽喉里呼噜着，喘着粗气。血沫从他的嘴里涌了出来，喷出一个个血泡儿。

事到如今，我这才全然明白了一切——原来，玛西是故意用隆盛号的旗号把独眼龙的马匪引诱出来。这独眼龙是我隆盛号的天敌，是我打通俄罗斯商路最大的障碍，为了给我扫清去俄罗斯的道路，玛西毅然把自己当成了诱饵……

我怀中抱着垂死的兄弟，悲怆之极地叫着他的名字。我祈求上苍，不要让那可恶的死神带走我的兄弟。

但是一切都已经成为定局，既然我无回天之力，那么我也不可能把他从死神手里把他夺回来。我看见玛西兄弟的瞳孔正在扩散，气息也越来越微弱，嘴角的血沫也越来越少。他已经没有力气对我说话了，只是微微扬起手，指着不远处的地方，似乎想对我说什么。我抬头望去，看见附近不远处有一顶歪斜的小轿。

我的心咯噔一下——难道，我的灵芝在那顶小轿里吗？我轻轻地把怀中的玛西放在地上。这时他已经完全停止了呼吸。我慢慢地起身，向那顶小轿一步一步地走了过去。

虽然我走得极慢，但此时我的心跳得异常激烈。我不知道自己见到灵芝之后会怎么样，更不知道那轿里的人是死是活。我不知道自己是怎么样走到那顶小轿跟前的，我用颤抖的手将轿帘轻轻掀起——

完全出乎我的意料，小轿里，坐着的女子不是灵芝，而是金花其其格！

金花端正地坐着，一把蒙古刀插在她的胸膛上，红色的鲜血已经变成紫黑色，显然，她已经死了好一会儿…………

她是怎么死的？是被马匪们杀死的？还是为了保住自己的贞洁，毅然挥刀自尽的？我不得而知。不管她是咋死的，我知道她一定是为了她所爱的玛西巴图才丢弃了自己的生命。顿时，我对她肃然起敬。

可是我的灵芝在哪儿呢？

呵，我把我心爱的女人给丢了！

在余下的日子了，寻找灵芝成了我生命全部的意义。

快进冬季了，雨依然不停地下着。到处是淅淅沥沥的雨声，那缓慢的节奏倒更像是一位伤感的人在轻轻地哭泣。

现在，我每天能做的事情，就是凝视灵芝的画像。那是几年前我请一位画家给灵芝画的一幅油画。现在，这幅油画摆放在我的卧室床头，与画像交谈，成了我生活中一件非常重要的事情。

那天是天恩、福德、金匮、玉堂，宜祭祀、祈福。我突然想到了神驼——已经有很多天没有为它烧香祭祀了，于是我萌生了去看一看它的念头。

我相信一切都是上天早已经安排好的，就在我刚刚走进神驼庙里的时候，我突然听到一阵什么声音。那声音是如此让我吃惊心动，仿佛是来自远方的招魂曲，令我梦魂萦绕，不能自已。我仔细地听着——越来越清楚了，那是一个女人由于痛苦而发出的一阵阵的嘶叫声。

那正是我一直在苦苦寻找的声音啊！

我不顾一切奔进庙堂里。

阴暗的庙堂内，我发现了灵芝——她躺在一张草铺上，捂着肚子叫着。她的贴身小丫鬟正焦急地守候在她的身边，一副六神无主的样子。我万万想不到，我的灵芝居然一直躲在这里。

"灵芝……"

我急忙将灵芝扶了起来，将她抱在我的怀里。灵芝看到我，强露出一丝微笑，显然是她强忍着疼痛，想用微笑来安慰我：

"你来了……你怎么知道俺在这里？"

是天意，灵芝，是老天爷叫我到这儿来的。可是你怎么了，灵芝？你得了什么病？你的肚子——哦，难道你是怀孕了不成？

丫鬟告诉我——少奶奶怀孕已经八个月了！

唉，傻娘子啊，你为什么不早些告诉我呢？为什么，你这是为什么啊？

这还用问么，因为我已经把娘子给休了，她已经不是我名正言顺的妻子，她怎么能会把这件事情告诉我呢！

我把她紧紧地抱在怀里，眼中含泪，后悔莫及："怪我，都怪我！灵芝，从此以后，我们生生死死在一起，再也不分开了！"

"俺一直在等着你……俺相信……总有一天，你会来接俺回家……"

灵芝的话未落，再次捂着肚子呻吟起来。那是分娩前的阵痛又开始了！我的灵芝，我的女人，你要坚持住啊，我这就带你走，带你去找接生婆，接下咱们俩的骨肉，接下我的儿子，我的后代！

诞　生

阴阳交合，万物生长，在天聚风云雨雪，在地汇河海山川，在方位则成东南西北，在季节则成春夏秋冬。只要生命不停地延续，故事就会永远延续。

一个男人抱着一位孕妇，骑在一峰骆驼上，驱赶着骆驼飞快奔驰在荒原上。那男子在驼峰间双手环抱着女子，将她紧紧地搂在自己的胸前。

希望在奔驰中诞生，一个全新的生命在荒野上诞生。

一阵婴儿的啼哭声在荒原上越来越响亮，与天地间的万籁融合在一起。那是生命的宣言，是明天即将要升起的太阳。

他们迎着初升的太阳而去，渐渐走进了太阳的光芒之中。男人，女人，还有婴儿，那个小小的刚刚出生的小生命，一起融化在太阳金色的火焰里，仿佛是铁、是铜、是银、是金，在太阳的火焰中，全部被熔铸在一起……

他们策马跃过一条宽阔的河流，那条河，当地的人们叫它青马河。

白骆驼

原载《人民文学》
原名《荒野的精灵》

喀契尔草原是一个野性的王国，没有谁能数得清这里有多少座沙丘，多少片密林，多少条河流，当然，也就更没人能数得清这里有多少种野兽了——敏捷的黄羊群倏忽而来，又倏忽而去，伫立在沙坎顶上的黑狼古堡上的卫士，仰首向天长嚎，火红色的狐狸无声无息地在灌木丛中匍匐爬行着，傻头傻脑的狍子望着河水里自己的倒影而发呆……

为了生存而温情脉脉地互相追逐，为了生存而残忍地撕咬，这就是这个王国的全部生活内容，也是造物主给喀契尔制定的一条亘古不变的自然法则。

他们也许是听到了来自喀契尔的野性的呼唤，也许是快要泯灭的嗜血而骁悍的天性又一次顽强地复苏了。滚烫的血浆在粗壮而坚韧的脉管里汩汩地流淌。这血，是从绰罗斯祖先无数次激跳过的心脏里延续而来的。

马和主人一样坚实。胸部凸出的一块块肌肉让人想到各种不同色泽的岩石。乌青的铁马镫摩在用坚韧的皮革制成的鞍鞯上，几乎摩擦出一股股火花。闪着金属寒光的嚼口被性急的马儿咬得嘎嘎吱吱响个不停。

五个骑手，四条汉子，一个女人，但笨重的装束掩饰了一切女性的特征。

她有意让自己和别的男子汉一样，粗而野。男人们的脸膛是黑的，黑里泛青，她的面颊也是黑的，黑里透红，眼睛却是娇媚的。

猎枪背在宽厚的肩头，猎刀掖在鼓鼓囊囊的腰前。鞍后驮着装水的扁壶和装食物的皮口袋。马颠起来，水壶和袋子便呻吟，痛苦似的扭摆……前面，还有漫长的路。汉子们的眼睛里透出贼亮的光。这种光，只有在那达慕大会上，从那些将上场去角斗的摔跤手的瞳子里才能看到。

头儿策马走在前面。典型的蒙古高原北部的蛮汉子，然而又确实有着布里亚特血统——高的颧骨厚的嘴唇，直而挺的红鼻子，粗糙的树皮似的皮肤。由于鼻子红得漂亮，红得洒脱，骑手们都叫他红鼻子阿尔腾桑。为了顺口，便有了"红鼻子阿桑"这个名字。认识他的人都很钦佩他，因为他曾一口气摔倒过一头牤牛，因为他曾在一天之内骑垮了三匹好马；还因为他曾在喝干一斤烈性酒之后；一连串了三个女人的毡包……他用一双富有经验的眼睛审视着不断出现在眼前的沙滩和草地，寻觅着他们所要追踪的猎物的足迹。

汉子们知道猎物还远，便扯着嗓子喊：

"喂，希日玛黛，给我们唱支歌吧！"

希日玛黛张口便唱，毫不含糊：

> 只要天上没月亮
>
> 啊咿嘿，啊哇嗒
>
> 你悄悄摸进我毡房
>
> 只要天上没星星
>
> 啊咿嘿，啊哇嗒
>
> 我等你等在小河旁……

汉子们听痴了，听醉了。

没有什么东西比生存本能更奇特，更顽强的了！

喀契尔到处都能看到这种景象：在荒芜的干燥得要冒烟的沙丘上，倏地立起一株榆树，接着，又一棵，又一棵……它们被荒原的风沙和灼热的沙砾塑成了千姿百态——或像伛偻脊背的老人；或像扭曲的蟒蛇；或像粗糙的褐色的石柱。然而却托起一团绿来，一片片，一朵朵，一直铺向天际处。

　　在沙丘底部，环绕着生命力极强的灌木类植物。有一种酸柳草，茎蔓是紫红色的，一片片伏在沙子上，宛如红线织的网络，极醒目。嫩时扯下来放在嘴里嚼，便有一股酸酸的水淌出来，清爽，解渴。浑圆的沙丘从绿环里冒出个金灿灿的头来，默默迎着那火辣辣的夏日。

　　大腹便便的绿蝈蝈叫得极欢，忽高忽低，忽远忽近。

　　绿荫下，高·乔拉布吉躺着，舔着干裂的唇，望着天。小姑娘玛莫坐在他身边，嚼着酸柳草，看着他。两匹没卸鞍子的马抓紧时机觅着可口的草，牙齿像石块在磨，咀嚼得有韵律，有滋味。玛莫注意地研究着他那硬硬的胡茬儿和斜挂在腮边的一道引人注目的伤疤。疤很深，暗紫色，像贴上一片红柳叶。那里似乎记录着一段不寻常的往事。玛莫很想用手去摸它。她试着伸出手去，他却将脸转向另一边。

　　"你不该来，你还是个孩子……"

　　"我都十二岁了！"玛莫不服气地嘟囔。

　　"十二岁也还是孩子！"他坐起来，肯定地说。

　　"不嘛，我一定要跟你去！我要去救那些可怜的白骆驼。带我去吧，乔……"她噘起小嘴，耍赖皮。

　　乔拉布吉知道没办法撵她回去了，无可奈何叹口气：

　　"你真的听清了，他们带枪进喀契尔，是要杀死那些白骆驼？"

　　"当然啦！"玛莫骄傲地说，"早晨阿爸备马的时候，他们就是这么说的。我一直在偷听。"

　　"好样的，玛莫。他们来了几个人？"

"五个。希日玛黛姐姐也在里面。"

"希日玛黛，她也来了？"乔拉布吉觉得自己的心被什么东西撞了一下，半天不舒服。

"阿爸夸她是真正的猎人的女儿。"

玛莫闪着大眼睛说。小女孩长了一头亚麻色的卷曲的头发，眼窝有些凹陷，眸子蓝得像两汪湖水。据浩特里的老人们说，她的爷爷是真正的布利亚特人，早年曾在伏尔加河沿岸和蒙古国一带流浪，后来随部落迁到了离喀契尔不远的玛尼图草原。

"我们该走啦，要不，会追不上他们。"

高·乔拉布吉站起来，朝栗色马那儿走去。玛莫骑到她的小黑马身上，快跑了几步，追上了乔。

沉寂的喀契尔莽莽苍苍，一片片绿色的树冠和一座座沙丘向天宇间铺去，浩瀚极了，深邃极了。透过颤动的透明的热流，有时会望见远方的海市蜃楼的幻景。小玛莫的眸子里游荡着与年龄极不相称的忧伤，望着远方，呆呆地：

"它们是老爷爷们讲的那些白骆驼吗？"

"一定是它们。我说过，总有一天它们还会回来，因为它们是属于喀契尔草原的……"乔喃喃地说。

老人们娓娓讲述的时候，全然不把它当成一个虚无的神话传说，神情肃穆极了。孩子们幼小的心灵便印下了这个抹不去的故事——

那是很久很久以前了。

那一年春天，玛尼图草原流行瘟疫，先死牲口，后来死人。人们要活命，就赶着牲口往外跑。走呀走呀，来到了喀契尔。喀契尔那时没有水，没有树，没有草，只有一片望不到头的戈壁滩。牧人们被困在沙漠里，再也走不动了……

有一天，不知从哪儿来了十几峰白驼。有个牧人听见小白驼在说话："好妈妈，这些人多可怜啊，救救他们吧！"母骆驼就说："我也很想救他们，可是，人是很容易忘恩负义的……"

后来，小白驼一再央求驼妈妈，母驼答应了，第二天早晨，白驼群回来了，在它们的驼峰上；驮着水，驮着粮食，驮着草，驮着绿树……

牧人们得救了。他们睁开眼睛一看，嘿咿，这是喀契尔吗？这是一片多么美丽的草原啊！沙丘间长上了绿绿的树林，树林里有清凌凌的小河，一群群牛马羊在绿草地上吃草。他们就在这里安了家。几年过去了。

一天，咱们蒙古人的汗（就是国王）下了一道旨令，让草原各部落把珍禽异兽、美味佳肴送进宫殿。为了讨得大汗的欢心，喀契尔几个没良心的东西带着弓箭进了林子，去捕杀曾救过他们的白骆驼……惨啊，驼妈妈和小驼羔都被射死了。几峰死里逃生的白骆驼，从此离开了喀契尔。

后来，玛尼图的瘟疫散了，牧人们搬了回去……哦呀呀，他们谁也不敢再在喀契尔住下去了。知道怎么一回事吗，孩子们？因为每天晚上，牧人们都好像听到驼羔的哀号。有时候，给羊群守夜的牧羊人还能看见几团白乎乎的东西，从黑黝黝的林子里飘出来，飘进去，飘出来，飘进去……

树林骤然稠密起来，挤成一堵墙，风儿透不过。草旺，花也旺。忽而是一片蓝幽幽的小灯笼花，忽而是一片浮云般的苍樱花，忽而又是一片紫红紫红的鸡冠草。

希日玛黛小心翼翼跟在四个男人后面。她是第一次跟男人们出来狩猎，心儿一会儿悬起来，一会儿落下去。据说发怒的野驼真凶起来，会比狼和野猪还厉害呢！

杂乱的树枝不时横在眼前，他们只得将胸紧贴在马背上。柔韧的枝条从他们的脖子、脊背上滑过去，痒痒的。马在喘息，打着响鼻，甩着头。在这样密的林子里行走，它们还不习惯。阿尔腾桑勒住缰绳。落在后面的希日玛黛赶了上来：

"歇一会儿吗？"红鼻子斜着眼睛瞧她。

"不，我行！"她倔强地摇头。

"你瞧，这些驼蹄印都是新踩出来的，有十来峰呢。我们就要追上白驼群了！"阿桑的眼里又闪过一道贼亮的光，"我到城里打听过，白驼绒能卖很高的价钱，驼峰驼掌也很值钱……"

"你们这些男人就知道钱，钱！"希日玛黛鄙夷地说。

阿桑感到红鼻子尖被针刺了一下，悻悻地挥着鞭子：

"嘿，娘儿们，不为钱，你来干什么？"

"我吗？"幽幽的目光回望了一下玛尼图草原的方向，"我要气气他，让他看看，草原上的女人都比他强！"

"谁？"

"一个没有男子气的家伙……"

前面，三条汉子火爆爆地嚷起来："阿桑！"

"下马，闭住臭嘴！"

"是白骆驼……"

猎枪横过来，散发出死亡的信息，腰刀闪着寒光，等待着舐血的快乐。

那是一个春意萌发的夜。

那是一个躁动不安的夜。

第一次与男性的唇接触，血沸了，一切都倏地模糊了——群山、小河、草原……世界似乎不存在了！

"乔……"

她紧紧搂住他的脖子，闭着妩媚的眼睛，呢喃呻吟。他的脖颈是柔软的，唇是柔软的，手也是柔软的。她攥着他的手，引导它游遍全身。她解开了袍子。

"不……"乔慌乱地缩回手。

"傻瓜，别人都这样……"她微嗔，半闭眼。

"可是我不能……这太轻率……"

他的目光陡然陌生了。

"你不会？"她露出疑惑和不屑的神色，"在城里没和别的女人……？"

他痛苦地摇着头："你把自己美好的形象全给毁了——在我心里……"

"你不是个男人！"她也恨恨地望着他。

后来，谁也不再说话，呆呆坐着。再后来，他站起来，走了。

高·乔拉布吉失望了。

暮色在天边拉起了一角，正准备覆盖整个天宇。林间，降下一片墨绿色的幽暗。在天色全黑下来之前，他们肯定追不上那支狩猎队了。

"玛莫，下马吧。今天只好在这儿过夜了。"

"会有狼来吗？"玛莫四下张望，惴惴不安。

"不怕，我们点一堆火。"

乔给栗色马和小黑马除去鞍子、铁嚼口，将三条腿绊了，任它们去寻找草地。鞍下的布垫全湿了。他第一次骑马跑这么远的路。

暮色渐浓。

"他们会追上白骆驼吗？乔。"玛莫脸上带着天使般可爱的稚气。亚麻色头发在篝火的映照下，变成美丽的绛红色，"也许，已经杀死了它们？"

"不会，他们不会立刻找到白骆驼的。那些野驼跑得快极了。"乔拉布吉安慰她，也安慰自己。

"它们是从哪儿跑来的呢？乔。"玛莫又提出了这个使她困惑不解的老问题。

"白骆驼是驼类里的稀有品种，皮毛和肉价值极高，所以从前人们大规模捕杀，几乎绝种……这个驼群很可能是从呼伦贝尔的森林里跑过来的。它们的祖先曾在喀契尔生活过，它们眷恋这个地方。"

"可怜的白骆驼！"小玛莫的眼窝里闪着亮晶晶的泪花。乔拉布吉蓦地感到了一种神圣的东西，心热了。

"我们能救活它们吗？"玛莫仰起脸。

"当然能！我们有两个人呢，一个是勇敢的玛莫，一个是男子汉乔。"他自信地说……

　　夜深了。

　　奇形怪状的榆树舞弄着婆娑的枝条，筛落影影绰绰的月光，送来窸窸窣窣的低语。先是静，静得让人发瘆。忽地传来几声什么野兽的号叫在空漠的荒野上久久颤动着。心儿总要随那声音一阵阵悸跳。

　　突然，玛莫眼里闪过一道惊骇的光，扑到乔的怀里。乔紧紧搂住她，望去，却见一轮冷月极大、极白，被几粒星星钉在广袤的蓝宝石般的夜空上，高耸的光秃秃的沙坝顶上，不知何时出现了一条蹲立的狼影。接着，像是从沙子底下长出来似的，一左一右又冒出两条，一字排开，默然蹲立，似乎在仰首赏月，又像是荒野的哲学家在凝神沉思。

　　一轮皓月，三条狼影，构出一帧充满空灵之气的颇有美感的画幅！然而身临其境的人却会感到芒刺在背的恐怖。

　　"哦，别怕，玛莫！听我说，狼其实并不可怕，在狼的眼里，人倒是更可怕的魔鬼……"

　　母狼的号叫大概是世界上最凄惨最瘆人的声音。当那条急疯了的母狼叫到第三个夜晚，真把小乔拉布吉的心叫碎了。他摸出毡包，找到了阿爸藏狼崽的地方。狼崽毛茸茸地缩成一团。他抱着狼崽向母狼号叫的地方走去。

　　那是他懂事以来干的第一件傻事——原来母狼与狗是不一样的，毫不客气地扑倒了他，锋利的狼牙在面颊上留下了一道永远退不掉的疤痕。

　　他吓晕了，不知过了多久才醒来。一片朦胧的黎明的白光照在草原上，他看见母狼和狼崽守护在他身边。母狼眼里那残忍的敌意消失了，咬住他的衣服，向浩特方向拖他。每走一步都那么艰难，但还是把他拖出了足有十米远。

　　后来尽管牧人们说母狼弄错了方向，其实是要把他拖到山里吃掉，他却相信那母狼是想救他，因为它已弄清楚他是送狼崽的，它要报恩；或者，是小狼崽说服了母亲，要它帮助它们的恩人。

猝然间，枪响了，他看见母狼倏地跳到空中，又重重落下，然后，叼起狼崽便跑。一团黏糊糊的肠子流了出来，可它还像飞一样跑。

又一声枪响，狼崽掉到地上，母狼站住了，呆呆地望着血肉模糊的狼崽，不跑，不叫，也不反扑，就那么久久僵立着。又是一阵乱枪，浓烈的硝烟在弥漫。母狼倒下去了，临死时深情地用嘴含住了狼崽的尾巴……

阿爸跑过来。他身后立着许多持枪的猎人。乔摇摇晃晃站起来，却被阿爸粗糙有力的巴掌重新打倒在地："傻瓜，你怎么干这种蠢事！你哪里是一个猎人的儿子哟……"

全浩特的人都耻笑他，一致嘲笑他是个十足的大傻瓜。他于是便到城里去上学，去了好多年……

猎人的狂欢是极为粗犷的、豪放的，充满了硝烟味儿和血腥味儿。两峰白驼血淋淋地躺在篝火旁，已被肢解开来，剪下的驼绒装了多半麻袋。火焰像蛇吐出的芯子，贪婪地舔着烤在火堆上面的新鲜驼肉。油在吱吱响，空气中飘逸着肉香味儿。

驼峰和驼掌已被锋利的刀子割下来，装在皮口袋里。红鼻子阿桑祖露上身，用猎刀将死驼肚子剖开，伸进手去，摘出一串血淋淋的粉红色的驼肝。

"还热着哩，吃呀！"

四个男人每人用刀子拉去一条，仰起头，毫不犹豫地将带血的驼肝送进嘴里。

希日玛黛不敢吃，她不明白男人们为啥要吃这东西？

"为什么？"秃头斯楞不怀好意地笑起来，"傻姑娘，不该问，这是男人们的事儿！"

"我们是为了女人们吃啊。"

"她们会受不住的……"

一阵阵放荡的笑。笑得荒野颤抖，笑得树林摇晃。

接着便喝酒，吃肉。说一阵，笑一阵，唱一阵。他们谈论今天狩猎收获的乐趣，接着又抱怨蒙古包太小了，太小了，哪儿是男子汉待的地方呀，无边无际的荒野才是猎手们的庄园和天堂……又喝，又笑，谈论女人……他们要求希日玛黛和他们一样把酒喝干，于是笑着摁倒她，把酒灌进她嘴里。她也不含糊，笑着把嘴里的酒喷到他们脸上。总有人悄悄这儿摸一把，那儿捏一下。她佯装不知。头愈来愈沉。

火舌歪歪扭扭，一片虚幻。人影摇晃个不停，像无数魔影在狂舞、蹦跳……她躺倒了……

半夜，篝火熄灭的时候，她醒过来。壮汉们鼻声如雷。一只熊掌似的手搭在她胸上。渐渐，贴过一张脸来，漂亮的红鼻子在晃动。她本想对准那红鼻子狠狠来上一拳，可是那双男人的手……她不想反抗了。同时，心底忽地冒出个痛快的发泄的念头：乔，你后悔吧，后悔吧……

苍白的熹微从云层后面悄悄地窥视着神秘的草原。喀契尔醒了，却裹在一团混混沌沌的雾里，像在洗蒸气浴。

高·乔拉布吉和小玛莫急切切地策马跑着。昨夜的三条狼影似乎是不祥的征兆，在他们心里投下重重的荫翳。马蹄踩在露水很重的草絮上，发出湿漉漉的拍击声。这时候，一切都是湿漉漉的，似乎连沙丘里都能挤出水来。马蹄终于把讨厌的雾踩了下去，甩在后面。半块毫无生气的太阳懒懒卧在沙丘上，不愿再起来。

"看那儿——"玛莫吃惊地尖叫了一声。

草滩上摊着一堆黑色的灰烬。两峰遇难的白驼支离破碎，像被狼群洗劫过。一摊白骨，一片血污，一块块碎肉，一团团驼毛，空气中仍有血腥味在飘荡。

玛莫哭了。血和死亡的刺激对她还是第一次。

"是狼吗？"

"不，是人……"乔的牙齿格格响。

红鼻子阿桑感到浑身无比舒畅。回味昨晚和希日玛黛的每个细节，他猛抽马儿一棒，超过几个伙伴，快活地向前跑去。

"噢……嘿嘿……嘿……"

野性的嘶喊在沙丘和林子里回荡起来，格外清亮。于是，一切都激动起来——褐色的树在颤抖；透明的空气在震荡，野狐钻出密林，黑狼爬上山岗；狍子飞快地奔跑、追逐……喀契尔新的一天在这高亢的呼声中开始了！

希日玛黛的躯体里鼓荡着不可遏制的激情。她渴望和男人们一块，尽快投入那场与野兽的厮杀之中。作为到喀契尔来狩猎的第一个女人，她也要用强悍和猎刀来征服这片荒芜的土地。

马蹄轻浮而飞快地吻着嫩绿的草地。小野花被踏倒了，几片花瓣粘在蹄腕的护毛上。须臾，旧花瓣掉了，又有新的粘上去。

马蹄骤然慢下来，猎人们跳下马，把笼头皮绳飞快地系在树上，然后像狗那样猫着腰，向一片柳丛摸去。

红鼻子阿桑觉得血涌上了脑门——透过柳条的缝隙，昨天逃掉的那十几峰白驼正在一个小淖尔边饮水。虽然离得很近，由于有柳条的遮掩，它们竟没有发觉已经潜在身边的危险。

猎手们毫不迟疑地架起了猎枪。

"阿桑——"

希日玛黛全身一震，她听出这是谁在呼喊。

白驼群闻声而逃。

阿尔腾桑恼怒地站起来："是哪个混蛋？！"

"阿——爸——"

阿尔腾桑脸色陡变："玛莫！她怎么会来？"

五个人都惊诧了，站起来，回首望去。白驼群利用这几秒钟的机会跑掉了。

高·乔拉布吉在他们面前勒住缰绳。马停下来，喷着粗气。不一刻，玛莫也策马而至，站在乔旁边。

"阿桑，白驼快要绝种了！"乔涨红脸喊着。

"这都是野驼，关你屁事！"

"不能再捕杀白驼了，这么干是丧天良的。"

"滚开！"阿尔腾桑晃着马棒威胁道。

"阿爸，你真像只狼！"玛莫愤愤地盯着他，咬牙切齿。

阿桑倒吸一口冷气，用阴冷的目光瞟着乔："是你把我女儿骗来的？你这个恶棍……"

"是我自己要来的，阿爸。可怜可怜白骆驼吧，我替它们向你求情，放过它们吧……"玛莫含泪央求。

"你懂什么！"红鼻子阿桑喝了一声。回过头朝四个猎手下令："愣什么，上马，追……"

叮叮当当，铁鞍镫一阵乱响。

"不能去，猎手们！总有一天，你们会后悔的，良心会叫你们一辈子不得安宁……"乔挡住了去路，正气凛然。

"滚你妈的吧！"

阿尔腾桑像一头暴怒的狮子纵马冲来。抡圆的马棒闪电似的落在乔的头顶上。声音闷闷的，像敲击一截空树桩。

乔拉布吉直挺挺地坠下马背。

"喂，希日玛黛，牵走他的马。"红鼻子阿桑喊着。

"乔——"玛莫惊呼着，呆愣在马背上。

"走吧，他死不了！"

阿尔腾桑从玛莫手里夺过缰绳，牵着她的马一同向远方奔去。

世界就要爆炸了，还是脑袋就要胀开了？无数只蚊蝇在耳边嗡嗡地叫，无数朵耀眼的火花在眼前灿灿地闪……

乔拉布吉又吃力地往前爬了一下。

大地是一团黏糊糊的东西，谁也别想在上面爬行。但他要爬，荒野在呼唤他，白驼在呼唤他……草场，野花，沙滩……一棵棵老榆树弯下腰惊诧地望着他，他很恼火——混账，嘲笑我吗？难道我不是草原上的男子汉吗？骂完，很痛快。侧耳听去，竟听到来自喀契尔深处的回音——你是男子汉，乔，你是男子汉……他满意地笑了，于是又向前爬去。

一阵阵凉风宛若淙淙溪水流淌过来，洗遍周身各个部位，舒畅极了。疼痛似乎被冲刷掉了，他觉得清爽了许多。站起来，却还摇摇晃晃，唉，喀契尔的草地多不稳呀！他用目光努力搜寻着，却什么也没有看见。玛莫和他的栗色马已被红鼻子阿桑抢去了。荒野上，只有他一个人。

他忽然很难过。不，不是为自己难过，而是为阿尔腾桑、希日玛黛和秃头斯楞这些人，为玛尼图和喀契尔。在城里上学时，他就希望家乡能变个样子，可是现在他才知道，草原是不容易被改变的……

乔跟跟跄跄走着，总以为再走几步就会重重地摔倒，再也爬不起来，可事实上他始终没有倒下。这大概就是硬汉子的奇迹吧？他想。上学时曾看过一篇小说，讲一个淘金者和一条狼的故事。他喜欢上了那个淘金者，因为那是一条硬汉子，创造了生命的奇迹……

蓦然，一阵熟悉高亢的马嘶，便见一团栗色的云飘了过来——啊，忠实的马儿呀，谢谢你，在主人最需要你的时候，你就来了！他轻轻抚着栗色马的鬃毛，发现鞍后驮着一个水壶和一条干粮袋。谁放的呢？难道，是她有意放掉这匹马，想悄悄帮助他吗？乔觉得心里很不是滋味。

玛莫被一根绳子牢牢捆住。

尽管阿尔腾桑只有这么一个宝贝女儿，平时疼爱得像掌上明珠，可这个时候为了防止意外，还是狠心把她绑了。她太能胡闹了，又哭，又叫，嚷着要去找乔。如果不把她留在这儿，她的哭叫肯定会把白驼群惊跑。

猎人们已消失在丛林里。玛莫开始安静下来。绳子捆得好疼！六匹马都拴在树上，有的烦躁地昂着头，驱赶那一团团马绳，有的惬意地甩着尾在撒尿。沉寂，令人不安的沉寂。玛莫知道在这沉寂之后便是猝不及防的枪响，是流血和死亡……焦急之中，她忽地有了个念头，蹦跳着来到小黑马身边。她知道小黑马有一口锋利的牙齿，曾咬断过皮条做的马绊子。她将绑在背后的手伸到小黑马嘴边，"帮帮忙，小黑马！"她恳求着。

小黑马茫然地望着主人，一副傻呵呵的样子。

"咬呀，咬断绳子！"她再一次央求它。

小黑马却将头扭到一旁。她急哭了，狠狠踢了它一脚。它委屈地哼哼着。她又想出个主意，很费劲儿地从地上拔起一把青草，逗小黑马来吃，当它就要吃到时，她把草扔了："咬绳子，傻瓜！"

小黑马似乎终于明白了小主人的用意，小心谨慎地用嘴叼住绳子，玛莫听到背后一阵吱吱嘎嘎的响声。她一用力，双臂顿时变得无比轻松。

端起猎枪，瞄准，心却一阵阵不安地激跳，手也在抖。

真见鬼！红鼻子阿桑暗暗骂着自己。他曾经杀戮无数生灵，从没眨过一下眼，更没有手颤心跳过。今天是怎么回事？妈的！

白驼群一字排开，不走，也不吃草，好像在注意地聆听着什么。也许，它们是在听来自喀契尔密林深处的荒野交响乐？而这美妙的音乐是猎手们听不到的。它们的皮毛白极了，简直是冰雕玉琢，两个肥硕的驼峰上跃动着晶莹剔透的银光。

阿尔腾桑的枪口正对着一峰小驼羔。先打驼羔，母驼不会立刻跑掉，这样便可多猎一峰驼。他压抑着惶惶的心绪，又一次校正了枪口，屏住呼吸，扣动扳机……

一瞬间，驼羔前似乎蓦地闪出一个娇小的人影。

阿尔腾桑一惊……晚了，几乎同时，枪口已喷出一股耀眼的贪婪的火舌。

"轰——"震耳欲聋的巨响持续了久久，久久……

喀契尔草原爆炸了，大地在震颤，树林在摇晃，气流的冲击波挟着硝烟狠狠地撞到人的脸上，似乎要把一切东西撕成碎片！

红鼻子阿桑发出一声非人的号叫，像被火烫了手似的扔掉猎枪，拼命向前跑去，步子像惊马的蹄子那般狂乱。

目瞪口呆的猎人们望着他，忽然明白了什么，一起跌跌撞撞朝前奔去。

"玛莫——"

"玛莫——"

玛莫倒在血泊里，呆滞的淡蓝色的眸子望着天空，望着云朵，望着自由飞翔的小鸟。没有血色的唇微微蠕动：

"救救白骆驼……阿爸……别……打死……它们……"

"玛莫！"

阿尔腾桑的脸色由于惊骇而变得惨白。他将小玛莫紧紧搂抱在怀里。少女殷红的血沾满了他的手，热乎乎的。亚麻色头发在微风里瑟瑟地抖动、抖动，渐渐变成一团不肯熄灭的火焰。

金色的沙丘，庄严地捧起一轮血红血红的太阳。

远去的骆群停住了，蓦然回首，痴痴顾盼着——不知是深情的眷恋，还是庄严的永诀。

"打死它们，统统打死……"

阿桑瞪着血红的眼睛，声嘶力竭地号叫着。他疯了。他用猎刀扎自己的手，然后扑向白驼群。迁怒于白驼的猎人跟在他后面，端起枪……

荒野中出现了一个骑手，持着一杆从林中捡到的猎枪，迎着五个盗猎者缓缓驰来，像一尊塔，似一座山……

他的名字叫高·乔拉布吉。

喀契尔荒野上再一次回荡起沉痛的枪声……

后　记

　　古人云：白云苍狗。回顾自己的文学创作之路，一晃过去了三十多年。大约八十年代初，我基本上是写短篇小说的，后来写中篇小说，到现在写长篇小说。似乎是在不断地上台阶，可回过头来审视自己的作品，却发现原来短篇小说最难驾驭，无论从结构、语言到故事和人物。便惊奇自己当年初生牛犊不怕虎，在尚不知小说为何物的状态下，居然写了那么多的短篇小说。合着是自己的运气好吧，那些小说不但在国内许多的知名的文学期刊上发表了，更有甚者，大都被推到了头条位置，有的则被《小说选刊》《小说月报》《新华文摘》《中篇小说选刊》或者什么"年度佳作集"之类的选集选中，并且大大小小得了几个奖。

　　之后便是漫长的"沉淀期"。虽然在一个阶段几乎中止了小说创作而去从事影视文学，但一直在思考着小说的真谛所在，并且在沉默中暗暗积蓄力量，准备着最后的冲刺。"文学即人学"虽然是个极简单的道理，但真正悟出其中的奥妙则需要一生一世的漫长阶段。到最后彻底甩脱了人世间的种种"偏见"，才会以一种超脱的心态去写作，写真正的人、真正的人生、真正的"上苍视角"和"上帝般的悲悯"……

　　将这近三十年创作的中短篇小说精选出一部分来，结集出版，一直是我的一个心愿。感谢远方出版社使我完成了这个心愿。这两部小说集可以视为对我前期小说创作的一个总结。这些天，我从故纸堆里整理旧稿，既亲切又尴尬，既亢奋亦悲凉——亲切的是重读这些小说如见故友，尴尬的是有些作品毕竟是创作初期写的，有如一个刚刚学步的稚童，难免会有跟跄步态，甚至有穿开裆裤不小心露出屁股的窘态。但细细想来，何人不是从幼年走过来的呢？所以，有些小说虽稚嫩笨拙，但为保持当年的童心，原样选载，不加修饰。原始的创作激情令我亢奋，而逝去的时间却令人悲凉——今天，还有多少人会读小说呢？沉迷于纯文学的又有多少读者呢？但我坚信，即便纸质媒体完全消失，小说依然会以其他的形式而永存，会伴随着人类而永恒存在于我们的生活中。

草原是一个色彩变幻的世界，绿是基调，同时还有其他更加丰富的色彩。写小说时，我有意无意间便为小说取了许多与色彩有关的名字——《白罂粟》《红马鞍》《黑森林》《灰眼珠》……色彩的诱惑是如此强烈，所以我将其统一风格，构架出一个五彩斑斓的世界。

如果这个彩色的世界能吸引读者，于我，当然是莫大的慰藉。

2017 年 9 月于青城